A LIBRARY OF DOCTORAL DISSERTATIONS IN SOCIAL SCIENCES IN CHINA

诗与道德心灵：
论爱默生诗学的伦理维度

Poetry and the Moral Soul:
The Ethical Dimension in Emerson's Poetics

余静远　著

导师　张　辉

中国社会科学出版社

图书在版编目（CIP）数据

诗与道德心灵：论爱默生诗学的伦理维度 / 余静远著 . —北京：中国社会科学出版社，2020.9

（中国社会科学博士论文文库）

ISBN 978-7-5203-7542-9

Ⅰ.①诗… Ⅱ.①余… Ⅲ.①爱默生（Emerson, Ralph Waldo 1803-1882）—诗学观—研究 Ⅳ.①I712.072

中国版本图书馆 CIP 数据核字（2020）第 237963 号

出 版 人	赵剑英
责任编辑	张　潜
责任校对	来小伟
责任印制	王　超

出　　版	中国社会科学出版社
社　　址	北京鼓楼西大街甲 158 号
邮　　编	100720
网　　址	http://www.csspw.cn
发 行 部	010-84083685
门 市 部	010-84029450
经　　销	新华书店及其他书店
印　　刷	北京明恒达印务有限公司
装　　订	廊坊市广阳区广增装订厂
版　　次	2020 年 9 月第 1 版
印　　次	2020 年 9 月第 1 次印刷
开　　本	710×1000　1/16
印　　张	19.5
字　　数	330 千字
定　　价	109.00 元

凡购买中国社会科学出版社图书，如有质量问题请与本社营销中心联系调换
电话：010-84083683
版权所有　侵权必究

《中国社会科学博士论文文库》
编辑委员会

主　　任：李铁映
副 主 任：汝　信　江蓝生　陈佳贵
委　　员：（按姓氏笔画为序）
　　　　　王洛林　王家福　王缉思
　　　　　冯广裕　任继愈　江蓝生
　　　　　汝　信　刘庆柱　刘树成
　　　　　李茂生　李铁映　杨　义
　　　　　何秉孟　邹东涛　余永定
　　　　　沈家煊　张树相　陈佳贵
　　　　　陈祖武　武　寅　郝时远
　　　　　信春鹰　黄宝生　黄浩涛
总 编 辑：赵剑英
学术秘书：冯广裕

总　序

在胡绳同志倡导和主持下，中国社会科学院组成编委会，从全国每年毕业并通过答辩的社会科学博士论文中遴选优秀者纳入《中国社会科学博士论文文库》，由中国社会科学出版社正式出版，这项工作已持续了12年。这12年所出版的论文，代表了这一时期中国社会科学各学科博士学位论文水平，较好地实现了本文库编辑出版的初衷。

编辑出版博士文库，既是培养社会科学各学科学术带头人的有效举措，又是一种重要的文化积累，很有意义。在到中国社会科学院之前，我就曾饶有兴趣地看过文库中的部分论文，到社科院以后，也一直关注和支持文库的出版。新旧世纪之交，原编委会主任胡绳同志仙逝，社科院希望我主持文库编委会的工作，我同意了。社会科学博士都是青年社会科学研究人员，青年是国家的未来，青年社科学者是我们社会科学的未来，我们有责任支持他们更快地成长。

每一个时代总有属于它们自己的问题，"问题就是时代的声音"（马克思语）。坚持理论联系实际，注意研究带全局性的战略问题，是我们党的优良传统。我希望包括博士在内的青年社会科学工作者继承和发扬这一优良传统，密切关注、深入研究21世纪初中国面临的重大时代问题。离开了时代性，脱离了社会潮流，社会科学研究的价值就要受到影响。我是鼓励青年人成名成家的，这是党的需要，国家的需要，人民的需要。但问题在于，什么是名呢？名，就是他的价值得到了社会的承认。如果没有得到社会、人民的承认，他的价值又表现在哪里呢？所以说，价值就在于对社会重大问题的回答和解决。一旦回答了时代性的重大问题，就必然会对社会产生巨大而深刻的影响，你也因此而实现了你的价值。在这方面年轻的博士有很大的优势：精力旺盛，思想敏捷，勤于学习，勇于创新。但青年学者要多向老一辈学者学习，博士尤其要很好地向导师学习，在导师的指导下，发挥自己的优势，研究重大问题，就有可能出好的成果，实现自己的价值。过去12年入选文库的论文，也说明了这一点。

什么是当前时代的重大问题呢？纵观当今世界，无外乎两种社会制度，一种是资本主义制度，一种是社会主义制度。所有的世界观问题、政治问题、理论问题都离不开对这两大制度的基本看法。对于社会主义，马克思主义者和资本主义世界的学者都有很多的研究和论述；对于资本主义，马克思主义者和资本主义世界的学者也有过很多研究和论述。面对这些众说纷纭的思潮和学说，我们应该如何认识？从基本倾向看，资本主义国家的学者、政治家论证的是资本主义的合理性和长期存在的"必然性"；中国的马克思主义者，中国的社会科学工作者，当然要向世界、向社会讲清楚，中国坚持走自己的路一定能实现现代化，中华民族一定能通过社会主义来实现全面的振兴。中国的问题只能由中国人用自己的理论来解决，让外国人来解决中国的问题，是行不通的。也许有的同志会说，马克思主义也是外来的。但是，要知道，马克思主义只是在中国化了以后才解决中国的问题的。如果没有马克思主义的普遍原理与中国革命和建设的实际相结合而形成的毛泽东思想、邓小平理论，马克思主义同样不能解决中国的问题。教条主义是不行的，东教条不行，西教条也不行，什么教条都不行。把学问、理论当教条，本身就是反科学的。

在21世纪，人类所面对的最重大的问题仍然是两大制度问题：这两大制度的前途、命运如何？资本主义会如何变化？社会主义怎么发展？中国特色的社会主义怎么发展？中国学者无论是研究资本主义，还是研究社会主义，最终总是要落脚到解决中国的现实与未来问题。我看中国的未来就是如何保持长期的稳定和发展。只要能长期稳定，就能长期发展；只要能长期发展，中国的社会主义现代化就能实现。

什么是21世纪的重大理论问题？我看还是马克思主义的发展问

题。我们的理论是为中国的发展服务的，绝不是相反。解决中国问题的关键，取决于我们能否更好地坚持和发展马克思主义，特别是发展马克思主义。不能发展马克思主义也就不能坚持马克思主义。一切不发展的、僵化的东西都是坚持不住的，也不可能坚持住。坚持马克思主义，就是要随着实践，随着社会、经济各方面的发展，不断地发展马克思主义。马克思主义没有穷尽真理，也没有包揽一切答案。它所提供给我们的，更多的是认识世界、改造世界的世界观、方法论、价值观，是立场，是方法。我们必须学会运用科学的世界观来认识社会的发展，在实践中不断地丰富和发展马克思主义，只有发展马克思主义才能真正坚持马克思主义。我们年轻的社会科学博士们要以坚持和发展马克思主义为己任，在这方面多出精品力作。我们将优先出版这种成果。

2001年8月8日于北戴河

摘　　要

在一般人的理解里，19世纪美国由爱默生发起的那场"超验主义"文学思潮注重抽象的灵性与个体直觉，主张超越经验与现实世界，从而达到一个理想的精神世界。然而，实际上，爱默生的超验主义诗学却具有强烈的实用色彩，这是因为，行动是将现实世界提升至理想世界的唯一方式，而伦理是这一过程中的关键因素。因此，对道德伦理的强调体现在爱默生超验主义诗学的各个方面。

这篇论文即从爱默生诗学的伦理维度出发，分别从诗人观、创作观、诗歌观、批评观这四方面重点分析了道德这一因素在爱默生诗学中的具体体现，并探讨了爱默生在诗学观中如此强调道德的现实与理论原因。从现实的层面而言，爱默生希望道德是医治美国发展失衡的良药，他的写作和演讲都是他试图通过对道德的强调去唤醒美国道德心灵的努力；从理论的层面而言，道德是爱默生维系个体、社会、宇宙间平衡和睦的重要法则，是实现其宇宙道德统一的核心。

19世纪初的美国，社会物欲横流，个体精神贫乏。爱默生相信人内心的道德情感，并且将人类内心的道德情感与宇宙的道德法则联系起来。在他偏重伦理的诗学形成过程中，古典诗学传统、基督教诗学传统以及东方思想中的诗学传统皆对他产生过重要影响。

诗人是有特殊才能的个体，在爱默生的文本中，诗人具有特殊的意义。爱默生所指的诗人，不是通常意义上的作诗吟诗者，而是那些能与天地沟通，连接起自然和精神的思想者。从历史的角度看，诗人是时代的道德担当，是道德人格的典范。而且，诗人站在宇宙的中心，是一个完整的人。诗人还是先知和预言家，诗人能够宣布人们未曾预见到的事，诗人还能通过自己的描绘，改变这个世界，成为世界的解放之神。

诗人解读象征的过程也就是诗歌创作的过程，这个过程有三个阶段：道德的感知、象征的语言、有机的形式，伦理的标准也体现在每一个阶段。在第一个阶段道德感知中，诗人需要处理好的问题包括：理性与感性、直觉与灵感、想象；在第二阶段象征的语言中，诗人需要仔细斟酌字词的选择，注意语言的象征特性；在第三阶段有机的形式中，诗人需要达到三方面的有机：语言的有机、过程的有机、结构的有机。这三个阶段构成了创作过程中完整的统一。

诗歌，作为诗人对真理的记录，它的主要目的是记录诗人在自然象征中发现的道德真理。爱默生并没有将诗歌局限为狭隘的押韵文，在他看来，诗歌的跨学科融合更有利于诗歌实现目的。在诗歌与哲学的关系上，爱默生接续了欧洲浪漫主义思想家们的思考，力求将这二者统一起来；在诗歌与科学的关系上，爱默生糅合了启蒙思想家和浪漫思想家的观点，认为诗歌和科学互为补充，诗歌需要科学的理性，科学也需要诗歌的诗性；在诗歌与社会实践的关系上，爱默生一直高举道德改革的大旗，主张诗人和诗歌对社会改良的促进作用。爱默生的诗歌实践也从另一个侧面证明了他的诗歌理论。诗歌与哲学、诗歌与科学、诗歌与社会实践这三组各自形成了统一。而且，在道德真理的旗帜下，这三者互相之间又形成了一个大的统一。

在诗歌批评上，爱默生坚持一种道德审美的标准。道德的标准是为了求真求善，是一种超验的批评和伦理的批评；审美的标准是为了求美，是一种回归自然的批评。在爱默生的批评观中，道德的标准始终高于审美标准。

道德的基础是对个体神圣性的肯定；道德是自然的真理，自然是宇宙普遍精神——超灵——的外化，是精神世界的象征，超灵的至高至善至美的也就是自然的至高至善至美，因而自然中富含深刻的道德真理。综上，爱默生相信，心灵是道德的，它的目的是道德宇宙的统一。每个个体的身上都存在同一个心灵，通过宇宙间超灵的道德法则在自然中的显现，个体可以直觉到自己内在的道德情感，这是道德法则引导个体从孤立和原子化的状态向自然和宇宙的整体和统一的转变。

爱默生诗学思想和诗歌创作体现了独特的伦理价值和文化意义。从他的诗人观、创作观、诗歌观、批评观和宇宙观来看，爱默生本质上是一名古典的浪漫主义者。爱默生诗学的伦理思想既传承了美国和欧洲的道德和诗学传统，也对现代的美国文化和思想产生了深远的影响。

关键词：爱默生；诗学观；道德心灵；伦理；统一

Abstract

The aim of this paper is twofold: the first aim is to accomplish an analysis of the role of ethics in Emerson's poetics from four poetic perspectives, namely the concept of the poet, viewpoint on the creating process of the poet, understanding of the poetry and the critical standards of poetry; then based on this analysis, this paper tentatively come up with the proposal that the reason of Emerson's disproportionately emphasis on morality in his poetics is because of his ultimate pursuit of the cosmic unity. Morality is the key element in his cosmic unity and plays a significant role in keeping the harmony and unity among the individual, society and the cosmos. Therefore in his poetics, Emerson resorts to morality to achieve the effect of poetic unity, and, more importantly, to strike the Americans out of the mire of moral paralysis.

The United States in the early stage of 19th century presented avery worrying picture. The whole society was plagued by materialism and commercialism, the individual was suffering from spiritual poverty. Emerson hopes that morality is the healing medicine for the America went astray. Emerson believes in the innate "moral sentiment", and he connects the moral sentiment inside with the moral laws of the universe outside. In his writings and lectures he endeavors to waken the moral souls of the Americans through the dissemination of morality. In the process of the formation of the morally-toned poetics, Emerson is deeply influenced by the Classical poetics tradition, the Christian poetics tradition, the Romantic poetics tradition, and the poetics tradition in the Oriental thoughts.

In Emerson's writings, the Poet connotes special meaning. The poet Emerson refers to, is not the ordinary versifier, but the intellectual who can communicate with heaven and earth, and links the natural the spiritual realm. Viewed from the cosmic order, the poet is the center of the universe, and is a complete man; viewed from the perspective of function, the poet is the prophet and the liberating God. The poet, standing in the center of the universe, sees the connection between nature and spirit, and uses symbolic language to express it, thus liberating the public from the oblivion and numbness. The poet, hence becomes the bridges between nature and spirit, and connects both.

The process of the poet interprets the symbol of nature is the process of creating, and it includes three stages: moral perception, symbolic language, and organic form, and all these three stages are ethical. In the first stage, moral perception, the poet should handle carefully with the issues like reason and understanding, intuition and inspiration, imagination; in the second stage, symbolic language, the poet should consider his choice of words, and aware of its symbolic nature; in the third stage, organic form, the poet should aim for organic in three levels, the organic of the language, the organic of the process and the organic of the structure. These three stages form the unity in the creating process.

Poetry, as the poet's record of truth, its main goal is to record the moral truth the poet discovered in nature. As with the poet, Emerson doesn't restrict the poetry as the common verse. In his view, the interdisciplinary quality of poetry is indispensable in achieving its goal of moral teaching. In the relation between poetry and philosophy, Emerson continues the Romantic thinkers' vein, and attempts to unite both; in the relation between poetry and science, Emerson incorporates the Enlightenment view and the Romantic view, holding that poetry and science are complementary, poetry stands in need of the rationality of science, and science requires the poetic quality of poetry; in the relation between poetry and social practice, Emerson insists on the moral reform, on the reforming power of poetry to the society. Emerson's own poetry practice justifies from another angle his theory of poetry. All in all, Poetry and philosophy, poetry and science, poetry and social practice, these three pairs form unity individually, and under the flag of moral truth, their form a wider unity.

As to the literary criticism, Emerson adheres to the ethics of transcendental criticism. Under the standard of transcendence, Emerson's critical principle is the universality and contemporaneity of genius; under the standard of ethics, Emerson's two critical principles are: the ethical criticism and the conformity of the writer's talent and his writing; furthermore, contrary to the emphasis of the subjectivism of his time, Emerson believes that a writer should guide the reader towards nature instead of leading towards himself. From these critical principles, it is not hard to conclude that in criticism Emerson follows the critical tradition of the Classical period rather than the Romantic principles.

The basis of morality is the affirmation of individual divinity. Started from the religious history, Emerson develops his idea of individual divinity, that is, the individual is divine, and by constant self-culture, he can approach the perfect character of God; started from the social reality, Emerson advocates for self-trust and self-reliance. Morality is the truth of nature. Nature, being the externalization of the universal soul—the Oversoul, and the symbol of spiritual world, is loaded with the moral truth. The individual communicates with the Oversoul through intuition, and then realizes the moral law inside of his soul. If the soul is inside us, it is manifested as the innate moral sentiment, and if the soul is outside us, it is manifested as the natural rules and natural laws. The two most important laws in nature is the law of compensation and the law ofcirculation. History is the time axle of nature, the carrier of the Oversoul; and the space axle of nature, culture, is the growth of the Oversoul. To sum up, it is in Emerson's belief that the soul is moral, its aim is the unity of the universe. The same Soul exists in every individual, and through the revelation of the moral law in nature, the individual can intuit his inner moral sentiment. This is how the moral law guide the individual from the condition of isolation and atomization to the wholeness and unity. The poet is the interpreter of the Oversoul and the bridge between nature and spirit; Poetry is the expression of the Oversoul, and it pursues the unity between poetry and philosophy, poetry and science, and poetry and practice; on the view of creating, Emerson insists on the unity between content and form; on criticism, Emerson advocate the unity of truth, goodness, and beauty.

The last part is conclusion. Emerson's poetics is unique in its ethical value. From his view onthe poet, the creating process, poetry, literary criticism and cosmic vision, he is proper to be called a classical Romanticist. Emerson's ethical thinking in poetics flows into the currents of American as well as European culture and ideology.

Key words: Emerson; Poetics; Moral Soul; Ethics; Unity

目 录

导 论 ……………………………………………………… (1)
  第一节　问题缘起 ………………………………………… (1)
  第二节　文献综述 ………………………………………… (16)
  第三节　本书结构 ………………………………………… (31)

第一章　诗与美国道德心灵的重建 …………………… (35)
  第一节　美国的道德传统 ………………………………… (36)
  第二节　爱默生与美国道德心灵 ………………………… (39)
  第三节　爱默生诗学的思想渊源 ………………………… (47)
  小　结 ……………………………………………………… (60)

第二章　诗人：道德人格的典范 ……………………… (62)
  第一节　诗人与时代：诗人的道德担当 ………………… (63)
  第二节　中心人与完整的人 ……………………………… (92)
  第三节　诗人是解放之神 ………………………………… (99)
  小　结 ……………………………………………………… (107)

第三章　创作：伦理准则的体现 ……………………… (112)
  第一节　道德的感知 ……………………………………… (112)
  第二节　象征的语言 ……………………………………… (124)
  第三节　有机的形式 ……………………………………… (129)
  小　结 ……………………………………………………… (134)

第四章　诗歌：道德真理的展现 （135）
　　第一节　诗歌的道德目标 （140）
　　第二节　诗歌的德性、智性、理性与行动 （142）
　　第三节　民族诗歌与世界诗歌 （162）
　　小　结 （166）

第五章　批评：超验和道德的标准 （168）
　　第一节　超验的批评 （172）
　　第二节　伦理的批评 （178）
　　第三节　古典的批评 （184）
　　小　结 （194）

第六章　宇宙：道德的统一 （197）
　　第一节　个体的道德修养 （198）
　　第二节　自然的道德法则 （215）
　　第三节　超灵的至善至美 （224）
　　小　结 （239）

结　语 （241）

参考文献 （247）

附录　拉尔夫·沃尔多·爱默生生平与时代大事年表 （273）

索　引 （286）

后　记 （290）

Contents

Introduction ································· (1)
   1 Background and the Question ················· (1)
   2 Literature Review ···························· (16)
   3 Structure of the Book ························ (31)

Chapter One
Poetry and the Reconstruction of American Moral Mind ·········· (35)
   1 American Moral Tradition ····················· (36)
   2 Emerson and the American Moral Mind ········ (39)
   3 The Origins of Emerson's Poetics ·············· (47)
   Summary ·· (60)

Chapter Two
The Poet: the Representative of Moral Personality ············· (62)
   1 The Poet and His Time: Moral Responsibilities of
      the Poet ····································· (63)
   2 The central man and the complete man ········ (92)
   3 The poet is the liberating god ················· (99)
   Summary ······································· (107)

Chapter Three
Literary Creation: The Embodiment of Ethical Principles ········ (112)
   1 Moral Perception ····························· (112)
   2 The Symbolic Language ······················ (124)

  3 Organic Form ……………………………………………… (129)
  Summary …………………………………………………… (134)

Chapter Four
Poetry: The Expression of Moral Truth ……………… (135)
  1 The Moral Goals of Poetry ……………………………… (140)
  2 Virtue, Intelligence, Reason and Action of Poetry ………… (142)
  3 National Poetry and international Poetry ………………… (162)
  Summary …………………………………………………… (166)

Chapter Five
Literary Criticism: Transcendental and Ethical Standards ……… (168)
  1 Transcendental Criticism ………………………………… (172)
  2 Ethical Criticism ………………………………………… (178)
  3 Classical Criticism ……………………………………… (184)
  Summary …………………………………………………… (194)

Chapter Six
The Universe: The Moral Unity ……………………… (197)
  1 Moral Cultivation of the Individual ……………………… (198)
  2 Moral Laws of the Nature ……………………………… (215)
  3 The Supreme Goodness and Beauty of the Oversoul ……… (224)
  Summary …………………………………………………… (239)

Conclusion ……………………………………………… (241)

Bibliography …………………………………………… (247)

Appendix: Chronology of Ralph Waldo Emerson's Life and His Time …………………………………………… (273)

Index ……………………………………………………… (286)

Postscript ………………………………………………… (290)

导　　论

第一节　问题缘起

拉尔夫·沃尔多·爱默生（Ralph Waldo Emerson，1803—1882）是一个提倡超验的精神世界的超验主义者和一个相信个体直觉的个人主义者，这是大部分国内外学者对爱默生的普遍评价。然而，鲜有人知的是，作为美国浪漫主义的高潮时期——超验主义运动——的代表人物，爱默生还是一个行动的道德主义者，①他十分注重伦理的现实和理论价值，他在文章中反复强调道德的至高重要性。超验的精神倾向于"出世"，而伦理的价值却倾向于"入世"，爱默生的身上为何会体现出如此相互矛盾的两个特征呢？作为浪漫时期的超验主义者的爱默生为何要成为一名道德主义者呢？

美国的19世纪在文学史上通常被称为浪漫主义时期，而以爱默生为

---

① 实际上，不少批评家都注意到爱默生伦理的一面。例如，哈罗德·布鲁姆在《文章家与先知》（*Essayist and Prophets*）中认为："帕斯卡尔、卢梭、塞缪尔·约翰逊、卡莱尔、克尔凯郭尔、爱默生、梭罗、罗斯金、尼采、弗洛伊德、肖勒姆、杜波依斯，这些人作为智慧作家，以不同的方式酷似先知，而蒙田、德莱顿、鲍斯威尔、威廉·哈兹里特、佩特、赫胥黎、萨特、加缪则可被看作多样化的文章家。很多先知自许为文章家，并且这二十位作家都是道德家。"参见哈罗德·布鲁姆《文章家与先知》，翁海贞译，译林出版社2016年版，第5页；弗里德里希·哈里森（Frederic Harrison）甚至创造出了"伦理主义"（Ethicism）这个词，并且认为，爱默生就是一个"伦理主义者"（Ethicist）。具体参见"Introduction"，*Emerson*: *Essays and Lectures*，New York：Library of America，1983，p.6. 在本书中，如果应为原文为"moralist"，则翻译为"道德主义者"，英文原文为"Ethicist"，则翻译为"伦理主义者"。在本书中，对"道德主义者"和"伦理主义者"这两个词的使用遵从一种客观、中立的立场，不含任何褒贬的色彩。

精神核心的超验主义运动则通常被称为美国浪漫主义文学的巅峰。① 在西方思想史上，浪漫主义②的浪潮是对古典主义和新古典主义的反动，一定程度上也是对 18 世纪启蒙主义和理性主义的反动。浪漫主义推翻了秩序、理性、和谐、规范、平衡等古典或启蒙理念，而将重心转移到个体、直观、想象、自然、感性、超验等个体或情感特质上。按照以赛亚·柏林（Isaiah Berlin）的说法，在哲学和思想史上，浪漫主义是对持续长达一个世纪之久的西方理性主义传统以及对绝对道德和共同价值的破坏，以及对客观真理的攻击。③ 新人文主义的提倡者欧文·白壁德（Irving Babbitt）也曾经断言："根本没有所谓的浪漫主义道德。"④

由此可见，道德（无论是个体道德还是社会道德）是启蒙运动和古典主义的要求，与浪漫主义强调自然、强调个体、强调主观情感的理念相悖。19 世纪初期的美国，正值美国浪漫主义运动的高潮。从整体上看来，爱默生的诗学观，基本上符合欧洲浪漫主义诗学的几大要义。他崇尚自然，反对历史和传统习俗的权威；他神化个体，相信个体超验的直观能力；他热爱想象，声称想象是诗歌和诗人的伟大特质，等等。然而，在对待道德的态度上，爱默生却与主流浪漫主义者的观点截然相反。他没有忽

---

① 参见常耀信《美国文学史》。南开大学出版社 1998 年版，第 164 页；《新编美国文学史》，张冲主撰，刘海平、王守仁主编，上海外语教育出版社 2000 年版，第 272 页。爱默生的传记作者詹姆士·卡博特（James Elliot Cabot）在《爱默生传记》（*A Memoir of Ralph Waldo Emerson*）中，将超验主义看作是"浪漫主义在清教主义的土地上开出的杰出花朵"。参见 James Elliot Cabot，*A Memoir of Ralph Waldo Emerson*，Vol. 1，Boston：Houghton& Mifflin，1887，p. 248；芭芭拉·帕克（Barbara L. Packer）在《超验主义牛津指南》（*The Oxford Handbook of Transcendentalism*）中，专辟一章处理美国超验主义与浪漫主义的关系，帕克认为，美国的超验主义者们也是浪漫主义运动的成员，他们及其作品是浪漫主义的后来者（latecomers），超验主义者的作品从不同程度上体现了浪漫主义的特征。

② "浪漫"一词的对应英文是"Romantic"，对这个词可以有两种理解，一种指的是与中世纪盛行的一种文学体裁"传奇"（Romance）相关的品质与特性；另一种指 18 世纪晚期到 19 世纪初期发生在文学、艺术和哲学领域的浪漫主义运动。参见 Alex Preminger，*The Princeton Encyclopedia of Poetry and Poetics*. New Jersey：Princeton University Press，1974，p. 1183. 此处的"浪漫主义"指的是第二种含义。浪漫主义首先在德国兴起，随后传到法国、英国、美国等其他国家。美国学者洛夫乔伊（Arthur O. Lovejoy）曾说道，"Romantic"一词的意义如此宽泛以至于就其本身而言它什么意义也没有，认为"浪漫主义"应该仅限于施莱格尔（Friedrich Schlegel）对"浪漫主义诗歌"的定义之上，其他的"浪漫主义"应该与之区分开。参见 Arthur O.，Lovejoy，"On the Discrination of Romanticism"，*Essays in the History of Ideas*. Baltimore，1948，pp. 228－253.

③ Isaiah Berlin，*The Roots of Romanticism*，New Jersey：Princeton University Press，1999.

④ Irving Babbitt，*Rousseau and Romanticism*，Boston：Houghton Mifflin，1930，p. 217.

略或者排斥道德，反而把道德置于无上的至高之位。

从这个意义上来看，浪漫主义精神不过是爱默生诗学观的表象，其内里的实质仍然是美国殖民和启蒙时期乃至欧洲（尤其是英国）17—18 世纪"文以载道"的传统。美国殖民和启蒙运动时期，文学并未获得自主性，只是政治的附庸，充当政治宣传的工具。17—18 世纪新古典主义时期的一部分作家，如弥尔顿（John Milton），德莱顿（John Dryden），蒲柏（Alexander Pope），斯威夫特（Jonathan Swift）等践行着文学的社会批判功能，后来维多利亚时期的作家也大都秉承了这一传统。乔尔·波特（Joel Porte）准确地指出："爱默生坚定的信仰着'道德感'或'道德情感'或'道德法则'，这一点比任何一点都让他与英国十八世纪更为接近。"①

那么，回到上面的问题，爱默生为何要在作品中如此执着于对道德不容置疑的肯定呢？这个问题并不好回答。美国的浪漫主义不同于欧洲浪漫主义的原因即在于孕育美国浪漫主义的美国文化的特殊性。② 对 19 世纪初的美国来说，文化身份是一个最具挑战性的问题。

文化上，美国与欧洲传统的关系仍然是剪不断，理还乱。一方面，美国的艺术家、思想家、作家都承受着哈罗德·布鲁姆（Harold Bloom）所谓的"影响的焦虑"。他们无法忽略欧洲深远复杂的文化历史，无法不受"旧世界"的文化传统的影响。另一方面，美国需要全新的文学形式、主题和语言，他们又深深怀疑体制性权威和传统。在依赖传统和反抗传统之间，他们的心理极为矛盾。③

1837 年 7 月，在哈佛学院的毕业生典礼上，爱默生受邀发表了著名的《美国学者》演讲。在这篇演讲中，他呼吁美国人割断对欧洲的文化

---

① 参见 Joel Porte, *Emerson and Thoreau: Transcendentalists in Conflict*, Middletown: Wesleyan University Press, 1966, p. 68.
② 参见 Duane E. Smith, "Romanticism in America: The Transcendentalists", *The Review of Politics*, Vol. 35, No. 3 (Jul., 1973): 302 – 325; Tony Tanner, "Notes for a Comparison between American and European Romanticism", *Journal of American Studies*, Vol. 2, No. 1 (Apr., 1968): 83 – 103.
③ 玛格丽特·富勒（Margaret Fuller）1846 年在《美国文学：现在的状况以及未来的前景》（*American Literature: Its Position in the Present Time, and Prospects for the Future*）中描述的正是这种美国文化的这种矛盾心理："许多书籍都是由出生在美国的人写的，但这并不意味着美国文学的存在。那些模仿或反映欧洲人的思想和生活的书并不能算是美国文学。在美国文学存在之前，首先要有反映这个国家以及新鲜生活潮流的原创思想。"参见 *Romanticism and Transcendentalism (1800 – 1860): American Literature in its Historical, Cultural, and Social Contexts*, Edited by Jerry Philips and Andrew Ladd, New York: Facts on File, Inc, 2006, p. 19.

依赖，建立起属于美国自己的思想文化体系；呼吁美国人打破社会的桎梏和传统的束缚，成为真正意义上独立的个体。在爱默生看来，美国学者的真正内涵是与美利坚共和国的命运连在一起的。美国在政治上的成就斐然，《独立宣言》、革命、独立战争、联邦制宪等一系列的政治革命活动成功地让美国从英国的殖民统治下获得解放，并成为一个真正意义上的民主共和国。然而，与这光辉灿烂的政治成就相比，在文化思想上，美国却仍然是一个躺在欧洲的怀抱里吸奶的孩子。美国虽然通过革命获得了政治独立和自由，但文化思想上的革命还远远未完成，甚至可以说尚未正式开始。此次演讲正是他爱默生，作为一名与年轻的共和国一起成长起来的年轻人，对构建美国文化、革新美国思想、培养美国精神的呼吁的首次公开尝试。政治独立后的美国迫切地需要为新生国家从思想和意识形态上命名，迫切地需要切断对大洋彼岸的依赖，获得精神和思想上的独立。而爱默生正是第一个站出来，向全美国人宣告美国的思想独立的那个人。爱默生的目标是探寻未被发现的思想领地，用希望和新思想唤醒美国陈旧和迟钝的精神。① 正如钱满素教授所言："在十九世纪上半叶的美国，爱默生发起了这样一场革命。当时，年轻的共和国诞生不过半个世纪，在经济上，它正在向工业化大踏步迈进；在疆域上，它正意气风发地向西部扩张；在文化上，它那寻求和确立民族精神的愿望也几乎同样迫切。"②

正因为如此，《美国学者》这篇演讲被爱默生的评论家和传记家奥利弗·霍尔莫斯（Oliver Holmes）称为"美国思想的独立宣言"，而爱默生，则是美国思想革命的发起人。③ 在这一点上，爱默生的批评家们的观点基本上是一致的。大卫·波特（David Porter）在《爱默生与文学变化》（*Emerson and Literary Change*）中将爱默生看作是美国的文化英

---

① 爱默生的传记作者小罗伯特·理查森（Robert D. Richardson, Jr.）认为，此讲演中最著名的部分既不是爱默生的创见，也不是爱默生的思想特征之所在，他援引1923年布利斯·佩里的评论说，1837年之前的二十几年里，很多在哈佛登台演讲的人都曾告诫不要过多地聆听欧洲的声音，都曾预言美国长期依赖他民族、长期师承他民族的时代即将结束。爱默生的演讲值得注意的是，在这个问题上爱默生态度比前人更为温顺，因为他自己深深得益于欧洲的思想与文学。参见 Robert D. Richardson, *Emerson*: *The Mind on Fire*. Berkeley: University of California Press, 1995, pp. 368 – 369.

② 钱满素：《爱默生和中国：对个人主义的反思》，生活·读书·新知三联书店1996年版，第1页。

③ Oliver Wendell Holmes, *Ralph Waldo Emerson*, Boston: Houghton, Mifflin and Company, 1884.

雄，因为爱默生给美国这个新兴国家武装上了独特的自我身份和独立的美国意识。① 美国诗人、批评家詹姆斯·洛威尔（James Lowell）的表述更为全面："清教徒的反抗使我们在教会上独立了，（美国）革命使我们在政治上独立了，但我们在社会和思想上仍受到英国思潮的牵制，直到爱默生割断这根巨缆，从此让我们在碧海的险恶和荣耀间驰骋。"②

爱默生的思想通常与兴起于19世纪二三十年代新英格兰地区名为"超验主义"的文学思潮联系在一起。在爱默生漫长的一生中，他最著名的标签莫过于"超验主义者"。③ 从历史起源来看，"超验主义"最初起源于古希腊柏拉图主义（以及新柏拉图主义）的二元论。柏拉图创建了一个超验的"理念"或"形式"的世界与现实世界对立，纯粹的真善美即存在于这个超验世界之中。从历史发展来看，新英格兰的"超验主义"运动的直接来源是欧洲18世纪的超验主义哲学（通行的翻译是"先验主义哲学"，以康德为主要代表）。④ 而从现实条件来看，新英

---

① David Porter, *Emerson and Literary Change*, Harvard University Press, Cambridge, Massachusetts, 1978, p. 1.

② James Russel Lowell, *My Study Windows*, London: George Routledge & Sons, Limited, p. 354.

③ 尽管爱默生内心并不认可"超验主义"这个称呼，但他仍旧经常会使用这个词。然而，他却很巧妙地避免了让自己的名字与超验主义者等同起来。1835年爱默生和他的朋友们在考虑创办一份期刊时，给这份期刊想好的名字就是《超验主义者》（The Transcendentalist）或者《精神探寻者》（The Spiritual Seeker）。五年之后，这份期刊终于面世，他们却没有采用当年想好的这两个名字，而是将之取名为《日晷》（The Dial）。而且，在1841年的演讲《超验主义者》中，爱默生从未直接使用"超验主义"这个词来指称他自己，或任何他自己的作品。鉴于"超验主义"这个词汇的指称已经约定俗成，在本书中我将依旧使用这个词来代表爱默生及其思想。名称并不是一个很大的问题，但是在名称之外，还有一点很重要的是，"超验主义"一词绝对不足以准确概括爱默生的核心思想和美国19世纪的思想主流，这一点我们须时刻铭记在心。现今对爱默生的研究大多数集中在他的超验主义或者是个人主义这些角度上。当然，无可厚非，这些研究的出发点都是对的，但是爱默生思想中还有更为深刻和广泛的意义。实际上，爱默生思考的领域很广泛，其思想的影响范围也很广泛。

④ 爱默生受德国先验主义哲学家的影响并不太多。他对德国先验主义哲学家的了解几乎都是通过托马斯·卡莱尔（Thomas Carlyle）和塞缪尔·科勒律治（Samuel Coleridge）的作品。而且，新英格兰的超验主义与康德的先验主义关系不大。爱默生更多吸收的是新柏拉图主义以及德国浪漫主义者歌德、席勒等人的思想。但是，值得注意的是，爱默生并非对所有德国先验哲学家都缺少了解。黑格尔就对爱默生产生过直接的影响。爱默生晚年读过黑格尔的《历史哲学》（The Philosophy of History），对黑格尔思想有所接受。具体参见 Rene Wellek, *Confrontations: Studies in the Intellectual and Literary Relations between Germany, England, and the United States during the Nineteenth Century*, Princeton, N. J.: Princeton University Press, 1965; Henry A. Pochmann, *New England Transcendentalism and St. Louis Hegelianism*, Philadelphia, 1948.

格兰的"超验主义"运动孕育于从对加尔文主义的批判中而发展起来的唯一神教。

爱默生在 1841 年的《超验主义者》①演讲中对新英格兰"超验主义"的定义是:"如今我们通常称作'超验主义'的理论,实际上是唯心主义,自它在 1842 年诞生起,它就是一种唯心主义。"②

这里有必要解释一下"唯心主义"(Idealism)这个词。"Idealism"出现于 17 世纪末期,用来描述柏拉图主义和原始的理念观的理论。后来康德用它来表述自己的知识理论,因为这一点,爱默生经常会与康德联系起来。实际上,爱默生唯心主义的根基不是康德的思想,而是古典时期的理念论。

王柯平教授在《〈理想国〉的诗学研究》中指出,"唯心论"或"唯心主义"作为西文概念 Idealism 的汉译,有时候颇显牵强,容易使人误解。早在 1940 年,陈康就曾发过这样的感慨:"'唯心论'是个不幸的名词。如果我们不丢弃那种不研究内容而专听口号的习惯,唯心论哲学因为它自称为'唯心论',已足遭人误解了;'心即理也'中的'心',也将和唯心论中的'心'一样为人所误解。"的确,心(Mind)作为一种思维或认知的智能,应有心理的心,逻辑的心,而柏拉图的认识论则是基于"宇宙心"。③ 王柯平教授又指出,Idealism 的另一译名是"理想主义",其主要根据是词根 Ideal 的原意——"理想""典范""完美"与"理式"。"从柏拉图的 Idea 引申出来的 Idealism,一般译为'唯心论',但柏拉图的 Idea 本身就包含有它是具体事物追求的目的,有'理想'这样的目的论意义。"④ 而爱默生的超验主义与柏拉图的渊源极深,他笔下的

---

① 此篇演讲《超验主义者》系爱默生 1841—1842 年的演讲系列《时代》(The Times)中的一篇。1843 年 1 月发表于《日晷》,1849 年被编录进《自然、演讲与讲演录》。
② The Collected Works of Ralph Waldo Emerson, 1 Vols. Ed. Afred R. Ferguson et al., Cambridge: Harvard University Press, Belknap Press, 1971, p. 201. 译文主要参照《爱默生集:论文与讲演录》,波尔泰编;赵一凡等译,生活·读书·新知三联书店 1993 年版,部分内容也适当参照了《爱默生演讲录》,孙宜学译,中国人民大学出版社 2004 年版;《美国的文明》,孙宜兴译,广西师范大学出版社 2002 年版;《自然沉思录》,博凡译,上海社会科学院出版社 1985 年版等译本,根据笔者理解,少数译文有修改。后文不再交代。
③ 参见陈康《柏拉图认识论中的主体与对象》,商务印书馆 1990 年版,第 31 页。
④ 参见汪子嵩、范明生等《希腊哲学史》第 2 卷,人民出版社 1997 年版,第 603 页。

Idealism 很大程度上就是来自于柏拉图对 Ideal 一词的设想。①

爱默生虽然承认，如今我们通常称作"超验主义"的理论，实际上是唯心主义，但这只是从超验主义的历史语境和发展情况而言，而且注意他使用的"通常"一词（"通常"一般意味着大众的观点，而大众的观点往往偏于概括，难以精确）。"超验主义"一词来源于康德的"先验哲学"，这种哲学在德国和法国的影响力仅仅停留在思想界，而对实际的社会组织没有产生很大影响。英国先验主义哲学的影响虽然跨界到了诗歌和艺术领域，但对人的实际生活仍旧没有影响。然而，在新英格兰这块土地上，从欧洲舶来的"超验主义"却生根发芽，茁壮成长，渗透到了社会生活的方方面面。② 换言之，新英格兰的"超验主义"虽然源于欧洲的先验哲学，但其内涵已经远远超越了先验哲学中的唯心主义与理想主义倾向。在《超验主义者》这篇演讲中，爱默生指出，人类作为思想者，"始终分裂为两个派别，唯物主义者与唯心主义者。前一派人以经验为基础，后一派则注重意识。头一派人依据感官的体验来进行思考，后一派人却领悟到感官并非最终的依赖物，并且提出：感官虽然向我们提供事物的再现形式，但是它无法说明原由"。而超验主义者看事情却是两面的：既看到事情物质的一面，同时也看到事情的精神性一面，"每一件都是某种精神

---

① 另一方面，如果我们从词语组成部分来分析的话，似乎也可以得到同样的结论。Ideal 这个词由两部分组成，Idea + L："Idea" 一般指的是思想过程或思想结果，后面的 "L" 则指思想对情感或意志的诉求（appeal）。因此，结合这两部分来看，Ideal 指的不仅仅是思考的目标或结果，也是希望、崇敬、努力、决心的目标或结果。或者，也可以通过个人和社会的关系理解这个问题，"思想"（Idea）首先是个人的，而通过诉诸情感和意志，个体诉求就扩大到了整个社会。如果对应到中文的"理想"一词，对 Ideal 两部分更直接的表述是，Idea 表示"理"，L 表示"想"。

判断 Idealism 是翻译为"唯心主义"还是"理想主义"还有另外一重意义：如果 Idealism 翻译为"唯心主义"，那么与之相对应的中文和英文分别是"唯物主义"（Materialism）；如果 Idealism 翻译为"理想主义"，与之相对应的中文和英文分别是"实用主义"（Pragmatism）。"唯物主义"和"唯心主义"的对立主要从形而上学的本体论和认识论的层面而谈的，两者对世界的根本看法产生分歧；"理想主义"与"实用主义"的对立主要体现在哲学的方法和目的上。而爱默生的 Idealism 既包括形而上学的认识层面，即"唯心主义"，也包括形而下的功用层面，即"理想主义"的两种含义。需要注意的是，在本体论和认识论上，爱默生并不接受极端的唯心主义，这种唯心主义拒绝承认外在事物独立于思想的存在。如他在《论自然》中《唯心主义》这一章指出，即便是从神学的角度看，这种否认外在事物的极端的唯心主义无法满足精神的需求，因为"它使上帝离开我的身心。它让我独自荡漾在自我感知的华丽迷宫里，上下求索，永无止境"。（*The Collected Works of Ralph Waldo Emerson*, 1 Vols. Ed. Afred R. Ferguson et al., Cambridge: Harvard University Press, Belknap Press, 1971, p. 37）

② 参见 Octavius Brooks Frothingham, *Transcendentalism in New England: A History*, New York: Harper & Brothers, Publishers, 1959, p. 103.

事实的延续或补充部分"①。这就说明，在本体论和认识论的层面，爱默生的"超验主义"既是唯心的，也是唯物的。

如果我们从"理想主义"的层面去理解 Idealism 的话，上述的同一个句子就被翻译成，如今我们通常称作"超验主义"的理论，实际上是理想主义。同上述情况一样，爱默生在这里提到的通常称作"超验主义"的理论，大概率上指的是欧洲的先验哲学，而非新英格兰的"超验主义"，或者，爱默生的"超验主义"。这是因为，从方法和目的上来说，爱默生的"超验主义"并不仅仅只是"理想主义"，更是与之相反的"实用主义"，这两者并不矛盾，"理想主义"是爱默生对目标的展望，而"实用主义"是爱默生实现理想的手段。从这个意义上来说，爱默生改变或者说修正了欧洲"超验主义"中"唯心"或者是"理想"的一面，赋予新英格兰的"超验主义"一种全新的"实用"主义色彩。

由此可以得出，爱默生的"超验主义"不仅仅是一种"唯心主义"和"理想主义"，它也包含"实用主义"的内涵，它是一种倡导行动的哲学，其实践的重要性不亚于其理论意义。爱默生在《美国学者》演讲中向年轻的学生们明确地指出了这一点："行动正是思想的序言。通过它，思想才从无意识过渡到意识。正因为我生活过，我才获得现有的知识。……思想是一种机能，而生活则是这机能的执行者。"② 在新英格兰"超验主义"对世界的认识上，爱默生虽然没有完全放弃唯心主义，但是在哲学的目的上，爱默生无疑更加强调的是超验主义的实用目的。③ 爱默

---

① *The Collected Works of Ralph Waldo Emerson*, 1 Vols. Ed. Afred R. Ferguson et al., Cambridge：Harvard University Press, Belknap Press, 1971, p. 201.

② *The Collected Works of Ralph Waldo Emerson*, 1 Vols. Ed. Afred R. Ferguson et al., Cambridge：Harvard University Press, Belknap Press, 1971, pp. 59 – 61.

③ 遗憾的是，在爱默生的批评史上，这一点却并未受到足够的关注。在《爱默生的墓碑》（*At Emerson's Tomb*）这本书中，约翰·卡洛斯·罗威（John Carlos Rowe）指责爱默生的超验主义"实际上毫无用处"，并且认为爱默生是美国使"文学与生活分离"的发起人，这种分离让思想者的声音既遥远又空洞。参见 John Carlos Rowe, *At Emerson's Tomb*：*The Politics of Classic American Literature*, New York：Columbia University Press, 1997, p. 248；杰·格罗斯曼（Jay Grossman）则竭力要求美国人抵制来自"爱默生的持续压力"，认为那是一种远离实际现实的抽象。参见 Jay Grossman, *Reconstituting the American Renaissance*：*Emerson, Whitman, and the Politics of Representation*, Durham：Duke University Press, p. 204；亚瑟·史莱辛格（Arthur Schlesinger）谴责超验主义者们在 19 世纪 30 年代美国政治形成的时期中远离社会体制，他认为政治代表了爱默生"最大的失败"（Great failure）。参见 Arthur M. Schlesinger, *The Age of Jackson*, Boston：Little, Brown, 1945, p. 386. 迈克尔·洛佩兹（Michael Lopez）和查尔斯·米歇尔（Charles Mitchell）（转下页）

(接上页) 指出，爱默生的主流批评史记录了一个唯心主义（或理想主义）的爱默生，他执着于"超验主义"的绝对理念，而轻视物质世界的具体存在。具体参见 Michael Lopez, *Emerson and Power*: *Creative Antagonism in the Nineteenth Century*, Dekalb: Northern Illinois University Press, 1996, pp. 3 – 52; and Charles E. Mitchell, *Individualism and its Discontents*: *Appropriations of Emerson*, 1880 – 1950, Amherst: University of Massachusetts Press, 1997, pp. 1 – 72. 洛佩兹在著作中还指出，如果我们根据梅奎尔（J. G. Merquior）"唯心主义"的定义，爱默生也许可能被看作是一个唯心主义者，根据梅奎尔对唯心主义的定义，（后康德主义）的唯心主义形而上学的首要原则是，相信"人可以在自然人类经验中发现理解事实终极本质的线索"，在现代哲学史上，古典和柏拉图式的唯心主义的影响逐渐弱化。尽管以人类为中心的唯心主义观点仍然势头强劲，贯穿在叔本华、尼采、伯格尔森、海德格尔和维特根斯坦等人的作品中。但自从黑格尔 1831 年逝世后，唯心主义中的精神因素逐渐被 19 世纪思想中普遍的世俗主义所渗透。根据梅奎尔对唯心主义的这个定义，那么，洛佩兹认为，爱默生可以被称为是一个唯心主义者。参见 J. G. Merquior, *Foucault*, Berkeley: University of California Press, 1985, pp. 19 – 20.

当然，也有少数批评家认识到爱默生实用主义的一面，如乔尔·波特对爱默生的精辟概括："爱默生不只是一个存在于'私人'的无限之中的超验主义仲裁者；他更是一位深切关注公众问题的美国思想家，他代表了美国励精图治的伟大一代……是那个时代社会界、政治界和思想界的代言人。"参见 Joel Porte, "Introduction: Representing America—The Emerson Legacy", *The Cambridge Companion to Ralph Waldo Emerson*, p. 2. 理查德·波伊瑞尔（Richard Poirier）同样认识到这一点。博伊瑞尔对爱默生的认识历经了一个转变的过程。在 1966 年出版的《别处的世界》（*A World Elsewhere*）中，他描写了一个远离政治，醉心文学世界的爱默生。波伊瑞尔认为，爱默生深刻地意识到语言表达物质和社会现实的有限性，因此他精心雕琢的散文意在将读者导向了一个远离具体的历史经验的世界，而进入氛围纯净的"别处世界"。波伊瑞尔暗示，爱默生的美学实践包着爱默生的实用主义哲学，因为文学创造出一种与"社会规定自我表达的风格"相冲突的"允许自我意识充分发展的"时间和空间。参见 Richard Poirier, *A World Elsewhere*: *The Place of Style in American Literature*, Madison: University of Wisconsin Press, 1985. 波伊瑞尔对这个问题的思索一直持续到二十年后的著作《文学的更新》（*The Renewal of Literature*）中，在这本书中，他重新评价爱默生，认为爱默生通过一种对遗传的、灵动的语言有策略性的运用的散文风格重新塑造了当时的文化氛围。参见 Richard Poirier, *The Renewal of Literature*: *Emersonian Reflections*, New York: Random House, 1987. 波伊瑞尔的研究引发了对爱默生作为一个实用主义者的研究新潮。这股研究潮流也促发了学者对爱默生后期作品的关注，特别是他在《生活的准则》中对力量和实际行动的冥思。大卫·罗宾森（David Robinson）的作品《爱默生与生活的准则：爱默生晚期作品中的实用主义与伦理目的》（*Emerson and the Conduct of Life*: *Pragmatism and Ethical Purpose in the Later Work*）从实用主义的角度，分析了爱默生几部重要的后期作品。康奈尔·韦斯特（Cornel West）在《美国逃避哲学：实用主义的谱系》（*The American Evasion of Philosophy*: *A Genealogy of Pragmatism*）中探讨了爱默生的实用主义观，韦斯特认为爱默生是美国实用主义传统的真正起点。爱默生不仅开启了美国实用主义所有的主题，更重要的是他实现了一种学术研究和文化批评的风格。参见 David Robinson, *Emerson and the Conduct of Life*: *Pragmatism and Ethical Purpose in the Later Works*, Cambridge: Cambridge University Press, 1993; Cornel West, *The American Evasion of Philosophy*: *A Genealogy of Pragmatism*, Madison: University of Wisconsin Press, 1989. 乔纳森·列维（Jonathan Levin）在著作中同样力辨爱默生思想中理念与实际经验的紧密结合，具体参见其著作 Jonathan Levin, *The Poetics of Transition*: *Emerson*, *Pragmatism*, *and American Literary Modernism*, Durham: Duke University Press, 1999, p. 25; 格雷格·克雷恩（Gregg Crane）则倾向于将爱默生道德的"高级法则"看作是"一种易变的人类创造，一种将道德灵感注入政（转下页）

生在 1841 年 7 月《日晷》的创刊宗旨里写道：

> 所有高尚的东西都是针对着生活的，我们的事业就是如此。我们不想高谈阔论、故弄玄虚、或者变换着花样反复强调个别主张，而是想在可能的情况下体现一种精神。那种精神提高人们的道德境界，恢复他们的宗教情绪，给予他们崇高的目标和纯粹的欢乐，那种精神将人们拔擢到高贵的自然状态，进而剥去笼罩着自然景致的忧云愁雾，使实践的力量与思辨的力量达到和谐与统一。①

这段话表明，"超验主义"并不只是纯粹的精神运动。或者说，精神只是一种方法，其最终的目的还是"针对生活"。无论是希望提高人们的道德水准还是恢复人们的虔诚心态，对爱默生来说，最重要还是行动。"好心而有识之士必须学会行动，并且要大胆地把拯救运动推进到那下层肮脏角斗场上的战士和煽动家们中去。"②

出于对美国现实和发展的需求和考虑，这种行动的拯救不仅是应当的，而且是十分必要的。19 世纪是美国资本主义市场经济快速发展时期，处于上升时期的美国政治经济日益强盛，但传统的价值和美德却被无情的丢弃。爱默生在日记里写道，19 世纪三四十年代的美国充满了不健康的狂热能量："啊，美国……空气中充满了浮夸、愚蠢、松散、怠惰。"③ 他在 1841 年的演讲《人及改革者》中写道：

> 美国人拥有许多美德，但是他们缺乏信仰与希望。我不知道这两个词被忽略的程度是否空前绝后。我们使用这两个词，就仿佛它们和"瑟拉"与"阿门"一样陈腐。然而它们的含义却极其宽广，对于

（接上页）治话语和法律实践的持续努力"。参见 Gregg D. Crane, *Race, Citizenship and Law in American Literature*, Cambridge: Cambridge University Press, 2002, p. 87. 北京大学博士宫铭在博士论文中论述过爱默生思想与实用主义哲学的内在联系。在宫铭论及实用主义哲学产生的大背景下，曾提到爱默生"经验"这个概念与美国实用主义思想传统发展演变的关系。参见宫铭《经验和语言——实用主义文学理论转型研究》，博士学位论文，2011 年。

① *The Collected Works of Ralph Waldo Emerson*, 10 Vols. Ed. Afred R. Ferguson et al., Cambridge: Harvard University Press, Belknap Press, 1971, p. 98.

② *The Collected Works of Ralph Waldo Emerson*, 1 Vols. Ed. Afred R. Ferguson et al., Cambridge: Harvard University Press, Belknap Press, 1971, p. 211.

③ *The Journals of Ralph Waldo Emerson*, Ralph L. Rusk, editor. 7 Vols. New York: 1939, p. 380.

1841年今天的波士顿城而言绝对适用。美国人缺乏信仰。他们依赖金钱的力量，却在情操方面麻木迟钝。……我总能立即感到这一代没有信仰的人是多么可怜，而他们奉行的制度又是多么脆弱，就像是用纸牌搭起的房子。从中我也可以想象出，一个勇敢的改革者，或是一个伟大的新思想，将会发挥多么大的影响。①

人们的道德心灵下滑，道德意识淡漠，甚至毫无道德观念，只一味追求个人的经济利益，整个社会变成了一头无道德的怪兽，整个国家陷入了物质主义和消费主义的泥潭之中，人的堕落与不自知使这个时代无可避免地染上了严重的精神疾病。爱默生希望通过对道德价值的提倡，将美国拯救出道德的泥潭，走向充满希望的未来，实现美国的伟大使命。② 爱默生坚信，"信仰精神将会重新返回，充斥我们的心胸"，因为"上苍有眼，让我们血管中流动着道德的血液"。③

在美国道德和精神陷入危机的时刻，爱默生提出了最为关键的那个问题：在一个新生的国度，文学（或者用爱默生的词"学者"）如何才能够重新唤醒民众的道德心灵？

爱默生的一生都在尝试着解答这个问题，同样，他的一生也正是这个问题的答案。作为一名超验主义者，他并没有远离社会，高高踞于深邃的理念世界之中，而是眼望星空，脚踏实地，努力将超验的精神之域与物质世界统一起来；同时，他也努力践行着"美国学者"的责任，身体力行，以文学为工具，通过布道、演讲、诗歌等方式，致力于向美国民众传达向善行善、人心本善的道德观念。在以"行动"为"超验主义"宗旨的理念下，爱默生的诗学呈现出明显的伦理特质。从这个意义上来看，我们可以将爱默生的诗学解读为一种以塑造美国的思想特性、重建美国的道德心灵为目标的伦理式诗学。

伦理与文学的关系，无论是在文学批评还是在哲学伦理学中，永远都

---

① *The Collected Works of Ralph Waldo Emerson*, 1 Vols. Ed. Afred R. Ferguson et al., Cambridge: Harvard University Press, Belknap Press, 1971, p. 156.

② 在美国思想史中，从殖民地时期就一直存在着一种美国独特主义（American Exceptionalism）的传统，爱默生的思想也是美国独特主义思想的一部分。美国独特主义认为，新世界是上帝的应许之地，是人类的新家园。这就意味着，无论从宗教、政治还是社会的其他方面，这个新世界将真正体现人类的终极理想，成为所有国家的楷模，成为全人类的指明灯。

③ *The Collected Works of Ralph Waldo Emerson*, 6 Vols. Ed. Afred R. Ferguson et al., Cambridge: Harvard University Press, Belknap Press, 1971, p. 167.

是一个备受争议的话题。传统的关于文学与伦理学的研究包括三个方面，一是文学与伦理学的交叉点研究。二是文学的伦理学研究，又根据观点不同分为两大主要派别，一派主张文学的道德教化功能，如马修·阿诺德（Matthew Arnold）坚称诗歌是为道德生活服务的，这种道德生活广义上是"如何生活"作为生活对思想有力美丽的运用。① 另一派则坚持艺术的纯粹性，与道德无涉，如奥斯卡·王尔德（Oscar Wilde）的著名宣言："根本就没有所谓的道德或者不道德的书籍，书要么写的好，要么写的差，就这么回事。"② 三是伦理学的文学研究，同样分为支持伦理学与文学融合和伦理学去文学化这两种派别，其区别正如尼采和康德的对待文学的不同态度，尼采的艺术观推崇酒神精神，而康德"在道德哲学上的成就，就是从美学和情感中将伦理学净化"。③

爱默生的诗学强调的是诗学的伦理功能。关于诗歌的伦理功能，从古希腊时期起诸多哲学家都讨论过这个问题。例如，在柏拉图（Plato，约公元前 427 年—前 347 年）的《理想国》（The Republic）当中，诗和诗人因为模仿和虚构无益于城邦的德育教化而被放逐；而在亚里士多德（Aristotle，公元前 384—前 322）的《诗学》（The Poetics）中，诗却因为其虚构想象的特质而被亚里士多德放在比历史更高的位置，诗人也因而变成真理的追求者。前者将诗与哲学作比，突出了诗歌对城邦道德教化的负面影响，其潜在话语是对诗歌与道德紧密关系的默认，后者将诗与历史作比，认为历史只追求真实，而诗歌却是追求真理，愈发强化了诗歌的社会功能。贺拉斯（Horace）的《诗艺》（Art of Poetry）中从审美和道德两方面提出了诗歌的娱乐和教育功能。朗吉努斯（Longinus）在《论崇高》（On the Sublime）中强调了诗歌语言的崇高和内容的真实。普鲁塔克（Plutarch）在《年轻人应该怎样学习诗歌》（How the Young Man should Study Poetry）中指出，诗歌是年轻人伦理教育的一部分，也是他们接下来的哲学研究的准备。基督教时期的诗歌理论大多与宗教中惩恶扬善的理念相关。文艺复兴时期的诗学更是与那段时期特殊的文化氛围联系起来。诗歌逐渐从神学中独立出来，人本主义精神高扬，诗歌成为复苏人本主义精神的旗帜。但丁（Dante）、薄伽丘

---

① David P. Haney, The Challenge of Coleridge: Ethics and Interpretation in Romanticism and Modern Philosophy, Pennsylvania: The Pennsylvania State University Press, 1952, p. 29.

② Oscar Wilde, The Picture of Dorian Gray, London: Longman, 2009, p. ix.

③ 参见［德］尼采《悲剧的诞生》，孙周兴译，商务印书馆 2012 年版；［德］汉斯－格奥尔格·伽达默尔：《诠释学：真理与方法》，洪汉鼎译，商务印书馆 2010 年版，第 40 页。

(Boccaccio)、斯卡灵杰（Julius Caesar Scaliger）、卡斯特维罗（Lodovico Castelvetro）、西德尼（Philip Sidney）、马佐尼（Mazzoni）等人的诗学中皆涉及诗歌对社会的道德教化作用。①

同样需要指出的是，文学与伦理的关系并不是天然的，文学并不天然从属于伦理，反之亦然。爱默生偏重伦理的诗学观并不是西方诗学史上的一种常态，而只是一种特例，是特定的历史条件下的产品。按照 M. H. 艾布拉姆斯（M. H. Abrams）在《镜与灯：浪漫主义文论及批评传统》（*The Mirror and the Lamp: Romantic Theory and the Critical Tradition*）中的提法，西方的诗学类型基本可以分为四类：摹仿论（Mimetic），表现论（Expressive），实用论（Pragmatic）和客观论（Objective）。摹仿论起源于古希腊，表现论兴于浪漫主义时期。这两者的共同点在于它们都关注于诗歌的本质，或者，换言之，诗人的本质。与之相反，实用论和客观论则更关注诗歌的外延，如语境或背景等。诗歌实用论的观点来自于古代的修辞术，特别是贺拉斯的《诗艺》。文艺复兴和启蒙运动的诗歌理论大部分都属于实用论（但是，需要注意的是，实用论并不专门的属于某一时期或某一地点，实用论强调诗歌的目的性，持这种观点的人基本上每个时代都会出现）。客观论于18世纪时在欧洲发展起来，这种观点侧重于诗歌的客观的中立的研究。②根据这种分类，爱默生的诗学从目的上来说实际上是一种实用论的诗学（在诗歌理念和表达上爱默生的诗学也有摹仿论和表现论的成分）。

上述的答案从现实的层面解释了爱默生诗学中的伦理维度，并从历史上追溯了文学与伦理的关系。但这个答案似乎并不具备解释一切的效力，至少它无法解释在理论的层面上，道德为什么是爱默生诗学中一个重要的甚至是首要的准则。从作者本人的经历出发或者是从社会和时代的需求出

---

① 爱默生逝世之后，诗歌和伦理的关系，在20世纪60年代时又经历了一次巨大的变化，这便是历史上著名的"双重转向"，首先是发生在语言学界、随后波及哲学界的"语言学转向"（The Linguistic Turn），接下来便是在诗歌、理论和批评领域的"伦理学转向"（The Ethical Turn）。一直到20世纪60年代末至80年代中后期（1969—1987），也就是被杰弗里·高尔特·哈珀姆（Geoffrey Galt Harpham）称为"理论的时代"时，伦理与文学的关系才被切断。新历史主义者将伦理划归到政治领域，如弗里德里克·詹姆森（Fredric Jameson）的《政治无意识》（*The Political Unconsciousness*），其他主流的批评学派，如解构主义、马克思主义、心理分析等纷纷将伦理放逐到潜意识层的欲望中去。80年代后期的"伦理学转向"主要归功于法国哲学家伊曼努尔·列维纳斯（Emmanuel Levinas）的努力，同时也受益于古代美德伦理的复苏。

② M. H. Abrams, *The Mirror and The Lamp: Romantic Theory and the Critical Tradition*, Oxford: Oxford University Press, 1953, pp. 6 – 30.

发对此问题进行阐释，都面临着过于偶然或者失于偏颇的危险，很难达到一个必然的结果。爱默生强调道德的根本原因必然存在于他思想的根基与他最终的诉求当中，而这，需要我们从爱默生思想的理论层面进行考虑。

爱默生本人的宏伟目标是旨在阐释"第一哲学"重大原则。"第一哲学"这个词来自培根，爱默生用它指的是"心灵的最初法则，是存在，而非表象的科学"，① 是"心灵总倾向于把它留心到的事物统一起来，或者从最疏远的事实中总结出某个单一的法则"。② 爱默生把道德法则当成宇宙普遍心灵的第一法则。在他看来，宇宙和谐有序的运转依赖于道德法则的维系，而个体的内心，通过直觉感受到宇宙的这种道德法则，可以使个体行为与宇宙的道德法则保持统一。道德维持着宇宙的和谐运转，道德维持着个体与宇宙的和谐统一。由此可以看出，在爱默生的思想中，和谐有序、和谐统一是宇宙和个体存在的理想状态，而道德则是宇宙和个体保持有序保持统一的关键因素。

从理论的层面上，爱默生的终极追求是有序的宇宙、和谐的个体，而在现实层面上，他面对的却是失序失衡的美国社会与个体。美国文化的发展远远逊色于其政治成就，美国道德的退化与堕落更是与社会的物质进步与工业的快速发展形成鲜明的对比。爱默生希望，道德是医治美国社会与拯救个体心灵的良药，通过道德他能够恢复个体心灵的秩序与社会的和谐。爱默生在其诗学中注入了这种社会理想，道德的原则渗透了他诗学的各个方面，而它们的最终指向，是整个宇宙和谐的道德大统一。

本书即以爱默生诗学中的道德原则为切入点，就两个主要论点展开论述：一是详细阐述道德原则在爱默生诗学中的具体体现；二是分析爱默生诗学中的道德原则如何在诗学的各方面实现统一，以最终达到个体、自然、宇宙万物的统一。

以上就是我全书的假设。虽然这个假设对我而言是站得住脚的，却仍然需要放到爱默生的文本中去进行验证。因此，在文本内外，我尤其关注"伦理""道德""美德""统一"等词出现的地方以及爱默生如何对它们进行论述。

---

① *The Journals and Miscellaneous Notebooks of Ralph Waldo Emerson*, William H. Gilman et al., editors. 5 Vols. Cambridge, MA: Harvard University Press, 1960–1982, p. 270.

② *The Journals and Miscellaneous Notebooks of Ralph Waldo Emerson*, William H. Gilman et al., editors. 5 Vols. Cambridge, MA: Harvard University Press, 1960–1982, p. 221.

需要指出的是，在本论文中，"伦理"一词在本质上等同于"道德"，尽管从哲学或伦理学的角度来讲，这两者的涵义仍然有不一样的地方。①

---

① 从西方词源学的意义上来看，中文的"伦理"和"道德"的这样的概念，是对西方语言中的 Ethics 和 Moral 的翻译。"伦理"在古希腊文中为"ethos"，意为习惯、风俗。亚里士多德说："把习惯一词（ethos）的拼写方法略加改变，就成了'伦理'（ethike）这个名称。"参见［古希腊］亚里士多德《尼可马科伦理学》，中国社会科学出版社 1990 年版，第 25 页。"Moral"一词的词源是拉丁文中的"moralis"，是古罗马哲学家西塞罗在翻译希腊的"ethike"时创造的一个词。因此，在西方词源学的意义上，"Ethics"和"Moral"并没有实质上的区分。中国的"伦理"与"道德"这两个概念的分野，从词源学上看，要比西方明显得多，这里沿用的是西方的思想传统，借用中文的翻译，因此对中文中这两个概念的差异不进行详述。

西方思想史上，对这两个概念进行明确的区分性运用的，首先是德国哲学家黑格尔。黑格尔在《法哲学原理》中指出："道德和伦理在习惯上几乎是当作同义词来用，在本书中则具有本质上不同的意义。普通看法有时似乎也把它们区分开来的。康德多半喜欢使用道德一词。其实在他的哲学中，各项实践原则完全限于道德这一概念，致使伦理的观点完全不能成立，并且甚至把它公然取消，加以凌辱。但是，尽管从语源学上看来道德和伦理是同义词，仍然不妨把已经成为不同的用语对不同的概念来加以使用。"参见［德］黑格尔《法哲学原理》，商务印书馆 1961 年版，第 42 页。按照黑格尔思辨的理解，涉及个体自由的领域，就是道德的领域。而跟社会领域相关的，则是伦理。

在黑格尔之后，西方思想界对于"伦理"和"道德"这样两个概念，存在不加区分和相互区分两种情况。海德格尔对"伦理"一词的解释是，"ethike"在古希腊那里的原始意义就是表示人的住所、场所，而这个场所是让人成为它之所"是"的场所，即让人来到"在"中，同时"在"这里得到澄明，成为"在场"。因而，ethos 的本质是人如何与存在者相处、保持留住存在者，让之存在的态度、方式，有伦理是指在全体存在者中间的人的存留。海德格尔的这一理解把黑格尔伦理的社会性扩展到与人共在的环境。这无疑也坚持了"伦理"这一概念的超越个体道德的品格。当代著名哲学家哈贝马斯也同样强调了这种区分。他在谈到他的商谈话语伦理时认为，他至少坚持了道德的与伦理的话语的明确区分。从 20 世纪中叶起，西方学术界又产生了另外一种把"伦理"与"道德"区分开来使用的倾向。"道德"被限定于指诸如"功利主义"和"道义论"这样的现代伦理理论。这种理论力图融合不同的道德规则，提供一种普遍性的准则，它强调责任和义务，以及对他人的善的关怀。"伦理"则在对于当事人的幸福而不是义务或责任的关心的意义上使用，以及用来指对行为者的德性而不是行为的系统阐述的亚里士多德理论。参见龚群《社会伦理十讲》，中国人民大学出版社 2008 年版，第 5 页。

但一般而言，对这两个概念的使用可以不加区分。例如，在阿拉斯戴尔·麦金太尔（Alasdair MacIntyre）的书中，对"伦理"和"道德"这两个词就没有进行区分。麦金太尔在谈到英语中使用"moral"这词的意义的演变过程时说："英语中的'道德'的早期用法译自拉丁文，被用作名词，在这一时期内的所有文献中，'道德'（the moral）都表示该文献所要教导的实践性训诫。在这些早期用法中，'道德的'既不与'谨慎的'或'自利的'相对照，也不与'自利的'或'宗教的'相对照。当时与这一词汇的意义最为接近的词可能仅是'实践的'。随后，在这一词汇的用法史中，它首先被通常作为'道德德性'的一部分，接着，因其意义变得越来越窄，而自身成为一个谓语。到了 16—17 世纪，它才开始具有现代意义……从 1630—1850 年……'道德'一词获得了一种既普遍而又特殊的意义……在那个时期，'道德'一词成为一个特殊领域的名称，在这一领域中，既非宗教神学或法律方面的，亦非美学的行为规则被承认为一块属于自身的文化空间。"参见［美］阿拉斯戴尔·麦金太尔《德性之后》，中国社会科学出版社 1995 年版，第 51—52 页。

总的说来,"伦理"更适合用来描述社会的、抽象的原则,"道德"的辖域则要偏个体、具体一些。因此,在本书中,"伦理"一词用来对抽象理论和概念进行概括,"道德"一词用来对具体事务的表述。"美德"的范畴没有"道德"和"伦理"的范畴广,通常来说归属于"伦理"名下,是其题中应有之义,但要说"美德"是"道德"的一部分也未尝不可。因而,本书所指的"伦理"或"道德"或"美德"皆属于宽泛的概念,意在阐明爱默生的诗学的道德因素,而非从哲学上对伦理或道德本身进行本体论上的探究。"统一"的英文为"Unity",在爱默生的思想中,这种统一是宇宙的真理,因而也是爱默生在其他方面追求的目标。诗学(poetics)一词源于希腊语 Poesis,意思是创造。① 瓦勒里在《诗的艺术》中说:"根据词源,诗学是指一切有关既以语言作为实体又以它作为手段的著作或者创作,而不是狭义的关于诗歌的美学原则和规则。""诗学"一词的传统概念首先指涉文学在内的理论;其次它也指某一作家对文学法则的选择和运用(主题、构思、文体等)。② 本书中的"诗学"一词则取其通常意义上的含义,泛指诗歌理论和实践活动中的各种现象,如诗歌的本质、功能、语言、写作技巧、鉴赏、批评等方面。

第二节 文献综述

爱默生著述甚丰,一生出版数十部书籍。他的思考很广泛,历史、科学、强权、政治、命运、诗、英雄、自然、宇宙、友谊、爱、死亡、悲伤等话题都是他思考的对象。其中,爱默生直接或间接论述诗学的作品整理如下:

由乔尔·麦尔森(Joel Myerson)、道格拉斯·威尔逊(Douglas Wilson)、罗纳德·博斯克(Ronald Bosco)等人编辑、哈佛大学出版社最新出版的《拉尔夫·沃尔多·爱默生全集》的十卷本(The Collected Works of Ralph Waldo Emerson, 10 Vols. Cambridge: The Belknap Press of Harvard University, 1971–2013)中几乎收录了爱默生所有的作品,它们包括《论自然、演说词和讲演录》(Nature, Addresses and Lectures)(卷一)、

---

① 张德明:《人类学诗学》,浙江文艺出版社1998年版,第3页。
② 王先霈、王又平主编:《文学理论批评术语汇释》,高等教育出版社2006年版,第184页。

《随笔：第一集》(*Essays: First Series*)（卷二）、《随笔：第二集》(*Second Series*)（卷三）、《代表人物》(*Representative Men*)（卷四）、《英国特色》(*English Traits*)（卷五）、《生活的准则》(*The Conduct of Life*)（卷六）、《社会与孤独》(*Society and Solitude*)（卷七）、《书信与社会目标》(*Letters and Social Aims*)（卷八）、《诗歌集》(*Poems*)（卷九）、《未收编的散文、演讲、随笔和评论集》(*Uncollected Prose Writings, Addresses, Essays, and Reviews*)（卷十）。

在爱默生这十卷本作品当中，涉及诗学问题的文章包括：《论自然》(*Nature*)中的《语言》(*Language*)篇、《美国学者》(*The American Scholar*)、《文学的伦理》(*The Ethics of Literature*)、《历史》(*History*)、《智能》(*Intellect*)、《艺术》(*Art*，两篇，1841年和1870年)、《诗人》(*The Poet*)（包括一篇随笔及四篇诗歌）、《文学》(*Literature*)、《文化》(*Culture*，两篇，1860年和1867年)、《美》(*Beauty*，三篇，1836年、1860年、1867年)、《雄辩》(*Eloquence*，两篇，1870年和1876年)、《书籍》(*Books*)、《诗歌与想象》(*Poetry and Imagination*)、《喜剧》(*The Comic*)、《引用与原创》(*Quatation and Originality*)、《文化的进步》(*The Progress of Culture*)、《波斯诗歌》(*The Persian Poetry*)、《灵感》(*Inspiration*)、《巴克斯》(*Bacchus*)、《梅林》(*Merlin*)、《欧洲与欧洲书籍》(*Europe and European Books*)、《关于现代文学的思考》(*Thoughts on Modern Literature*)、《新诗歌》(*New Poetry*)、《悲剧》(*Tragedy*)、《〈帕纳斯〉前言》(*Preface to Parnassus*)。在上述的大多数文章中，爱默生谈到了他的诗学和诗学的核心原则，以及对经典文学或者是优秀的当代作品的看法。另外还有一类文章涉及爱默生对单个作家或思想家的评价，这些文章包括：《哲学家柏拉图》(*Plato: the Philosopher*)、《神秘主义者斯威登堡》(*Swedenborg: the Mystic*)、《诗人莎士比亚》(*Shakespeare: the Poet*)、《阅世老手拿破仑》(*Napoleon: Man of the World*)、《作家歌德》(*Goethe: The Writer*)、《米开朗琪罗》(*Michelangelo*)、《弥尔顿》(*Milton*)、《琼斯·维利》(*Jones Very*)、《沃尔特·萨维奇·兰多》(*Walter Savage Landor*)、《钱宁的诗歌》(*Channing's Poetry*)、《布朗森·奥尔科特》(*Bronson Alcott*)、《亨利·大卫·梭罗》(*Henry David Thoreau*)、《萨迪》(*Saadi*)、《哈菲兹》(*Hafiz*)。

除此之外，斯蒂芬·威彻尔(Stephen Whicher)和罗伯特·斯皮勒(Robert Spiller)合编了《爱默生早期演讲集》(*The Early Lectures of Ralph*

Waldo Emerson, 1833 – 1836, Edited by Stephen E. Whicher and Robert E. Spiller. Harvard University Press, Cambridge, Massachusetts, 1959）。爱默生的早期演讲包括：1833 年的《科学》（Science）演讲系列；1834 年的《意大利》（Italy）演讲系列；1835 年的《传记》（Biography）演讲系列；1835 年的《英国文学》（English Literature）演讲系列；1836 年的《历史哲学》（Philosophy of History）演讲系类；1837 年的《关于教育的演讲》（Address on Education）；1837—1838 年的《人类文化》（Human Culture）演讲系列；1838—1839 年的《人类生活》（Human Life）演讲系类；1839—1840 年的《当今时代》（The Present Age）演讲系类；1840 年的《对东莱克星顿人们的演讲》（Address to East Lexingtons）；1841—1842 年的《时代》（Times）演讲系类；在这些演讲词中，爱默生也多次涉及了诗学的问题（事实上，上面所列的爱默生的发表作品中，大部分的原型都来自于他的演讲稿，因此，不可避免的，他的演讲与他的文章会有一定数量上的重合，这之中，有的文章内容经过很大的修改，有的则基本没发生变化。在这里，为了与爱默生的作品出版历史保持统一，我将忠实地把他演讲中所有相关的文章列出来，尽管这样做会导致一些文章的重复提及），同样分为讨论诗学核心原则和对具体的个人评价这两类，前者包括《英国文学：前言》、《英国民族天才的永恒特质》（The Permenant Trait of English National Talent）、《寓言的时代》（Age of Fable）、《书信的现代特征》（The Modern Characteristics of Letters）、《艺术》（Art）、《文学》（Literature）（三篇）、《天才》（Genius）、《悲剧》（Tragedy）、《喜剧》（Comedy）、《诗人》（Poet）；后者包括《米开朗琪罗》、《马丁·路德》（Martin Luther）、《约翰·弥尔顿》（John Milton）、《乔治·福克斯》（George Fox）、《埃德蒙·伯克》（Edmund Burke）、《乔叟》（Chaucer）、《莎士比亚》（两篇）、《培根爵士》（Lord Bacon）、《本·琼生、赫力科、赫伯特、沃顿》（Ben Jonson, Herrick, Herbert, Wotton）、《伦理作家》（Ethical Writers）。

最新版《爱默生全集》的两位编者博斯克和麦尔森合编了《爱默生晚期演讲集》（The Later Lectures of Ralph Waldo Emerson, 1843 – 1871, Edited by Ronald A. Bosco and Joel Myerson. Athens and London: The University of Georgia Press, 2001），里面收录了爱默生 1843 年之后的演讲作品，包括 1843—1844 年《新英格兰》（New England）演讲系类；《在哈佛戒酒协会上的演讲》（Address to the Temperance Society at Harvard, Massachusetts）；《在弗芒特米德伯利学院哲学数学协会上的演讲》（Discourse Read before the Philomathesian Society of Middlebury College in Vermont）；《时代的精神》（The

Spirit of the Times）演讲系列；1848—1869 年《十九世纪的心灵与礼仪》（Mind and Manners of the Nineteenth Century）演讲系列。其中，与诗学问题相关的演讲有《安格鲁-撒克逊种族的天才与民族特性》（The Genius and National Character of the Anglo-Saxon Race）、《新英格兰：天才、礼仪与习惯》（New England：Genius, Manners, and Customs）、《新英格兰：最近的文学与精神影响》（New England：Recent Literary and Spiritual Influences）、《在弗芒特米德伯利学院哲学数学协会上的演讲》、《时代的精神》、《诗歌与英语诗歌》（Poetry and English Poetry）、《学者》（The Scholar）、《措辞与风格》（Diction and Style）、《艺术与批评》（Art and Criticism）。

　　从以上的整理可以看出，爱默生虽然没有一个系统的诗学理论，但他却撰写了大量的诗学问题相关的文章。其中，他不断地回到"诗人""诗歌""文学""艺术""批评"等话题，还有大量文章涉及他对其他诗人或作家的评论。爱默生是一个有自觉意识的作家，对诗学问题的思考实际上就是对自己写作的态度和目的的思考。在爱默生的诗学文本中，伦理或道德是一个高频词汇，这说明，对爱默生自己的写作来说，伦理和道德也具有无可比拟的重要性。

　　对国人来说，爱默生并不是一个特别陌生的名字，但是从学术角度对他进行研究的专著却并不多，集中讨论爱默生诗学和伦理思想的就更是乏善可陈。①

---

① 实际上，钱满素所著的《爱默生和中国：对个人主义的反思》、龙云的《跨文化视域下的爱默生思想研究》和杨靖的《爱默生教育思想研究》是目前国内爱默生研究中仅有的三本专著。《爱默生和中国：对个人主义的反思》这本书是钱满素在美国哈佛大学所做的博士论文，最初用英文写成，后翻译成中文。该书详细通过论证爱默生对东方思想中的宇宙统一性和整体性、精神性和超验性、综合型和直觉型思维、儒家的人本主义、性善论的吸收和对儒家的人伦思想、自古返今—自上而下绝对化的思维方式的驳辩，反思美国和中国的个人主义传统。龙云的《跨文化视域下的爱默生思想研究》亦是建立在博士论文的基础上修改而成。该书采用伦理学、美学、历史学和社会学等多重视角分别从作者、读者、文本和世界四个方面详细分析了爱默生的思想。《爱默生教育思想研究》从爱默生的教育思想为切入点，分别从爱默生继承的教育思想遗产（历史）、爱默生同时代人（现在）、爱默生教育思想的影响（将来）这几个方面阐述的爱默生的教育思想。参见钱满素《爱默生和中国：对个人主义的反思》，生活·读书·新知三联书店 1996 年版；龙云《跨文化视域下的爱默生思想研究》，中国人民大学出版社 2014 年版；杨靖《爱默生教育思想研究》，中央编译出版社 2015 年版。就研究思路而论，国内的研究者大多选择从爱默生超验主义思想体系中与中国古典哲学中的儒家、道家文化相关的部分进行比较研究。这一研究方向在中国的爱默生研究中占了比较大的比例。参见谢志超《爱默生、梭罗对〈四书〉的接受——比较文学视野中的超验主义研究》，博士学位论文，上海师范大学，2006 年；杨靖《爱默生与中国文化》，《南京师大学报》（社会科学版）2012 年第 3 期；杨金才：《爱默生与东方主义》，《南京社会科学》2005 年第 10 期等论文。除此之外，国内研究的焦点主要聚集在爱默生在美国文学界的影响、超验主义和个人主义、爱默生的自然观、宗教观和艺术观等方面。

黄宗英在论文《爱默生诗歌与诗学理论管窥》中把爱默生的诗歌理论与浪漫主义诗学完全等同起来。黄认为，爱默生的超验主义思想决定了他是一位浪漫主义理论家和诗人，他坚信世界的象征性，坚信自然是人类精神的化身，人们可以在自然中发现人的理性光芒，而且唯有独具慧眼、至高无上的诗人才能认识宇宙，才能刻画自然的表象，才能揭示事物的真理。[①]

在论文《爱默生文学伦理思想对中国当代文学的启示》中，龙云没有对爱默生的诗学进行具体的分析，而是着眼于爱默生的文学伦理思想及其对中国当代文学的启示。她指出，爱默生实际上将文学视为实现伦理启示的一种有效手段，他的文本创作具有丰富的伦理性，并十分重视伦理道德在文学创作中的必要性和意义。在论文中，龙云还特别强调爱默生文本中对内心的反省和对灵魂的探索的伦理功能。她认为，爱默生这种将人本主义和社会维度相契合的思想观点提供了一种文学社会学的研究方法，即文学与社会、时代相联系，通过强化文学作品中的伦理特质，促进和引导社会的时代精神。爱默生的这种文学伦理思想为中国的文学发展提供了一个伦理框架下以人本主义和社会向度相结合的文本创作模式，契合了时代需要。[②]

在这两篇涉及爱默生诗学的论文中，黄宗英的论文将爱默生的诗学置于浪漫主义的视域之下，忽略了爱默生与古典诗学传统、基督教诗学传统、文艺复兴诗学传统和这之后的新古典主义或18世纪启蒙运动诗学传统的联系，尽管浪漫主义的诗学并非不重视伦理，[③] 但黄的论文并未深入挖掘这一点。而且他的研究也忽略了爱默生对浪漫主义诗学的创新之处，诚如他所言，爱默生的自然是精神世界的象征，但他并未指出，爱默生的自然世界与精神世界一样，都存在着一定的道德法则，而诗人的重要性正是在于他能看出这种联系，并由此推断出人内心存在的道德法则，他的责任是向大众宣传道德真理。龙云的论文抓住了爱默生文本与伦理的关系，

[①] 黄宗英：《爱默生诗歌与诗学理论管窥》，《北京联合大学学报》（人文社会科学版）2007年第2期。

[②] 龙云：《爱默生文学伦理思想对中国当代文学的启示》，《北京第二外国语学院学报》2011年第6期。

[③] 参见 Laurence S. Lockridge, *The Ethics of Romanticism*, Cambridge: Cambridge University Press, 1989.

且从爱默生的"人本主义"文学伦理观（即强调作品崇高的精神性和作家独立自由的创作状态）和爱默生的"普遍性"文学伦理观（即强调部分与整体、个体与社会关系的互动）这两方面进行了说明。总体而言，龙云的这篇论文比较成功地论证了爱默生的文学伦理观。她的论点重点在于爱默生文学作品中体现出来的伦理观念，所以论文中并未对爱默生的诗人观、诗歌观、创作观和批评观中的伦理因素进行分析。

龙云2014年出版的专著《跨文化视域下的爱默生研究》以"伦理化存在"为核心思想，运用心理学、美学、伦理学、历史学和社会学等研究视角分别从文学的创作伦理准则、文学阅读伦理准则和文学文本伦理功能三个层面去论述爱默生的思想，指出爱默生的思想具有文化和文学的双重意义，指明了文学创作的三重境界，即伦理、人性和社会，并从宏观视角阐释了世界文化中普世价值和"世界大同"构想的内涵和意义。① 龙云的研究旨在多角度全方位地考察爱默生的思想，并突出了爱默生思想中的"伦理化存在"，尤其是伦理在爱默生的文学创作、爱默生的文学阅读以及爱默生文学文本中的体现。但此研究并未明确指出伦理与爱默生诗学的联系，也没有探究背后的深层次原因，而是从文化的层面上指出爱默生的普世价值理念与"世界大同"的构想。

高青龙2014年的博士论文《爱默生思想的伦理审视》从伦理学的角度对爱默生的思想进行了研究。高认为，从伦理的角度看，爱默生的自然观、文学艺术观、生活方式观、教育观等分别体现了爱默生的环境伦理思想、消费伦理思想和教育伦理思想。其中，在《文学艺术观》这一章中，高指出，爱默生意义上的文学艺术是"超灵"和自然结合的产物，它的道德教化功能主要体现在传达作者的道德感以及对读者进行道德启示这两个方面。② 高青龙的研究重点在于爱默生自然观中的生态与环境伦理思想，他对爱默生文学艺术观的考察也是为了证明自然在爱默生的文学艺术中的重要地位。因此，他并未完全从诗学的角度对爱默生的伦理思想进行阐释。

魏燕在《道德情操：爱默生思想创新的突破点》中指出，"道德情操"是爱默生思想的创新突破点，爱默生用"道德情操"连接人与上帝，

---

① 龙云：《跨文化视域下的爱默生思想研究》，中国人民大学出版社2014年版。
② 高青云：《爱默生思想的伦理审视》，博士学位论文，湖南师范大学，2014年。

这既给"自立"找到理由，也为后宗教时代提供了信仰的基础。① 这篇论文指出了"道德情操"在爱默生思想中的重要性，也将"道德情操"的概念与"自立"说和爱默生的信仰观联系了起来。遗憾的是，文章并未讨论"道德情操"与爱默生诗学观的关系。

西方对爱默生诗学的研究②又是另一番景象。以1936年发表的《论自然》为标志，爱默生正式进入美国文坛，在此后的几十年中，他一直活跃在美国的文学界。对爱默生作品的评论，也始于1836年。从那时到现在，除了20世纪前三十年的些许冷寂之外，西方学术界③对爱默生的兴趣与热情有增无减，相关的研究文献数量庞大，主题繁杂不一。在这些文献中，有不少涉及爱默生的诗学或伦理思想。这里，我将分别对涉及爱默生诗学与涉及爱默生伦理思想的文献进行论述。

分阶段论，在爱默生的批评史上，对爱默生诗学的代表性评论集中在两点上，一是对爱默生文体风格的评论，二是对爱默生诗学整体的评论。

1. 对爱默生文体风格的评论

爱默生的同代人，晚期的超验主义者西尔多·帕克（Theodore Parker）认识到了爱默生文体风格的独特性，也意识到这种独特的文风与个体的直觉相关，在其1850年的评论《拉尔夫·沃尔多·爱默生的作品》（*The Writings of Ralph Waldo Emerson*）中，帕克指出，爱默生的作品是典型的美国式的、宗教的、直觉的。帕克认为，爱默生的文体形式缺少有机的整体性，这是他作品的一大缺陷。他继而指出，爱默生之所以选择如此不合规范的文体是因为爱默生是想以自己的写作实验证明直觉的重要性；④ 与之相反，哈里斯（W. Harris）在1884年的论文《爱默生散文中的辩证统一》（*The Dialectical Unity of Emerson's Prose*）中却认为，爱默生

---

① 魏燕：《道德情操：爱默生思想创新的突破点》，《外国文学研究》2015年第5期。

② 由于语言的限制，这里的西方世界主要指英美这两个英语国家。

③ 对爱默生的研究有一个逐渐学院化的过程。第二次世界大战之前，非大学的知识分子在爱默生研究上还具有相当的影响力，第二次世界大战之后，爱默生研究成为学院化的产物。对爱默生的关注和研究从大众民间转移到了高等教育机构，此举强化了美国文学研究和美国研究在学术领域的重要地位。1940年，《美国文学史》编辑委员会成立。《美国文学史》编辑委员会的成立标志着大学知识分子对批评话语的主导权。

④ Theodore Parker, "The Writings of Ralph Waldo Emerson", *Massachusetts Quarterly Review* 3 (March 1850): 236, 223.

的散文不仅不缺少有机的整体性，反而体现了一种辩证式的统一；① 乔治·赫斯特（George Hirst）同样认同哈里斯的这种观点，他通过分析爱默生的句子和词汇，认为爱默生的文体充分体现了爱默生有机的思想；② 帕克认为爱默生的有机观与直觉观相互矛盾，两者无法同时存在，诺曼·福斯特（Norman Foerster）却认为，爱默生对诗人直觉和灵感的强调恰恰体现了有机表达；③ 诺曼在 1928 年的专著《美国批评：从坡到现在的文学理论研究》中整体考察了爱默生的文学理论和批评，又一次得出结论，认为爱默生的文学艺术观是有机的；④ 其后的批评家们基本都肯定了爱默生的有机观。马西森（F. O. Matthiessen）在其 1941 年发表的巨著《美国文艺复兴：爱默生和惠特曼时代的艺术和表达》（*American Renaissance: Art and Expression in the Age of Emerson and Whitman*）中不仅认同了爱默生的有机观，他再一次回应诺曼的观点，认为正是从诗人的直觉中生长了有机表达。在这本著作中，马西森解读了爱默生的《论自然》，夸赞其中的有机形式观，并给予这种观念两层意义，"一是从诗人直觉中而来的表达成长"，二是"对自然中形式的反映"；⑤ 理查德·亚当姆斯（Richard Adams）则再进一步，将爱默生的有机观与比喻结合起来，在他 1954 年的文章《爱默生与有机比喻》（*Emerson and the Organic Metaphor*）中，他详细分析了爱默生在《论自然》和《美国学者》中使用的有机比喻。⑥

2. 对爱默生诗学整体的评价

对爱默生诗学整体进行评价的评论不是很多，出现的时间也比较晚。大部分的评论虽然涉及对爱默生诗学整体的评价，但往往会就诗学的某一方面大做文章，因此相互之间的联系性并不很强。20 世纪初，路易斯·

---

① W. Harris, "The Dialectical Unity of Emerson's Prose", *Journal of Speculative Philosophy* 18 (April 1884): 195 - 202.

② George C. Hirst, "Emerson's Style in His Essays: A Defense", *Harvard Monthly* 16 (October 1900): 29 - 38.

③ Foerster, Norman, "Emerson on the Organic Principle in Art", *PMLA* 41 (March 1926): 193 - 208.

④ Foerster, Norman, "Emerson", In *American Criticism: A Study in Literary Theory from Poe to the Present*, Boston: Houghton Mifflin, 1928, pp. 52 - 110.

⑤ F. O. Matthiessen, *American Renaissance: Art and Expression in the Age of Emerson and Whitman*, New York: Oxford University Press, 1941, p. 103.

⑥ Adams, Richard P, "Emerson and the Organic Metaphor", *PMLA* 69 (March 1954): 117 - 30.

庞德（Louise Pound）首次对爱默生的诗学整体作出评价，认为爱默生的诗学应归属于浪漫主义传统。在论文《爱默生作为一个浪漫主义者》（*Emerson as a Romanticist*）中，庞德指出，爱默生的诗学是浪漫主义的，因为他有意识地强调自立和诗人的自主性；① 与庞德的方法不同，爱默生·格兰特·苏特克里夫（Emerson Grant Sutcliffe）仅仅针对爱默生的文本分析了爱默生的风格哲学及其与哲学象征、方法等的关系，并未将爱默生的文学表达理论与任何传统或主义联系起来；② 与苏特克里夫的思路相似，薇薇安·霍普金斯（Vivian C. Hopkins）于1951年发表的专著《形式的尖塔：爱默生美学理论的研究》（*Spires of Form：A Study of Emerson's Aesthetic Theory*）中也只针对爱默生有关创作过程的思想、艺术作品的思想（如有机形式、形式作为精神、象征等）、美学体验等方面进行了详细的文本分析，并未将爱默生的诗学放置到任何传统中去；③ 谢尔曼·保罗（Sherman Paul）打破了这种用文本分析去解读爱默生诗学的方式，在他1952年的专著《爱默生的愿景视角：美国经历中的人与自然》（*Emerson's Angle of Vision：Man and Nature in American Experience*）中，保罗研究了爱默生作品中的对应和象征思想，并分析这两种思想是如何与爱默生的真理观联系起来；④ 约翰·安德森（John Anderson）则把关注点放在爱默生的诗人观上，他的著作《解放之神：爱默生论诗人与诗歌》（*The Liberating Gods：Emerson on Poets and Poetry*）专门论述了爱默生的诗人观和诗歌观，重点突出了爱默生诗人的"解放"功能；⑤ 谢尔顿·里布曼（Sheldon Liebman）则对爱默生诗学与苏格兰常识学派的渊源进行了探究，他在文章《爱默生早期诗学的来源：他对苏格兰常识学派批评家的阅读》（*The Origins of Emerson's Early Poetics：His Reading in the Scottish Common Sense Critics*）中依次分析了三位苏格兰常识学派的思想家们，休·布莱

---

① Louise Pound, "Emerson as a Romanticist", *Mid-West Quarterly* 2 (January 1915): 184–95.
② Emerson Grant Sutcliffe, "Emerson's Theories of Literary Expression", *University of Illinois Studies in Language and Literature* 8 (February 1923): 9–143.
③ Hopkins, Vivian C., *Spires of Form: A Study of Emerson's Aesthetic Theory*, Cambridge: Harvard University Press, 1951.
④ Paul, Sherman, *Emerson's Angle of Vision: Man and Nature in American Experience*, Cambridge: Harvard University Press, 1952.
⑤ John Q. Anderson, *The Liberating Gods: Emerson on Poets and Poetry*, Florida: University of Miami, 1971.

尔（Hugh Blair），阿奇博德·阿里森（Archibald Alison）、托马斯·坎普贝尔（Thomas Campbell）在诗学观上对爱默生产生的影响。通过这些人，爱默生"学会了，为了创造，诗人必须在理性与想象之间、判断与天才之间达到平衡。他学会了，诗歌必须是可理解的，尽管它需要被理想化，但在一定意义上它一定要忠于生活。他学会了，诗歌必须是说教的，诗人的功能是给读者提供道德教育"。① 劳伦斯·布伊尔（Lawrence Buell）在2003年出版的专著《爱默生》（*Emerson*）中有一章专门论述《爱默生的诗学》（*Emersonian Poetics*）。在这一章中，布伊尔从世界文学的视角，探讨了爱默生创造性的实验主义（Creative Experimentalism）。②

从上面这些分析爱默生诗学的文章中可以看出，对爱默生诗学的研究集中在有机形式、象征等方面。以上提到的批评家中，除了谢尔顿·里布曼之外，几乎没有人提到爱默生诗学中的伦理维度。

另一方面，对爱默生伦理思想的代表性评论几乎集中在他个人的道德品质与他的道德情感和道德法则观上，20世纪之前，在批评还未成为学院化产物之前，众多评论家的兴趣点主要围绕在爱默生个人的道德品质上，20世纪之后，学院式的批评大多集中在爱默生的道德情感论和道德法则论上。

弗里德里克·荷兰德（Frederick Holland）于1881年发表文章《爱默生作为一个道德主义者》（*Emerson as a Moralist*），在这篇文章中，他称赞爱默生为"以前从未有过的、与良心对话的作者"，因为他在生活和作品中强调了伦理或"道德情感"的重要性；③ 一年之后，奥尔科特（Alcott）在作品《拉尔夫·沃尔多·爱默生：性格与天才》（*Ralph Waldo Emerson：An Estimate of His Character and Genius in Prose and Verse*）中称爱默生是一个诗人和道德学家，他遵循了古代的传统以及"最早、最纯洁"的美国声音；④ 与奥尔科特一样，亨利·赫瞿（Henry Hedge）称爱默生

---

① Sheldon Liebman, "The Origins of Emerson's Early Poetics: His Reading in the Scottish Common Sense Critics", *American Literature*, 45 (Mar., 1973): 23–33.

② Lawrence Buell, "Emersonian Poetics", *Emerson*, Cambridge, Mass.: The Belknap Press of Harvard University Press, 2003, pp. 107–157.

③ Fredrick May Holland. "Our Library. VII. Emerson as a Moralist", *Free Religious Index* 12 (17 February 1881): 404–405.

④ Amos Bronson. Alcott, *Ralph Waldo Emerson: An Estimate of His Character and Genius in Prose and Verse*, Boston: A. Williams, 1882, p. 81.

为时代"最有思想的随笔家,最严格的道德学者",一个斯多葛主义者;①在英国人眼里,爱默生作为一个道德主义者的崇高形象同样确立了起来。英国批评家马修·阿诺德(Matthew Arnold)赞誉爱默生为人们的精神导师。他在1883年对美国观众的演讲中总结道:"爱默生既不是伟大的诗人,也不属于伟大的文体家之列,……爱默生也不能被称为一位伟大的哲学作家,……他没有建造哲学体系。……他是那些生活在精神当中的人的朋友和协助者。"阿诺德强调到,在一个后宗教时代,爱默生的意义在于将精神的价值从宗教领域转到美学领域;②四年之后,美国思想家亨利·詹姆斯(Henry James)从人文主义的角度改写了阿诺德的评价,他称赞爱默生是"通则之外的一个杰出的例外,他的作品活在形式中,……他对道德经验的特殊能力"将先辈的神学转化成为一种具有"品质"概念的"真实至高的东西"。③可见,无论是在美国国内还是大西洋对岸的英国,爱默生的道德和精神品质得到了众批评家的一致认可。

　　进入20世纪之后,很长一段时间批评家们都不再关注爱默生的伦理思想。直到1963年,华莱士·威廉斯(Wallace William)以《爱默生与道德法则》(*Emerson and the Moral Law*)为其博士论文的题目,爱默生的伦理思想才又重新纳入了人们的视野中。威廉斯的博士论文追溯了19世纪20—70年代,爱默生道德法则观念的形成与变化;④六年之后,约翰·勋伯格(John Schamberger)沿着威廉斯博士论文定下的思路和轨道,撰写了题为《爱默生的'道德情感'观念》(*Emerson's Concept of the "Moral Sense": A Study of its Sources and its Importance to His Intellectual Development*)的博士论文。与威廉斯研究道德法则不同,勋伯格追溯了爱默生"道德情感"观念的源头,认为道格德·斯图尔特(Dugald Stewart)、理查德·普莱斯(Richard Price)和塞缪尔·科勒律治三个人对爱默生"道德情感"观念的形成产生了重大影响。另外,他还指出,爱默生对苏

---

① Hedge, Frederic. Henry, "Ethical Systems", *North American Review* 136 (April 1883): 375 – 388.
② Matthew Arnold, "Emerson", *Complete Prose Works of Matthew Arnold*, ed. R. H. Super, II Vols. Ann Aror: University of Michigan Press, 1960 – 1977.
③ Henry James, "Review of James Elliot Cabot", *A Memoir of Ralph Waldo Emersonin Literary Criticism: American Writers*. New York: Library of America, 1984.
④ Wallace Edward Williams, "Emerson and the Moral Law", Ph. D. diss., University of California, Berkeley, 1963.

格兰常识学派哲学知识的了解减轻了他对大卫·休谟（David Hume）怀疑主义的质疑，他的道德情感观念的形成帮助他在清教主义的传统与科勒律治式的超验主义间达成和解；① 苏桑娜·马兹（Suzanne Marrs）同样研究爱默生的道德观，但她的研究以爱默生与18世纪英国道德主义者的关系为切入点，她讨论了约瑟夫·巴特勒（Joseph Butler）、理查德·普莱斯以及沙弗兹伯利伯爵（Earl of Shaftesbury）等人对爱默生自立观、对应学说、补偿法则的影响。②

以上的这些评论家们都注意到了爱默生的伦理思想，不少人也对爱默生的伦理思想的起源和产生进行了探究，不少分析也多少涉及爱默生文艺观的伦理特质，但是，真正将爱默生的伦理思想放到其文艺观中进行考察的，只有文德尔·格里克（Wendell Glick）。格里克的论文《爱默生美学观中的道德与伦理维度》（The Moral and Ethical Dimensions of Emerson's Aesthetics）首次从爱默生的艺术观出发，去探讨其艺术观中的伦理思想。论文指出，对爱默生而言，没有伦理道德的人无法通过艺术创造美，艺术家必须遵循"自然象征中所反映的普遍的道德真理"，"艺术的效果是提升"，"只有伦理意识觉醒的批评家能够发现伟大艺术向敏感的接收者揭示的美与真理"。格里克的研究从艺术的角度阐述了伦理在爱默生美学观中的重要性。③ 1999年，古斯塔夫·范·克朗福特（Gustaaf Van Cromphout）发表《爱默生的伦理学》（Emerson's Ethics）。古斯塔夫开篇即提出了一个尖锐的观点。据他看来，爱默生倾尽毕生才智都是为了寻求这样一个问题的答案：我们应该怎样生活？古斯塔夫指出，爱默生把伦理学看作最重要的科学，之后他依次从自我实现、他者、自然、文学这四个方面论述爱默生的伦理思想。所以，古斯塔夫认为，爱默生对那个问题的回答最后可以归结为"伦理学"。在《文学》这一章中，古斯塔夫把爱默生的伦理文学观归为实用主义和表现主义：

---

① John Edward Schamberger, "Emerson's Concept of the 'Moral Sense': A Study of its Sources and its Importance to His Intellectual Development", Ph. D. diss., University of Pennsylvania, 1969.

② Suzanne Marrs, "Ralph Waldo Emerson and the Eighteenth-Century English Moralist", Ph. D. diss., University of Oklahoma, 1973.

③ Wendell Glick, "The Moral and Ethical Dimensions of Emerson's Aesthetics", Emerson Society Quarterly, No. 55 (2d Quarter 1969): 11 – 18.

爱默生对把文学作品看作是独立自足的实体的观点毫不在意，对把文学作品看作是客观现实的摹仿的观点同样毫不在意。通常他将文学看作是一种在观众中达到某种效果的工具和一种自我的表达。无疑，伦理问题的考量是文学"实用论"的直接表现，爱默生也很注重自我表达的伦理。另外，文学的生命之血——语言本身——对他而言就涉及到重要的伦理问题。①

综上，在研究爱默生伦理思想的文章中，常见的研究角度是爱默生的"道德情感"观念或道德法则，大部分的文章都是从这一点出发，对爱默生的伦理思想追本溯源，或强调他的伦理思想的重要影响。文德尔·格里克的论文联系起了爱默生的美学观和伦理思想，也正确地指出了在艺术创作和艺术欣赏中，伦理的重要性。此研究的局限性在于，文德尔仅从艺术创作和欣赏的角度（即美学角度）去考察爱默生的伦理思想，对伦理思想在爱默生诗学其他方面的体现，如诗人观、诗歌观等，文德尔并未说明。古斯塔夫·范·克朗福特在《爱默生的伦理学》中涉及爱默生的伦理和文学，但他的出发点是伦理学，采取的是一种伦理学的审视，从伦理学的视角去考察爱默生的方方面面，包括文学（而且文学还只是其中很小的一部分），而非从爱默生的诗学中分析其中的伦理态度，因此，虽然他对爱默生的伦理学研究非常详细和权威，他的研究也并未能够给我们提供一种对爱默生诗学中的伦理维度的全面理解。

综上，在爱默生的批评史上，有不少学者专门研究他的诗学观，也有部分学者集中研究他的伦理思想和道德资源，然而，两方面的研究都是单独进行的，少有人将这两方面联系起来讨论。对于爱默生诗学的伦理维度与其终极的理想追求的关系，目前爱默生的研究中仍未见到过系统的研究。

海德格尔曾说过，面对一位思想家，有两种与他打交道的方式：一种是"与之邂逅"，另一种是"与之抗辩"。他写道："如果我们想与一位思想家的思想邂逅，我们必须放大他身上的伟大之处，这样我们才能

---

① Gustaaf Van Cromphout, *Emerson's Ethics*, Columbia and London: University of Missouri Press, 1999, p. 147.

走进不存在于他思想中的思想。如果我们想与一位思想家的思想抗辩，我们在此之前必须尽量低估他的伟大之处，这样我们才能将他的思想转换到我们无所不知的普通之域。"[1]因此，在方法论上，本书将尽量采取客观而理性的描述与分析，不执意夸大爱默生的伟大，尽量避免对其文本进行过度阐释；同时，也绝不轻视他的伟大，努力锻炼和抬高自己的思维与思想水平，以便与之进行平等对话，而不是强行拉低他的思想水准来适应我的常识和思想。在论述过程中，本书主要采取以下几种研究方法：

（一）文学与思想史结合（跨学科研究）

爱默生既是诗人、散文家，又是哲学家、思想家。因此，虽然研究文本是文学性质的，但其内涵和外延却不局限于文学这一范畴，触及伦理、社会、历史、文化、宗教、哲学等领域，简言之，在爱默生的文学文本中，其实蕴含的是整个国家或时代发展的思想或精神状况。总之，对爱默生思想的研究，既离不开实实在在的文学文本，也离不开这些文本背后体现的时代精神史与思想史。

（二）史料与文本细读结合

在论文撰写过程中，笔者将秉承严肃的学术态度，在文本细读和分析的基础上，结合扎实的历史材料对论点进行论述或说明。

（三）横向比较与纵向比较结合（共时性与历时性研究相结合）

本书将涉及两个层面的比较：一是爱默生与同时代人观点的比较；二是爱默生与前人和后人的比较。另外，在论述过程中，本书十分注重对历史语境的考察，而且考虑到话题的多样，基本上每一个章节都会有专门的文献综述和独特的历史视角。

本书的创新之处有四点：第一，首次将爱默生的诗学观与伦理思想联系起来，突出了爱默生诗学观中的伦理维度，同时将爱默生诗学中的这种伦理思想与他对宇宙统一的理想联系起来；第二，不仅仅是以爱默生出版的主要著作为基础文本，还包括爱默生的日记、书信、手稿等材料，基本上囊括了爱默生所有的文字创作。同时也借鉴并且参考了基本上所有相关的最新研究资料与研究成果，这对国内的爱默生研究来说，是一步小小的推进；第三，采取文学与思想史结合、史料与文本细读结合、共时性研究

---

[1] Martin Heidegger, *What is called Thinking?* Trans. Gray. New York: Harper, 1968, p. 77.

与历时性研究相结合的研究方法,这对国内的爱默生研究来说也算是一个创举;第四,对爱默生诗学伦理维度的研究,将进一步加深研究者对爱默生诗学的理解,以及对爱默生的诗学在西方诗学史以及美国诗学史上的位置有更清晰的认识。另外,对爱默生诗学伦理维度的研究也引发了一系列新的研究问题,例如,伦理在美国诗学中地位如何,产生了何种影响,这种伦理与诗学的结合是如何共同影响美国的民族文化与民族特性的构建?对这些问题的追问将进一步促进文学、诗学、伦理、民族文化和民族特性的建构之间的关系的研究。

当然,笔者才力有限,加之爱默生的相关研究文献太过庞大芜杂,在论证说明过程中,难免会存在诸多局限和疏漏。首先就是在概念的界定和梳理上有时过于笼统模糊,这一方面是因为爱默生自己使用这些概念时脑中往往并没有一个准确的定义,另一方面则是由于我自己对某些概念的历史演变缺乏必要的知识储备;其次在材料的选取与甄别上可能会出现一些纰漏;第三个突出的局限是笔者缺乏批判的思维,对某些观点和材料的说明和举证可能出现论证不全面的情况。

每一个时代都有权利去寻找其自身的现实,根据其自身的需要去解读历史,"因为每个新时代的经验都需要一种新的表白"①。爱默生是这样做的,爱默生处在他那个时代,那个急需进行道德和精神文明重建的时代,提出了那个关键的问题:文学如何才能够唤醒民众的道德心灵?并带着这个问题去写作,他的写作引起了美国思想文化的变革,促进了19世纪美国的文化精神建设和道德秩序建设。我们也应当以爱默生为榜样。刘小枫先生曾说,文化研究有两种不同的层次,一是考察文化的历史事实,二是寻访文化历史事实中所蕴含着的对现世个体生命的意义。②刘小枫先生的这个论断同样适用于文学和思想史研究。尽管爱默生在现代和后现代的影响不如其在同时代时期,但是我们应该放下那些评论,重新阅读爱默生,重新倾听爱默生,重新认识爱默生对我们当代的价值和意义。

研究爱默生、研究爱默生诗学中的伦理维度对中国的意义在于,当今

---

① The Collected Works of Ralph Waldo Emerson, 3 Vols. Ed. Afred R. Ferguson et al., Cambridge: Harvard University Press, Belknap Press, 1971, p. 56.

② 刘小枫:《拯救与逍遥》,上海三联书店 2001 年版,第 10 页。

的中国，经济高速发展，富强已是指日可待，只是在富强之外，中国在东西方的精神和文明的选择上却像是迷失了方向，消费主义和物质主义的迅速膨胀令道德价值的约束力越来越小，道德无底线、伦理沦丧，中国的社会在通向无道德黑洞的路上已越走越远。在中国的历史上，没有哪个历史时期的社会生活有我们今天这样巨大的变化，也没有哪个历史时期的道德精神像今天一样被推到了极限。"应该如何生活？"这一必不可少的问题被"如何谋取最大的物质利益"这样的问题所取代，对道德价值的忽略与蔑视和伦理和道德的式微同步而来。在中华民族的精神文明和文化建设上，中国更需要坚守自己独特的民族心灵与民族精神，坚守住文明的道德底线，守住心中的道德之光。20世纪30年代的时候，当张爱玲阅读爱默生时，她就发出感慨："爱默生的作品即使在今日看来，也仍旧没有失去时效。……他有很多见解都适用于当前的政局，或是对于我们个人都切身之感。"① 张爱玲评价爱默生的这句话，即使放在八十多年后的今天，也依然没有失去时效。

第三节 本书结构

新英格兰的超验主义并不是纯粹的唯心主义和理想主义，它从美国当时的现实中产生，并希望通过行动将美国的现实世界提升到道德的理想世界。实际上，超验主义希望通过三种方式去激发美国伦理思想，第一，帮助个体有意识的认识和承担起内在道德，而不是仅仅将之作为外在的强加物。第二，通过说明人类的卓越或美德对人的健全发展。第三，通过鼓励个体真正按照他们的伦理去生活，并且按照这种重新被激发的道德理想去安排生活。罗德·霍顿在《美国文学思想背景》一书中这样评价新英格兰的超验主义：

> 对一个年轻的国家来说，超验主义是生活的道德指南。它唤醒了人类本质中最优秀的成分，坚定地相信所有的人都具有神圣的火花，它用嘹亮的号角号召人们挣脱传统和习俗的羁绊，大步向前去发展一个崭新而具有显著特点的美国文化。超验主义强调个人的根本价值和

---

① 张爱玲：《爱默生选集》，花城出版社1997年版，第1页。

尊严，因而它是倡导民主的一个强大力量。与此同时，超验主义不仅宣讲而且实践了一种为迅速发展的经济所急需的理想主义，因为在这样的经济发展中，机遇往往仅仅成为投机，而"发家"的欲望也掩盖了提高精神水平的道德必要性。①

爱默生的超验主义，说到底，就是一场针对盛行于当时的理性主义、物质主义、怀疑主义态度的精神反抗。爱默生的超验主义诗学融合了理想主义和实用主义的特征，它确立了一个清晰的诗学理想和宇宙愿景：作为道德人格典范的诗人、遵循伦理准则的创作、展现道德真理的诗歌、符合道德标准的批评和道德统一的宇宙。而且，爱默生还指出了从现实通向理想的途径：行动。"所以说，建造你自己的世界吧"，爱默生在《论自然》中的这句话，成了美国思想的起点。在本书中，我将分别从爱默生的诗人观、创作观、诗歌观和批评观这四个方面去探究爱默生诗学的伦理维度，以及这种伦理思想与爱默生理想的道德宇宙的关系。论文的具体章节安排如下。

全文共分为导论、主体（六章）、结语三部分。

导论部分提出了研究问题，即爱默生诗学的伦理维度研究，通过对这一问题现实和理论上的解答，继而提出了整个论文的研究假设：爱默生实践的是一种以重塑美国道德心灵和秩序为目的的伦理性诗学，其最终的指向是道德宇宙各方面的统一。在详细梳理了国内外相关研究文献的基础上，本书最终确立了其研究意义与研究方法，并对论文的各个组成部分进行一一概述。

第一章"诗与美国道德心灵的重建"，追溯了美国的道德传统以及爱默生道德情感和道德法则观的形成过程；并且分析了西方古典诗学传统、基督教诗学传统、中国诗学传统这三大诗学传统对爱默生诗学形成及发展的影响。

---

① ［美］罗德·霍顿：《美国文学思想背景》，房炜、孟昭庆译，人民文学出版社1991年版，第136页。霍顿同时也指出，超验主义有着严重的弱点。它虽然广征博引，但并没有使这些材料融为一体，因而它也从未成为一个系统的哲学。它试图用神秘主义来回避逻辑要求。霍顿认为，超验主义之所以没有成为美国生活中的一种道德力量，是因为它否定了其真正的精神来源。这些精神来源不存在于希腊或德国哲学，也不存在于远东的神秘主义，而存在于清教主义宗教热情的灼热核心之中，但爱默生时代的唯一神教徒们显然已放弃了这种热情。

第二章 "诗人：道德人格的典范"，分析了爱默生的诗人观。① "诗人"是爱默生在演讲和写作中使用频率极高的一个词，在爱默生的表达中，这个词语已经跳出了一般意义上的狭隘概念，不仅仅表示创作诗歌的诗人，还代表着任何一个能独立思考的个体。爱默生对理想诗人的衡量标准是道德。在爱默生的描述中，诗人是中心人，是完整的人；诗人是解放之神，是物质世界与精神世界的桥梁，通过他的阐释，众人得以从纷繁的万物表象中解放出来。

第三章 "创作：伦理准则的体现"，详细分析了爱默生的主要创作原则。诗歌创作的过程离不开一定的伦理准则：道德的感知在头脑形成印象，象征的语言将印象记录成文本，有机的形式将全文贯穿起来。

第四章 "诗歌：道德真理的展现"，分析了爱默生的诗歌观。爱默生并没有将诗歌局限为狭隘的押韵文，爱默生的诗歌不仅仅关乎审美，更关乎道德与真理。本章还探讨了爱默生的诗歌观中诗歌与哲学，诗歌与科学，诗歌与社会的关系，强调了诗歌与这三者间的统一。除此之外，爱默生的诗歌与美国的民族特性的与美国民族文化的建构分不开。诗，作为想象的产物，是美国民族和文化构建的重要因素。但是，爱默生对诗歌的理解却并不只局限于美国民族，爱默生的理论与实践还表明他推崇一种普遍的世界诗歌。

第五章 "批评：超验和道德的标准"，聚焦在爱默生的批评标准上，

---

① 诗人与诗歌紧密联系，讨论诗人不能不涉及诗歌，这两者在很大意义上几乎可以等同。诗人创造了诗歌，诗歌是诗人头脑中思想的投射物，没有诗人的权威，将无法定义诗歌；另一方面，诗歌也创造了诗人，诗人的概念只有通过他的创造物诗歌才能得以具体化。然而，诗歌并非事实叙述而是想象性的创作，诗歌的想象特质进一步给诗人或诗歌的定义蒙上了一层神秘的面纱。处在这种共存共生，却又十分不确定的模糊性中，对这两者中任何一个的讨论都必然要涉及到另一个，撇开诗人单独讨论诗歌，或者撇开诗歌单独讨论诗人，基本上都是不可能的。但是在本论文中，笔者不欲将这两个概念放在同一章中讨论，而是分为两章，分别对爱默生的诗人观和诗歌观进行讨论，原因非常简单：一是爱默生意义上的诗人与诗歌的概念并非通常或现代意义上的诗人与诗歌，而是古典或广义意义上的诗人与诗歌，诗人不仅仅是纯粹文学意义上的诗人，而是包括了所有追求智性生活的人，是先知，是代表人物，是中心人，诗歌也不仅仅是韵文，而是诗人的一切记录，是预言，是真理；二是爱默生的诗人观并非静止不变，而是经历了一个动态的发展过程，而他自己作为一个诗人的实践，也指向了这个发展过程，因此很难在一个固定的静止状态下去考察诗人和诗歌的互动关系。而将这两者分开讨论，在考察爱默生的诗人观时侧重于爱默生对诗人的理论性论述上，在考察诗歌观时则强调爱默生赋予诗歌（或文学）这一体裁的特殊内涵。当然，在写作过程中，诗人与诗歌这两个概念难免会有重叠反复的地方，虽然彼此需要证明的侧重点有所不同。

重点考察爱默生批评观中的道德因素。爱默生的批评首先是超验的,他注重天才的普遍性和时代性;同时这种超验的批评观又是伦理的,要求诗歌的道德目的,还要求作家才能与作品的一致;而且,与浪漫主义时期的主观主义不同,爱默生倾向古典主义的批评观,要求作品指向自然,而不是指向作家本身。

第六章"宇宙:道德的统一",阐述了爱默生以道德为基本特征的个体、自然和超灵的宇宙统一论。宇宙,在爱默生看来,是精神的外化,是自然道德法则的体现。爱默生终极的宇宙理想是道德宇宙的统一。这种统一体现在爱默生诗学的每一方面:诗人是超灵的解释者,是自然和精神的桥梁,通过诗人的阐释,物质和精神统一起来;诗歌是超灵的表达,它是内容与形式的统一,而诗歌本身又与哲学、科学、实践相统一,达到一种理想的世界诗歌;诗歌批评是超灵的要求,是道德的真、善、美三者的统一;整个宇宙都是超灵的弥漫,每个个体的身上都存在着这同一个心灵,通过宇宙间超灵的道德法则在自然中的显现,个体可以直觉到自己内在的道德情感,这是道德法则引导个体从孤立和原子化的状态向整体和统一的转变,从而实现宇宙间的道德大统一。

"结语"部分对全文进行总结。爱默生偏重伦理的诗学的独特性在于古典与浪漫、传统与现代的交融。从爱默生的诗人观、诗歌观、创作观和批评观来看,爱默生本质上是一个古典的浪漫主义者。爱默生对伦理和诗学的理解继承了前人的传统,而他的思想又对美国文化和思想的发展产生了深远的影响。

第一章

诗与美国道德心灵的重建

19世纪的新英格兰经济和物质发展迅速，物质与商业成了新的专政形式。美国人痴迷物质财富，却忽略了精神上的成长。物质财富本应该是我们的仆人，但现在变成了我们的主人，它从各方面蚕食人们的生活。1840年爱默生抱怨道："啊，可怜的美国人！美国人和美元这两词结合的如此紧密，它们应该写成押韵诗。在新英格兰、波士顿、普罗威登斯，你在街上遇到的每一个人都在不停地谈论着美元。"①

爱默生写作和演讲的目的之一，就是警告美国人这种物质主义的危害，将他们从错误的方向上拉回来。实际上，美国19世纪的商业发展导致的社会和个人问题引发了全社会道德运动的热潮，而在这场新运动中，爱默生被称为狄奥尼索斯。据爱默生的判断，19世纪的美国需要引入一个新的宗教，在他看来，宗教感情早已经溢出了旧的宗教形式。爱默生预见的这个新的宗教就是伦理学，他称伦理学为"最重要的科学"。

爱默生指出，商业和财富蒙蔽了我们双眼，我们不仅与自我内在的道德感情失去了联系，也与自然中的道德秩序失去了联系，失去了道德之基与精神之源，失去了与自我、社会和宇宙和谐相处的一体性。然而，爱默生也确信，人"需要唤醒""人可以改变"。② 在他的作品中，爱默生努力去唤醒沉睡着的美国心灵，使他们意识到自身内在的道德情感，意识到这一道德情感与自然、与超灵的联系，从而恢复人性的高贵，重新回到宇

---

① David Stollar, *The Infinite Soul*, Ralph Waldo Emerson: The Vital Years, 1803–1841. London: St James Publishing, 2000, p. 200.

② *The Journals and Miscellaneous Notebooks of Ralph Waldo Emerson*, William H. Gilman et al., editors. 4 Vols. Cambridge, MA: Harvard University Press, 1960–1982, pp. 84, 278.

宙那永恒的"一"当中去。

第一节 美国的道德传统

　　美国是世界上一个独一无二的国家。它既不同于埃及、中国，拥有绵延几千年的文明史；也不同于英法德日等这些根据民族或风俗传统自然形成的国家。其独特性在于，它是人类（特别是欧洲人）希望重建和谐美好家园的一个实验。因此，从早期的殖民时代开始，对宗教、政治、教育、社会生活等问题的争论在这片土地上从来就没有停止过，新与旧的斗争从未消失。一方面，来新大陆寻找理想的欧洲各民族人带来了欧洲传统；另一方面，新的环境、新的土地、新的民族又在呼唤新的宗教、新的律法、新的社会。新与旧在不停地碰撞中融合，其结果形成了现在的美国特性。因此，美国思想并不完全是欧洲思想传统的延续，也并非完全就是美国本土思想传统，它是美国根据自身经验对欧洲传统进行借鉴和改造之后所形成的新思想。

　　美国新思想中首要也是最重要的一则信条是：新世界是上帝的应许之地，是人类的新家园。这就意味着，无论从宗教、政治还是社会的其他的方面，这个新世界将真正体现人类的终极理想，成为所有国家的楷模，成为全人类的指明灯。"美国在世界上拥有独特的位置且负有特殊的使命，这个思想在美国领导者的心中比其他任何思想都要重要。"① 而体现在所有人类关系中（包括人与自然、人与社会、人与他人、人与自我等）的道德这一元素，无疑将在新世界的设计蓝图上留下重重一笔。从17世纪最初来到新大陆的那批朝圣者们视为上帝旨意的清教伦理；到18世纪美国大革命时代里体现在《独立宣言》（*The Declaration of Independence*）中的自由和平等，本杰明·富兰克林《自传》（*The Autobiography of Benjamin Franklin*）中的勤奋和美德；再到19世纪工业革命和大扩张的年代里，超验主义者拉尔夫·爱默生高举的道德法则，沃尔特·惠特曼狂呼的民主与平等。道德在新大陆这片土地上的存在形态，正是旧传统与新形势互相适应与渗透，不断进化的结果。

---

① Edward McNall Burns, *The American Idea of Mission*, N.J.: Rutgers University Press, 1957, p. 5.

最早来到新大陆的殖民者是清教主义者。16世纪末17世纪初，清教主义者因对英国国教中繁冗的天主教成分不满而遭到迫害，无法在英国实现他们的宗教理想，于是他们在16世纪30年代的时候漂洋过海，来到了新世界，希望能在这片新土地上将他们的理想付诸实践。清教徒的宗教信条概括来说，很简单，一是人的原罪说，二是上帝的全能。人因为有原罪而需要仰仗上帝的恩典才能获得拯救。但是上帝的恩典是有选择性的，只有被上帝选中的人才能得到拯救。因此尘世的罪人们为了成为上帝选中的人，不停地完善自己的道德品格，以善意和正义来指导自己的日常行为，用行动来证明对社会有所助益，以此来获得"天命"的感召。一旦获得上帝感召，就要更加勤奋地劳动，过一种简朴地生活，因为贡献社会而不是自我牟利是清教徒们追求目标。正如德国社会学家马克斯·韦伯（Max Weber）在其著作《新教伦理与资本主义精神》（*The Protestant Ethic and the Spirit of Capitalism*）中所述。清教主义的信条也极大地影响了社会和政治制度，比如，只有教会成员才有选举权，只有被上帝选中的人才能够成为领导者。因此，早期的殖民地大部分都属于神权政治。但是，清教徒们也在新世界的土壤里种下了民主的种子，他们建立了多所学院，建立了公立学校系统，强制公民们接受教育。而且，因为他们相信理性和信仰并不冲突，而是彼此互证，所以他们对待科学是一种很欢迎的态度，认为科学知识只不过是宗教的附属品。理性和信仰的和谐也广泛地体现在新英格兰殖民地的戏剧、音乐、绘画、雕塑、诗歌中。因此，可以毫不夸张地说，清教主义的伦理观几乎渗透到了殖民地生活的方方面面。它对美国的影响是广泛又深远的，它"深深扎根于美国的经验和十八世纪新兴的美国精神中，以新英格兰为中心永不停歇地向外辐射着美国文明，无论好坏，至今未休"。[①]

18世纪的美国人，虽然不再像清教徒那般受到上帝的影响，却在启蒙运动的影响下，高举权利和义务的信条。尽管启蒙运动本质上是对清教主义的反动，它在很多方面都延续了清教主义精神。如上文提到的在伦理、政治、教育和神学中的理性主义。启蒙运动将清教主义中对宗教和上帝的集中关注转移到了俗世生活中，如自然、权利、幸福、进步、社会正义等。从这个意义上来说，启蒙运动与清教主义是具有内在延续性的。然

---

① Max Savelle, *Seeds of Liberty: The Genesis of the American Mind*, New York: Alfred A. Knopf, 1948, p. 27.

而，启蒙运动的直接精神来源却是伊萨克·牛顿爵士（Isaac Newton）和政治哲学家约翰·洛克（John Locke）的著作。牛顿提出一种数学地方式去展示宇宙的真相，这预示着，科学的方法可以用来俗世人类生活的法则，对此，兰多教授（Professor J. H. Randall, Jr.）的总结相当精辟："人类努力的最大目标就是发现所有领域都是自然又合理的，然后撤除那些非理性传统的堆积物，那些东西如果让理性和自然来管辖的话，也许能形成更好的和谐秩序。"① 合理与自然成了衡量现代生活的标准。洛克则提醒人们关注现代科学对道德、宗教、政治等的影响。他认为，人类社会生活的规则应该由自然的法则来决定。自然的法则规定人抛弃陈腐的传统制度，而代之以理性的制度。所有的社会和政治关系，包括法律，都是大家一致同意的习俗，它们之所以有效是因为得到每个个体的同意。同样，宗教也只是个体自身的选择，所以包容应该取代神权政体，民主取代神权。所以，从清教主义中脱胎而出的唯一神教的理论基础是洛克哲学。约翰·亚当斯（John Adams）曾经说，《独立宣言》其实就是洛克《政府论下篇》（The Second Treatise of Government）的复制。乔纳森·梅修（Jonathan Mayhew）在1754年的选举布道上，也提到了这个观点："在圣典中，政府的权威由上帝授予，同时也来自民众的一致认同，因为上帝具有原初和普遍的旨意，而民众兼具谨慎、智慧和协调。"② 本杰明·富兰克林（Benjamin Franklin）是美国18世纪启蒙运动代表，他的身上，也处处体现了洛克的影响。比如，作为科学家的富兰克林在研究自然时使用的经验主义与实证方法就来自洛克。再如，在其《自传》中，他使用天意（Providence）③ 一词去描述自然世界的原则。世界是由理性法则支配的，通过提高政府和机构的理性原则，人类就可以对这个世界加以完善。因此，美国这个没有欧洲历史和社会文化包袱的国家，最适合建立一个理性法则为基础的民主社会。

19世纪初期，美国面临着建国的艰巨任务。尽管《独立宣言》和

---

① John Herman Randall, Jr., The Making of the Modern Mind, New York: Columbia University Press, 1940, p. 276.

② Jonathan Mayhew, "An Election Sermon" (1754), The Wall and the Garden: Selected Massachusetts Election Sermons, 1670 – 1775, A. W. Plumstead ed. Minneapolis: University of Minnesota Press, 1968, pp. 357 – 373.

③ 在清教主义中，天意指的是上帝对人间事务的直接干预。但是在启蒙运动的语境下，天意指的是这个世界运转背后的理性法则。

《美国宪法》已经给这个国家制定了基本原则和法规，新兴的国家仍然没有统一的中央主权，州与州之间也缺少共同的历史传统和文化抱负。因此，建立起美国自身的文化身份显得尤为迫切。启蒙思想的渗透加速了社会的世俗化，对个体自身的关注渐渐超过了对宗教的关注。人不再是清教主义教义下的罪人，人的形象渐渐高大起来，人可以具有无限潜力，可以不断提升自己，越变越好，这种信念已经成为共识。与之相应的是个人主义和自立道德理念的盛行，从清教主义原罪观众的解放也促使人们对自己的未来充满了乐观的期待。同时，美国广袤的边疆给个人主义和美国梦的发展提供了大好的环境。爱默生和沃尔特·惠特曼（Walt Whitman）是美国 19 世纪的代言人。爱默生深信，美国未来会越来越好，这种乐观的理想主义在《美国学者》《自立》等文章中都有体现；但是他也看到了美国面临巨大的时代难题，工业革命之后的美国一味地陷入对经济利益的追求，从而忽略了社会道德。爱默生在自然中找到了一种道德法则，并呼吁人们遵从内心的这种道德法则。惠特曼比爱默生走得更远，他声称，美国就是民主，民主就是美国。《自我之歌》中所吟唱的是那个给美国带来平等和自由的诗人（他自己）。

从清教主义时期到美国内战时期，美国人的道德观念与行为一直在发生着变化：17 世纪清教伦理中的勤奋与社会贡献；18 世纪启蒙理念中的合理与美德；19 世纪工业时代的自立与民主。但是有一点没有发生变化，那就是美国人对美国的未来所持的积极乐观的态度。无论是 17 世纪在艰苦环境中生存的清教主义者们，还是 18 世纪为了自由和平等而不惜战争的革命者们，抑或是 19 世纪面临民族文化身份创建重任的个人主义者们，他们都坚定不移地相信，与腐败堕落的欧洲相比，美国是一颗冉冉之星。在上帝的旨意之下，美国要建成世界上最完美的社会，建成世界上最完美的道德体系，成为全人类的榜样，成为全人类的避难所。

第二节　爱默生与美国道德心灵

爱默生于 1803 年出生在波士顿的一个牧师家庭，祖上八代都曾是教堂牧师。父亲在他 8 岁那年去世，爱默生及众多兄弟姐妹都在母亲一个人的艰辛抚养中长大。17 岁时，他进入哈佛神学院攻读神学，为成为一名合格的牧师做准备。1828 年，他接受神职，成为波士顿第二教堂的牧师。1832

年辞职，之后选择成为一名自由的演讲者，在全美、全世界各地进行演讲。爱默生作为牧师、诗人、哲学家，他一生发表数百篇布道、演讲，出版作品数十卷，对美国的民族道德和民族精神的形成起到了很大的影响。

爱默生一生的创作都与道德相关。从 1823 年到 1825 年，他的日记里记录了很多与道德和伦理问题相关的想法与思考，如："因此，道德义务的基础是，造物者规定了它是我们存在的源泉、支撑和原则……道德的宇宙永远不会荒芜且永不停息。向后回望没有开始，向前展望没有尽头，这就是道德宇宙的历史。"① 正如造物者通过自然规律和法则，自然才可以有序和睦的运行，上帝在人性中也预设了一条道德义务的原则来保证社会的秩序和美德。在爱默生看来，道德法则是人性法则之一，它高于其他法则，对我们的生存至为重要。

道德问题同样贯穿了爱默生短暂的布道生涯。他在日记里记录道："宗教所教的伟大艺术，就是好好生活的艺术……以最好的方式。"② 从 1829 年被授予神职到 1832 年 10 月辞去牧师一职这段时间，爱默生一共布道 164 次，在这些布道文中，爱默生记录了波士顿这个小镇上普通民众道德信仰的下滑。他在布道中数次强调，无论是对于社会生活还是个人生活，善良和美德都很重要。追求个体的美德，而不是追求个体的经济利益，才是一个有序运行的社会的基础。不管是对个体还是社会来说，所有人都有责任和义务去维护道德的统治。"公共责任建立在个体美德之上。"③ 1831 年美国计划将切诺基族人（北美印第安人之一族）从他们的部落土地乔治亚州上赶出去，美国大众却对此行为默许不言，爱默生怒斥这是"人们道德意识淡漠的可怕征兆"，因为这种"只要与自己无关，就对罪行无动于衷"的行为无疑是"道德堕落最为明显的标识"。④ 这个社会已经不再追求正直，也不再相信正直："这是一个扭曲变形的社会，它公开宣称其目标不是理想的正直，不再相信正直的可能。"⑤ 人类社会变

---

① *The Digital Journals of Ralph Waldo Emerson*, Volume I, p. 253.

② *The Digital Journals of Ralph Waldo Emerson*, Volume I, p. 385.

③ Mary Kupiec Cayton, *Emerson's Emergence: Self and Society in the Transformation of New England*, 1800–1845, Chapel Hill: The University of North Carolina Press, 1989, p. 50.

④ *Emerson's Emergence: Self and Society in the Transformation of New England*, 1800–1845, p. 52.

⑤ *Emerson's Emergence: Self and Society in the Transformation of New England*, 1800–1845, p. 52.

成了一头无道德的怪兽，失去了控制，不知将去向何方。社会道德的堕落让爱默生不再相信社会可以为个体提供一种德性的生活，个体需要自己去发现善与恶、美德与罪行的法则。就像苏格拉底的解决方式一样，公民自己需要培养一种新的美德哲学，借助这种哲学来与无原则和无道德的社会抵抗。

道德也是爱默生演讲生涯中最大的主题。1833 年，爱默生在日记里这样写道：

> 昨天有人问我所说的道德是什么意思。我回答说我也无法定义，也不愿给它定义。人的任务是观察，对道德自然的定义是年复一年对生活对国家的缓慢结果。早晨在床铺上我就在想，道德是有关人类行为对与错的科学法则。那么接下来的问题是——什么是对？对就是对人类意识已知的自然法则的遵守。[1]

在 1836 年发表的著作《论自然》中，爱默生将伦理定义为"思想转化成生活的实践"[2]。而且，为了重新确立道德作为这个社会评价标准的中心，爱默生提出了一个有力的应对之法，那就是思想者（Intellectuals）——学者和诗人——的道德领导作用，向苏格拉底学习，承担起拯救城邦、拯救国家的责任。在这个日益城市化和商业化的社会中，思想者们作为仍然具有清醒道德意识的少数人，应当唤醒、激励普通大众，为普通大众提供公民美德的榜样，将个体从公众意见中解放出来："他正在发挥人性中最高尚的机能。他是一个将自己从私心杂念中提高升华的人，他依靠民众生动的思想去呼吸，去生活。他是这世界的眼睛，他是这世界的心脏。……他，唯有他自己了解这个世界。"[3]

不仅如此，爱默生甚至还专门写了一篇文章论《文学的伦理》，讨论在美国人心灵普遍枯萎苛求新鲜雨露的滋润的时代背景下，文学伦理的原则以及学者的原则。爱默生相信，文学对世界的描述永远都不会穷尽，因

---

[1] *The Digital Journals of Ralph Waldo Emerson*, Volume I, p. 89.
[2] *The Collected Works of Ralph Waldo Emerson*, 1 Vols. Ed. Afred R. Ferguson et al., Cambridge：Harvard University Press, Belknap Press, 1971, p. 35.
[3] *The Collected Works of Ralph Waldo Emerson*, 1 Vols. Ed. Afred R. Ferguson et al., Cambridge：Harvard University Press, Belknap Press, 1971, p. 60.

为个体在世界上每时每刻的体验都是全新的，文学的无限性在于世界真理的无限性。"文学在此时此刻所深思熟虑的和努力表达的思想，是人类要通过它所有的才能，依循着真理的楷模，建立起人类生活的准则。"①

爱默生所处的时代同样促进了他的伦理思考："对于十九世纪二十年代的波士顿人来说，对行为准则的思考就像呼吸一样自然。"② 在爱默生的时代，新英格兰的道德氛围以从清教中发展而来的唯一神教的道德规范为主。唯一神教相信个体内在的道德情感。③ 这种情感能够直觉到善与恶。这种道德情感在性格中既是指导又是动力：它知道对与错的区别，引导个体做对的事情。所有的个体都拥有这种道德情感。

道德情感观在英国的伦理哲学中具有很长的历史。18 世纪晚期，英国哲学家们对道德有颇多争论。对沙弗兹伯利伯爵④、弗朗西斯·哈金森（Francis Hutcheson）和理查德·普莱斯而言，道德情感指的是对是非对错的直觉，是人类一种特殊官能。大卫·休谟与亚当·斯密（Adam Smith）不认同此观点，对此，亚当·斯密在《道德情操论》中有具体论述。⑤ 威廉·埃勒利·钱宁（William Ellery Channing）采取了哈金森的观点，爱默生又继承了钱宁的观点。

道德情感是爱默生的核心信仰。还在哈佛读书的时候，爱默生就阅读过沙弗兹伯利伯爵和哈金森的著作。他对普莱斯的作品尤其感兴趣。17 岁那年，阅读完普莱斯 1758 年所著的《关于道德中的基本问题和困难的评论》（*A Review of the Principal Questions and Difficulties in Morals*）之后，爱默生在日记中写道："我正在阅读普莱斯关于道德的著作，我打算仔细地阅读后再作一些评论。……在本书的第 56 页，普莱斯博士说，对与错并不是由任何推理或推论决定，而是由人类心灵的感知决定。"⑥

---

① *The Collected Works of Ralph Waldo Emerson*, 1 Vols. Ed. Afred R. Ferguson et al., Cambridge: Harvard University Press, Belknap Press, 1971, p. 116.

② Henry Seidel Canby, *Classic Americans: A Study of Eminent American Writers from Irving to Whitman, with an Introductory Survey of the Colonial Background of Our National Literature*, London: Russell & Russell, p. 447.

③ Moral Sense 或 Moral Sentiment，在本书中均翻译为"道德情感"。

④ 许多学者认为沙弗兹伯利伯爵是 18 世纪提出"道德情感"的第一个人。

⑤ 参见亚当·斯密《道德情操论》，谢宗林译，中央编译出版社 2008 年版。

⑥ Robert D. Richardson, *Emerson: The Mind on Fire*, Berkeley: University of California Press, 1995.

爱默生还曾深入研究了道格德·斯图尔特的道德情感学说。斯图尔特认为个体的心灵具有理解对与错的直觉。换句话说，斯图尔特教会爱默生从一个个体的、主观的角度去理解良心，再通过个体的主观经验去理解伦理行为的永恒法则：

> 我们由道德情感所组成，世界由道德情感建成，事物因道德情感而持久；所有的美丽，所有的智慧，所有的健康，皆依赖道德情感而存在……一位东方诗人说上帝让正义对自然之心而言变得可贵，如果普天之下有潜藏的任何非正义，那么蓝色的穹顶将会萎缩成蛇皮，然后抽搐着慢慢蜕掉。但是自然的这种抽搐是缓慢而长久的，而且等待过久也会给人们的信仰加重负担。①

在普莱斯和斯图尔特的影响下，爱默生认为，人做出道德判断的能力时天生且普遍的，道德是内在的，不可改变的，对人永远有约束力，是人和终极事实的契约。②"灵魂最主要、最集中、最突出的力量是道德情感，也就是能分辨对与错的良心。"③ 在一篇对道德情感论述最为集中的布道文中，爱默生认为责任是人性中最了不起的特质，是心灵的一部分，从来就没有一个身心健全的人无法分清对与错。道德情感，被爱默生描述为灵魂本身或灵魂借以显示和表达自己的中介。道德情感首先是"人性的稳定器"，一种面对无论内外的变化都保持稳定的力量。对早期作为牧师的爱默生而言，"正确的行为这个简单的原则"，可以解决所有的神学争端。在爱默生看来，宗教的基础不是圣经，不是耶稣的启示，也不是对一个超验的创世者存在的肯定，而是道德情感。所有的一切都取决于道德情感。用钱满素的话来说，"爱默生对宗教的理解已经远远超出了基督教的范畴。虽然他不曾否定上帝，但对他来说，宗教不仅和那个传统的人格化的上帝无关，也和教会、教条、教义无关。宗教是升华了的精神，是灵魂，

---

① *The Journals and Miscellaneous Notebooks of Ralph Waldo Emerson*, William H. Gilman et al., editors. 4 Vols. Cambridge, MA: Harvard University Press, 1960–1982, p. 28.

② 在这方面，威切尔认为斯图尔特为最重要的英雄；但是乔尔·波特却认为普莱斯对爱默生的影响更大。参见 See Joel Porte, *Emerson and Thoreau: Transcendentalists in Conflict*, p. 69.

③ *The Complete Sermons of Ralph Waldo Emerson*, "Sermon IX", ed by Albert J. von Frank, University of Missouri Press, Columbia, 1989.

是良心，或者干脆就是道德的同义词"①。

道德情感的这个标准，是爱默生深信不疑的信条。他解释道，道德情感也许从来不能和实践相提并论，因为道德的位置比实践要高得多。道德并不是一个一成不变的标准，你遵从的越多，标准就越高。人生的希望和痛苦都源于此，因为我们意识到了真实的我们与我们能够成为的样子之间巨大的差距。这也是理想与现实的差距。"然而理想的要比实在的更为真实。它瞬间即逝，但它永无变化。况且，鉴于自然是道德的，因而唯有心灵才能窥见，也唯有在心灵中才能全部赢得与自然毫无差异的秩序。"②

在内在道德情感的基础上，爱默生继而提出了内在的道德法则。从 1823 年到 1825 年，他的日记里记录了很多对道德法则的思考，如："因此，道德义务的基础是，造物者规定了它是我们存在的源泉、支撑和原则……道德的宇宙永远不会荒芜且永不停息。向后回望没有开始，向前展望没有尽头，这就是道德宇宙的历史。"③

正如造物者通过自然规律和法则，自然才可以有序和睦的运行，上帝在人性中也预设了一条道德义务的原则来保证社会的秩序和美德。在爱默生看来，道德法则是人性法则之一，它高于其他法则，对我们的生存至为重要。1823 年中的一则日记中，爱默生这样写道：

> 但是心灵的结构让我们对道德法则有更坚定的信心，在这一点上我拒绝接受幻想的观点。这一点也极重要组成了思维的实质本身，除了消除它赖以存在的精神，它（道德法则）将不会减少，也无法被毁灭。在道德情感的基础之上，我有理由相信心灵的不朽，相信善良生物的存在和活动，相信善恶终有报。④

正如这段话揭示的，爱默生认为心灵在本质上是道德的。爱默生内

---

① 钱满素：《爱默生和中国：对个人主义的反思》，生活·读书·新知三联书店 1996 年版，第 53 页。
② *The Collected Works of Ralph Waldo Emerson*, 10 Vols. Ed. Afred R. Ferguson et al., Cambridge: Harvard University Press, Belknap Press, 1971, p. 117.
③ *The Digital Journals of Ralph Waldo Emerson*, Edward Emerson, Volume I, General Editor, p. 253.
④ *The Journals and Miscellaneous Notebooks of Ralph Waldo Emerson*, William H. Gilman et al., editors. 2 Vols. Cambridge, MA: Harvard University Press, 1960 – 1982, p. 83.

在的道德法则与康德的道德法则十分相似。18世纪的启蒙主义思想家康德试图找到一个独立于宗教信条和感官经验的伦理学基础，他找到了先验领域。道德法则的起源不是外在的法则，而是人的内在本性。对的行为的基础不是智力（Intellect），而是意志（Will）。人的主要职责，对康德来说，是要努力随时都保持"好的意志"，因为道德法则即来自于"好的意志"。道德法则意味着人的责任与行为。在《纯粹理性批判》（The Critic of Pure Reason）中，康德对道德法则的定义是："道德是我们意志对绝对或普遍法则的服从。"① 在康德看来，人横跨两个世界——一个是空间与时间的现象世界，另一个是产生对的行为的精神或理想秩序的世界。人可以摆脱动物性的限制，获取自由。尽管现象世界会阻止或限制我们，但是精神世界的光辉却照耀在每个人的身上，告诉他应该做什么，同时，也给予他力量去执行。尽管意志有时会被感官打败，但是人道德本性中的道德法则或良心是普遍的、无条件的，甚至是上帝也需要向它臣服。在《实践理性批判》（The Critic of Practical Reason）的结尾处，康德有如下的陈述："有两样东西，人们越是经常持久地对之凝神思索，它们就越是使内心充满常新而日增的惊奇与敬畏：我头上的星空和我心中的道德律。"②

爱默生认同康德的观点，包括他的直觉观和道德价值观，但却在本质上改变了超验的概念。③ 爱默生通过改变传统理论重于实践的做法，提出关键是行动，而不是思考。爱默生思想中至关重要的一点是，去行动而不是沉思。在《论自立》一文中他迫求我们采取行动，拆掉遮蔽或削弱个体思想中形式框架。因此，从这个意义上来说，行动先于思想，并使思想得以可能："生活的目的是求知；而且，如果你说，知识的目的是行动，那么行动的目的也是知识……所有的人都是学生，都在学习着生命的艺术，美德的纪律，学习如何行动，如何忍受，如何有用，以及造物者对他

---

① ［德］康德：《纯粹理性批判》，邓晓芒译，杨祖陶校，人民出版社2004年版，第305页。
② ［德］康德：《实践理性批判》，邓晓芒译，杨祖陶校，人民出版社2003年版，第220页。
③ 爱默生主要是通过科勒律治和卡莱尔了解了康德的理论。根据珀赫曼（Pochmann）的观点，"1838年之后，康德在爱默生思想中的地位不再重要。虽然爱默生的伦理思想不一定来源于康德，然而，从始至终，爱默生的伦理哲学在实践上与康德的伦理哲学非常相似"。具体参见Henry Pochmann, *German Culture In America: Philosophical And Literary Influences*, 1600–1900, Madison: University of Wisconsin Press, 1957, p. 189.

们的期望。"① 在爱默生与友人的通信中,有这么一段话:

> 像你一样,我也在苦苦追求美和至高无上的善。我的信条非常简单,善是唯一的真实,我们只能相信善,毫无保留地相信善,永远地相信善;它既是美丽有福的,又赐福于人……除此之外,我一无所知,也不知道什么方法;不知道什么步骤,程度,没有最喜欢的方式,没有超然的条款。善就是门,就是路,就是指引者,就是前进者。只相信它,成为它,它也就会永远和我们在一起。②

21岁时,爱默生已经形成了一个周密的宇宙理论,在这个理论中,道德法则运行在每一个决定,每一个时刻和每一个思想中。"道德的意志追求普遍法则的方向。任何根据私人的目的而行动的人都是不道德的。一个人可以成为道德的——从马可·奥勒留(Marcus Aurelius)和康德的意义上来用这个词—是因为他们的目标或动机可以成为普遍的法则,对所有的智慧生物都有约束力。"③

爱默生的批评家斯蒂芬·威彻尔(Stephen Whicher)认为爱默生的大部分作品都可以放在一个主题下阅读,那就是:"所有的事物都是道德的。"④ 道德的概念是爱默生思想的核心,也是人性和外在自然的核心。爱默生本质上是个道德的人,不仅在行为上是道德的,言语也是如此,对世界的理解更是如此。爱默生一生都在问自己的问题是:面对一个堕落甚至是无道德的社会,个体如何建立起并保持一种德性的生活?对爱默生来说,"道德"这一主题是他所有的热情的集中点,道德意味着生活中每一种思想和每一次行动的意义,因而也体现在他诗学的方方面面。

---

① *Young Emerson Speaks*: *Unpublished Discourses on Many Subjects By Ralph Waldo Emerson*, Arthur Cushman McGiffert. Jr. , editor, N. Y. Kennikat Press, INC, 1938, pp. 192 – 193. 关于爱默生早期作品中思想和道德的趋同,卡维尔将之与海德格尔的理论相比,指出:"(爱默生的)道德既不是目的论,也不是义务论,其思维也不是我们所熟知的推论。"参见 Stanley Cavell, *Literature, and Film*: *The Idea of America*, New York: Routledge, 2012, p. 143.

② Letter of Emerson to an unknown correspondent, July 3, 1841. 引自 *The Selected Letters of Ralph Waldo Emerson*, Joel Myerson, ed. New York: Columbia University Press, 1997, pp. 252 – 253。

③ *The Genius and Character of Emerson*, Edited by F. Sanborn, Boston: James R. Osgood and Company, 1885, p. 253.

④ *The Collected Works of Ralph Waldo Emerson*, 1 Vols. Ed. Afred R. Ferguson et al. , Cambridge: Harvard University Press, Belknap Press, 1971, p. 25.

第三节　爱默生诗学的思想渊源

任何一种思想和理论，除了现实的社会基础决定它的方向和内容之外，它为什么采用这样的形式和方法去探讨和解决这些问题，而不是采用另外其他的形式和方法探讨其他的一些问题，在很大程度上取决于它所继承的思想传统和渊源。爱默生偏重道德的诗学观的形成受到了诸多诗学传统的影响，其中，最重要的有古典诗学传统、基督教诗学传统以及东方思想中的诗学传统。以下将逐一分析爱默生与这三大传统诗学的关系。

一　西方古典诗学传统

诗歌与伦理的关系至少可以追溯到古希腊时代。在《理想国》中，柏拉图的理想城邦由三种人组成：管理者卫士，因为他们有智慧；军人保护城邦及市民，因为他们强壮；以及大众。每个人的天赋才能各不相同，大家各司其职。与城邦的分级类似，柏拉图将人类灵魂也分为三部分，理智，欲望，以及这两者之间被柏拉图称为激情的部分。在他看来，这三个部分对应了三种主要的美德。理智代表的是智慧；欲望代表的是勇敢；激情代表的是节制。[1] 恰如弗里德里克·科普斯顿（Frederick Copleston）对柏拉图正义观的总结："当灵魂的所有元素都和谐地良好运作，位低者服从位高者，这个个体就是正义的。当城邦的组成和运作都是根据每个人的禀赋和功能，这个城邦就是正义的。"[2] 在这种正义观的指导下，在《理想国》的第三（十）卷中，苏格拉底放逐了诗人和诗歌。[3] 他认为，与掌握真理和正义的哲学家相比，诗人与真实隔了三层。不仅如此，诗人想象的语言也会对城邦居民的心智产生不好的影响，对城邦来说是一个危险的存在。真理，正义，良善（Goodness）这些价值是治理城邦的哲学家们而不是诗人的追求。《理想国》中，苏格拉底将伦理和正义归为哲学的范

---

[1] 参考［古希腊］柏拉图《理想国》，郭斌和、张竹明译，商务印书馆1986年版，第158—172页。

[2] Copleston, *A History of Philosophy*, New York: Continuum, 1946, p.255.

[3] 只保留了那些吟唱颂诗，特别是称赞给城邦带来荣誉的战争英雄的史诗的诗人。柏拉图认为诗歌是最坏的艺术，因为它远离真理，且对城邦没有任何实际的好处。

畴，相反，诗歌妨碍对伦理和正义的追求。①

亚里士多德不认同柏拉图将诗人看作为拙劣的模仿者的看法。实际上，他并不认同柏拉图对理念世界和现实世界的区分。亚里士多德同样关心城邦的管理和教育问题。他认为城邦的教育核心在于伦理的实践。在《尼各马可伦理学》（*Nicomachean Ethics*）中，亚里士多德把知识分为三类：科学性知识（Episteme），技艺性知识（Techne），实践性知识（Phronesis）。伦理归在实践性知识的类别之下。② 伦理的实际含义是一种理性掌握真理的状态，对人类来说，则表示好或者坏的行为。当然，在这本书中，亚里士多德整个将生活都当作是一种需要常识和直觉判断的实践艺术。他认为，当一件事最终以善的形式显现，那么这件事就是好的。美德③就是人身上善的部分，美德决定了好的行为。与柏拉图将灵魂分成三部分不同，亚里士多德则将灵魂分成两部分，理性与非理性。在这个基础上美德也被分成了两部分，理智美德（Intellectual Virtue），指的是灵魂中理智那部分的美德；道德美德（Moral Virtue），指灵魂中非理性那部分的美德。

亚里士多德在《尼各马可伦理学》中定义并解释了这两种美德："德性分两种：理智德性和道德德性。理智德性主要通过教导而发生和发展，所以需要经验和实践。道德德性则通过习惯养成。"④ 亚里士多德认为人类的最终追求是幸福。幸福就是人类灵魂与美德保持一致，从而使人生在各方面都达到完整与善。

亚里士多德不认同柏拉图理念世界与现实世界的划分，他认为，现实是物质本质显示出来的形式。在《物理学》（*Physics*）中，亚里士多德解释了事物的"四因"：第一，了解一个物体，我们首先要了解它由什么物质组成，这是物质因；第二，我们要了解它是怎么形成的，这是形成因；

---

① 王柯平教授在文章《柏拉图如何为诗辩护？》中修正了人们普遍认为的柏拉图要把诗歌逐出他的理想国的观念，提出了诗歌的审美价值会对人产生积极的影响、会与诗歌的道德价值互动的观点。他指出，柏拉图在《理想国》不仅为诗歌辩护，而且还常常借助神话和比喻这样的诗歌话语形式陈述他的思想。参见王柯平《柏拉图如何为诗辩护？》，《外国文学评论》2005 年第 2 期。

② ［古希腊］亚里士多德：《尼各马可伦理学》，廖申白译注，商务印书馆 2003 年版，第 169—177 页。

③ 英文为"Virtue"，国内对亚里士多德《尼各马可伦理学》中的这一个词的翻译为"德性"。参见［古希腊］亚里士多德《尼各马可伦理学》，廖申白译注，商务印书馆 2003 年版。

④ 《尼各马可伦理学》，第 36 页。

第三，我们要了解它存在的目的，这是目的因；最后，了解它以何种形式完成目的。亚里士多德的这种形而上学观可以帮助我们更好地理解他的诗学观。诗人的模仿过程类似物质显示为形式的过程。在《诗学》(Poetics) 中，亚里士多德写道，诗人的摹仿是一种天生的官能，而不是一种拙劣的技艺。而且，不像历史学家，诗人在创作中可以创造出很多新的场景和角色，用合适方式提供给观众一种"可能"的人生场景。他以悲剧为例，认为观众在观赏完英雄般的人物遭受不幸时会感受到一种强烈的恐惧与同情。通过悲剧，人们的这些负面情感得到宣泄，情感上得到了"净化"(Katharsis)。亚里士多德不再放逐诗人，他力辩艺术的道德与认识论的价值。他认为，悲剧不仅与普遍真理相关，而且还有洗涤灵魂的功效，能让公民变得更好。①

古罗马时期的诗人贺拉斯则提倡寓教于乐，主张用甜蜜的娱乐的外表将道德的内容包裹起来，让人们在愉悦中接受教导。普鲁塔克则认同亚里士多德的观点，认为诗人对城邦有积极的道德教化作用。新柏拉图主义②者的文学批评继承了柏拉图关于两个世界（理念世界与现实世界）划分的观点。他们的文学批评观更多地倾向于讨论文学与永恒世界的关系问题。例如，普罗提诺就把文学看作是世界永恒本质的直接表达，文学是通向精神和神性领域的通道。

总体而言，相比现代的思想家围绕着诗歌的形式争论不休，古典时期的思想家们更关心诗歌的功能问题，换句话说，是诗歌与社会的关系，无论这种关系是正面还是负面。柏拉图的《理想国》《毕达哥拉斯》(Protagoras)、亚里士多德的《诗学》《政治学》(Politics)、贺拉斯的《诗艺》、普鲁塔克的《年轻人应该怎样学习诗歌》等著作都或多或少的涉及了这个问题，而且，大部分的思想家倾向于认同诗歌的教育和道德教化功能。

爱默生对古希腊罗马文学的接触从其少年时代就开始了。在波士顿拉丁语学校和哈佛学院，爱默生接受了古典教育。他无须翻译，就能阅读很多古希腊罗马作家的作品，他的作品中也有很多对古希腊罗马作家语句的引用。如荷马、埃斯库罗斯、索福克勒斯、欧里庇得斯、阿里斯托芬、柏

---

① 参见［古希腊］亚里士多德《物理学》，张竹明译，商务印书馆1982年版；［古希腊］亚里士多德：《诗学》，罗念生译，人民文学出版社1962年版。

② 新柏拉图主义（Neo-Platonism）：古希腊文化末期最重要的流派，并对西方中世纪的基督教神学产生了重大影响。该流派主要基于柏拉图的学说，但在许多地方进行了新的诠释。

拉图、普努克洛、普鲁提诺、伊安布里科斯、波菲利、亚里士多德、维吉尔、普鲁塔克、阿普利乌斯等人的名字经常出现在他的作品中。在这些作家当中,柏拉图的光辉最为闪耀。[①] 爱默生认为,柏拉图的整个哲学,是"祈求神圣的统一的思维"。[②] 这也是柏拉图以及后来的柏拉图主义者们对爱默生的最主要的影响。[③] 正如柏拉图的理念给予世界统一,正义理念维系城邦的运作一样,爱默生相信世界自有其运行法则,永恒的善渗透了宇宙法则的方方面面,并将它们达成一个完美的统一:

> 我发现宇宙力量是一种……慰藉。它给我们展示了这个宇宙是生气勃勃的、秩序井然的以及不可破坏的;它的力量不会被夺走,它的美德不会被滥用。它向我们展示了永恒的天意,公正的保护措施。……世界是活力无限的。它是各种法则,也是对这些法则的真正分析,……让这些法则统一在一起的是普遍的善,善渗透在每个人身上,每个目标里。……物都渗透着道德法则。[④]

[①] 在爱默生的一生中,他反复阅读柏拉图的作品。1819 年,爱默生从波士顿图书协会(Boston Library Society)借了从安德烈·达希尔(Andre Dacier)的法文翻译而来的两卷本《柏拉图作品选集》(*The Works of Plato Abridg'd*)(London, 1772)。1826 年、1827 年、1829 年爱默生从哈佛大学借了 4 卷本的《柏拉图对话》(*The Works of Plato, Nine of the Dialogues*),由福洛伊尔·西德汉(Floyer Sydeenhan)和托马斯·泰勒(Thomas Taylor)翻译(London, 1804)。早期爱默生对柏拉图的理解依赖于泰勒的翻译版本,从 40 年代早期开始,爱默生阅读维克多·卡金(Victor Cousin)的译本 *Oeuvres de Platon*(Paris, 1822 – 1840)。具体参见 Kenneth Walter Cameron, *Emerson's Developing Philosophy: the Early Lectures*(1836 – 1838), Hartford: Transcendental Books—Box A, Station A-06126; Kenneth Walter Cameron, *Emerson The Essayist: An Outline of His Philosophical Development Through 1836 with Special Emphasis on the Sources and Interpretation of Nature*, Raleigh: The Thistle Press, 1945, Volume I.

[②] *The Journals and Miscellaneous Notebooks of Ralph Waldo Emerson*, William H. Gilman et al., editors. 2 Vols. Cambridge, MA: Harvard University Press, 1960 – 1982, p. 414.

[③] 爱默生从柏拉图那里继承了超验的理念世界;从普罗提诺等新柏拉图主义者那里继承了"流溢说",最高的"太一"是超验的,从中流溢出思想,从思想中流溢出心灵,从心灵中流溢出物质等。爱默生的流溢之源是超灵,世界上的一切物体皆是超灵的流溢。关于柏拉图和普罗提诺对爱默生的影响,请参见 Kenneth W. Cameron, *Young Emerson's Transcendental Vision*, Hartford, 1971; J. S. Harrison, *The Teachers of Emerson*, New York, 1966; F. I. Carpenter, *Emerson and Asia*, New York, 1968; Stuart Gerry Brown, "Emerson's Platonism", *New England Quarterly*, 12 (Sept. 1945); Stanley Brodwin, "Emerson's Version of Plotinus: The Flight to Beauty", *Journal of the History of Ideas*, Vol. 35, No. 3 (Jul. –Sep., 1974), pp. 465 –483.

[④] *The Complete Works of Ralph Waldo Emerson*, Centenary Edition, Edward Waldo Emerson, editor. 10 Vols, Boston: Houghton Mifflin, 1903 – 1904, pp. 85 – 86.

宇宙存在道德法则，道德法则的来源是普遍的善。这种普遍的善不仅是普遍心灵的特质，也是地球上每个个体的特质。

还在大学时代的爱默生就开始了对道德科学问题的思考，年轻的他急于探索道德科学的原则，相信可以找到一个隐藏在日常生活之下永恒不变的原则去指导人们如何与他人、如何与宇宙相处。爱默生上大学时期所作的两篇获奖论文，一篇为《苏格拉底的性格》（Socrates's Character），写于1820年；另一篇为《伦理哲学的现状》（The Present State of Ethical Philosophy），写于1821年，都曾获得过学校柏多英（Bowdoin Prize）作文竞赛的二等奖。这两篇论文，一篇论古人，上溯到了古希腊的著名哲人苏格拉底；一篇论近代，笔端直指美国19世纪的伦理哲学现状，古代的苏格拉想找到指导人们日常行为的法则，启发了爱默生对他自己的时代进行思考。爱默生以古代喻现代，以古人喻自己的意思十分显然。爱默生有意识地接续了古希腊柏拉图的伦理传统，同时也说明在意识与事物的关系上，他与柏拉图的立场一样，认为意识可以穿透宇宙，从而创造出一种道德科学。

先来谈第一篇《苏格拉底的性格》。在爱默生的笔下，苏格拉底面临的时代问题与爱默生时代有很多相似点。苏格拉底出生的时候，雅典正处于发展的黄金时代，"整个国家都沉浸在刚刚获得的荣耀当中，这种荣耀任何后世的时代都无法匹敌"①。然而，处于荣耀顶峰的雅典人不是想着如何继续保持这样的辉煌，而是陷入了个体的利益之争和政治内讧之中。苏格拉底并没有被时局所遮蔽和裹挟，他清醒地意识到国家的堕落。看着雅典"陷入道德堕落的深渊而无人施救"，②苏格拉底决定听从命运的召唤，决心为雅典人们制定出一种新的道德哲学，引领他们走出道德的沼泽。他向年轻人讲授宇宙的法则，使他们明白为什么要过一种德性的生活，以及怎样才是有德性的生活："他的哲学蕴含了良好的感知与崇高又实际的道德。他指引学生们了解美德最纯高的原则并将之付诸实践；正直、仁义、勇敢，避免罪恶这头在地球上咆哮着寻找猎物的怪兽。"③

爱默生在雅典的身上，看到了美国的影子；在道德哲学家苏格拉底的身上，看到了自己的影子。他决定寻找到世间所有事物间"道德联结"

---

① Edward Everett Hale, *Ralph Waldo Emerson*, *Together With Two Early Essays of Emerson*, Boston: American Unitarian Association, 1902, p. 88.
② *Ralph Waldo Emerson*, *Together With Two Early Essays of Emerson*, p. 78.
③ *Ralph Waldo Emerson*, *Together With Two Early Essays of Emerson*, p. 79.

（moral bond）的基础，这个联结将超越世间一切山川河流色彩服装的界限，超越多种文明和政府的界限，能够解释世间的一切现象。他找到了自然法则，自然法则成为他理解、解释或改变社会秩序的方法，他希望自然内在的道德法则能够为人们提供一种持久的社会道德和社会秩序。

在第二篇论文《伦理哲学的现状》中，爱默生首先简要勾勒了伦理哲学的历史。在随后对道德法则的讨论中，他特别突出了道德意识的重要性，并援引了苏格兰常识学派托马斯·雷德（Thomas Reid）、斯图尔特和自然神学家威廉·帕里（William Paley）的观点。他认为，"道德官能"（moral faculty）是"人性的原始原则，是一种我们可以直接判断行为是非的直觉"。① 在谈到民主与美德的关系时，爱默生说，上帝并不会根据人的智力差别与博学程度来区分贵族与否，而是根据美德的原则。

爱默生也很熟悉普鲁塔克的作品，《希腊罗马名人传》（*The Live of the Noble Grecians and Romans*）和《道德论丛》（*Moralia*）都是他最爱的书籍之一，而且还是他创作灵感的来源。他后来根据普鲁塔克留下的传记传统创作出了《传记》演讲以及《代表人物》。② 在《随笔：第一辑》中的《英雄主义》这一篇中，他这样写道："如果我们探索一下英雄主义的文学，我们就会很快想到普鲁塔克，他是英雄主义的学者和史家。亏得他，我们才有《布拉西达斯传》、《狄翁传》、《伊巴密浓达传》、《大西庇阿传》，我必须认为：我们从他那里所受的益比从所有的古典作家那里所受的都多。他的每一篇《传记》都是对我们的宗教和政治理论家的萎靡和怯懦的驳斥。"③ 由此可以看出普鲁塔克对爱默生的深远影响。

二 基督教诗学传统

在基督教人士眼里，善即等同于上帝，是一切存在和价值的源头。基督教中有一个绝对客观存在的上帝。这个外在的上帝是所有的道德之源。《圣经》是上帝存在的证明，也是个体所遵从的外在道德法则。个体通过信仰、良心、解经等等行为去接近这个道德法则。基督徒们不应该问

---

① Ralph Waldo Emerson, *Together With Two Early Essays of Emerson*, p. 118.
② 具体参见 Edmund G. Berry, *Emerson's Plutarch*, Cambridge, Mass.: Harvard University Press, 1961.
③ *The Collected Works of Ralph Waldo Emerson*, 2 Vols. Ed. Afred R. Ferguson et al., Cambridge: Harvard University Press, Belknap Press, 1971, p. 147.

"我应该做什么",而是应该问"上帝要求我做什么?"个体的行为正确与否皆取决于是否符合上帝的要求。上帝要求绝对服从,这是基督教伦理中的核心观念。① 朋霍费尔在其著作《伦理学》中阐释了《基督论》角度的伦理问题。他指出基督教的伦理起始点是上帝在耶稣里的启示。……基督教伦理学的对象是上帝的诫命。……朋霍费尔清楚地指出,(基督教)伦理学的问题不是:"我如何可以成为善?""我如何能够行善?""我们可如何改造世界?"而是:"什么是上帝的旨意?"上帝的旨意的形式是诫命。② 基督教教义强调人的罪与恶,甚至有七宗罪之说,倡导人们行善事,洗清身上与生俱来的罪恶。基督教的美德观要求人的良知与善行。

美国文学一开始就和宗教有着密切的联系。自 17 世纪清教主义③便

---

① *Religion and America*: *Spiritual Life in a Secular Age*, Edited by Mary Douglas, Steven Tipton. Boston: Beacon Press, 1982, p. 81.

② [德] 朋霍费尔:《伦理学》,商务印书馆 2012 年版,第 xv 页。

③ 从宗教的意义上来说,清教指的是 16 世纪末 17 世纪初从英国国教圣公会(Anglican Church/ Church of England)内部衍生的一个支脉,它旨在消除英国国教内部的天主教残余因素,它的词根"purify"的含义即为"清洗,使洁净"。然而,严格地来讲,清教并不是一种派别,而是一种态度,一种倾向,一种价值观,它是对信徒群体的一种统称。清教徒是最为虔敬、生活最为圣洁的新教徒,他们认为"人人皆祭司,人人有召唤",每个个体可以直接与上帝交流,反对教会内部的腐败和繁文缛节、形式主义。他们主张简单、实在、上帝面前人人平等的信徒生活。"清教"或"清教主义"对应的英文词汇皆是"Puritanism"。该词汇在商务印书馆 1997 年出版的《牛津高阶英汉双解词典》中被译为"清教徒的行为和教义;清教主义",在 1955 年出版的《美国文学简明词典》(*Concise Dictionary of American Literature*)、1983 年出版的《美国历史简明词典》(*Concise Dictionary of American History*)、1988 年出版的《大美百科全书》(*The Encyclopedia Americana*)及 1999 年中国大百科全书出版社出版的《不列颠百科全书》中,"Puritanism"一词被解释为 16 世纪末和 17 世纪初,在英国兴起的旨在消除英格兰圣公会中天主教"教皇残余"的宗教改革运动。中国学者大多做广义的理解,将其译为"清教",而非"清教主义",不过,在刘绪贻、李世洞主编的《美国研究词典》及一些论文、特别是学位论文中,常使用"清教主义"一词。17 世纪初期,由于受到英国国内的宗教迫害,这些英国的清教徒们大量地迁往当时还是蛮荒之地的北美大陆,并最终在这块土地上定居、繁衍。因此,当我们谈论清教(或清教主义)时,首先要区分的是英国的清教和美国的清教。例如,塞缪尔·艾利特·莫里森(Samuel Eliot Morison)认为"清教是一种笃信《圣经》是上帝之全部福音的生活方式,清教徒则是努力遵照此种信仰度日的英国人",他定义的是英国的清教;美国学者佩里·米勒(Perry Miller)眼中的清教则是"17 世纪初期,由第一批拓殖者带到新英格兰的一种观念、一套生活哲学和价值规范",他明显定义是美国的清教。两者的宗教信仰虽然是一致的,但是地理环境、政治环境的差异造成了这两者很大的不同。起源于英国的清教无法在欧洲旧大陆上找到适合生长的土壤,一直处于受挤压的边缘位置,甚至被称为"不服从者"(Nonconformists)。传到北美大陆这片新土地后,成为新英格兰的主流信仰,渗透了殖民地生活的方方面面,并对美利坚合众国的形成产生了重大影响。参见 Robert Middlekauff, "Perry Miller", *Pastmasters*: *Some Essays on American Historians*, ed by Marcus Cunliffe & Robin W. Winks. Conn.: Greenwood Press, 1969, p. 189.

在美国本土扎根，清教思想在美国的文化和社会生活的各个领域产生着重大影响。清教主义的作者们以严格的道德标准和宗教内容来要求文学作品。清教主义对美国文学的影响主要表现在教义信仰、世俗精神与伦理道德三个方面。17 世纪初到 18 世纪中叶是清教的鼎盛时期，清教思想笼罩着社会生活的方方面面，文学既是清教思想的主要宣传工具，其自身也是清教主义的重要组成部分。① 美国初期可以被称作文学作品的主要形式是布道，"以布道文及其他形式出现的清教思想表述，本身可以被看作一种特殊的文学形式"②。18 世纪随着启蒙思想的传入，世俗精神开始在文学中有所展现，然而其价值观的终极指向依然是上帝的诫律与救赎。18 世纪晚期在新英格兰地区开始崛起的唯一神教派③也反对"不虔敬的文学"。④

  爱默生大部分的成长岁月都是在这样的宗教文化里度过的。宗教自由主义和宗教正统观⑤都对爱默生的思想产生了影响。他的父亲，威廉·爱默生（William Emerson）是一位具有宗教自由主义倾向的牧师，在波士顿第一教堂任职。他的母亲，露丝·爱默生（Ruth Emerson），是一位具有朴素基督教信仰的基督徒。他的姑妈玛丽·莫迪·爱默生（Mary Moody Emerson），是一位信仰加尔文主义、涉略广博的奇女子，她在宗教和文学方面都对爱默生产生了很深远的影响。钱宁则是爱默生神学启蒙老师，正是在他的鼓励和指导下，在他道德想象力的感染下，年轻的爱默生选择继承家庭传统，成为一名唯一神教的牧师。不幸的是，爱默生 8 岁时，父亲

---

  ① 参见李安斌《清教主义对美国文学的影响》，《求索》2006 年第 6 期。
  ② 张冲：《新编美国文学史》第 1 卷，上海外语教育出版社 2000 年版，第 83 页。
  ③ Unitarianism，也译作"一位论"派，又译"上帝一位"派，产生于 16 世纪欧洲宗教改革中的新教派别，认为上帝不是天主教主张的三位一体，而只是一位；耶稣是伟大的神圣人物，但不是三位一体中的圣子。
  ④ 1810—1835 年，美国文学批评最重要的变化是"从否定的宗教约束原则"到"肯定的道德理想主义原则"的转变。唯一神教派否定了清教主义以宗教和道德作为评价文学的唯一标准，提出了艺术的美和文学的情感的概念。然而，对他们而言，艺术仍然是附属于宗教的。文学为传达神的启示服务，为宗教服务，以宣扬宗教为主要目的。劳伦斯·布伊尔认为："即使在唯一神教派作出那些大胆的评价的时候，他们仍然坚持的是清教主义的观点……只要他们信奉的是神的启示的宗教，高于自然的宗教，他们就不能背离艺术是基督教教义表现形式的观点。"参见 Lawrence Buell, "Unitarian Aesthetics and Emerson's Poet-Priest", *American Quarterly*, Vol. 20, No. 1 (spring, 1968): 3–20.
  ⑤ 在这里，宗教自由主义指从清教主义的加尔文宗发展而来的唯一神教，宗教正统观即正统加尔文派。

便去世了。爱默生对自己的父亲并没有很深的印象，日子和书信中也鲜少提到父亲的影响。他去世后，母亲便带着全家都参加了钱宁主持的教会。在神学观点上，爱默生和钱宁有很多相似点。例如，年轻的爱默生充满热情地拥护钱宁"本质同一"的信条。他从钱宁那里学到，掌控宇宙的道德法则与上帝的道德本质是同一的。如果个体的道德情感官能能够直觉到道德行为的永恒原则，那它同样可以直觉到上帝的存在和本质。换句话说，通过道德情感发现人真正的道德本质的过程，也就是发现上帝存在和本质的过程。但在另外一点上，他们有很大的分歧。关于社会实践伦理，钱宁遵循的是早期新英格兰教会的传统，认为基督教会要在现代文明和社会改革中起到领导者的作用。爱默生遵循的确是福音书派的传统，他主要关注的是个体灵魂的得救。在个体与社会的关系这个问题上，特别是涉及个体对社会改革的作用时，他的观点是社会的改革是先从个体开始。

另一位对爱默生的思想产生重大的影响的人物是他的姑妈，玛丽·莫迪·爱默生。正是从她身上，爱默生与传统的加尔文主义精神连接起来。从两人的通信中，可以知道，爱默生的布道和随笔中大量借用了玛丽姑妈日记中的内容。爱默生对她的描述是："加尔文主义和新英格兰（共同作用）的果实，标志着现代科学和人性的影响战胜旧信条的力量的确切时间。"[①] 1821 年 2 月 7 日的一则日记："我姑妈的宗教是我所能想到的最纯洁最高尚的宗教。它似乎是以广泛、深刻、高远的权宜和适当的原则为基础，其目的很少人才能理解，更少的人感受到的原则……在她的宗教里，她是一个奇特的女性，她认为自己注定会走上一条狭窄但高尚的路上，这条路最终将带领她走向一条无止尽的狂喜和高尚的荣誉之境。"[②] 她的生活展示了一个虔诚的清教徒的高尚生活，无论是关于生活还是宗教，她都是爱默生的道德榜样。

1829 年 3 月 11 日，爱默生正式被授予波士顿第二教堂[③]的牧师一职。1830 年 9 月 5 日，爱默生成为教堂唯一的牧师。从 1829 年 3 月 11 日到

[①] Phyllis Cole, *Mary Moody Emerson and the Origins of Transcendentalism: A Family History*, Oxford, Oxford University Press, 1998, pp. 43 – 44.

[②] *The Journals and Miscellaneous Notebooks of Ralph Waldo Emerson*, William H. Gilman et al., editors. 1 Vols. Cambridge, MA: Harvard University Press, 1960 – 1982, p. 49.

[③] 波士顿第二教堂建于 1649 年。殖民地时期的清教领袖人物因格里斯·马萨（Increase Mather）和科顿·马萨（Cotton Mather）都曾经在这里做过牧师。爱默生是这里的第九任牧师。

1832年10月21日,他在这个位置上服务了三年多。"爱默生牧师生涯中形成性和转折性的那几年与那个年代的转折性和改革性的时间重合。作为年轻的牧师的爱默生,属于传统基督教正统观的自由改革的第一个阶段。作为讲演者和随笔作家的爱默生,属于改革的第二个阶段。"①

在第一个阶段,宗教的道德热情激发了爱默生几乎所有的布道文。布道,代表着道德劝诫的传统,是道德完美的必要工具。正是对劝诫的关注,爱默生才说,基督教牧师的职责是"对一种完美的生活的解释"②。在他的牧师生涯中,他努力用虔诚的宗教经验和语言去培养教众的道德情感,激发他们的道德行为。在1828年的一次布道中,他向教众这样解释基督教:"它不要求你与天性作斗争……在你前行的路上也并不会遭遇如山般的困难。它只要求你在一个单独的时刻做一件对的事情。这就是宗教的全部……这样做,你就是一个基督教徒。"③ 这样,对基督教的虔诚变成了对道德生活的追求。

爱默生与基督教的决裂由来已久。1829年,他就已经清楚地意识到:"为了成为一个好的牧师,有必要放弃神职。"④ 最大的问题是教会不得不极大地依赖于形式,而爱默生越来越不能在传统的旧的形式中生活:"宗教在头脑中不是轻信,在实践中不是形式。它是生命……它不是要得到要增加的一些东西,而是你具有的这些官能的一种新生命。它是做对的事情。它是爱,是服务,是思考,是谦卑。"⑤

1832年,爱默生与教会不可避免地决裂了。他秉着自己的良心,觉得不能再让他的会众参加"上帝的晚餐"这一圣餐仪式了,他认为这一仪式只是一个传统,缺少对个体精神的滋灌,没有任何意义。1832年6月,爱默生写信给波士顿第二教堂的教堂执事会,要求改革圣餐礼仪,遭

---

① *Young Emerson Speaks*: *Unpublished Discourses on Many Subjects By Ralph Waldo Emerson*, Arthur Cushman McGiffert. Jr., editor, N. Y. Kennikat Press, INC, 1938, p. xii.

② *The Journals and Miscellaneous Notebooks of Ralph Waldo Emerson*, William H. Gilman et al., editors. 3 Vols. Cambridge, MA: Harvard University Press, 1960 – 1982, p. 152.

③ *The Complete Sermons of Ralph Waldo Emerson*, "Sermon XVIII", ed by Albert J. von Frank. University of Missouri Press, Columbia, 1989.

④ Kenneth W. Cameron, *Ralph Waldo Emerson's Reading*, Raleigh, N.C.: Thistle Press, 1941, p. 19.

⑤ *The Journals and Miscellaneous Notebooks of Ralph Waldo Emerson*, William H. Gilman et al., editors. 4 Vols. Cambridge, MA: Harvard University Press, 1960 – 1982, p. 31.

到拒绝。尽管爱默生写给教堂的信如今已经无处可寻，但我们可以推测的是，在那封信中，他大概提到了将圣餐仪式作为一种纪念仪式，摒弃那些面包和酒的环节；也大概提到了要求教堂解除他主持此项仪式的职责。我们知道的是，无论是哪种请求都被教堂拒绝了。然而，爱默生并没有妥协，1832年9月9日，他发表了题为《上帝的晚餐》的布道文，在这篇布道文中，他解释了宗教对他而言的意义这也是他执意要告别教坛的缘由。曾经鲜活的宗教正在一步一步走向僵化，也越来越趋于形式化：

> 人们把宗教变成了历史性的宗教。他们在犹太山地和埃及看见了上帝，在摩西和基督中看到了上帝，但在他们自己周围，他们看不到上帝。我们想要一个活生生的宗教。我想要在心中永葆鲜活的信念，就像这种信念曾经在亚布拉罕（Abraham）和保罗（Paul）的心中那样鲜活。我想要一种在万物中流淌的宗教，而不是记录在书籍上的宗教……基督教的目标就是要使人变得善良而明智，因此它的制度应该像人的需求一样富有弹性。作为一名基督教牧师，我不愿做任何我无法全心全意为之的事情。既然已经说到这种地步，我也就说明了一切。对此礼制我绝无敌意，我只是声明我对其缺乏同感。如果我不是负有主持此种仪式的职责，我也绝对不会将这种见解强加于他人。我的抵制将止于我对它不感兴趣。①

难道仅仅是因为不愿意主持圣餐仪式而导致爱默生与教会的分裂吗？当然不是，圣餐仪式只是一个导火索。更深层次的原因在于教会改革的势不可免。正如威廉·哈金森（William Hutchison）所断言的那样，教会改革的趋势是超验主义的发生的根本原因。② 爱默生的传记家小罗伯特·理查德森同样认为，爱默生离开教会不仅仅是因为他对圣餐仪式的不满，而是在精神和思想上，他已经与形式宗教渐行渐远。理查德森准确地指出，他与教会的决裂，并不意味着信念的失去，它的含义比这丰富得多。③ 爱

---

① *The Complete Works of Ralph Waldo Emerson*, Centenary Edition, Edward Waldo Emerson, editor. 11 Vols, Boston: Houghton Mifflin, 1903－1904, p. 18.

② Hutchison, *The Transcendentalist Ministers: Church Reform in the New England Renaissance*, New Haven: 1959.

③ *Emerson: The Mind on Fire*, Berkeley: University of California Press, 1995.

默生反对圣餐仪式的理由是它只是形式，而不再具有生命力，于道德成长无益。对这样一个过时了的形式的遵守是一种自我寻找的奴役。"自由是这种信仰的本质。它的目标很简单，就是让人变得善良智慧。它的机构应该与人的需求一样灵活。就像我们身旁的落叶一样，不适应生命的形式应该摒除。"①

三　东方思想中的诗学传统

"东方"一词反映了欧洲中心的思想意识形态，这已不是什么新鲜的提法。在爱德华·赛义德（Edward Said）的《东方主义》（*The Orientalism*）中，赛义德把"东方主义"描述为"一种支配、重组和对东方拥有权威的西方风格"。② 然而，赛义德的这本著作对美国的超验主义并未产生任何实际的影响。事实上，直到进入 20 世纪之后，文学和历史学者才开始关注东方思想对超验主义的影响。③

东方思想因素在爱默生的一些诗歌和散文中体现的特别明显，如，《梵天》（*Brahma*）、《弥勒佛》（*Hamatreya*）等诗歌的标题几乎就是印度经文的翻译；《超灵》（*Over-soul*）、《命运》（*Fate*）、《幻想》（*Illusion*）等随笔也都极深地刻上了印度思想的烙印。④

除了来自印度的智慧，爱默生也很看重波斯古国的教义，特别是哈菲兹和萨迪的诗歌。爱默生专门写过一篇《波斯诗歌》（*Persian Poery*）的随笔，还编辑了一套萨迪的诗歌集《古利斯坦或玫瑰园》（*The Gulistan or Rose Garden*），并为此诗选撰写前言。他通过德译本翻译了很多哈菲兹和萨迪的诗歌。与美国的清教传统不同，这些波斯诗人和

---

① *The Collected Works of Ralph Waldo Emerson*, 10 Vols. Ed. Afred R. Ferguson et al., Cambridge: Harvard University Press, Belknap Press, 1971, p. 21.

② Edward Said, *Orientalism*, London: Routledge & Keegan Paul, 1978, p. 3.

③ 在这方面，已经有很全面的研究专著。参见 F. I. Carpenter, *Emerson and Asia*, Cambridge, Mass., 1930; Arthur E. Christy, *The Orient in American Transcendentalism*, New York, 1934; Raymond Schwab, *The Oriental Renaissance*, New York: Columbia University Press, 1984; Wilhelm Halbfass, *India and Europe*, New York: State University of New York Press, 1988.

④ 参见 Shanta Acharya, *The Influence of Indian Thought on Ralph Waldo Emerson*, New York: The Edwin Mellen Press, 2001. 在不断的阅读和转译过程中，爱默生逐渐内化了这些术语背后的思想，尤其是其核心概念"梵天"。"梵天"这个概念指的是一个客观中立的上帝，其法则超越了人类的善与恶。对这位绝对的上帝而言，人类的生与死，羞耻与荣耀，都是同样的。这种善恶的相对性是爱默生《神学院演讲》的思想底色。

诗歌为爱默生打开了一扇不受限制的自由想象的大门。① 另外，爱默生对《古兰经》（*The Koran*）中的宗教训诫、中国儒家的伦理智慧也多有涉猎。

在诸多的东方思想传统中，讨论诗歌与社会伦理最为集中的莫过于中国的儒家思想。中国伦理的一个突出特点是，道德跟宗教虽然有一定的关系，但是不像西方的宗教跟道德的关系那么密切，中国的伦理学说一直与政治制度之间的关联性更强。② 中国伦理的这种特点体现在诗上，就是诗歌与政治的关系尤其密切。《诗大序》中有言辞："故正得失，感天地，动鬼神，莫近于诗。先王以是经夫妇，成孝敬，厚人伦，美教化，移风俗"③，用以表彰诗歌的道德功能。在春秋战国时代，诗歌是政治家必备的才能，国家诸侯之间的交流及使臣来往最常用沟通手段就是赋诗。如《论语·子路》中所言："诵诗三百，授之以政，不达；使于四方，不能专对；虽多，亦奚以为？"④ 此外，文学还担负着一定的道德讽劝功能，周代有采诗之官，负责收集各地歌谣，让主政者作为施政的参考。故《诗大序》中云："下以风刺上，主文为谲谏，言之者无罪，闻之者足以戒。"⑤ 孔子在《论语·阳货》亦言："小子何莫学夫诗？诗，可以兴，可以观，可以群，可以怨。迩之事父，远之事君，多识于鸟兽草木之名。"⑥ 孔子在这里已经为文学立了一条标准：文以载道，文学必须具有社会意义，文学的功用在于改善道德教化。

爱默生对中国的了解得益于当时中美贸易的兴盛及其他的一些和中国

---

① 具体参见 Paul Kane，Emerson and Hafiz: The Figure of the Religious Poet，*Religion & Literature*，Vol. 41，No. 1，Emerson（Spring 2009），pp. 111 – 139.
② 陈少峰：《中国伦理学史新编》，北京大学出版社 2013 年版，第 10 页。
③ 《十三经注疏》之三，《毛诗正义》，黄侃经文句读。（汉）毛公传、郑玄笺，（唐）孔颖达等正义，上海古籍出版社 1990 年版，第 16—17 页。
④ （宋）朱熹：《四书章句集注》，中华书局，第 82 页。
⑤ 《毛诗正义》，第 13 页。
⑥ 汉朝以后对《诗经》的解释尤其偏重这一点。诗歌与政论无异，有些文字题材如章表、奏启、议对等，本质上就是对政治事务的讨论。唐朝时的诗人韩愈倡导"通其辞者，本志乎古道者也"；诗人白居易认为"读君学仙诗，可讽放佚君。读君董公诗，可海贪暴臣。读君商女诗，可感悍妇仁。读君勤齐诗，可劝薄夫淳。上可裨教化，舒之济万民。下可理情性，卷之善一身。"等到宋朝时，"文以载道"的观念就愈发盛行了。沈德潜在《唐诗别裁集》序中说："诗教之尊，可以和性情，厚人伦，匡政治，感神明。"这种倾向到明清民国时期亦然，例如鲁迅的文章。中国文学与政治之间的关系，参见龚鹏程《文学散步》，东方出版社 2015 年版。

事务有关的朋友，但主要还是通过自己的阅读。① 他最早接触了孔子，后来又读到了孟子（但是从未提过道家的老子和庄子）。他从乔舒亚·马什曼（Joshua Marshman）译的《孔子》中选了 21 段语录刊在《日晷》1843 年 4 月号上，标题为《各族圣经：孔子语录》。1843 年爱默生得到一本戴维·科利译的《中国古典：通称四书》，此书中第一次介绍了孟子。同年《日晷》10 月号上，爱默生又刊载了"四书"语录。② 在孔子和孟子的思想中，最吸引爱默生的是有关伦理道德的思想，他在作品中时有提及。例如，在早期演讲《宗教》中，他说道："中国孔子：无德，富贵于我如浮云。"③ 在日记中写道："我在亚洲人的句子中也找到了与生活的类同。东方的天才们不是戏剧性或史诗性的，而是伦理的和沉思的，琐罗亚斯德神谕，吠陀，摩奴和孔子使人愉悦。这些无所不包的格言就像天堂里那些完美的时刻。"④《神学院演讲》中，则说："这一思想（道德情绪）总是最深地居于虔诚而沉思的东方人头脑里……欧洲的神圣冲动一向得益于东方天才。"⑤

爱默生除了吸收中国儒家的伦理智慧，对中国思想中宇宙的一致性和整体性也十分欣赏。西方思想中的二元论倾向于对立，而中国思想却倾向于同一。中国哲学中突出的一个特点就是，几乎所有重要的哲学家都在试图寻找一个囊括一切的概念。道家的概念是"道"，是"一"，之后的宋明理学的中心概念是"理"。从这种概念中，衍生出宇宙的整体性、自然与人的同一性、人的整体性。

小　结

爱默生是其时代的产物，他的作品既反映了美国 19 世纪积极向上的

---

① 钱满素：《爱默生和中国：对个人主义的反思》，生活·读书·新知三联书店 1996 年版，第 59 页。本书中论述爱默生与中国关系时对这本书多有借鉴。
② 爱默生在《日晷》中开辟了一个"道德专栏"，特别用来介绍外国的经典。孔子和四书语录皆刊登在"道德专栏"上。
③ The Early Lectures of Ralph Waldo Emerson，Stephen E. Whicher, Robert E. Spiller and Wallace E. Williams, editors. 2 Vols. Cambridge, MA: The Belknap Press of Harvard University, 1959 – 1972, p. 88.
④ The Journals of Ralph Waldo Emerson，Ralph L. Rusk, editor. 8 Vols. New York：1939, p. 11.
⑤ The Collected Works of Ralph Waldo Emerson，1 Vols. Ed. Afred R. Ferguson et al., Cambridge：Harvard University Press, Belknap Press, 1971, p. 92.

理想主义和乐观主义，又反映了那个世纪里繁华喧嚣的物质主义和消费主义。穷其一生，他都在追求真理，在追求真理的过程中，他意识到了理想和现实的巨大差距，并试图融合这一差距。爱默生尤其关心的问题是新兴的美国该如何重建自己的道德秩序，更新自己的道德心灵。他希望道德是扭转美国文明中不断增势的物质主义的良药，使美国的个体与社会重新达到平衡的统一。他希望通过自己在写作和演讲中去呼唤道德，强调道德与普遍统一的真理性，来唤醒美国这头沉睡的、浮躁的巨人，激励这个巨人走向道德和精神上的伟大。

第二章

诗人：道德人格的典范

本章将集中讨论爱默生的诗人观。海德格尔说他的哲学是对上帝的期盼，那么爱默生的哲学则是对诗人的渴求。那么，对爱默生来说，诗人到底是什么？爱默生的诗人观与其他思想家的诗人观有何区别？

批评家尤达（R. A. Yoder）在《爱默生与美国的俄尔普斯式诗人》（*Emerson and the Orphic Poet in America*）中将爱默生的诗人观置于俄尔普斯传统中，这种传统发源于古希腊，经过文艺复兴，一直传到了浪漫主义时期。所以，尤达对爱默生诗人观以及对爱默生作为一个诗人的理解的出发点依然是浪漫主义传统。[①] 约翰·安德森在著作《解放之神：爱默生论诗人与诗歌》（*The Liberating Gods*：*Emerson on Poets and Poetry*）中细致地分析了爱默生的随笔《诗人》，指出诗人的本质是先知，是自然的解释者。[②]

诚然，在对诗人本质的理解上，爱默生的诗人观沿袭了浪漫主义的传统，认为诗人是先知，是具有远见之人，诗人与自然密不可分。但是，在对诗人的功能和社会作用的理解上，爱默生突破了浪漫主义诗人观的局限，在他看来，诗人虽然是独立的个体，但是他却承担着一定的社会责任，那就是成为社会的道德典范，让大众以自己的道德人格为榜样。

首先需要指出的一点是，爱默生意义上的诗人不仅仅是指诗歌的创作

[①] R. A. Yoder, *Emerson and the Orphic Poet in America*, California：University of California Press, 1978.

[②] John Q. Anderson, *The Liberating Gods*：*Emerson on Poets and Poetry*, Florida：University of Miami, 1971.

者，甚至也不仅仅是指文学作品的创作者，而是包括一切能独立进行智力思考的思想者。诗人是爱默生理想人格类型的代表，是完美人格的标准。在爱默生笔下诗人不只是一种身份，而更多指的是一种思想状态。以爱默生自己为例，他曾先后成为牧师、自然主义者、演讲家、学者、作家、诗人，在他的文本中，也经常出现学者、诗人、天才、代表人物等称呼，所有的这些身份，都只是同一件事物的不同名字而已，它们都可以划归为爱默生意义上的诗人范畴。诗人是宗教意义上的牧师、预言家；文化意义上的学者、天才；科学意义上的自然主义者、博物学家；政治意义上的演讲者、代表人物、改革者。

因此，与通常意义上的诗人的角色不同，① 爱默生的诗人与时代紧密相连，诗人是时代的道德担当。从历史的角度看，历史上的伟大人物的实际作用是作为大众的道德典范，激励大众走向道德和精神上的伟大。作为道德人格的典范，爱默生理想的诗人是一个立于宇宙中心的中心人（A Central Man），一个人格健全的完整的人（A Complete Man）②；他站在自然世界与精神世界中间，通过解读语言的象征向普罗大众传达自然世界的精神含义，将大众从纷繁的自然中解放出来，因此诗人是大众的解放之神。

第一节　诗人与时代：诗人的道德担当

伟大人物是"时代精神"的产物和表达，这个观点在 18 世纪的西方思想界形成了一股潮流。到 19 世纪 20 年代的时候，德国哲学家赫尔德（Johann Gottfried Herder）的代表观在新英格兰地区流行开来，新英格兰的大部分思想家对代表观都有所了解。1824 年，爱德华·埃弗瑞特（Edward Ever-

---

① 在西方思想传统中，诗人是一名创造者，他的材料是语言，他的能力是想象，他或者对外界进行摹仿，或者依靠想象无中生有，或者抒发内心的情感。参见 *Princeton Encyclopedia of Poetry and Poetics*, *fourth edition*, pp. 1048 – 1051. 而在中国的传统中，诗人与政治密不可分。君子的政治失意产生出诗人的诉歌，这是儒家道德哲学赋予中国诗人的基本特色；士与诗人身份的奇妙结合，是中国诗人的基本形象。参见刘小枫《拯救与逍遥》，上海三联书店 2001 年版，第 106 页。

② 爱默生"完整的人"的概念主要来自新柏拉图主义。在新柏拉图主义中，心灵包含所有的知识的观念。个体完整的程度取决于他对心灵全能的认知以及他运用这种知识的能力。爱默生的完整人就是那种心理和精神力量发展协调且能全面运用心灵的潜能的人。

ett)① 在哈佛斐陶斐（Phi Beta Kappa）讲堂的演讲席上发言，他说道："文学……是时代和国家的声音。一个国家的伟大心灵反映了这个国家个性、能量和资源的概念。他们是时代的器官；他们使用的不是自己的语言，他们很少有自己的思想，而是受制于一种古老的预言式的热情，他们必须感受和表达社会激发的情感。他们不创造，他们服从时代的精神。"②

当时坐在台下聆听的爱默生还是一名年轻的个人主义者，他立刻指出了这种学说的古代根基："人不应该感谢与社会融为一体的哲学家，斯多葛用这种方式交流完全是一种愚蠢的虚荣。"他很难接受这个观点，在给他姑妈玛丽·爱默生的信里，他说："我还没有原谅埃弗瑞特在演说中提到的学说，我找到证明这个学说正确的理由越多，我的才智就对它越厌恶。天才只是时代的器官和喉舌，完全不表达自己的语言，也没有自己的思想。"③

等到 30 年代的时候，爱默生改变了他的看法。他在 18 世纪 30 年代中期写道："荷马，他本人对我们来说并不意味什么，他仅仅只是他那个时代的代表人物。我相信这就是他真正的作用和价值。"④ 同样是在发表于 1835 年的《传记》演讲中，爱默生称马丁·路德具有代表性，他的代表性在于他展示了"那些对社会产生了重大影响的才能和方式的真理，这些真理对所有人而言都是一样的"。⑤ 路德是"客观宗教的代表人物"，这也使他成了所有践行"客观宗教"的代表人物。⑥ 在《英国文学》（English Literature）演讲系列（1835—1836）中，爱默生称杰弗里·乔叟（Geoffrey Chaucer）为"那段时期整个人类的代表人物"，⑦ 并说，"天才

---

① 爱德华·埃弗瑞特（Edward Everett, 1794 – 1865），美国政治家，演说家，1814—1819 年留学德国，取得哲学博士学位，1846—1849 年任哈佛大学校长，1852—1854 年任美国国务卿。
② Edward Everett, *Orations and Speeches, on Various Occasions*, 1976, p. 25.
③ *The Journals of Ralph Waldo Emerson*, Ralph L. Rusk, editor. 2 Vols. New York: 1939, pp. 100 – 101.
④ *The Journals and Miscellaneous Notebooks of Ralph Waldo Emerson*, William H. Gilman et al., editors. 5 Vols. Cambridge, MA: Harvard University Press, 1960 – 1982, p. 50.
⑤ *The Early Lectures of Ralph Waldo Emerson*, Stephen E. Whicher, Robert E. Spiller and Wallace E. Williams, editors. 1 Vols. Cambridge, MA: The Belknap Press of Harvard University, 1959 – 1972, p. 119.
⑥ *The Journals and Miscellaneous Notebooks of Ralph Waldo Emerson*, William H. Gilman et al., editors. 12 Vols. Cambridge, MA: Harvard University Press, 1960 – 1982, p. 41.
⑦ *The Early Lectures of Ralph Waldo Emerson*, Stephen E. Whicher, Robert E. Spiller and Wallace E. Williams, editors. 1 Vols. Cambridge, MA: The Belknap Press of Harvard University, 1959 – 1972, p. 272.

第二章　诗人：道德人格的典范

总是代表性的，"因此"所有有价值的人都能感到与先知的一种温暖的兄弟之情。"① 同样，雄辩家的力量也在于他的代表性，在于他的"简单地表达了我们想说但不能说的话"。② 同样的理由，"诗人也是代表性的"③。

诗人是代表性的，换言之，诗人是大众的"代表人物"。这意味着普通大众能在诗人的身上看到自己。实际上，诗人比他们更像他们自己，因为诗人身上都驻扎着一个普遍灵魂。同样，所有的人都是诗人，尤其是伟大人物和代表人物们。爱默生一生投入了大量的时间在阅读、演讲和写作有关伟大人物和传记与历史的作用上。一方面，伟大人物展示了个体潜力能够成就的极限，表现了人具有无限趋于完美的能力；另一方面，伟大人物可以成为大众的榜样，指导大众更好地生活。④ 爱默生很清楚个体的性格会极大地受到出生时间和地点的影响，因此，他很注重观察那些伟大的作家、思想家和领导者们作为"代表人物"身上所体现了那些超越了时代、存在于所有人的特质。爱默生希望通过对历史上的伟大人物的记载，去发现人性中那些永恒闪光的品质。他的两部传记类作品，1835年的《传记》演讲与1847年的《代表人物》演讲（1850年出版），均是他在这方面的尝试。

黑格尔和卡莱尔的英雄都是超越道德不受传统习俗局限的人物（尼采的超人也一样），但是，爱默生与他们的观点不一样，道德是爱默生衡

---

① *The Journals and Miscellaneous Notebooks of Ralph Waldo Emerson*, William H. Gilman et al., editors. 8 Vols. Cambridge, MA: Harvard University Press, 1960 – 1982, p. 67.

② *The Early Lectures of Ralph Waldo Emerson*, Stephen E. Whicher, Robert E. Spiller and Wallace E. Williams, editors. 3 Vols. Cambridge, MA: The Belknap Press of Harvard University, 1959 – 1972, p. 82.

③ *The Collected Works of Ralph Waldo Emerson*, 3 Vols. Ed. Afred R. Ferguson et al., Cambridge: Harvard University Press, Belknap Press, 1971, p. 45.

④ 19世纪初的美国，逐渐成为美洲启蒙运动的中心。在美国这个新兴的政体中，启蒙运动的精神不仅体现为追求科学进步和理性精神，而且更多地体现为追求自我进步和自我提升，以达成功。在这样一个重视自我进步和提升的文化氛围下，历史中伟大人物的启示和榜样作用不言而喻。因此，记录伟大人物事迹的传记文学在文学中占据了很大的位置。传记无论是对美国这个国家还是对美国个体而言，都有着直接便捷的作用：对仍在寻求自我身份的国家来说，传记记录的伟大人物和事迹是民族（国家）身份的重要组成部分，对一个新兴国家的自我身份形成有重大的促进作用；而对个体而言，传记提供了优秀品质和行为准则的典范，能够帮助个体更好地对成功和自我进行定位。关于爱默生对伟大人物和英雄的论述，请参见 Gross, Theodore L., "Under the Shadow of Our Swords: Emerson and the Heroic Ideal", *Bucknell Review*, 17 (1969), 22 – 34; John O. McCormick, "Emerson's Theory of Human Greatness", *The New England Quarterly*, Vol. 26, No. 3 (Sep., 1953), pp. 291 – 314.

量伟人最为重要的一个标准,他笔下的伟人们,要么是植根于道德规范的楷模,要么是因道德方面的缺陷而被爱默生批判。爱默生在《生活的准则》中提到,"历史上的英雄们的轶闻给予我们战胜困难的勇气,增强我们的道德修养"①。

在1835年的《传记》演讲中,爱默生选择了五位来自不同国家的时代人物,包括米开朗琪罗、马丁·路德、约翰·弥尔顿、乔治·福克斯、埃德蒙·伯克。这五个人中,米开朗琪罗是艺术的代表,路德是改革的代表,弥尔顿是诗人的代表,福克斯是宗教的代表,伯克是政治的代表。爱默生在《传记》中强调的是:"我们的努力并不是要按照时间的顺序去抒写历史,而要按照心灵(Mind)的顺序。"② 米开朗琪罗拒绝了教皇的要求,坚决要表达美的思想。他的人生是独特的,因为他的一次生命只用来追求一项事业。路德是学者和精神领袖,他领导了一场伟大的宗教革命,并自始至终都未改变自己的立场。弥尔顿是道德的改革者和诗人。贵格会教徒乔治·福克斯是真诚的典范,是道德真理的坚决拥护者。他对英国国教的反抗,与爱默生和唯一神教教会决裂有相似之处。爱默生赞誉他是"一个始终如一的现实改革者"。埃德蒙·伯克将哲学带入政治,而且是言语的艺术家和画家。这五个人每一位都以自然的标准去衡量他们所处的时代,在这种衡量中,发现了时代的缺陷,并立志去纠正时代的问题;他们中的每一位都坚持自然的真理,坚持道德的力量。③ 爱默生在《传记》演讲里所蕴含的是,在一个堕落的时代里,伟大人物需要成为那个改革者和道德领导者,承担起拯救社会、重振社会道德秩序的任务。④

---

① *The Collected Works of Ralph Waldo Emerson*, 6 Vols. Ed. Afred R. Ferguson et al., Cambridge: Harvard University Press, Belknap Press, 1971, p. 36.

② *The Early Lectures of Ralph Waldo Emerson*, Stephen E. Whicher, Robert E. Spiller and Wallace E. Williams, editors. 1 Vols. Cambridge, MA: The Belknap Press of Harvard University, 1959 – 1972, p. 96.

③ *The Early Lectures of Ralph Waldo Emerson*, Stephen E. Whicher, Robert E. Spiller and Wallace E. Williams, editors. 1 Vols. Cambridge, MA: The Belknap Press of Harvard University, 1959 – 1972, pp. 98 – 201.

④ 关于爱默生与《传记》中这几位人物的关系,请参见 Franklin B. Newman, "Emerson and Buonarroti", *The New England Quarterly*, Vol. 25, No. 4 (Dec., 1952), pp. 524 – 535; Joel Porte. "Emerson, Luther and American Character", *Forum*, Vol. 13, No. 3, 1976, pp. 8 – 13; Richard C. Pettigrew, "Emerson and Milton", *American Literature*, Vol. 3, No. 1 (Mar., 1931), pp. 45 – 59; Frederick B. Tolles, "Emerson and Quakerism", *American Literature*, Vol. 10, No. 2 (May, 1938), pp. 142 – 165.

在这样的思想背景下,卡莱尔的伟人观是个异数。卡莱尔在《论历史上的英雄、英雄崇拜和英雄业绩》(*On Heroes and Hero-worship and the Heroic in History*)中提出了一种与时代精神相悖的伟人崇拜的历史观(当时的时代精神倡导科学和民主,但卡莱尔的英雄观却反其道而行,在科学上不仅与时代的衍化论观点相悖,在政治上也与强调平等的民主相悖,他突出地强调了伟人与普通人的区别与距离),将一切历史统统归结为伟大人物的历史。对卡莱尔来说,英雄就是一切。他声称整个世界历史就是伟大人物的传记。伟大人物是人类的领袖,是时代的拯救者,因而决定了时代的走向。伟大人物至高无上,他们不是时代的产物,而是时代的创造者,不是时代的奴隶,而是时代的主人,"世界的历史不过是伟大人物的传记"①。

卡莱尔的历史哲学全部基于"伟大人物理论":"普遍的历史,人们在这个世界上有所成就的历史,"对他来说,"说到底就是伟人的历史。"② 卡莱尔所处的时代是19世纪英国资本主义工业文明时期,这个时期,由于资本主义发展盲目性和不完善,引发了一系列社会问题,特别是人们道德的堕落和信仰的缺失。因此,卡莱尔呼唤和期盼英雄的出现来拯救这个道德和信仰缺失的社会。在《论英雄、英雄崇拜和历史上的英雄业绩》中,他把英雄分为六类:神灵英雄;先知英雄;诗人英雄;教士英雄;文人英雄;君王英雄。卡莱尔的这六类英雄都有一种共同的品质,那就是真诚,真诚也是卡莱尔最看重的一种英雄品质。

爱默生1833年第一次去英国时,前往苏格兰拜访了卡莱尔,由此开启了他们长达几十年的友谊。卡莱尔以"真诚"为核心品质的英雄对爱默生的历史观产生了一定影响。③ 卡莱尔希望自己的《论英雄、英雄崇拜和历史上的英雄业绩》能给予爱默生的写作以示范作用,并且提

---

① [英]托马斯·卡莱尔:《论英雄、英雄崇拜和历史上的英雄业绩》,周祖达译,张自谋校,商务印书馆2007年版,第1页。

② 《论英雄、英雄崇拜和历史上的英雄业绩》,第2页。

③ 参见 F. T. Thompson, "Emerson and Carlyle", *Studies in Philosophy*, XXIV (July, 1927), 438–53; *The Correspondence of Carlyle and Emerson*, 1834–1872; ed. C. E. Norton. Boston, 1888; Townsend Scudder, *The Lonely Wayfaring Man*: *Emerson and Some Englishmen*, New York, 1936; Kenneth Marc Harris, *Carlyle and Emerson*: *Their Long Debate*, Cambridge, Massachusetts: Harvard University Press, 1978; *The Correspondence of Thomas Carlyle and Ralph Waldo Emerson*, 1834–1872, Boston: Ticknor and Company, 1885.

议爱默生也写一部伟人传记,并加入美国英雄。但是卡莱尔的希望却很快落了空,在对伟大人物的甄选和评价标准上,爱默生并没有亦步亦趋追随卡莱尔,而是根据自己对时代和社会的理解,形成了自己的"代表人物"观。爱默生的《代表人物》演讲系列中所涉及的人中,一个美国人都没有。①

爱默生著《代表人物》这部书的直接动机就是反驳卡莱尔所著的《论英雄、英雄崇拜和历史上的英雄业绩》中的伟人观和历史观。但早在卡莱尔的著作面世之前,爱默生就曾深入地思考过这个问题,他曾经说过,"没有历史,只有传记"。② 卡莱尔的书只是导火索。

从两本书的标题就可以看出,爱默生所持的观点正好与卡莱尔在《论英雄、英雄崇拜和历史上的英雄业绩》这本书中提出的观点相悖。爱默生反对卡莱尔的立场既是宗教的,也是社会的。在爱默生看来,卡莱尔最大的错误在于他缺少对精神的理解。爱默生在《代表人物》中想要表达的是:除了通过大众,没有任何个体能够达到伟大。事实上,爱默生对待历史的这一态度很大程度上代表了超验主义者们对待历史的态度。大卫·梭罗在他批判卡莱尔的文章中也发表过类似的看法;梭罗认为,历史的写作应该更多地关注人,而不是政权,卡莱尔所著《法国革命》(*French Revolution*)的问题就在于,除了革命之外,卡莱尔几乎就没有描写法国农民任何其他的活动。卡莱尔并没能与那个世纪最重要的社会团体,即工人阶级,进行对话;西奥多·帕克认为,美国的历史学家著述历史时最应该注意的是全人类的利益,且应该符合19世纪的时代精神;惠特曼也加入了对卡莱尔的声讨中,他认为卡莱尔的英雄崇拜观极其有害,他相信的是人民大众的灵魂的力量。③

爱默生为1845年《代表人物》系列演讲确定的最终人物是柏拉图、斯威登堡、蒙田、莎士比亚、拿破仑和歌德,这六个人分别代表哲学家、

---

① Kenneth Marc Harris, *Carlyle and Emerson: Their Long Debate*, Cambridge, Massachusetts: Harvard University Press, 1978, p. 51.

② *The Collected Works of Ralph Waldo Emerson*, 2 Vols. Ed. Afred R. Ferguson et al. , Cambridge: Harvard University Press, Belknap Press, 1971, p. 6.

③ 参见 McCormick, John O. "Emerson's Theory of Human Greatness", *The New England Quarterly*, Vol. 26, No. 3 (Sep. , 1953), pp. 291 – 314.

神秘主义者、怀疑主义者、诗人、物质主义者和作家。① 从爱默生那段时间的日记中可以看出，他还考虑了其他人物作为备选人物，这些备选人物包括耶稣，波斯诗人萨迪，还有当代的乌托邦社会主义家查尔斯·傅立叶（Charles Fourier）。②

诗人莎士比亚和君王拿破仑是卡莱尔和爱默生两人共同选择的伟大人物，但是爱默生对莎士比亚和拿破仑的论述强调的是他们对时代的意义、对社会和大众的作用，而不是他们作为英雄的绝对伟大。在《代表人物》中的第一节《伟大人物的作用》中，爱默生专门论述了一种与卡莱尔英雄崇拜相对的平等主义。在这一节中，爱默生指出，伟人有两种用处：第一，他通过自己的作品和行动给人类提供一些直接的服务；第二，也是更重要的一点，他是伟大思想的象征，他向别人指出他们身上的潜质，唤醒他们身上的英雄主义。

《代表人物》中几个人物的共同点是"代表性"，爱默生通过"代表

---

① 爱默生传记作家霍尔莫斯曾列过一张爱默生引用人物榜，莎士比亚、柏拉图、拿破仑三个人高居榜首。在古典哲学家中，爱默生最看重的是柏拉图。拿破仑的名字与莎士比亚和柏拉图放在一起，似乎挺奇怪。但爱默生对他自有一种私人的浓厚兴趣。这三人之后，是普鲁塔克，共引用70次。"阅读普鲁塔克，（你会发现）世界的崇高，到处都是有着积极品质的人，英雄和半神就在我们身边，他们不会让我们沉睡。"（*The Collected Works of Ralph Waldo Emerson*, 7 Vols. Ed. Afred R. Ferguson et al., Cambridge：Harvard University Press, Belknap Press, 1971, p. 191）他甚至说，"如果世界上的图书馆都着火了，我一定要抢救的，是《圣经》、莎士比亚、柏拉图还有普鲁塔克。"（*The Collected Works of Ralph Waldo Emerson*, 7 Vols. Ed. Afred R. Ferguson et al., Cambridge：Harvard University Press, Belknap Press, 1971, p. 406）事实是，普鲁塔克和蒙田都通达人性，他们的作品触及了日常生活的方方面面。因此，在古代人中，爱默生挑选了柏拉图，而在现代人中，爱默生选择了莎士比亚、蒙田、斯威登堡和歌德四个人。不管是从哲学角度而言还是从文学形式而言，蒙田与培根一样，是一个散文写实主义者，但与培根不同的是，蒙田是一个自由主义者，是一个博爱的人。他没有培根身上的那种马基雅维利的愤世嫉俗（cynicism），有的是诚实的怀疑主义和现实主义。参见 C. L. Young, *Emerson's Montaigne*, New York, 1941. 爱默生《代表人物》中的《蒙田》这一章里，蒙田代表的是将爱默生的唯心哲学与大地连接起来的现实主义。

与爱默生的选择不一样的是，查尔斯·萨姆纳（Charles Sumner, 1811 – 1874）1846年在哈佛大学的大学生联谊会上作题为《学者、律师、艺术家和慈善家》的演讲时，他的榜样人物分别是约翰·皮特凯恩（John Pitcairn）、约瑟夫·斯托里（Joseph Story）、华盛顿·奥尔斯顿（Washington Allston）和威廉·埃勒里·钱宁。参见 *Emerson：The Mind on Fire*, p. 412.

② 查尔斯·傅立叶（Charles Fourier, 1772 – 1837），法国空想社会主义者。爱默生曾考虑过用萨迪取代莎士比亚，也曾想过在讨论拿破仑之后花一章专门论述傅立叶。他意识到自己遗漏了耶稣，但他感到自己没有能力"还这位世界的至圣以历史的公正"。参考 *Emerson：The Mind on Fire*, p. 413.

性"这一观念,借以表明,原本属于个体特质的想法和行为是如何在别人的自我中具有典范意义的。但是爱默生并没有强调所选人物的绝对伟大,而是"这些人物作为一种砝码,相互验证的重要价值"。① 换言之,他更关心的不是伟大人物本身,而是伟大人物对普通人具有的启发和教育意义。每一个伟大人物都代表了人类共有天性中某一方面才能的完美与成熟。伟大人物并不比我们优越,他们只是我们的典范。爱默生 1945 年的日记记录了这本书的大纲:"哲学家柏拉图、神秘主义者斯威登堡、怀疑主义者蒙田、诗人莎士比亚、现实主义者拿破仑将组成我的代表人物圈。"② 爱默生大纲中用"圈"这个词是很值得玩味的。这说明,爱默生选择的代表人物一起组成了一个圈,他们的成就组成了人类最根本的思想活动。值得注意的是,爱默生在他的代表人物中并没有选择任何一个美国人。③

美国历史上虽然没有产生爱默生心目中的伟大人物,但美国人却可以向爱默生的伟大人物学习,从而发掘自己身上潜藏的伟大特质。这种学习和模仿不是从上到下,从社会到个人,而是从低到高,从个体到社会的行为。在《伟人的作用》这一章中,爱默生指出:"如果现在我们开始探察我们从他人那里得到了些什么样的帮助,我们必须当心现代研究的危险,尽量从低处开始。"④ "从低处开始"也就意味着从人性的自然状态而非社会状态开始,从最低的个体存在而非社会存在开始。个体的存在是模仿的基础:"人就是那种高贵的内生植物,像棕榈一样,从内向外生长。"⑤ 人的个体存在是文化和社会的前提,只有承认个体的存在和独立,才能达到个体存在与文化的共鸣。但这并不代表所有的个体间的能力是均等的,伟人之所以成为伟人,就在于他高于其他个体的能力。伟大人物能够准确地把握事物,看到事物之间的关系,他必须比我们更容易看清事物的重要性和真理,普通人要做到这一点很难,但对伟大人物来说,这是他们的天性

---

① Emerson: *The Mind on Fire*, p. 414.
② *The Collected Works of Ralph Waldo Emerson*, 4 Vols. Ed. Afred R. Ferguson et al., Cambridge: Harvard University Press, Belknap Press, 1971, p. xv.
③ 可以猜测的是,《代表人物》与爱默生在《美国学者》中的悲观态度一样,强调的是美国迄今仍然没有出现伟大的诗人或思想家。
④ *The Collected Works of Ralph Waldo Emerson*, 4 Vols. Ed. Afred R. Ferguson et al., Cambridge: Harvard University Press, Belknap Press, 1971, p. 3.
⑤ *The Collected Works of Ralph Waldo Emerson*, 4 Vols. Ed. Afred R. Ferguson et al., Cambridge: Harvard University Press, Belknap Press, 1971, p. 4.

所在。但是，伟大人物的这种能力不是自为的，他的能力必须对我们有帮助，能够指导我们，为我们所用，能够帮助我们更好地认清我们自己。我们对伟大人物的认可其实也就是对我们自身潜在的伟大品质的认可。① 同样，伟大只有程度的不同，而没有本质上的差别。伟大人物的品质存在所有人当中，伟大人物帮助我们达到对自己潜力的认识。

这种对伟大人物和伟大人物对大众的指导作用的肯定，引起了某些人对因对伟大人物的崇拜而造成的个人权力膨胀的担忧。然而，爱默生对这种忧虑的回答是："人的低能总是招致了力量的厚颜。"② 他的意思是说，只有愚民才会认为英雄崇拜会有权力的自傲的危险。在他看来这种担心完全是多余的。因为根据循环原则，人的本性是喜新厌旧的，"自然在适当的时候就造成了这一切。循环是她的良方……我们接触一下就走，呷着许多生命的泡沫。循环是自然法则。当自然除去一个伟人时，人们望遍天涯，寻找一个继承人"③。循环原则是自然法则，在这个法则的规定之下，个人崇拜是极其不自然的一种状态，人们对某一事物关注的时间长度是有限的，"我们接触一下就走"，因为后面会有更新更多的东西涌进我们的生活。所以，循环的自然法则允许我们尽可能崇拜伟大人物，因为我们对每一个伟大人物的崇拜时间都不会很长："现在是一个伟大的推销员；尔后又是一个道路包工头；后来又是一个研究鱼类的学生；后来又是一个半野蛮的西部将军。"④

《代表人物》这本书的结构同样也体现了循环的原则。从《柏拉图》到《歌德》，这六章几乎是以同样的模式构成的：首先叙述每一个代表人物所代表的思想类型；接着是对这个代表人物的生平事迹和伟大成就的刻画；最后揭示其局限性。

---

① 这与爱默生《论自然》中体现的逻辑是同一的，《论自然》中，自然和人的关系是一个无限的循环，人在自然中发现的无限和规律可以用来反观自身的意识的无限和规律，自然帮助我们获得自我认识；而伟大人物的存在也是同样的逻辑，我们对伟人身上品质的认可其实就是对我们自身品质的认可，伟大人物帮助我们达到自我认识。

② *The Collected Works of Ralph Waldo Emerson*, 4 Vols. Ed. Afred R. Ferguson et al., Cambridge：Harvard University Press, Belknap Press, 1971, p. 11.

③ *The Collected Works of Ralph Waldo Emerson*, 4 Vols. Ed. Afred R. Ferguson et al., Cambridge：Harvard University Press, Belknap Press, 1971, p. 11.

④ *The Collected Works of Ralph Waldo Emerson*, 4 Vols. Ed. Afred R. Ferguson et al., Cambridge：Harvard University Press, Belknap Press, 1971, p. 12.

柏拉图是爱默生的第一个代表人物。爱默生高度赞扬柏拉图，他宣称柏拉图是所有哲学、文学和智慧的创造者，"柏拉图就是哲学，哲学就是柏拉图"，他的作品是"学术界的《圣经》"。① 爱默生列出了一长串受惠于爱默生的著名思想家，并说"他的广阔的人性超越了一切地域界限"，他"像每一个伟人一样吞噬了他自己的时代"。② 总而言之，柏拉图不仅综合了那个时代的思想（这种综合所有伟大思想特质的能力是爱默生最为推崇的，也是《代表人物》中每个人物都具备的能力），他的思想还极大地影响了自他之后的欧洲历史的发展。

爱默生致力于阐述柏拉图的思想如何浸润我们的历史。在思想史上，柏拉图是我们的童年时期或"第一阶段"。早期的圣贤们构想出了各种各样的理论或体系，柏拉图的角色是"界定"，这种界定就是哲学。哲学的基本思想是同一性和多样性的关系问题。在认识了事物的多样性之后，心灵要寻找统一。哲学的任务就在于分离又调和这些概念（而与此相对，宗教只存在永远的统一）。从"一"和"多"的概念出发，可以推断出，自然界存在着很多二元事物，如必然和自由、静止与运动等。国家的倾向也是如此，亚洲国家倾向统一，"是抽象哲学的发祥地"；而欧洲国家富有创造力，追求自由。柏拉图的天才之处在于他将东方和西方的精华汇集到了一处，他的著作中，既有亚洲的抽象真理，也有欧洲的形而上学和自然哲学的基本的原则。他的每一场论辩中都展现了两极而无所偏颇。他是"一个平衡的灵魂"（A balanced soul）。正如罗素·古德曼（Russell B. Goodman）所指出的那样："爱默生的'柏拉图'代表了东方和西方、亚洲和欧洲的融合。"③

其他自然哲学家的理论关注的是这个世界是怎样运转的，而柏拉图追问的却是世界的终极原因，即为什么自然界是这样的？他认为："万物都是为了善，这就是每一种美的事物的起因。"④ 在柏拉图这里，哲学变成

---

① *The Collected Works of Ralph Waldo Emerson*, 4 Vols. Ed. Afred R. Ferguson et al., Cambridge: Harvard University Press, Belknap Press, 1971, p. 23.

② *The Collected Works of Ralph Waldo Emerson*, 4 Vols. Ed. Afred R. Ferguson et al., Cambridge: Harvard University Press, Belknap Press, 1971, p. 24.

③ Russell B. Goodman, "East-West Philosophy in Nineteenth-Century America: Emerson and Hinduism", *Journal of the History of Ideas*, 51 (4): 625 – 45.

④ *The Collected Works of Ralph Waldo Emerson*, 4 Vols. Ed. Afred R. Ferguson et al., Cambridge: Harvard University Press, Belknap Press, 1971, p. 35.

第二章 诗人：道德人格的典范

了对事实的激情，哲学就是"理解自然"。

然而，柏拉图也有局限。他的作品文学性太强，他的话语权威性不够，他的思想没有体系（爱默生对柏拉图的这一点批判并不客观，因为没有体系这一点也正是爱默生自己思想的特点）。他坚持事物都是可知的，是可以解释的，因此，他的哲学没有办法解释那些不可知的事情；他没有看到心灵是有其局限的，而神性是无限的，神性的无限之处正是哲学的有限之界，柏拉图理解到了自然的"多"和思想的"一"，但却没有能够触及神性，因此，他对多变的自然和真理的追求注定是狭隘的。

"天才的能力在解释存在时，尚未取得最微小的成功。它依然是一个无法解开的谜。"① 理性主义者柏拉图所面临的难解的谜在神秘主义者斯威登堡这里得到了回答。斯威登堡（Emanuel Swedenborg，1688－1772）是爱默生的第二个代表人物。爱默生通过森普森·里德（Sampson Reed）的著作《心灵成长的观察》（*Observations on the Growth of the Mind*）接触到瑞典神秘主义者和哲学家斯威登堡。1834年爱默生送了一本《心灵成长的观察》给卡莱尔，并说斯威登堡主义中有很多点值得思考，尤其是"自然世界是精神世界的象征"的对应学说。

斯威登堡在代表人物中是个另类的存在。早在1835年爱默生就宣称："我所寻找和等待的导师将能更正确、更广义且带有敏锐的诗意般的洞察力来说明那些美好事物，又能严肃地对道德本性作出精确的科学方面的解释。"② 爱默生这段话中"导师"指的不是别人，正是斯威登堡。在《美国学者》演讲和随笔《诗人》当中，爱默生将斯威登堡与柏拉图、普鲁塔克、但丁一起列为"世界上最高级的心灵"③。即使是在写完《代表人物》之后，爱默生仍然对斯威登堡赞誉有加。他在1854的日记中写道："这个世纪是斯威登堡的世纪。"④ 在之后的一首诗歌中爱默生将斯威登堡列为五位不朽诗人之一，其余四位分别是荷马、但丁、莎士比亚、歌德。

---

① *The Collected Works of Ralph Waldo Emerson*, 4 Vols. Ed. Afred R. Ferguson et al., Cambridge: Harvard University Press, Belknap Press, 1971, p. 43.

② *The Journals and Miscellaneous Notebooks of Ralph Waldo Emerson*, William H. Gilman et al., editors. 5 Vols. Cambridge, MA: Harvard University Press, 1960－1982, p. 60.

③ *The Collected Works of Ralph Waldo Emerson*, 3 Vols. Ed. Afred R. Ferguson et al., Cambridge: Harvard University Press, Belknap Press, 1971, p. 10.

④ *The Journals of Ralph Waldo Emerson*, Ralph L. Rusk, editor. 8 Vols. New York: 1939, p. 477.

爱默生在《斯威登堡》这一章的开始，就将斯威登堡与《代表人物》中其他的思想家区分开来，特别是将他与诗人和哲学家区分开来。斯威登堡属于另一个阶层，属于那些"把我们领入另一个境界——道德世界或意志世界"的人。如果阅读莎士比亚使我们远离圣徒们的避难城，那么宗教的探究则能够为我们开启宇宙的大门，从而洞悉自然的秘密。哲学家的能力是"知道"，而神秘主义者如斯威登堡的能力是"看见"。这种神秘的"看见"具有多种形式，从柏拉图主义中的直觉观到印度教或其他宗教的类似状态，是一种脱离肉体去思考的"出神"或"忘我"状态。

在爱默生看来，斯威登堡是近代神秘主义者中的最为杰出者。就像所有的伟大人物一样，他也是时代的产物，他综合了他那个时代的思想：

> 斯威登堡生在一个充满了伟大思想的环境里，很难说什么思想是他自己的……哈维已经证实了血液的循环，吉尔伯特已经证实地球是一个磁体。笛卡尔在吉尔伯特字体说及其漩涡。螺旋和极性的指引下，使漩涡运动这一主导思想风靡欧洲，成了大自然的秘密，牛顿在斯威登堡出生的那一年，出版了《原理》，建立了万有引力论。马尔比基追随希波克拉底、留基伯和卢克来修的高超学说强调了大自然在最渺小的事物中的活动。斯瓦梅尔达、列文虎克、温思罗、欧斯塔求、海斯特尔、维塞留斯、布尔哈佛这一些无与伦比的解剖学家，在人体解剖和比较解剖学方面，没有留下任何让解剖刀或显微镜去揭示的东西。斯威登堡的同时代人林耐在他美妙的科学中正在证实"大自然总是像她自己"。[①]

在这段话中，爱默生列举了18世纪欧洲的科学和自然技术方面的种种进步。但让人奇怪的一点是，神秘主义者斯威登堡并不是基督教神秘主义传统的产物，而是一个伟大的科学时代的产物。他能"看见"事物的能力是基于对物质世界和对自然科学的了解。在他的"形式论""系列程度论""注入论""一致论"中，自然界的法则和联系成了灵魂世界的类比。爱默生对斯威登堡的"一致论"（theory of correspondence）尤其感兴

---

① *The Collected Works of Ralph Waldo Emerson*, 4 Vols. Ed. Afred R. Ferguson et al., Cambridge: Harvard University Press, Belknap Press, 1971, p.59.

趣。这种理论致力于寻找自然界所有事物与每一法则的普遍性的联系。斯威登堡宣称,自然界的种种知识都体现在"连续的层次"的重复中。例如,蛇的形状体现在人的脊椎骨中,身体的每一部分都有独立的功能,却和其他部分联系在一起等。这些自然界的重复揭示出所有科学知识之间的相关性,甚至科学知识与精神世界的联系。斯威登堡的思想中既有科学因素又有神学因素。他相信可以从自然事实的"物质真理"中寻找"精神真理":

> 在我们的"代表"和"一致"论里,我们将讨论这两种象征性或典型性的相似,讨论不仅发生在生物体内,而且发生在整个自然界的惊人的事物,它们与最高级的精神事物完全一致,因此人们发誓说物质世界纯粹是精神世界的象征;以致如果我们愿意用物质的、明确的术语表达任何自然真理,如果我们愿意把这些术语转变成相应的精神术语,我们将会借助这种手段引出一种精神真理,或神学教条,以替代那种物质真理或格言。①

对斯威登堡而言,物质世界充满了精神或神学寓意,从中可以揭示出永恒的真理。追寻世界意义的问题说到底其实只是一个神学问题,因为所有的答案都写在了《圣经》里,历史和自然科学也只是这个问题的一部分。

但是,斯威登堡的局限在于,在他的象征体系里,一个物体可以对应很多种意义,而且他对自然的解读也因为神学的框架而被烙上了宗教的痕迹(他的神学偏见使他对自然的解释流于单一和狭隘)。他虽然拥有科学知识和灵魂知识的融合,但他的天才却被浪费了。因为在他的世界体系中,没有生命的活力,没有人的主动自发性。他的神秘灵性掏空了宇宙的生命和活力。他把充满生机活力的自然研究导向了死气沉沉的神秘主义:"他的著作死气沉沉,枯燥乏味,没有音乐,没有感情,没有幽默,没有宽慰。在他的丰富而准确的意象中也没有欢乐,因为没有美。我们在一片幽暗的景色中孤独凄凉的彷徨。在这些死人的花园里,鸟儿从来也不歌

---

① *The Collected Works of Ralph Waldo Emerson*, 4 Vols. Ed. Afred R. Ferguson et al., Cambridge: Harvard University Press, Belknap Press, 1971, p. 65.

唱。在如此超绝的一个心灵中却完全缺乏诗意，这就预示着疾病。"① 自然科学虽然是斯威登堡的基础，是他神秘主义和象征主义学说大厦的基地，却也成了限制他的根源。

斯威登堡广博的知识和精深的智慧赋予他"看见"所有事物之间的联系的能力。而同样拥有知识和智慧的蒙田却与他相反，声称知识只能让我们意识到自己的无知。与柏拉图和斯威登堡相比，蒙田具有一个明显的特点，那就是他不建立任何体系；与爱默生称为"肯定者"的斯威登堡相比，怀疑主义者蒙田的立场是既不肯定，也不否定；与哲学家和神秘主义者不同，怀疑主义者知道"人生像普罗透斯一样难以捉摸、变化多端"，② 因此，他从来不妄下定论，也从不试图用框架去界定自然。

《代表人物》中的斯威登堡是个让人很意外的人物。他并不如此书中其他的人物著名，也不是一个典型性的神秘主义者，而是一个科学家和宗教哲学家。斯威登堡致力于用精神术语去解释自然科学的法则。爱默生选择他作为代表人物是将他作为现代科学解读的向导。斯威登堡代表了一种科学和宗教之间的调和，这种调和是通过一种"对应"或类比理论实现的。爱默生接受了斯威登堡的这个理论，而且试图将之发展到"人的法则"与"物的法则"的调和。

在《蒙田》这一章中，爱默生回到了理论和实践这两个极端如何转化的问题。爱默生解释了每一个事实的两面，哲学中，有感官和道德，无限和有限，相对和绝对，显像和真实。同样，人也有不同的倾向，如文学阶级和商业阶级、政治阶级和劳动阶级，前一种人往往重视思想的优先性而忽略实际的物体，而拥有实际权力的人则不考虑他们工作的形而上学的原因。社会关注的是财产和金钱的算计，而占了社会坚实一面的年轻人则关注理念的世界。每一面都有其局限性，因为哲学家往往言过其实，而感官人则只从金钱的角度去衡量别人。爱默生认为这两面的重要性是平等的（而不是如他早期在《论自然》中所认为的理性高于知性）。尤达（Yoder）指出："这两面作为平等的两极互相对立……爱默生在《蒙田》的首段介绍这两种对立，因为他的目的就是要介绍一种新的、适宜地处在经

---

① *The Collected Works of Ralph Waldo Emerson*, 4 Vols. Ed. Afred R. Ferguson et al., Cambridge: Harvard University Press, Belknap Press, 1971, p. 81.

② *The Collected Works of Ralph Waldo Emerson*, 4 Vols. Ed. Afred R. Ferguson et al., Cambridge: Harvard University Press, Belknap Press, 1971, p. 90.

第二章 诗人：道德人格的典范

验的中间世界的英雄类型，去取代前面纯粹理性的英雄、学者和诗人。"①抽象主义者和唯物主义者看到了这些分歧和形式给生命带来的苦痛，只有"怀疑主义者"看到了平衡，看到了人类的力量不在于极端，而在于避免极端。当然，怀疑主义者中立的立场并不是说他就是一个无神论者，蒙田的怀疑主义绝不是不相信一切的立场，也绝不是普遍否认和怀疑的立场。相反，蒙田的怀疑主义倡导一种中间路线，一种既不顽固僵化，又不稀薄空灵的平衡，怀疑主义者的"流动"和"灵活"能够不断地适应变化的新情况。蒙田的格言，"Que Ssais je?"（我知道什么呢？）是蒙田作为代表人物的核心所在。这句话既表达了一种谦卑，又有沉着的意味。"我"的个体体验，即对于这个世界，我什么也不知道，基本上反映了世界上其他个体同样的生存体验。

爱默生对信奉中庸之道的蒙田提的第一个问题是：蒙田能指导我们"生活的准则"吗？他给的答案是："我们是天生的信徒。能使我们感兴趣的只有真理，或者因果之间的关系。"② 换言之，爱默生并不认为蒙田的怀疑主义是认识自然真理的最终解决之道，它仅仅是一种方法。对爱默生来说，怀疑主义有三种主要的形式：知识的轻浮（the levity of intellect）、心情的力量（the power of moods）、幻觉的威胁（the thread of illusion）。知识的轻浮是三者中危险度最低的，怀疑主义质疑流行的价值观和制度体系，也从不接受学校或教堂里那种简单的解释。怀疑主义者的咒语是"永远有疑问"，因此，怀疑主义对知识的定义是"知识就是我们知道我们无法知道"。比这稍为危险的，是心情的力量；危险最大的是幻觉的威胁。

---

① *Emerson and the Conduct of Life*: *Pragmatism and Ethical Purpose in the Later Work*, p. 102. 蒙田代表了爱默生自己对待怀疑主义或哲学中立主义的哲学倾向。在爱默生的作品中，怀疑主义是自然平衡、极端和"补偿"法则。那些努力追求确定真理的人，都违反了自然，自然存在在"灵活和流动性当中"。作为哲学家，爱默生对信条并不感兴趣，而只对可能性感兴趣。在散文《圆》中，他对自己的定位就是一个怀疑主义者，一个寻求者："让我提醒读者：我仅仅是一个实验者。不要重视我所做的事情，也不要辱没我没有做的事情，仿佛我在假装把什么事定为真的，把什么事定为假的似的。我搅动了万物，对我来说，没有一件事是神圣的；也没有一件事渎神的。我仅仅在实验，我是一个无止境的探索者，身后没有过去。"（*The Collected Works of Ralph Waldo Emerson*, 2 Vols. Ed. Afred R. Ferguson et al., Cambridge: Harvard University Press, Belknap Press, 1971, p. 188.）

② *The Collected Works of Ralph Waldo Emerson*, 4 Vols. Ed. Afred R. Ferguson et al., Cambridge: Harvard University Press, Belknap Press, 1971, p. 96.

爱默生的第二个问题是，如果我们与思想拥有一种自然和个人的关系，我们能从哲学或历史中学到什么？对这个问题，爱默生的回答是："'命运'或者'定数'表达了人类在各个时代的感觉。"① 这也许是人类的共同经验，但爱默生不接受认为人生只是一场"表演"的幻觉主义者的信条，他拒绝这种悲观主义。他认为，人是有能力为自己决定"理论和实际的调和"，人"有一种坚持以他自己的方式信服的权力"，尽管"人生之所以令人惊愕，就是因为它的理论与实践完全对立"②。爱默生强调，无论人生多么虚幻，都要继续下去。

莎士比亚是爱默生除了柏拉图之外最喜爱的作家。爱默生把莎士比亚置于所有诗人和思想家之上，因为他认为，在管理能力和创造方面，莎士比亚都是无与伦比的。莎士比亚领先于所有其他诗人，他的思想能够回应精神，他的表达是有机的，对于头脑中的任何东西，他都能够找到合适的表达词汇。作为精神的法则这些思想并不是静止的实体，而是动态的有机力量。因此，爱默生将莎士比亚称为诗人的诗人。除了《代表人物》中这篇专写莎士比亚的文章之外，爱默生还在1835—1836有关英国文学的演讲系列中有两章专门分析莎士比亚，在1864年莎士比亚300年诞辰上写过一篇演讲稿。③

爱默生从大学起就酷爱阅读莎士比亚的作品。早期接触莎士比亚的时候，爱默生的态度是矛盾的。1834年他在日记中写道，莎士比亚"无疑是一位具有原创性又不可接近的诗人——是第一个人类"。1835年他又写道，"当我阅读到莎士比亚思想的精彩之处时，我确实为之拍案称奇。"1836年时他认为莎士比亚这位诗人"超越了所有的诗人"。④ 1838年他评

---

① *The Collected Works of Ralph Waldo Emerson*, 4 Vols. Ed. Afred R. Ferguson et al., Cambridge: Harvard University Press, Belknap Press, 1971, p. 100.

② *The Collected Works of Ralph Waldo Emerson*, 4 Vols. Ed. Afred R. Ferguson et al., Cambridge: Harvard University Press, Belknap Press, 1971, p. 101.

③ 19世纪40年代，美国的文学和历史研究有一波研究莎士比亚的高潮，爱默生这期间大量阅读了莎士比亚，而且，剧院的快速发展以及美国剧作家对莎士比亚作品的改编，也让莎士比亚在美国更加的大众化。爱默生坦白："别人可能会被莎剧演员所陶醉，而我每次去剧院观看莎剧表演，都会被这个诗人陶醉。"参见 Tiffany K. Wayne, *Ralph Waldo Emerson: A Literary Reference to His Life and Work*, New York: Facts On File, 2010, p. 239.

④ *The Early Lectures of Ralph Waldo Emerson*, Stephen E. Whicher, Robert E. Spiller and Wallace E. Williams, editors. 1 Vols. Cambridge, MA: The Belknap Press of Harvard University, 1959 – 1972, p. 292.

价莎士比亚"不可估量"。1839年时又称莎士比亚是一个"美丽的、不可接近的整体"。① 1845年,认为"莎士比亚不再属于精英作家之列,也同样不再属于大众之列。他的智慧和独特无法想象"②。等到1872年,爱默生心中的莎士比亚变得"不可接近",是一颗"恒星"。由此可见,莎士比亚在爱默生心目中,地位多么独特。

在前浪漫主义时期,思想家们对莎士比亚的评价是一位天真的"自然天才"。③ 从18世纪起,浪漫主义者们对莎士比亚有了新的认识,不再是仅仅把莎士比亚视作自然的天才,而是把他看作是自然天才与艺术努力结合的结果。例如,施莱格尔对莎士比亚的看法是:"对我来说,莎士比亚就像是一个深刻的艺术家,而不是一个盲目而极其丰富的天才。我认为,一般说来,在这个话题上的言论都只是一个寓言,一个盲目而过于放纵的错误。"④ 科勒律治对莎士比亚的评价与施莱格尔的看法也极为相似:"莎士比亚,不仅仅只是自然的孩子,不是天才的机器,不是由精神所管辖的灵感(而不是相反)的被动接收器;莎士比亚进行了耐心的研究,深入的思考,细微的理解,直到知识变成习惯,而直觉又与他的习惯情感结合起来。"⑤ 但是,这种在技艺方面人为的努力并没有在莎士比亚的作品中留下个人的痕迹,莎士比亚的技艺是那么的娴熟自然以至于科勒律治认为"莎士比亚的诗歌没有个性,换言之,他的诗歌没有反映作为个体的莎士比亚的特性"⑥。在这一点上,爱默生与科勒律治对莎士比亚的评价是一致的。早在1827年,爱默生就写道:"爱默生在他的戏剧中从未指涉过他自己。"⑦ 在1835年的演讲中爱默生这样评价莎士比亚:"从他的作品中要提炼出一部自传是极其困难的,他的作品客观公正,完全没有那

---

① *The Early Lectures of Ralph Waldo Emerson*, Stephen E. Whicher, Robert E. Spiller and Wallace E. Williams, editors. 3 Vols. Cambridge, MA: The Belknap Press of Harvard University, 1959–1972, p. 80.

② *The Collected Works of Ralph Waldo Emerson*, 6 Vols. Ed. Afred R. Ferguson et al., Cambridge: Harvard University Press, Belknap Press, 1971, p. 121.

③ *Romantics on Shakespeare, 1776–1914*, edited by Peter Rawlings, Ashgate Publishing Limited, 1999, p. 6.

④ *Romantics on Shakespeare, 1776–1914*, p. 9.

⑤ *Romantics on Shakespeare, 1776–1914*, p. 10.

⑥ *Romantics on Shakespeare, 1776–1914*, p. 12.

⑦ Joel Porte, *Emerson in His Journals*, Cambridge, Mass.: Harvard University Press, 1982, p. 66.

些主观的心情和主题。"①

这种没有自我的特质使得莎士比亚既独特又普遍,在另外的一则日记中,爱默生做了如是的观察:"莎士比亚是莎士比亚唯一的传记家。啊,除了对我们身上的莎士比亚说话,莎士比亚还能说什么呢?"② 同时,这种普遍的特质又使得莎士比亚可以代表所有人,"对这种个体力量的分析也就是对人类心灵的力量进行分析"③。在 1850 年的《代表人物》中,莎士比亚"分享了人性的片面与不完美"。④

作为一个诗人,爱默生对莎士比亚极为推崇。然而,面对莎士比亚的道德观念,爱默生的态度却十分矛盾。在 1836 年的《英国文学》演讲中,爱默生肯定了莎士比亚的道德,并且宣称莎士比亚的"灵魂到达了人的生命的三个国度,道德、智性(Intellectual)以及物理存在,因为,他已经站到了神性发言的中心"。⑤ 然而,仅仅三年之后,爱默生的观点就发生了变化,"莎士比亚,世界上的第一个文学天才,也是道德的主导因素最弱的文学天才"⑥。对于这时的爱默生来说,道德、想象和常识保持平衡已经不够了,道德必须成为最重要的因素,如若不然,"世界上第一个文学天才"称号也将不再属于莎士比亚。而且,爱默生也不再满足于物质世界的精神丰收仅仅是智性的(intellectual),甚至是美丽的,而是要求它必须是正直的,道德的。

爱默生对莎士比亚的这种态度转变与美国诗人琼斯·维利有关。1838 年秋天,维利来到康科德,在爱默生家中住过几天。在这段时间里,他写了一

---

① *The Early Lectures of Ralph Waldo Emerson*, Stephen E. Whicher, Robert E. Spiller and Wallace E. Williams, editors. 1 Vols. Cambridge, MA: The Belknap Press of Harvard University, 1959 – 1972, p. 297.

② *Emerson in His Journals*, p. 348.

③ *The Early Lectures of Ralph Waldo Emerson*, Stephen E. Whicher, Robert E. Spiller and Wallace E. Williams, editors. 1 Vols. Cambridge, MA: The Belknap Press of Harvard University, 1959 – 1972, p. 289.

④ *The Collected Works of Ralph Waldo Emerson*, 4 Vols. Ed. Afred R. Ferguson et al., Cambridge: Harvard University Press, Belknap Press, 1971, p. 124.

⑤ *The Early Lectures of Ralph Waldo Emerson*, Stephen E. Whicher, Robert E. Spiller and Wallace E. Williams, editors. 1 Vols. Cambridge, MA: The Belknap Press of Harvard University, 1959 – 1972, p. 303.

⑥ *The Early Lectures of Ralph Waldo Emerson*, Stephen E. Whicher, Robert E. Spiller and Wallace E. Williams, editors. 3 Vols. Cambridge, MA: The Belknap Press of Harvard University, 1959 – 1972, p. 205.

第二章　诗人：道德人格的典范

篇论述莎士比亚的随笔。不像爱默生在前几次演讲中那样，对莎士比亚的宗教语焉不详，维利对任何非基督教的诗人都持批判态度。他认为，莎士比亚缺少美德，他被神意所塑造，但却没有足够的能力看清自己与神的关系，因此"即使是那个在天堂地位最低的人，都比他重要"。① 因此，维利的结论是，尽管世界已经产生了它的最伟大的诗人（莎士比亚），它仍旧在等待着那个"为基督教真理深刻影响，并展示出造物主的完美"的诗人。②

维利对莎士比亚及其作品的道德批判为爱默生所接受。1839 年爱默生在作品中表达了类似的观点。爱默生明白"文学与宗教在很多方面类似，它们的命运也是相连的"。③ 随着宗教势力的淡化，文学很快成为道德力量的重要发言人。

虽然爱默生对待莎士比亚的态度受到了维利的影响，尤其是他批判莎士比亚缺少道德的观点，但是爱默生所强调文学道德却与维利的基督教道德截然不同。对爱默生来说，这种排在第一位的道德是一种精神性的道德，是一种通过象征超越物质世界的能力。而按照爱默生的评判标准，莎士比亚并没有达到这一标准。

诗人莎士比亚与蒙田一样，都具有对现实精确的再现能力，都表现出浓厚的世俗品位。莎士比亚是他那个时代的产物，他的剧本是那个时代的写照。16 世纪的英格兰，戏剧就是大众的娱乐方式。要理解莎士比亚，我们就要考虑到在他开始写戏剧之前，就存在着"观众和期待"。莎士比亚尊重那些旧剧，并在它们的基础上进行创作。因此，在莎士比亚的戏剧中，尽管有确定的"莎士比亚的特征"，我们还是可以发现很多不同的声音和韵律。"原创"在莎士比亚的时代并不像现在这么重要。戏剧不是用来读的，而是用来表演的，所以观众对于戏剧的多重来源也丝毫不以为意。事实上，戏剧家不仅是诗人，而且是藏书家和历史学家，他的头脑中储存着所有过去的思想财产，并知道如何在正确的地方处置这些财产。

然而，正与许多天才一样，莎士比亚并不被他的时代所欣赏。培根详细记录了他那个时代的知识，却从来没有提过莎士比亚的名字；而在本·

---

① *Americans on Shakespeare, 1776–1914*, p. 96.
② *Americans on Shakespeare, 1776–1914*, p. 97.
③ *The Early Lectures of Ralph Waldo Emerson*, Stephen E. Whicher, Robert E. Spiller and Wallace E. Williams, editors. 1 Vols. Cambridge, MA: The Belknap Press of Harvard University, 1959–1972, p. 211.

琼生那里，莎士比亚作为后辈和次者勉强得到了几句赞扬。直到他去世两百年以后，世界才开始承认这位天才。然而，对于他的身世经历以及这些对他创作上的影响，和他那伟大的心灵的探究，至今也没有很大进展。

莎士比亚创造的是戏剧，但他的主题却是普遍的人性："他写出了近代生活的教科书，风俗教科书；他画出了英国和欧洲的人；画出了美洲人的祖先，他画了人类，他描绘了那个时代和那个时代的作为；他洞察男男女女的心，了解他们的诚实、他们进一步的考虑和诡计；……这就像对写着国王的诏书的那张纸提出了怀疑一样。"① 莎士比亚具有无人能比的天才和思想，他的作品包罗万象，既表现了丰富的外在世界，也不乏对人性的深度刻画。但是，爱默生指出，莎士比亚最大的缺陷在于他的作品缺少道德力量。莎士比亚看到了自然和人性的多变和复杂，但却没能领会自然背后的道德力量；莎士比亚具有无与伦比的天赋和创造力，他却没能将这些能力转化成指导实践生活的准则，他的作品只能娱乐大众，而无法激发起行动。这一点，从爱默生对莎士比亚和弥尔顿作品的比较就可以看出来：

> 作为一个诗人，莎士比亚在名气上无疑是大大超越了弥尔顿；但是莎士比亚只是一个声筒，我们不知道他歌唱着谁、歌唱着什么。弥尔顿站姿笔挺，威严肃静，……他向未来的新生人类朗读着道德情感的法则。……莎士比亚的作品止于娱乐，它们内在的美即是它们存在的理由。弥尔顿，积极地"向别人传达着最深的善意"，……他的身上有最正直的人性，有永恒的善意。他的天赋服从于他的道德情感。②

"世界仍然需要它的诗人兼教士，需要一个调停者，他不会嘲弄演员莎士比亚，也不会在坟墓里摸索哀悼者斯威登堡；然而他会用同样的灵感观察、说话、行动，因为知识会使阳光生辉；正义要比私情美丽；爱可与普遍的智慧和谐共存。"③ 这是爱默生对追求诗与哲学的融合的徒劳的哀叹。

---

① *The Collected Works of Ralph Waldo Emerson*, 4 Vols. Ed. Afred R. Ferguson et al., Cambridge: Harvard University Press, Belknap Press, 1971, pp. 120 – 121.

② *The Complete Works of Ralph Waldo Emerson*, Centenary Edition, Edward Waldo Emerson, editor. 12 Vols, Boston: Houghton Mifflin, 1903 – 1904, pp. 253 – 262.

③ *The Collected Works of Ralph Waldo Emerson*, 4 Vols. Ed. Afred R. Ferguson et al., Cambridge: Harvard University Press, Belknap Press, 1971, p. 125.

这让我们想起他在《斯威登堡》那一章的时候说："有时候我想：谁能把存在于莎士比亚和斯威登堡之间的关系的线画出来，谁就会给现代批评做出最大的贡献。"① 这个问题，所有的浪漫主义者，施莱格尔兄弟、谢林、诺瓦利斯、柯勒律治、席勒、雪莱都尝试过回答。爱默生也不例外。卡西尔说："所有浪漫主义思想家的最高目标，就是将哲学诗化或将诗哲学化。"② 爱默生一直都在寻找达到了这种融合的诗圣。莎士比亚和斯威登堡只能代表各自领域的天才，而不是一种诗歌和哲学的综合、艺术和智慧的综合天才。调停者还没有出现，世界依然在等待这样的综合天才。

在《代表人物》的《莎士比亚》这一章中，爱默生对莎士比亚重新进行了一番审视。不得不说，在这一章中，爱默生对莎士比亚的描述是有些许批评的，他将莎士比亚称为"人类的飨宴官"。③ 爱默生对莎士比亚批评源于其自身的性格和哲学理念。从性格方面来看，爱默生身上清教传统天然地排斥莎士比亚这个"戏剧家"。而从哲学上来讲，爱默生哲学理念中的唯心主义成分与莎士比亚这个不讲任何宗教信仰的世俗主义者冲突。更不论莎士比亚悲剧的人生观与爱默生的乐观主义相悖了。尽管如此，爱默生仍然认为，莎士比亚是一个完美的诗人，他的风格、他的措辞都是爱默生象征主义表达理论的完美阐释。作为一个诗人，莎士比亚是完美的，但作为一个人，他又是有缺陷的。正因为莎士比亚是一个完美的诗人，爱默生才批评他没有达到人类绝对的完美——如耶稣那样。然而，终其一生，爱默生始终坚定认为莎士比亚是最为天才的诗人。

莎士比亚是爱默生的诗人代表：他的思想领先于他的时代，然而又完全属于他那个时代。对爱默生而言，莎士比亚是一个矛盾体：生于一个特定的时刻，然而却揭示了一个永恒的精神普遍性。

如果莎士比亚的失败是因为他的戏剧缺少道德力量，因而无法指导行动，那么拿破仑的失败则是因为他只懂得行动，而不懂其他。拿破仑（1769—1821）是六个代表人物当中最不具备文学素养的，他既不是作家，也不是思想家，更不是哲学家。他只是一个行动者。拿破仑和蒙田、

---

① *The Collected Works of Ralph Waldo Emerson*, 4 Vols. Ed. Afred R. Ferguson et al., Cambridge: Harvard University Press, Belknap Press, 1971, p. 53.

② Ernst Cassirer, *Essay on Man*, New Haven: Yale University Press, 1944, p. 156.

③ *The Collected Works of Ralph Waldo Emerson*, 4 Vols. Ed. Afred R. Ferguson et al., Cambridge: Harvard University Press, Belknap Press, 1971, p. 124.

莎士比亚一样，是一个现实主义者。如果蒙田的现世主义使他无法达到对知识的肯定，那么拿破仑和莎士比亚的现世主义则使他们无法肯定道德的力量。

拿破仑是19世纪的风云人物。无论是作为独裁者还是英雄，拿破仑都是现代军事力量的代表。爱默生一直都对拿破仑的生活和事业很感兴趣，也关注拿破仑这个人的性格本身。早在1815年，也就是拿破仑滑铁卢大败的那一年，年轻的爱默生就写下一篇献给拿破仑的《诗意的散文》(*Poetic Essay*)。1823年，爱默生将"波拿巴"这一名字列在日记里"没有原则的能人"这一列之下。1838年爱默生读了卡莱尔写的《法国大革命》，对拿破仑的看法有很大的改变。之后他又阅读了欧美拉（O'Meara）的《拿破仑传》。1841年他阅读了卡莱尔的《论英雄、英雄崇拜和历史上的英雄业绩》。爱默生的拿破仑与卡莱尔的拿破仑没有什么共同点，但拿破仑也许是激发爱默生创作这本传记《代表人物》的那个人。在1845年的《代表人物》演讲中，爱默生对拿破仑的评价又回到了早年："拿破仑有一个目标，一个极其糟糕的目标"，他不具备"震撼别人的能力……他只因为军队、国王、强壮的体魄才伟大"。他的力量来源于对良心的放弃。拿破仑在爱默生的早期日记中，是一个武力者、征服者，一个没有道德原则的人。

拿破仑是19世纪最为著名的人物，因为他代表了所有的中产阶级。在他身上，既体现了中产阶级的善，也体现了他们的恶，更重要的是，他集中体现了中产阶级的精神和目标。他是欧洲资产阶级的先知，代表着商业精神、金钱精神、物质力量。他的地位、他的情趣投19世纪每个人之所好。爱默生对他的定位是"19世纪的心灵"。

与爱默生笔下的其他伟大人物一样，拿破仑具有代表性不仅是因为他超越了人类能力的普遍极限，更是因为他作为个体的人向我们显示了仅仅通过所有的人在较小程度上具有的那些德性可以成就的伟大事业。他是军事天才，在战争中突破了时代的限制，创造了超出时代至少50年的作战技术。他不相信时代的限制和障碍，他利用时代的特点，努力发展自己的力量，直至有一天到达权力的顶峰。

但是在道德律法面前，拿破仑的力量微弱而不完整。他代表了在最有利的条件下做的"没有良心的智力实验"。他的实验是一个失败的实验，因为他在道德上是盲目而无知的。尽管他权术过人，但他自私狭隘的目的限制了自身的发展。他的失败与柏拉图的哲学失败相似，他们之所以失败只是由于他们追求的性质，而不是因为追求者的原因："那不是波拿巴的错。他做出他力所能及的事去生活、发展，不讲道德原则。妨碍、毁灭他的是事物的本性。……每一种实验，不管集体做还是个人做，只有一种淫乐、自私的目的，就会失败。"①

歌德是爱默生最后一个最爱的现代作家，也是爱默生《代表人物》中的最后一个代表人物。歌德是爱默生的同时代人，他的思想通过卡莱尔的翻译②或超验主义者詹姆斯·弗里曼·克拉克（James Freeman Clarke）和玛格勒特·富勒的翻译被介绍到美国，美国的超验主义从歌德的哲学和文学中吸收了大量的养分。爱默生的哥哥威廉·爱默生在德国学习的时候还曾当面向他请教过。

尽管《代表人物》中的每一人物都代表了每个个体潜在的天才特质，爱默生却最愿意将自己类比为歌德。歌德的自传《诗与真》（*Dichtung und Wahrheit*），表达的正是爱默生超验主义运动自我发现和自我发展的宣言。但是，爱默生对歌德并不是全盘接受，在对歌德的思想进行吸收的同时，爱默生也表现出了一定的抵抗。因为歌德的现世主义（Worldliness, or Humanism, or Cosmopolitanism）对新英格兰人来说，既具有解放和振奋精神的作用，但同时也与清教传统中的道德准则相抵触。③ 因为他的异教

---

① *The Collected Works of Ralph Waldo Emerson*, 4 Vols. Ed. Afred R. Ferguson et al., Cambridge: Harvard University Press, Belknap Press, 1971, p. 147.

② 在阅读卡莱尔的过程中，爱默生再一次邂逅了歌德的思想。卡莱尔称歌德为他那个时代"最杰出的诗人和思想家"，而且评论道，"他的思想发展历史，实际上是他那个时代的德国文化史"。卡莱尔宣称歌德在那些"艰难的、难以置信的功利主义日子里，让我们窥视了看不见的但不是非真实的世界，即……实际的和理想的有可能再碰到一起"。参见 Thomas Carlyle, *Critical and Miscellaneous Essays*, Vol. 1. Boston: Philips, Sampson, and Company, 1855, pp. 195, 198, 204.

③ 在1837年的一则日记中，爱默生这样写道："那些德国魏玛的艺术朋友们到底做了什么呢？他们拒绝所有的传统和习俗，因此离所追求的真理只有一步之遥。就是这样，他们也不比别人离得更近……他们蔑视一切。他们没有对人类的同情。他们带来的自然之声并不神圣，而是可怕的冷硬和嘲讽。他们没有启发我：他们对我没有教诲。普鲁塔克的英雄们使我更加明快，更加崇高。弥尔顿、西德尼、保罗的英雄们给予我帮助，让我更强大。我相信，使人伟大而崇高的根源仍然存在于普通生活中。"在另一则日记中他这样记道："歌德自我中心主义的微妙因素并没有损害他的作品，但是降低了歌德的道德影响。"参见 Emerson, *The Heart of Emerson's Journals*, edit. Bliss Perry. Montana: Kessinger Publishing, 2010. 同样，玛格丽特·富勒也认为歌德"天生地具有一个深沉的头脑和一颗肤浅的心灵"。参见 Perry Miller, *The American Transcendentalists, their Prose and Poetry*, New York: Columbia University Press, 1982.

信仰、世故和对道德法则的嘲讽，歌德在新英格兰一直都不怎么受欢迎。很多英美的思想家虽然承认歌德的杰出，却因为歌德作品中的道德问题而对他评价不一。乔治·班克罗夫特（George Bancroft）认为："在与原则相关的一切事情上：对真理本身的热爱，对人类的热爱，对神圣的热爱，对自由的热爱，这些，歌德也许都不甚重视。"① 美国真正承认和接受歌德始于爱默生。爱默生看到了歌德对道德的这种态度是由德国文化决定的："我们的英国本性（English nature）与天才决定了我们是歌德最差的批评者。"② 但他对歌德的理解历经一段不短的时间。1834 年，爱默生写信告诉卡莱尔："我身上的清教徒特质让我不能接受任何这种糟糕的道德的辩护。"③ 其实，爱默生初期对歌德的反感，并不是个人原因，而是因为两种不同特质的文化之间的异见，爱默生身上的清教主义使他难以接受歌德对道德无所谓的态度。后来的诗人艾略特（T. S. Eliot）一个世纪之后也说，"一种加尔文主义的传统和一种清教主义的特性"造成了他早期对歌德的反感。④ 歌德将爱默生从新英格兰地区狭隘的清教主义中解放了出来。为了用原文阅读歌德，爱默生在玛格丽特·富勒的帮助下学习德语。此时，歌德还未成为世界经典作家，也不是宗教哲学家。爱默生对《浮士德》并未表现出很大的热情，反倒是对歌德早期浪漫主义时代的作品更感兴趣。⑤

爱默生在文章的一开始，就解释了作家这一角色在社会中的作用。作家利用事实，并从中找出普遍性，找出"典型经历"。自然通过阴影、碎片、骨头和化石来记录它的历史；人类则将痕迹留在传记和我们对别人的影响中。作家不仅要记录自然的历史，还要在与读者的对话中传递经验。作家相信，只要能想到的，都能够写下来。作家能在每一种经历中发现新的材料，即使是灾难和痛苦。也许对于普通人来说，叙述这种经历需要很大的勇气，但是作家必须在大众看到碎片的地方看到联系，并且将事物的形成表达出来。

---

① Francis Jeffrey, "German Genius and Taste: Goethe's *Wilhelm Meister*", p. 106; George Bancroft, *Literary and Historical Miscellanies*, pp. 203 – 204.
② *The Collected Works of Ralph Waldo Emerson*, 8 Vols. Ed. Afred R. Ferguson et al., Cambridge: Harvard University Press, Belknap Press, 1971, p. 69.
③ The Correspondence of Carlyle and Emerson, 1834 – 1872, ed. C. E. Norton, 1888.
④ T. S. Eliot, *On Poetry and Poets*, p. 243.
⑤ 参见 F. B. Wahr, *Emerson and Goethe*, Ann Arbor, Mich., 1915.

作家的作品不仅是服务个人的，更是服务社会的，因为社会需要能够看透幻象的人给社会带来理性。像其他的伟大人物一样，作家或学者横跨了过去、现在和未来，同时与同时代人和古代人站在一起。也因此，作家经常被肤浅的人嘲笑。流行于爱默生时代的价值观更加看重社会秩序和安逸，而不是思想。对此，爱默生警告道，没有经过深思的行动将置人们于一种失衡的危险。他认为，伟大的行动必须有伟大思想的指导，伟大的行动要"带有灵性"。只有"低级人物"才会将行动看得高于思考。正是为此，社会才更加需要注重文学阶级的利益。作家曾经是社会的领导者，而如今这种地位不再，因为作家自己都不尊重自己，向公众的观点屈服。

　　考察我们时代的文学天才，爱默生认为，歌德最能代表学者或作家的能力和职责。歌德掌握了所有的写作技巧，"历史、神话、哲学、科学和民族文学"，他创造了"诗体文学哲学"。① 歌德的写作是百科全书式的，融入了"过去和当今的时代以及它们的宗教、政治和思想模式"，② 所有的这一切成为歌德作品中的原型和思想。从诸多微小的细节中，歌德发现了生命的天才。

　　《歌德》通篇，爱默生都在直接或间接将歌德与其他代表人物做比较，最显著的是将歌德与斯威登堡和拿破仑做比较。爱默生对歌德作品的评价与他对斯威登堡作品的观点极其相似："关于自然，他说了古往今来说过的最好的话。……歌德提出了现代植物学的主导思想：一片叶子或一片叶子的芽眼就是植物学的单位，植物的每一部分仅仅是迎接一种新的状况的一片变态的叶子；由于状况多变，一片叶子可以转变成别的任何器官，别的任何器官也可以转化为一片叶子。"③ 在爱默生看来，歌德作为作家的目的，是理解和表达"事物的形状"。树叶的这个例子说明，歌德具有在多样的事物中看出一种本性的能力。爱默生用同样的术语描述了斯威登堡作为自然科学家的目的。分别为代表作家的歌德和神秘主义者的斯威登堡都朝着同一个目标努力，那就是从自然的杂多中理出一个同一，两

---

① *The Collected Works of Ralph Waldo Emerson*, 4 Vols. Ed. Afred R. Ferguson et al., Cambridge: Harvard University Press, Belknap Press, 1971, p. 157.
② *The Collected Works of Ralph Waldo Emerson*, 4 Vols. Ed. Afred R. Ferguson et al., Cambridge: Harvard University Press, Belknap Press, 1971, p. 157.
③ *The Collected Works of Ralph Waldo Emerson*, 4 Vols. Ed. Afred R. Ferguson et al., Cambridge: Harvard University Press, Belknap Press, 1971, p. 158.

者的不同只是方法和文类。

歌德与拿破仑的比较是简单直接的：

> 我把波拿巴描写为 19 世纪流行的外在生活和各种目的的代表。19 世纪的另外一半，即它的诗人，就是歌德。他生活在本世纪真是如鱼得水，呼吸它的空气，享受它的果实，这在较早的任何一个时代都是不可能的，他还以自己巨大的才华消除了纤弱的非难，要不是他，该时期的智性作品都会遭受到这种非难。他出现在一个一般文化风行一时并磨光了一切个性的棱角的时代；那是一个没有英雄人物、一种社会安逸和合作已流行的时代。①

歌德是文化意义上的拿破仑，他是使拿破仑圆满的那另一部分。他是 19 世纪文化力量的代表，拿破仑是 19 世纪非文化力量的代表。但是歌德处在一种纤弱的文化环境里，他凭借了自己强大的个性力量与品质照亮了那个时代。与代表物质主义的拿破仑相比，代表文化的歌德更能彻底地代表现代世界。拿破仑伟大的实验"如烟般而逝"，而歌德作为"世纪的灵魂"，还处在世界的中心。

歌德确实是 19 世纪多样性的化身，在别人看到断片的地方，他看到了联系。他察觉了形式和习俗的面具之后的生活。实际上，他就是生活的代言人：他百手百眼，具有充沛的思想和想象力，擅长处理各种文类，是一个能干的行政者，在色彩学和植物学上做出了杰出贡献。总之，他是最后一名代表了文艺复兴的最高理想——文艺复兴人②——的欧洲人。

为了成为一名文艺复兴人（通才），歌德只在意那些能够增强自身文化修养的东西。真理于他也只是一种增加修养的手段。这种自我中心的追求决定了他的局限性。尽管学者具有从杂多中看出同一的能力，歌德却并没有崇拜过最高的同一；他过分地关注自我修养，过度地关注自身所能成就的事业，从不屈服于任何道德情操。诚然，提高自我修养的过程必然会涉及对多门学科和技艺的掌握，但是在歌德这里，多才多艺并不是他致力

---

① *The Collected Works of Ralph Waldo Emerson*, 4 Vols. Ed. Afred R. Ferguson et al., Cambridge: Harvard University Press, Belknap Press, 1971, p. 156.

② 文艺复兴人，指的是一位面面俱到、均衡圆满，对艺术及科学都多方浸淫，于其中游刃有余的人。

于追求真理的手段，反而是他吸引更多才艺以提升自我修养的手段。① 换言之，他这种对文化自我中心式的无休止追求与拿破仑集全力去追求物质财富与世俗成功一样，都没能超越时代。当然，这也不是歌德的错，他也只是顺着时代的潮流、顺着自己的天性发展而已。他是一个世俗的人，他完全适应于他的时代，并且乐在其中。

爱默生在《代表人物》中对歌德这种颇为苛刻的负面态度是有迹可循的，这种态度与爱默生的哲学立场有关。在爱默生心目中，诗人歌德最能够体现浪漫主义时代的典型特征。他集时代所有的趋势为一身，艺术、商业、自然，他悠游于这个广阔的世界。他既伟大又渺小，从双重意义上分享了他那个时代的主体意识。积极的主体意识体现在他敏锐的洞察力上，他是一个坚决的现实主义者，他依照事物的本来面目去看待它们，但是又从不停留于事物的表面，他那深层的现实主义使他能够抓住每个事实的灵魂，抓住事物为什么是如此而不是其他的原因。另一方面，恶劣的主体意识也侵染了他。他自尊自大，自我中心，作品中浓厚的自我主义成分极大地降低了他的道德影响力。因此，爱默生对歌德的最终定论是：

> 如果我们按照通常的批评标准考察歌德，我们应该说他的思想达到了相当的高度，……他也从未创造过诗歌的奇迹和绝妙的佳句。他所做的一切都是运筹谋划，不过是些由知识和正确的思维所提供的思想、特定表达、类比、隐喻、说明；至于莎士比亚式的诗才和超验的诗才，他却丝毫全无。……那种道德情感的欠缺，那种善与恶同时作用于他且又旗鼓相当的奇特现象。……歌德从未使我感到超越了自我。我并没有超越理智的疆域，没有为一种无限的柔情而感到振奋，没有被一种伟大的信心所武装。歌德因而应被视为实在的诗人，而非理想的诗人；是束缚于局限性的诗人，而非着眼于可能性的诗人；是这个世界的诗人，而非宗教和希望的诗人。……歌德并不具备同他所具有其他能力成正比的道德洞察力。……他满足于仿效粗俗诗人的行径，将他辉煌的天赋浪费在平庸的目标之上。②

---

① 歌德这种累积文化的行为与资本主义累积财富的行为极其相似。
② *The Collected Works of Ralph Waldo Emerson*, 10 Vols. Ed. Afred R. Ferguson et al., Cambridge: Harvard University Press, Belknap Press, 1971, pp. 117–118.

换言之，歌德并没有达到爱默生理想诗人的标准。歌德不是天启的诗人，不是"人类心灵的拯救者"。相反，他"满足于跻身粗俗诗人之流，将自己卓越的天资浪费在普通的事物上"。作为这样的一个诗人，他当然更是具有时代的代表性。在歌德的年代，"没有诗人，只有大批的诗歌作者"①。在这些人当中，歌德仍然是最伟大的："但他仍然是一位诗人——一位比任何一个同时代人都值得夸耀的桂冠诗人，……（他）用一位英雄的力量和风度拨动了琴弦。……他把诗歌赋予我们现代的生活。"②

最后附上一首爱默生论歌德的诗歌：

在战争与贸易的新时期	In newer days of war and trade
传奇被忘记，信仰已衰退	Romance forgot, and faith decayed
科学武装并引领战争	When Science armed and guided war
神职人员打开了双面之门	And clerks the Janus-gates unbar
当诗人永不生长的法国	When France, where poet never grew
重新将世界分成两半	Halved and dealt the globe anew,
歌德，高居于欢乐和斗争之中	Goethe, raised over joy and strife,
刻画着命运和人生永恒的界限	Drew the firm lines of Fate and Life
他将奥林匹斯山上的智慧	And brought Olympian wisdom down
带到了宫廷和市场，大学和城镇	To court and mart, to gown and town,
弯着腰，他蘸着泥土用手指写下	Stooping, his finger wrote in clay
今天的公开秘密	The Open Secret of today. ③

柏拉图对真实的哲学洞见使他认识到最终的事实，即存在永远都是"完美的谜"。柏拉图这位理性主义者的疑问在斯威登堡这位纯粹幻象者这里放大又缩小，最终，他们二者都在蒙田审慎的怀疑主义和拿破仑的世俗策略中得到了解答。蒙田不是代表作家，而是代表怀疑主义者，一个对

---

① *The Collected Works of Ralph Waldo Emerson*, 4 Vols. Ed. Afred R. Ferguson et al., Cambridge: Harvard University Press, Belknap Press, 1971, p. 156.
② *The Collected Works of Ralph Waldo Emerson*, 4 Vols. Ed. Afred R. Ferguson et al., Cambridge: Harvard University Press, Belknap Press, 1971, p. 157.
③ *The Collected Works of Ralph Waldo Emerson*, 9 Vols. Ed. Afred R. Ferguson et al., Cambridge: Harvard University Press, Belknap Press, 1971, p. 223.

生活采取平衡观点的思想家。他是一个讲求实际的哲学家,代表了中产阶级的信仰,也反映了爱默生对现代社会的基本理解,即一种活在当下的、审慎的生活。拿破仑是一个行动主义者,他不讲道德原则,不计手段,只为实现自身的潜能。歌德是"世纪的灵魂",他反映了中产阶级为主的现代社会的优点与局限。拿破仑和歌德两者具有内在的相似性,拿破仑缺乏道德良知,而代表中产阶级的歌德则是不受道德的限制发展的结果。拿破仑追求的是权力,歌德则追求自我修养。在六名代表人物中,歌德、莎士比亚和拿破仑处在同样的位置上,他们受惠于他们的时代,是时代的产物,也是时代最高潜能的体现,代表了时代个体能达到的最高水平,成为社会最高目标的体现。

爱默生将柏拉图的伟大归之为他的综合能力,其实,每个代表人物都能被视作为综合能力的产物,他们中每一个人都组成了历史的新章节:柏拉图综合东方和西方,过去和现在,是西方哲学的父亲;斯威登堡吸收了同时代科学上的新进步,结合神学创建了"一致"理论;蒙田的怀疑主义中和了物质主义和理想主义,是人性的第一个心理记录者;莎士比亚吸收了他那个时代的活力和丰富性,"给科学的头脑提供了更新更多从未有过的主题";拿破仑浓缩了所有中产阶级的特点,他是"自然力和智力的结合",是19世纪强力和抱负的代表;歌德"百手百眼",多才多艺,体现了19世纪社会文化的多样性。

伟大是一种能够代表时代的能力。"伟人的特点与其说在于独创,毋宁说在于广博……显示天才的伟大力量根本不在于独创,而在于全盘接受,在于让世界做一切,让时代精神畅通无阻地穿过心灵。"① 爱默生承认,天才总是受惠于其他人的思想,他们"置身于思想和事件的河流里,被同时代人的观念和需要推向前去。众人的眼睛朝哪条路看,他就站在哪里,众人的手向哪个方向指,他就应当朝哪个方向走"。② 爱默生用来夸赞柏拉图的那句话几乎适应于所有的代表人物:"柏拉图也像每一个伟人一样吞噬了他自己的时代。一个伟人具有巨大的亲和力,他把一切艺术、科学,一切知识,当作食物一股脑儿吞进肚里。"③

---

① *The Collected Works of Ralph Waldo Emerson*, 4 Vols. Ed. Afred R. Ferguson et al., Cambridge: Harvard University Press, Belknap Press, 1971, p. 152.

② *The Collected Works of Ralph Waldo Emerson*, 4 Vols. Ed. Afred R. Ferguson et al., Cambridge: Harvard University Press, Belknap Press, 1971, p. 154.

③ *The Collected Works of Ralph Waldo Emerson*, 4 Vols. Ed. Afred R. Ferguson et al., Cambridge: Harvard University Press, Belknap Press, 1971, p. 113.

第二节　中心人与完整的人

　　理想的诗人是时代精神的代表,是大众的道德典范。同时,诗人还是中心之人与完整的人。在爱默生看来,个体是宇宙的中心,诗人则位于中心的中心,诗人是一个各方面力量在身上达到均衡的人,是完整的人。

　　爱默生坚信个体的中心性。宇宙,按照他的观察,是围绕着每个个体运转的,每个个体都是轴心。① 1829 年,爱默生在他日记中写道:"当我观察彩虹的时候,我发现自己是虹桥的中心。但你也是,那个在离我们几米处观察彩虹的人也是。因此地球是圆的,每个人都站在地球的顶端。"② 在《代表人物》中,爱默生写道:"对于大自然来说,一个人就是一个中心,他把关系的线贯穿到每一件事物当中去,液体的和固体的,物质的和元素的。"③ 在《文明的进步》中爱默生又写道:"我们所知事物的第一特性是其中心性——我们将之称为地心引力——它将整个宇宙连接起来,同时每个粒子也像巨块和星球一样保持纯粹,不可毁灭……物质的这种本质正回应了思想真理——这种真理没有边界,且处处都是其中心。心灵的第一个尺度是其中心性,它的真理的能力,以及对真理的固守。"④

　　个体是宇宙的中心,诗人则处于中心的中心。在《随笔:第一辑》中,一个自立的人"不属于任何时代或地方,而是所有事物的中心";当一个人"找到自己的中心,神性将会将他照耀";"眼睛是一个圆圈;它形成的平面是第二个,"而这些圆的中心,是"眼睛"(Eye),是"我"

---

　　① 在个体的中心性这一点上,爱默生的同时代人也表达过类似的观点。梭罗在《河上一周》(*A Week on the Concord and Merrimack Rivers*) 这本书中写道:"让我们随心飘荡,宇宙围绕着我们而转,我们是中心。如果我们看向天空,天空是凹的,如果我们看到一个无底的深渊,它也是凹的。"参见 "Henry David Thoreau", edited by Robert F. Sayre, *The Library of America*, 1985, p. 43, 在惠特曼的《自我之歌》(*Song of Myself*) 中,惠特曼狂歌:"我知道我结实而健康/宇宙间从四处汇集拢来的事物/在不断朝我流过来/一切都是写给我看的/我必须理解其含义"。参见 [美] 惠特曼《草叶集》,赵萝蕤译,上海译文出版社 1991 年版,第 86—87 页。
　　② *The Journals and Miscellaneous Notebooks of Ralph Waldo Emerson*, William H. Gilman et al., editors. 3 Vols. Cambridge, MA: Harvard University Press, 1960–1982, p. 168.
　　③ *The Collected Works of Ralph Waldo Emerson*, 4 Vols. Ed. Afred R. Ferguson et al., Cambridge: Harvard University Press, Belknap Press, 1971, p. 6.
　　④ *The Collected Works of Ralph Waldo Emerson*, 8 Vols. Ed. Afred R. Ferguson et al., Cambridge: Harvard University Press, Belknap Press, 1971, p. 116.

第二章　诗人：道德人格的典范　　　　　　　　　　　　　　　93

(I)；诗人则"站在中心"，诉说自己的内心。①

1846 年，爱默生在日记中写道，他希望：

> 有一天我们会谈到中心人，而且在不停变化的场景中再一次看到他的特性以及那些我们喜爱的人物的特质，然后在烈火中将这些特质印在心上：然后，这次谈话不再局限于个人私事，中心人的形象也渐渐变得凝重而伟大，我们可以设想我们在与苏格拉底交谈，然后观察他的表情：然后谈话再一次发生改变，我们见到的脸和听到声音的那个人是莎士比亚，莎士比亚的身体和灵魂都活生生地在我们眼前，并且和我们交谈，只是莎士比亚看起来比我们矮一些。然后又发生了变化，我们交谈者的面容年轻，没有胡子，他向我们说着形式、色彩以及设计的丰富性，这是画家拉斐尔的脸，他看起来像一个女孩，带着创造者的无畏勇气。过了一会又变成米开朗琪罗，然后但丁，再之后是耶稣，巨大的道德真理与道德力量淹没了我们。看起来就像这些伟大的世俗人物只是耶稣的表情，它们就像云朵一样互相追逐。然后一切都静止了，我发现我自己独自一人。我做了一个梦却不知道自己梦见了什么。②

"中心人"是所有生命力的创造性来源。爱默生想象自己与这个"中心人"对话，这个"中心人"的声音最初是苏格拉底，然后是莎士比亚，然后又变成拉斐尔、米开朗琪罗、但丁，最后是耶稣。③ 这些诗人都是爱默生心目中中心人的代表。最后中心人的表情定格在耶稣的脸上，这一方面说明，耶稣不是高高在上的神，而是一个具有人格特征的诗人，他带着诗的真理来拯救我们。另一方面也说明，诗人不是普通的人，他们具有神的特质，他们的目标与神的目标一样，是巨大的道德真理与道德力量。

关于即将来临的中心之人，爱默生在 1846 年 4 月的一段笔记中作出

---

① *The Collected Works of Ralph Waldo Emerson*, 2 Vols. Ed. Afred R. Ferguson et al., Cambridge: Harvard University Press, Belknap Press, 1971, pp. 19, 25, 38.

② *The Journals of Ralph Waldo Emerson*, Ralph L. Rusk, editor. 7 Vols. New York: 1939, pp. 177-178.

③ "中心人"形象的几经变化也反映出爱默生内心的犹疑与期冀。新兴的美利坚合众国需要注入新的力量、新的精神，但是谁能成为这种创新的源泉呢？

了他的伟大预言：

> 他，或出于不知如何准确命名的绝望，有人称之为那新的（Newness）——正如希伯来人不喜说出此词——他潜伏、隐匿，他是成功、真实、喜悦、权势——就是组成天堂者，就是调和种种不可能者，弥补缺陷、抵赎罪孽或将其变作道德，将拥挤的过去埋藏在遗忘里，将诸种宗教、哲学、民族、个人沉陷在传说里；颠倒意见和名望的天平，将科学视为意见，将瞬间的思想变作通往宇宙的钥匙，未来历史的蛋卵。……一切俱相类——天文学、形而上学、剑、楸、铅笔，或者仍不曾发明的器具或技艺——这就是那发明者、价值赋予者、价值本身。那将来临的就是他，或者说，他若不会来临，便再无将要来临者；他在我们称颂他的时刻消失。我们若焚烧那些因我们称颂他而谴责我们的人，他就现身他们当中。神圣之新。锄与楸、剑与笔、城市、图画、花园、律令、圣典，这些工具只因被他偶尔借用而受人珍重。天文学、音乐、几何、社会制度、封建制也是如此——我们怀虔诚的心亲吻他的衣角，误把衣角当成了他。那衣角在我们的嘴唇上化作灰尘。①

诗人不仅是宇宙间的中心人，诗人还是完整的人。在演讲《美国学者》中，爱默生详述了这一点。《论自然》的写作以探究"自然的目的"开始，而爱默生的第一次公众演讲《美国学者》的目的，却是探究自然的解释者——美国学者——的特点、责任和希望。在这篇演讲中，爱默生第一次向美国公众全面地介绍了学者的角色和重要性。爱默生的学者不是传统意义上知识渊博者，而是愿意认真倾听自然的秘密的人。当然，此次演讲的契机是美国的文学周年纪念活动，这一点，爱默生在第一段就已经提及了，虽然这种纪念在他看来，仅仅是一种"象征"，不像古希腊人为了角力竞技或者史诗、悲剧表演，也不像中世纪意大利浪漫诗人的抒情吟唱，也不像同时代的英国与欧洲定期聚会讨论科学的发展。然而，虽然是一种"象征"，这个节日仍然说明了文学的必要，文艺爱好是一种无法消除的本能。但这些对美国来说仍然不够，美国理应更进一步，"美洲大陆

---

① ［美］哈罗德·布鲁姆：《史诗》，翁海贞译，译林出版社2016年版，第257—58页。

的懒散智力,将要睁开它惺忪的眼睑,去满足全世界对它多年的期望。"①改变的时刻已经到来,爱默生大声宣誓:"我们依赖旁人的日子,我们师从他国的长期学徒时代即将结束。"② 美国自身独特的事件与行动将成为歌颂的对象,美国诗歌复兴的新时代已经到来。而这一切的发生,均指向了美国学者的诞生。

那么,爱默生所指的《美国学者》究竟是谁呢?在直接回答这个问题之前,爱默生首先向我们描绘了一幅极端原子化的社会:

> 所谓"人"只是部分地存在于所有的个人之中,或是通过其中的一种禀赋得以体现;你必须观察整个社会,才能获得对完整的人的印象。所谓"人"并非只是指一个农夫,或一位教授,或一位工程师,而是他们全体的相加。"人"是神父、学者、政治家、生产者、士兵。在分裂的,或者说是社会的状况下,上述的职能被分派给每一个个人,而他们中的每一个都致力于完成共同工作中分派给他的定额;与此同时,人们又相互弥补着自己。这个寓言暗示,个人若要把握他自己,就必须时常从自己的分工职能中脱离出来,去了解一下其他劳动者的感受。然而不幸的是,这源初的统一体,这力量的源头,早已被众人所瓜分,并且被分割得细而又细,抛售无贻。就好像是泼洒开的水滴,再也无法汇拢。社会正是这样一种状态:每个人都好比从躯体上锯下的一段,它们昂然行走,形同怪物——一截手指、一个头颈、一副肠胃、一只臂肘,但从来不是完整的人。"人"于是演变成某一样东西,或许多种东西。③

在这样的分配中,学者只是一个单纯的思想者(Thinker),而不是"思想着的人"(Man Thinking)。爱默生的美国学者的工作就是要修复这种原子化的社会,通过变成"思想着的人",他将美国分散和原子化的个

---

① *The Collected Works of Ralph Waldo Emerson*, 1 Vols. Ed. Afred R. Ferguson et al., Cambridge: Harvard University Press, Belknap Press, 1971, p. 52.
② *The Collected Works of Ralph Waldo Emerson*, 1 Vols. Ed. Afred R. Ferguson et al., Cambridge: Harvard University Press, Belknap Press, 1971, p. 52.
③ *The Collected Works of Ralph Waldo Emerson*, 1 Vols. Ed. Afred R. Ferguson et al., Cambridge: Harvard University Press, Belknap Press, 1971, p. 53.

体重新凝结成一个整体,凝结成一个完整的"国家"。①

爱默生对学者的三重要求分别是:自然,自我的反射;书籍,生活向真理的转变;行动,真理向力量的转化。爱默生的演讲依次处理了这几个部分。

第一,自然。大自然对人类心灵的影响,具有首位的重要性。对于自然,学者要问的第一个问题是,"大自然对于他来说是什么?"② 他这里指的当然是自然法则以及自然法则与理性的联系,即自然的真理与人类内在的道德情感的一致性:"古老的格言,'认识你自己',与现代格言,'研究自然',最终合二为一。"③

第二,过去人类的思想,对学者心灵具有重要意义的影响,而书籍是过去最好的代表。爱默生呼吁割断与传统的联系,而在这里,却又强调过去的重要性,这在逻辑上似乎讲不通。然而,在强调过去的思想的重要性的同时,爱默生也指出了书籍的几点缺陷:书籍能解释真理,但是世界上并没有一本纯粹思想的书使得它在各方面都应用于世世代代,因此,每一代人都必须写出他们自己的书;如果我们太过于依赖过去的时代和书籍,那么我们只会变成书呆子,而不是"思想着的人"。世上唯一有价值的东西是活跃的心灵,对书籍的正确使用是让书籍起到给人以启发的作用。"思想着的人"绝不应该受制于他的工具。书籍是供学者用来消闲的,当"思想着的人"能够直接理解上帝的智慧时,书籍的作用就不是很大了。同时,爱默生还指出,诚然,大学确实需要很多精读细读,但是如果大学要发挥更高的效用,就必须用强劲的知识火焰去点燃年轻人的心智。过去的价值在于给我们提供指导,而不是答案。同样,我们赞美的也并不是书籍本身,而是最好的书籍当中所记载的关于人类本性的洞见。

第三,行动。有一种偏见认为,学者是一个对任何世界劳动都不感兴趣的隐士,就如同过去那个时代的教士(地位就如同当今的学者)一般。

---

① 原子化的个体、分崩离析的社会,面对同样的问题,比爱默生时期稍后一些的马克思提出的社会改良方案是让无产阶级联合起来,共同对抗资本主义的剥削与压迫。爱默生的解决方案是,唤醒个体,让他们意识到自身的能量和创造力。虽然他也憎恨社会的压迫机构,但他认为,最重要的是要解放人的思想。

② *The Collected Works of Ralph Waldo Emerson*, 1 Vols. Ed. Afred R. Ferguson et al., Cambridge: Harvard University Press, Belknap Press, 1971, p. 54.

③ *The Collected Works of Ralph Waldo Emerson*, 1 Vols. Ed. Afred R. Ferguson et al., Cambridge: Harvard University Press, Belknap Press, 1971, p. 55.

也许这也是为什么美国迟迟都没有公共知识分子的原因。但是行动对于学者而言是必须具备的能力。"没有行动,思想也就永远不能发育为真理。……正因为我生活过,我才获得现有的知识。"① 行动"将经验转化成思想,宛如把桑叶变成了锦缎。而这种生产过程每时每刻都在进行着"②。心灵的思考需要源源不断地资源,而生活就提供这一不尽的资源,思想只是行动的一部分。

这些就是自然、书籍以及行动对学者的教育。掌握了这三点,学者便成了"思想着的人",而不仅仅是"思想者"。这样,他就能够鼓舞、提高和指引众人,使他们看到表象之下的事实。学者,通过"发挥人性中最高尚的机能";通过"将自己从私心杂念中提高升华";通过"依靠民众生动的思想去呼吸,去生活";成为"世界的眼睛,世界的心脏"。③

学者是爱默生为时代和他自己选择的领路人,一个追求真理、同时也散播真理的人。学者认真研究自然,因为自然的法则能够用以指导生活,过一种德性的生活。这样,古代的格言"认识你自己"和现代的格言"研究自然"在学者当中合二为一。学者也会被过去所影响,特别是书。文学与学者交流着自然的秘密,这些秘密虽然已被前人发现,但仍在以新的方式向世人诉说。书籍是个体交流他们从自然中领悟到的道理的一个重要渠道。通过书籍,学者们得以知道他与同伴们是紧密联系在一起的。他通过自然、也通过文学发现了这种联系。除了对自然和文学的思考,学者还必须用他的知识去影响他人,用自然提供给他的知识去武装自己,去改变这个世界。爱默生的学者不是真理的携带者而是真理的创造者,他们将世界转换成思想,将知识转换成力量。在《文学的伦理》这篇演讲中,爱默生写道,"学者是天堂和人间的宠儿,是他的国家的精华,是人类最幸福的人。……学者是世界的研究者,是世界之价值的研究者,是世界如何重视人的灵魂的研究者"④,学者"最大的秘密"就是"将生活转化成

---

① *The Collected Works of Ralph Waldo Emerson*, 1 Vols. Ed. Afred R. Ferguson et al., Cambridge: Harvard University Press, Belknap Press, 1971, p. 59.

② *The Collected Works of Ralph Waldo Emerson*, 1 Vols. Ed. Afred R. Ferguson et al., Cambridge: Harvard University Press, Belknap Press, 1971, p. 59.

③ *The Collected Works of Ralph Waldo Emerson*, 1 Vols. Ed. Afred R. Ferguson et al., Cambridge: Harvard University Press, Belknap Press, 1971, p. 99.

④ *The Collected Works of Ralph Waldo Emerson*, 1 Vols. Ed. Afred R. Ferguson et al., Cambridge: Harvard University Press, Belknap Press, 1971, p. 99.

真理"。①

　　知识分子的职责和权利正是去做出判断，而不是接受判断。他需要依从自然中每一物体发出的劝言，做它的口舌，向人们诉说，向这个昏庸的世界展示短暂的公正，这就是学者的智慧。对于真正的学者而言，自然界的各种吸引，生活的各项内容，以及他本人的丰富经验，仅仅是那无所不在、至高无上的大自然传输给他的信息而已。而真实本身以及事物的原动力是道德的，道德情感只是它的另一个名称。

　　在《自然的方式》中，爱默生即为当代美国社会做了诊断。在科技进步和物质成功日益强化的背景下，美国失去了与其自身和自然的根本联系。爱默生写道："我们所听到的消息中，有关贸易、贸易与实用技艺的成果较多。这是个经验不足而又多变的民族。贪婪、犹豫和随从别人是我们的痼疾。"② 因而学者的任务更加艰巨，"学者是思想的传播者，而这思想奠定了世界的基础。不管他们的具体工作或职业是什么，他们都代表着世界上的精神爱好。假如他们在像美国这样物质爱好高于一切的国家里忽视了他们的职责，那就是所有人的灾难"③。尽管爱默生并没有完全否认工业化或进步的实际效果，他在文章中说："我不希望以乖戾的态度对待从事工业制造的村庄，或是贸易中心。我爱听水车发出的美妙音乐。我敬重铁路。我感觉得到看到一条船时心里涌起的自豪。我把贸易和每一种机械技术也都视为教育。"④ 但他看重的却是这些创造性行为中的精神因素，而非其物质成就。

　　爱默生提到的美国学者和诗人，在广泛的意义上，指的是美国人，每一个能读能写的美国人。每一个人都应该记住首先他是一个人，然后才是别的什么，他本性的基本尊严就在于思想。在这个被严格的社会分工所异化和片面化了的社会中，学者不是人的手、人的胃、人的脖子，等等，而是一个思考着的人，是一个完整的人。正如他在早年的演讲中提到的：

---

　　① *The Collected Works of Ralph Waldo Emerson*, 1 Vols. Ed. Afred R. Ferguson et al., Cambridge: Harvard University Press, Belknap Press, 1971, p. 86.
　　② *The Collected Works of Ralph Waldo Emerson*, 1 Vols. Ed. Afred R. Ferguson et al., Cambridge: Harvard University Press, Belknap Press, 1971, p. 105.
　　③ *The Collected Works of Ralph Waldo Emerson*, 1 Vols. Ed. Afred R. Ferguson et al., Cambridge: Harvard University Press, Belknap Press, 1971, p. 105.
　　④ *The Collected Works of Ralph Waldo Emerson*, 1 Vols. Ed. Afred R. Ferguson et al., Cambridge: Harvard University Press, Belknap Press, 1971, p. 106.

"每一个人，只要是能自己思考，在某种程度上就是一个学者。"① 所有的人在内心都是学者和诗人，是"思考着的人"。

第三节 诗人是解放之神

理想的诗人不仅是中心之人和完整的人，理想的诗人还是解放之神。爱默生认为，诗人站在精神和事物之间，他同属于两边；真正的思想家能看出来其中一者代表了另外一者。世界是灵魂的镜子，而他的任务就是指出这种联系。诗人是自然与心灵之间的桥梁，通过象征性语言的帮助，他精确地诠释着这两者间的完美对应。在认识事物上，诗人比普通人更具远见和广见，在这个过程中，诗人充当着先知或预言家的角色。

将诗人等同于先知和预言家，爱默生是在自觉地接续一个古老的传统。柏拉图认为诗人和哲学家在感官经验之外，可以获得永恒的真理。亚里士多德肯定了诗人心灵中的先知和预言家的特质。贺拉斯在《诗艺》中说："诗人是人类的启蒙老师"。② 在《诗辩》（An Apology for Poetry）中，西德尼将诗人放在与先知和预言家同等崇高的位置。③ 雪莱也指出，从古希腊起，诗人就被称作"立法者或先知"，因为他们能够通过当下预知未来。④ 卡莱尔同样将诗人放在先知和预言家的位置："真正的诗人从来都是先知，他们的眼睛具有天赋的能力，能够看到宇宙的神秘，破译神书；我们称他为 Vates 或先知，因为他能看穿一切秘密，'这个开放的秘密'，隐藏的事物变得清晰，未来不过是现在的另一个阶段。"⑤

但是，爱默生虽有对传统的接续，亦有对传统的颠覆。古典时期的诗人接受神灵的启示，获得灵感，继而把这种启示传播给大众；浪漫主义时期诗人的同样拥有预言的能力，预言揭示了个体内在的深刻秘密。爱默生

---

① *The Early Lectures of Ralph Waldo Emerson*, Stephen E. Whicher, Robert E. Spiller and Wallace E. Williams, editors. 2 Vols. Cambridge, MA: The Belknap Press of Harvard University, 1959 – 1972, p. 335.

② Hazard Adams & Leroy Searle, *Critical Theory Since Plato*, Third Edition. 影印本，北京大学出版社 2006 年版，第 83 页。

③ *Critical Theory Since Plato*, p. 187.

④ *The Complete Works of Percy Bysshe Shelley*, eds. Roger Ingpen and Walter E. Peck, VII, New York: Gordian Press, 1965, p. 112.

⑤ *Critical and Miscellaneous Essays*. Vol. II., p. 237.

的诗人，处在一个有序的宇宙中，获得了宇宙的道德声音，内心也感受到道德法则的作用，诗人本身即为道德的楷模，其传播的预言也是道德劝诫。

　　诗人不仅有先见和预言未来的能力，而且还有改变世界的能力。古希腊时期，诗人被称为"poietes"或者"poetes"，意为"制造者"。从这个意义上来看，诗人是诗的制造者，诗是一种由字词组合而成的制造物。但是，在古希腊的语境中，诗人的涵义不止于此。在古希腊神话中，诗歌往往是潜在的事实，诗歌的力量足够强大到改变现实。例如，俄尔普斯（Orpheus）通过吟诗，能让森林、动物和巨石跟在他身后。文艺复兴学者们对这些故事的解读也很有趣，他们据此认为，诗人们征服了荒野，开化了民智，诗歌则是文明的标志。在《诗辩》中，西德尼认为诗人带来了一个黄金的世界，诗人"使自然万物变得更美好，或者说，他们重新改变了自然中的形式"①。诗人改造世界的能力让他成为仅次于上帝的第二位创始者。

　　爱默生的诗人，通过使用鲜活语言、意象和象征，重新构建起一个心灵与自然完美对应的世界，打破了传统缚于我们之上的枷锁，让我们与自然和上帝重新连接起来："心灵与事物的关系并非是某个诗人的幻想，它是由上帝的意志决定的，因而人人都可以理解它。它时而向人们显现自己，时而又隐藏不露。但是它就在那里。任何能看见它的都是诗人。"②在这个意义上，诗人是解放之神，他把人从混乱和无序中解放出来，并恢复他的完整。诗人既具有个体的天才又具有宇宙的能量，站在宇宙的中心，是个体的代表，也是自然的代表。诗人以其穿透力的眼光可以透视自然，透视这个世界。他能够把众人在经验中感悟到却无法表达的一切，以诗的形式表达出来，因此他提供给我们的不只是他的财富，而是全民的财富："诗人们在极度孤独中回忆并记录他那些自发的念头。可我们发现他的诗句对喧闹都市里的人群也同样是真实的。……他越是深入涉及个人的隐秘念头，就越会惊奇地看到，它非常容易引起共鸣，具有普遍的真实意义。"③

---

　　① *Critical Theory Since Plato*, Third Edition, p. 188.
　　② *The Early Lectures of Ralph Waldo Emerson*, Stephen E. Whicher, Robert E. Spiller and Wallace E. Williams, editors. 1 Vols. Cambridge, MA: The Belknap Press of Harvard University, 1959 – 1972, p. 226.
　　③ *The Collected Works of Ralph Waldo Emerson*, 1 Vols. Ed. Afred R. Ferguson et al., Cambridge: Harvard University Press, Belknap Press, 1971, p. 63.

第二章 诗人：道德人格的典范

《诗人》①一文的开头，爱默生即点出了他和那个时代面临的问题：我们的哲学里没有形体学。就像火被纳入一口锅一样，我们被纳入自己的身体，被带来带去；然而精神和器官之间并没有精确的调整，更不能说后者萌生了前者。我们离自然越来越远，我们与上帝分离，因为我们无法透过事情的表象看到事物的本质，看到事物背后的真理。②因此，我们需要一个解释者。诗人，就是能提供这种服务的人。这就是诗人的角色：诗人是启蒙者，他帮助我们认识到一个隐藏的真理，那就是"这条时间之川及其造物从中流出的那些源泉本质上是完美的"。③正是由于这个真理的存在，我们才有必要甚至可能性去考虑诗人的本性和功能，诗人运用的手段和材料，以及，更重要的一点，美国艺术的概况。这三点是爱默生此篇文章的重点。

首先，诗人的最重要的身份是"诗人具有代表性。他在局部的人中间代表着完整的人，他提供给我们的不是他的财富，而是全民的财富"。④诗人倾听自然，接受灵魂的启示，他能敏锐地捕捉感官的印象，合适地表达自然的真理，他"就是这些力量在他身上都得到平衡的一个人，就是一个没有障碍的人，能看见、能处理别人梦想到的一切，跨越经验的整个范围，由于是接受和给予的最强大的力量，所以他是人的代表"。⑤通过观察和思想，让别人看到他看到的东西，诗人这样做不仅仅是为了自己，更是为了整个人类的利益："伟大的思想家为所有人思考，他的智慧足够

---

① 《诗人》是1844年出版的《随笔：第二辑》中的第一篇。其中的大部分素材来自于爱默生1841—1842年冬天的波士顿演讲《诗人》，爱默生1876年出版的《书信与社会目标》中的《诗歌与想象》也大量借鉴了此篇演讲。

② 爱默生的态度追随了浪漫主义的传统：科学给了人类思维的工具，但是这些工具却将人异化于自然。因此尽管科学推动了社会的进步，这是这种进步也隐藏着深刻的社会危机。物质主义摧毁了人类精神。人类就这样与自然渐行渐远，失去了与自然的和谐统一。必须通过一种新的自我理解重新达到一种新的更高程度的统一。心灵对于自然并不陌生，实际上，自然就是心灵展开和成长自身的过程；心灵就是自然，自然是心灵的物化。每个个体都代表了不同的潜能，统一心灵不同的方面，展示了通往完整的不同道路，但是所有的道路都通向同一个终点，那就是与自然创造性精神的创造性同一。

③ The Collected Works of Ralph Waldo Emerson, 3 Vols. Ed. Afred R. Ferguson et al., Cambridge: Harvard University Press, Belknap Press, 1971, p. 4.

④ The Collected Works of Ralph Waldo Emerson, 3 Vols. Ed. Afred R. Ferguson et al., Cambridge: Harvard University Press, Belknap Press, 1971, p. 4.

⑤ The Collected Works of Ralph Waldo Emerson, 3 Vols. Ed. Afred R. Ferguson et al., Cambridge: Harvard University Press, Belknap Press, 1971, p. 5.

惠泽所有人。"①

天地间有三个孩子,可以分别称之为"知者""行者""言者",他们分别代表对真、善、美的爱。如果说学者或哲学家是知者,目的是求真,是真理的代表者,那么诗人则是言者,是命名者,目的是求美,是美的代表者。② 这篇文章反复出现的一个主题就是通过诗人的努力重新回归到美与真(这两个词在爱默生的美学观中是对等的)中去,因为"他(诗人)是一位君王,身居中心",因为"世界并没有被刻意粉饰,而是从一开始就是美的;上帝也没有刻意制造美丽的事物,而美本身就是宇宙的创造者"。③ 因此诗人也并不是一个傀儡君主,而是一位独立自主的皇帝。诗人的标志和证明就是他能宣布人们未曾预见到的事。他能看到思想,并说出偶然和必然。正因为万物与上帝的生命离轨跑辙使得事物变得丑恶,诗人借助于一种更深刻的洞见,把事物重新归并于自然和整体,甚至把人工和违背自然的东西都重新归并于自然。

为了使人类重新回归自然和直觉,爱默生提供了一种诗性呼吁。他努力证明了那种浪漫主义者们以为在启蒙运动中丢失了的精神与智性理想。④ 自然与精神这一融合至关重要的来源是理想的自然:"大自然把她的一切造物都作为一种图画语言奉献给诗人。由于被用作一种象征,物体中就出现了一种神奇的第二价值,远远胜过它原有的价值……事物允许被作为象征来使用,因为不管从总体上说,还是从局部看,大自然本身就是一个象征。"⑤

---

① *The Early Lectures of Ralph Waldo Emerson*, Stephen E. Whicher, Robert E. Spiller and Wallace E. Williams, editors. 1 Vols. Cambridge, MA: The Belknap Press of Harvard University, 1959-1972, p. 229.

② 威廉·怀科普(William M. Wynkoop)在《宇宙的三个孩子:爱默生论莎士比亚、培根和弥尔顿》(*Three Children of the Universe: Emerson s View of Shakespeare, Bacon, and Milton*)这本书中,考察了爱默生对莎士比亚、培根和弥尔顿的看法。怀科普指出,莎士比亚、培根和弥尔顿这三位诗人在爱默生的诗人观中形成了神圣的三位一体:莎士比亚是知者,代表着纯洁;培根是行者,代表着堕落;弥尔顿是言者,代表着自立。参见 William M. Wynkoop, *Three Children of the Universe: Emerson's View of Shakespeare, Bacon, and Milton*, The Hague. Mouton, 1966.

③ *The Collected Works of Ralph Waldo Emerson*, 3 Vols. Ed. Afred R. Ferguson et al., Cambridge: Harvard University Press, Belknap Press, 1971, p. 5.

④ Kenneth S. Sacks, *Understanding Emerson*: "*The American Scholar*" *and His Struggle for Self-Reliance*, Princeton: Princeton University Press. 2003, p. 17.

⑤ *The Collected Works of Ralph Waldo Emerson*, 3 Vols. Ed. Afred R. Ferguson et al., Cambridge: Harvard University Press, Belknap Press, 1971, p. 8.

第二章　诗人：道德人格的典范

　　诗人是这一诗性呼吁的关键人物，诗人不但必须要同纯粹的思想交谈，而且他还必须把纯粹的思想尽量合情合理地用合适的语言表达出来。他的语言必须像画一样，他的诗行必须成方成圆，不仅能看得见，闻得出，还能摸得着。诗人的话题必须是个好故事，而且故事的意义必须抓住纯粹的真理。

　　因此，诗歌的语言是暂时的，但是语言中的象征却是永恒形式的表现，象征就是思想的同义词。"世界被置于下意识中寻找动词和名词，诗人就是能够把它明确表达出来的那种人……我们就是象征，并且占据着象征；工人，工作，工具，词与物，生与死，统统都是标志；然而我们仍然赞同象征，由于我们昏头昏脑地迷恋事物的经济用途，却不知道它们就是思想。"① 相信感觉的人让自己的思想从属于事物，而诗人却让事物服从于自己的思想，诗人运用事物来作为激情的象征。诗人首先设想的是象征，然后才是符合象征的字词，语言是流动的，字词之后的思想却是稳定的：

　　　　诗人通过一种秘而不宣的智力直觉，赋予事物一种力量，使它们原来的用途被人遗忘，使喑哑的无生物变得眼明嘴巧。他发现思想独立于象征，看到了思想的稳固性，象征的偶然性与短暂性……通过那种更好的知觉，他就向事物靠近了一步，看见了流动或变形；发现思想是多种多样的；每一种造物的形态里都有一种力量，迫使这种造物升入更高一级的形态；生命追随着诗人的目光，利用表现那种生命的形态，因此他的言谈也随着自然的流动而流动。肉体结构、性、营养、孕育、出生、成长，这一切事实都是世界通向人的灵魂的象征，为的是在那里产生一种变化，并且再现一种新的更高级的事实。诗人运用形式，依据的是生命，而不是形式本身。这才是真正的科学。②

　　在《诗人》一文中，爱默生指出真理和思想不应该以直白的形式向人们显现，而应该通过诗歌变形的形式展现，直觉和想象力是通往真理的

---

① *The Collected Works of Ralph Waldo Emerson*, 3 Vols. Ed. Afred R. Ferguson et al., Cambridge: Harvard University Press, Belknap Press, 1971, p. 12.

② *The Collected Works of Ralph Waldo Emerson*, 8 Vols. Ed. Afred R. Ferguson et al., Cambridge: Harvard University Press, Belknap Press, 1971, p. 38.

渠道。爱默生希望用语言和音乐驯服万事万物，以把文明开化带入人间的俄尔普斯诗人代替上帝，以诗歌代替基督教的真理，来重建人与自然的和谐。在《诗歌与想象》中，爱默生写道："我听说有一种希望超越，而且必须超越有形或无形世界的所有科学。……我认为斯威登堡和华兹华斯的天才促进了哲学的改革，他们把诗歌还给了自然——还给了自然和思想的融合，消除了它们曾有的分离。"①

爱默生认为，所有的语言曾经都是一件事物或一种行为，将字词从它的起源分离出来，实质上也就是将语言从真理中分离出来："词源学家发现，即便是久已废弃的词汇，曾经也是一幅灿烂的图画。语言就是变成化石的诗歌。"② 诗人们为事物命名，有时依照事物的表象，有时则根据它们的本质，这种能力使诗人成为"命名者"或"语言创造者"。就这样，诗人恢复了真理的本质，找到了语言的源头。

这样，爱默生将诗人比作神："这样诗人就是解救万物的诸神。人们真的获得了一种新的意识，在他们的世界上发现了另外一个世界，或者一系列世界；因为一旦发现了变形，我们就推测它永远不会停止。"③ 诗人是"解放之神"，这个爱默生从柏拉图主义者那里借用而来的词，④ 蕴含了诗人的人道主义精神。诗人带来的第一重解放是语言，诗人通过深刻的洞察力，将语言从僵化固定的状态中解放出来。字词就是思想，诗歌也都早已写好。诗人的第二重解放是普罗大众，诗人将大众从庸常的思想之牢中解放出来。人，处在生命和真理之流的边缘，但却始终无法获得它们。他们习惯于束缚在旧思想中，不愿意主动去获取或接受新思想。"数以千计的人们生活中唯一的诗性事件就是他们的死亡。难怪他们对别人死亡的细节那么津津乐道了。"⑤ 正因为此，诗人才非常有必要打开人们的锁链，

---

① *The Collected Works of Ralph Waldo Emerson*, 8 Vols. Ed. Afred R. Ferguson et al., Cambridge: Harvard University Press, Belknap Press, 1971, p. 37.

② *The Collected Works of Ralph Waldo Emerson*, 3 Vols. Ed. Afred R. Ferguson et al., Cambridge: Harvard University Press, Belknap Press, 1971, p. 13.

③ *The Collected Works of Ralph Waldo Emerson*, 3 Vols. Ed. Afred R. Ferguson et al., Cambridge: Harvard University Press, Belknap Press, 1971, p. 18.

④ John S. Harrison, *The Teachers of Emerson*, New York: Sturgis & Walton Company, 1910, p. 205.

⑤ *The Journals of Ralph Waldo Emerson*, Ralph L. Rusk, editor. 6 Vols. New York: 1939, p. 230.

第二章 诗人：道德人格的典范

将人们从沉闷和陈腐中解救出来，进入新天地，到达伟大真理。一方面，他强调诗人必须有坚实的现实基础，但同时也必须成为"解放之神"，用充满灵感的话语打碎束缚人们思想的传统，成为先知，用充满预见性的视野带领人们走上想象的高峰。这样，诗人就是师法神的第二创造者："真正的诗人事实上是一位第二造物主，一位在天帝之下的普罗米修斯。就像天帝那位至上的艺术家或造形的普遍的自然一样，他造成一个整体，本身融贯一致而且比例合度，其中各组成部分都处在适当的从属地位。"①

诗人与自然的关系，并不像英国浪漫主义那样，诗人是自然被动的观察者。在爱默生的长诗《林中笔记》（*Woodnotes*）中，诗中所描述的作为自然的主动观察者的诗人："这个人……对着影子、色彩、云朵、草地上嫩芽、毛毛虫的尸体沉思。"② 诗中的主人公既是科学家也是自然主义者。但是自然的目的仍然是诗人本身。诗人走进自然的目的就是寻找自己。

正如自然永远处于变易之中，诗人也永远都处在流动当中，因为个体心灵对自然的阐释每次都不同。正如爱默生在未发表的演说《诗人》中所言："自然的功能是无穷无尽的。你认为你已经知道了自然修辞的意义，今天你有了一个新想法。然后，看啊，自然将其自身转化成了那种想法的象征，然后你看着它像蟋蟀唱歌一样不停地唱着……这是河流、岩石和海洋的道德。河流、岩石和海洋说'再猜'。"③

自然对宇宙灵魂的阐释是灵活动态的，诗人对自然的阐释同样也时时处在流动当中。"事情的本质是流动的，一种变形。自由精神不仅与真实的形式合成，也会与可能的形式合成。"④ 诗人的任务就在于合成：自由与准确，事实与形式。这样，诗人能够将我们提高到一个超越感官到达道德和精神真理的平台。

诗人还有另外一个名字，那就是天才（Genius）。在希腊古典时期，

---

① 朱光潜：《西方美学史》上卷，人民文学出版社1974年版，第216页。
② *The Collected Works of Ralph Waldo Emerson*, 9 Vols. Ed. Afred R. Ferguson et al., Cambridge: Harvard University Press, Belknap Press, 1971, p. 92.
③ *The Early Lectures of Ralph Waldo Emerson*, Stephen E. Whicher, Robert E. Spiller and Wallace E. Williams, editors. 3 Vols. Cambridge, MA: The Belknap Press of Harvard University, 1959–1972, p. 159.
④ *The Early Lectures of Ralph Waldo Emerson*, Stephen E. Whicher, Robert E. Spiller and Wallace E. Williams, editors. 3 Vols. Cambridge, MA: The Belknap Press of Harvard University, 1959–1972, p. 159.

天才是具有非凡的洞察力的人，是被神或魔鬼附身的人。此后的几个世纪里，这个概念和宗教联系了起来，于是出现了像先知、使徒、巫师、圣人等用来称呼那些拥有超能力的人。文艺复兴时期，天才更多地与艺术创造力联系起来，如莱昂纳多·达芬奇和米开朗琪罗这类人。但是，直到18世纪，现代意义上的天才才真正诞生。在那批浪漫主义者的眼里，天才犹如上帝和精神，能看清一切真相，是最能运用想象和自由的人。例如，科勒律治认为，天才是一种可以看清自然真实存在的官能，然后以原创力创造出新的组合或变形；天才是具有儿童般视野的成人。天才遵从神圣之源，是道德的；才能（Talent），只是智力健康的表现，才能只能理解天才完全洞察到的真理。

　　天才是一种能透过现象看到本质的能力，在这一点上，爱默生的立场与浪漫主义者们完全一致。然而，由于爱默生的上帝不再是基督教的上帝，爱默生的自然也不再是基督教的自然。上帝变成了"超灵"，自然也成了"超灵"这个宇宙普遍心灵的外化，与之相应，"天才就是能够进入到普遍心灵的人，崇敬它，欣喜地接受它的流溢，服从它"①。不仅如此，他还必须把他从普遍心灵这边汲取到的力量和知识传递给普通大众，因为，天才在这个宇宙间的位置是："天才必须居于上帝（或纯粹思想）与大众的中间地带。他必须一方面从无限的理性中汲取，另一方面要穿透乌合之众的头脑和心灵。从一端他汲取力量，另一端却是他的目标。一端系着真实，另一端连着透明。一极是理性，另一极是常识。"② 在普遍心灵面前，天才们是服从者；而在乌合之众面前，天才们却是犹如神一般的领导者。普遍心灵的全善特质和乌合之众的无知要求天才们必须具备深刻的道德洞察力。1827 年爱默生在日记中记录道："美德与天才之间存在着自然永恒的密切关系"③，这种密切关系是永恒的正面联系。一方面，道德给天才们在这个多变的世界里提供了一个根据地，因此，道德是"天才们建造的地基"④；另一方面，天才都是道德的。天才，不仅"总是站在

---

① *The Selected Lectures of Ralph Waldo Emerson*, edited by Ronald A. Bosco & Joel Myerson, Georgia: University of Georgia Press, 2005, p. 99.
② *The Selected Lectures of Ralph Waldo Emerson*, pp. 61 - 62.
③ *The Journals and Miscellaneous Notebooks of Ralph Waldo Emerson*, William H. Gilman et al., editors. 3 Vols. Cambridge, MA: Harvard University Press, 1960 - 1982, p. 71.
④ *The Journals and Miscellaneous Notebooks of Ralph Waldo Emerson*, William H. Gilman et al., editors. 12 Vols. Cambridge, MA: Harvard University Press, 1960 - 1982, p. 400.

道德的一边"，而且，"纯粹天才的每一部作品……都充满着美，也充满着善和真"①。爱默生说，"在天才的声音之中，我总能听到道德的音调"②，这是因为，最伟大诗篇最终的指向是道德，一流诗人也总是道德的立法者。

小 结

爱默生的"诗人"不是普通意义上的诗人，而是任何一个能独立进行智力思考的个体。爱默生的"学者"不是专业意义上的学者，而是能独立思考，让知识服从思想的人。从这个意义上看，学者和诗人是同一类人。作为时代的代表人物，爱默生的诗人是时代的道德担当。爱默生的诗人是一个中心之人，这是因为，在爱默生的宇宙观里，人处于宇宙的中心，诗人则是中心的中心。其次，爱默生的诗人是一个完整的人。爱默生的诗人与爱默生的美国学者一样，是一个完整的人，是一个各种力量在身上获得均衡的人，是一个没有障碍的人。

爱默生的诗人是解放之神。爱默生认为，诗人站在精神和事物之间，他同属于两边；真正的思想家能看出来其中一者代表了另外一者，世界是灵魂的镜子，而且他的任务就是指出这种联系。诗人是自然与心灵之间的桥梁，通过象征性语言的帮助，他精确地诠释着这两者的完美对应。在认识事物上，诗人比普通人更具远见和广见，在这个过程中，诗人充当着先知或预言家的角色。

爱默生自己一直是以成为这样的"诗人"自期自许的。③ 在爱默生希望成为牧师之前，他就曾有要成为一个诗人的抱负。这是爱默生个人理想

---

① *The Early Lectures of Ralph Waldo Emerson*, Stephen E. Whicher, Robert E. Spiller and Wallace E. Williams, editors. 3 Vols. Cambridge, MA: The Belknap Press of Harvard University, 1959 - 1972, p. 81.

② *The Complete Works of Ralph Waldo Emerson*, Centenary Edition, Edward Waldo Emerson, editor. 10 Vols, Boston: Houghton Mifflin, 1903 - 1904, p. 185.

③ 乔尔·班脱（Joel Bento）的著作《爱默生作为诗人》(*Emerson as a Poet*) 首次将爱默生作为一位诗人进行研究。参见 Joel Bento, *Emerson as a Poet*, New York: M. Holbrook, 1883. 其他将爱默生作为诗人进行研究的著作或文章包括 Elizabeth Luther Cary, *Emerson, Poet and Thinker*, New York: G. P. Putnam's Sons, 1904; Hyatt H. Waggoner, *Emerson as Poet*, New Jersey: Princeton University Press, 1972; Sven Birkerts, "Emerson's 'The Poet'—A Circling", *Poetry*, Vol. 200, No. 1 (April 2012), pp. 69 - 79.

中最长久而且在某种意义上说也是最重要的梦想。爱默生从八岁多时开始作诗，① 大学期间，他是班级诗人，并且随着年岁的增长，对诗和诗歌理论的兴趣与日俱增。他终生爱诗、读诗、写诗，出版过三本自己创作的诗集，编过两本自己喜爱的诗歌选集。1846 年圣诞节时，爱默生的第一本《诗集》（Poem）出版，此集是他三十多年诗歌创作的结晶。在爱默生 64 岁那年，他的第二本诗集姗姗问世，起名为《五朔节及其它》（May Day and Other Pieces）。1876 年，已经步入晚年的爱默生在其女儿艾伦的帮助，出版了最后一本诗集《爱默生诗选》（Selected Poems）。此外，他还编选过一本诗集《帕纳斯》（Parnassus）。

在 1835 年 2 月 12 日给其刚订婚不久的未婚妻莉迪亚·杰克逊（Lydia Jackson）的信中，他这样谈到了自己："我生来就是一位诗人，无疑，是一位低级的诗人，但仍然是诗人。这是我的本性，也是我的天职。我的歌唱相信很嘶哑，很大部分还是用散文写就的。然而，我不仅能洞察而且热爱心灵和事物间的和谐，尤其是心灵和事物间的对应，从这个意义上来说，我仍然是一个诗人。"② 他向莉迪亚解释了在何种意义上他自己可以称得上是诗人："在作为灵魂世界和物质世界中的和谐的觉察者和可爱的爱好者、作为灵魂世界的和谐与物质世界的和谐相互对立关系的觉察者和爱好者这个意义上，我是一个诗人。"③

张爱玲这样评价爱默生的诗歌："他的诗名为文名所掩，但是他的诗也独创一格，造诣极高。"④ 毫无疑问，爱默生确实是一位诗人，从"诗人"的通常意义上是如此，从他自己赋予"诗人"的那种特殊意义上也是如此。从通常意义上的"诗人"来说，爱默生从少年时期就开始写诗，一直写到晚年。从爱默生意义上的"诗人"来看，他用诗性的目光观察着自然与社会，感受它们生命的律动，倾听它们的天籁，并用诗的语言表

---

① 这一节中所指的诗歌并非上述广义上泛指文学的诗歌，而是指狭义上的诗歌，与他的其他文体如随笔、日记相对。

② The Letters of Ralph Waldo Emerson, Ralph Rusk and Eleanor Tilton, editors. 1 Vols. New York: Columbia University Press, 1939–1994, p. 435.

③ The Journals and Miscellaneous Notebooks of Ralph Waldo Emerson, William H. Gilman et al., editors. 4 Vols. Cambridge, MA: Harvard University Press, 1960–1982, p. 341. 这与他在《诗人》篇中对诗人的概述是一致的。

④ 《爱默森文选》，张爱玲译，范道伦编选，生活·读书·新知三联书店 1983 年版，第 6 页。

达自己的思想，然后用"未经人语"的文字与音调把它们的秘密宣示于人。他的许多随笔、演说都是一种广义的"诗"，其中名言警句俯拾皆是。面对美国19世纪的时代问题，爱默生承担起了诗人与道德领导者的角色，他看到了自然中蕴含的真理与道德箴言，并努力地向大众传播这些真理。

在《诗人》一文中，爱默生还谈道：

> 诗人还有一个更加高贵的特点。我指的是他的乐天性格，没有它，谁也当不了诗人——因为美是他的目标。他热爱美德，不是为了它的义务，而是为了它的恩惠。他喜欢世界，喜欢男人，喜欢女人，因为从他们身上闪耀出明媚的光辉。他把美——欢乐的精神——洒遍宇宙。……真正的诗人都以他们坚定欢乐的气质而闻名于世。①

在爱默生身上，这种乐天的性格体现得特别明显。乔治·桑塔亚纳将爱默生称为"明朗的冠军"。② 这个称呼对爱默生来说非常合适。大英百科全书中在"爱默生"词条下面对爱默生的解释也是，一个持明朗哲学的哲学家，即乐天的性格。这不仅仅是爱默生作为个体的特质，也是他作为一个诗人的特质。

诚然，爱默生在道德上是一个合格的诗人，他也希望自己成为那个歌唱美国新经验的"美国诗人"，然而，这样的诗人只是一个遥远的理想，现实中爱默生并没能达到这种理想。在完成《诗人》这篇随笔之后，爱默生在给克里斯托弗·克兰奇（Christopher P. Cranch）的信里写道："我是一个严酷的批评家，要求在我们急速多变的美国出现诗人那几乎不可能的期望。"③ 在《诗歌与想象》中，爱默生也说："当我们称一个人为诗人，且赞誉他的艺术胜利的时候，我们说的是潜在的或理想的人，这种特质目前还没在任何人身上发现。"④

---

① *The Collected Works of Ralph Waldo Emerson*, 3 Vols. Ed. Afred R. Ferguson et al., Cambridge: Harvard University Press, Belknap Press, 1971, p. 24.

② George Santayana, "The Optimism of Ralph Waldo Emerson", *George Santayana's America*, ed. James Ballowe, Urbana: University of Illinois Press, 1967, p. 72.

③ Leonora C. Scott, *The Life and Letters of Christopher P. Cranch*, pp. 65–66.

④ *The Collected Works of Ralph Waldo Emerson*, 8 Vols. Ed. Afred R. Ferguson et al., Cambridge: Harvard University Press, Belknap Press, 1971, p. 26.

在美国出现惠特曼以前，德国已产生了伟大诗人歌德，英国有莎士比亚、弥尔顿和华兹华斯。当代的美国诗人中，除了惠特曼，在爱默生看来，在思想和形式上都偏于传统，无法跻身永恒的诗人行列。"钱宁博士是一个极其正直的人，他有极强的表达他的正义感的能力，所以他堪称国家的道义良知，他对国家的价值怎么估计也不为过。"① 但作为诗人，钱宁却并没能达到爱默生的诗人标准。

爱默生希望的诗人是那种将美国从欧洲的历史重压之下解放出来的诗人。美国有全新的环境，能激发全新的想象与创造。美国独特的树桩演说政治，美国的渔业，美国的黑人和印第安人，北方的贸易，南方的种植，西部的开垦，俄勒冈和得克萨斯，这一切的一切，仍然未受到歌唱。"在我们的心目中，美国就是一首诗；它广阔的幅员使想象眼花缭乱，等不了多久，美国就会被诉之于音律。"原始而美丽的美国等待着诗人的原始力量来讲之歌唱。然而，让爱默生失望的是，然而，他却总是担心"美国天才的匮乏"。在美国，这样的一个诗人还未出现：

> 我徒然地寻找我所描写的诗人。我们评述生活既做不到浅显明白，也做不到博大精深，我们也不敢歌颂我们自己的时代和社会环境。如果我们给时代充满了勇气，我们就应当理直气壮地赞美它。时间和自然给了我们许多礼物，却没有给万物企足而待的顺应时势的人，新的宗教和调解人。……在美国，我们还没有目光如炬的天才：能知道我们无与伦比的素材的价值。②

爱默生也曾试图为这种失败寻找合理化的借口，借用黑格尔的术语，爱默生将这种失败归结为广阔历史潮流的自然结果："革命之后的美国历史乏善可陈，因为从那时开始，它拥有比世界上任何国家都更好的管理政府，更好的宗教、道德、政治、商业繁荣的环境。随着世界变得更好，历

---

① The Collected Works of Ralph Waldo Emerson, 10 Vols. Ed. Afred R. Ferguson et al., Cambridge: Harvard University Press, Belknap Press, 1971, p. 346.
② The Collected Works of Ralph Waldo Emerson, 3 Vols. Ed. Afred R. Ferguson et al., Cambridge: Harvard University Press, Belknap Press, 1971, p. 21.

史也将会变得越来越无趣。"①

诗人是与他的时代和国家声应气求的一颗心,他充满了最重要的信仰,指向最坚定的目标,是这个地球上新的亚当,然而,他仍未在美国真正的产生。

---

① *The Later Lectures of Ralph Waldo Emerson*(1843－1871),Ronald A. Bosco and Joel Myerson,editors. 3 Vols. Athens and London:The University of Georgia Press,2001,p. 42. 一方面,爱默生不满意现实,要去为改造现实而进行斗争;另一方面,他有没有能力去改造现实,而不得不回过头来,与现实相妥协,并在某些方面去为现实进行辩护。

第三章

创作：伦理准则的体现

诗人解读自然象征的过程也就是诗歌创作的过程，诗歌虽然是诗人"想象性的创造"，但这个创造的过程却有一定的伦理准则，这个过程包括三个阶段：道德的感知、象征的语言、有机的形式，诗人通过道德的感知，用象征的语言将想象和经历的事实融合成一个有机的整体，这就是诗歌的创造。伦理的标准也体现在诗歌创作的每一个阶段。

诗人首先通过道德感知，尤其是通过知性和理性的双重认识，然后再通过灵感，直觉，想象，对事物形成一种诗性的道德感知；其次，诗人必须用象征的语言去表述流动不居的自然和经验；至于诗歌的形式，爱默生认为，诗歌的语言、过程和结构三者都必须是有机的。

第一节 道德的感知

爱默生对心灵感知和道德真理的理解可以一直上溯到古希腊的亚里士多德。在亚里士多德的概念里，感知是一种伦理能力。这种能力是实践智慧的核心，它不仅是做出正确行动的前提，其本身也是一种具有伦理价值的活动。[①] 在后来的英国经验哲学中，众多哲学家试图通过实验对心灵的组成和活动过程分析来确立认识的本质与局限。例如，培根就把诗歌作为学问的一部分纳入人类知识的领域之中，认为诗只有参照想象的活动才能解释。霍布斯在其哲学思考中也对感觉经验、记忆、幻想等在作诗过程中的

---

① Martha C. Nussbaum, *Love's Knowledge: Essays on Philosophy and Literature*, Oxford: Oxford University Press, 1990, p. 37.

作用有过相关论述。而在洛克的体系中,心灵是被动的,不能进行创造。沙弗兹伯利是洛克的学生,他坚决反对洛克关于人心只是一张白纸,一切知识都只是感官印象的拼凑的观点。在沙弗兹伯利看来,这种观点只能使人类社会所需要的道德在人性中找不到根基。他认为人天生就有分辨善恶和美丑的能力。这种能力,按照沙弗兹伯利的说法,就是"内在的感官""内在的眼睛""内在的节拍感",人作为能够反映大宇宙的小宇宙,就在于人心中善良品质所组成的和谐或"内在节拍"所反映出的大宇宙的和谐。

爱默生1823年进入哈佛神学院就读后,受到苏格兰常识学派哲学家道格德·斯图尔特的影响,认为人做出道德判断的能力既是天生的又是普遍的。人天生就具有判断对与错的官能,爱默生对此信条深信不疑。对他而言,心灵(意识)毫无疑问是道德的,作为道德宇宙里的意识,根据道德原则而产生的感知(perception)这一行为,也是道德的。"道德情感"是人与生俱来的,人天生就是道德的。人的心灵不是感官传达的信息的被动接收者,心灵其自身是一个积极的、有力的、创造性的媒介,是每个人肩膀上的神性芯片。[①] 爱默生1838年在《人类生活》的演讲系列中提到了这个心灵的信条,他写道:"一切的一切都表明人的心灵虽不是器官,却起着让所有器官充满生命力和活力的功能……(它)不是能力而是领悟……(它)不是智力或愿望,而是智力和愿望的主宰。"[②]

真理分为两种,一种是直觉性的真理,另一种是通过感官观察到的真理。在1826年的一则日记中,爱默生指出,尽管"我们对道德真理的感知是直觉性的……我们却并不是天生就具有美德的概念"[③]。因此,我们能很快就辨识美德或罪恶的行为,这种辨识力不是智性官能的结果,而是经验的结果;而对道德真理的"直觉性"辨识是内在"道德情感"的结果。爱默生承认感官的印象,承认这些印象间的一致性与它们的功能与美观。用他自己的话说,他绝对不拒绝感官的事,但他也不只看到感官事实。他承认这张桌子、这把椅子以及房间里面这面墙的存在,但是他把这些东西看

---

① Laura Dassow Walls, *Emerson's Life in Science: The Culture of Truth*, Ithaca and London, Cornell University Press, 2003, p. 5–6.

② *The Early Lectures of Ralph Waldo Emerson*, Stephen E. Whicher, Robert E. Spiller and Wallace E. Williams, editors. 3 Vols. Cambridge, MA: The Belknap Press of Harvard University, 1959–1972, pp. 15–16.

③ *The Journals and Miscellaneous Notebooks of Ralph Waldo Emerson*, William H. Gilman et al., editors. 3 Vols. Cambridge, MA: Harvard University Press, 1960–1982, p. 21.

作是挂毯的另一面，看作是另一头，两者都是精神事实的一部分。爱默生既不否认感官印象，也不否认精神事实，事实上这两者在心灵中是统一的。

与感知直接相关的"眼睛"（Eye）在爱默生的作品中是一个非常重要的意象，而视力（Sight）则是一种十分关键的感官能力。马西森在《美国的文艺复兴》中称爱默生"几乎全神贯注于观看（seeing）"；李·拉斯特·布朗（Lee Rust Brown）1990年在他的文章《爱默生式的透明》（Emersonian Transparency）中也有类似的评论："任何一个阅读爱默生的人必然会了解他对视觉感知（visual perception）范式的强调。"大卫·约克卜森（David Jacobson）在其著作《爱默生的实践视野》（Emerson's Pragmatic Vision）中认为，"去行动，在爱默生那里，主要意味着去看，使事物变得可见"①。

爱默生的第一部著作《论自然》就是一本有关感知（Perception）与视野（Vision）的书，此书包括感知的过程和感知的功用。整本书以视力和观看的比喻开始："我们的时代是怀旧的（retrospective）。……通过他们的眼睛（eyes）与之沟通"；② 以视力和观看的比喻结束：在最后一章《远景》（Prospect）的最后一段，"他的惊喜之情就如同一个盲人（blind man）逐步恢复视力（sight），终于重见天地之光明。"③ 中间的几个章节则依次诉诸读者的感官、知性、理性。在提出"透明的眼球"之后，爱默生在第六章《理想主义》中转到了理性的眼睛：

> 我们愚钝昏暗的眼睛才开始闪出美妙的光彩，精确地看见了事物的鲜明轮廓与灿烂外表。当我们睁开理性的眼睛时，事物的轮廓与外表立即增添了优雅与丰富的意义。这种感觉出自想象力和感情，在某种程度上减少了事物棱角分明的特征。假如我们把理性上升到一种更为诚挚的境界，事物的轮廓和外表会变得透明，若隐若现，而我们可以从中见出事物的原因和精神的支配力量。④

---

① 参见 Christopher J. Wondolph, *Emerson's Nonlinear Nature*, Columbia, Missouri: University of Missouri Press, 2007, pp. 8-9.
② *The Collected Works of Ralph Waldo Emerson*, 1 Vols. Ed. Afred R. Ferguson et al., Cambridge: Harvard University Press, Belknap Press, 1971, p. 7.
③ *The Collected Works of Ralph Waldo Emerson*, 1 Vols. Ed. Afred R. Ferguson et al., Cambridge: Harvard University Press, Belknap Press, 1971, p. 45.
④ *The Collected Works of Ralph Waldo Emerson*, 1 Vols. Ed. Afred R. Ferguson et al., Cambridge: Harvard University Press, Belknap Press, 1971, p. 30.

从视力（sight）到洞察（insight），爱默生在《论自然》这部书中完成了人的精神成长和自我实现的全过程。在《诗人》一文中，爱默生再一次提到了诗人对外界的感知能力：

> 据说林扣斯的眼睛能看穿地球，同样，诗人能把地球变成玻璃球，向我们展示处在自己适当的序列中的玩物。因为通过那种更好的知觉，他就向事物靠近了一步，看见了流动或变形；发现思想是多种多样的……这种洞见……是一种非常高明的眼光，通过研习是得不到的，它只能靠位于某处的智能及所见来获得，靠通过某些形式来共用事物的轨道或线路，从而使这些事物对别的事物显得容易了解来获得。①

在另一则日记的片段中，爱默生将诗性感知称为"唯一的真理"，因为诗性真理是"从内部"实现的：

> 诗歌是唯一的真实。华兹华斯曾说他的颂诗是诗歌，但是他不知道它是唯一的真理。……诗人看见星星，因为他创造了它们。因为洞察力创造了它们。我们只能看到我们所创造的东西，我们所有的欲望都是有创造力的。洞察力有其自身的命运。当我们朝内看使用这一切，就好像心灵创造了这一切，我注意到诗歌自然而然的就产生了，或者说一切都变成诗歌。②

诗性感知是心灵透视自然、抵达真理的一种能力，它由内而外，由我们的主观意愿决定。心灵的这种透视能力与自然相通，诗人通过这种能力看到的是真实和完整的自然。在这方面，诗人的道德感知的方法优于哲学家的逻辑推理和理性分析："诗人看到整体，避免分析……诗人活在自然中，他永远相信；而哲学家，经过一阵斗争之后，就只相信理性了。"③ 因而，相比哲学

---

① *The Collected Works of Ralph Waldo Emerson*, 3 Vols. Ed. Afred R. Ferguson et al., Cambridge: Harvard University Press, Belknap Press, 1971, pp. 11–12.

② *The Journals of Ralph Waldo Emerson*, Ralph L. Rusk, editor. 8 Vols. New York：1939, p. 321.

③ *The Complete Works of Ralph Waldo Emerson*, Centenary Edition, Edward Waldo Emerson, editor. 12 Vols, Boston: Houghton Mifflin, 1903–1904, p. 14.

家,诗人更值得我们尊重,因为在诗人的诗行中蕴藏了关于自然和我们自身的一切真理,而这些是从哲学家的论述中无法得到的:"一切论据和一切智慧并不在百科全书里,不在形而上学论中,不在'神学大全'中,而在十四行诗或戏剧中。"① 总之,"一切事物都应该诗性地处理,——法律、政治、家务、金钱。一个法官和一个银行家必须诗性地处理一切工作,舞蹈家和作家也一样。也就是说,他们必须运用最高的视野让观察对象变得流溢轻盈。然后他们成为了发明家,觉察到了事物的本质"②。

　　诗人对外界诗性的道德感知离不开知性和理性。把人的认知能力区分为知性和理性,在西方哲学尤其是德国哲学中有着深厚的传统。德国浪漫主义哲学和文学的先行者康德在《纯粹理性批判》中区分了知性和理性两个概念,认为知性只能认识为人所经验的东西;但是理性力图超出知性的界限,试图思考超感性的东西、在知觉中没有对象的东西、仅仅为人所思维的东西。③ 爱默生通过英国作家科勒律治,从德国哲学家康德那里借用了"知性"和"理性"这一对范畴。理性追问的是在人的意识中,什么是超验的,它包括上帝、道德、自由这些抽象的概念,指向的是某种确证或同一(Identity or Unity)。理性的任务是进入超感觉的领域,直接面对自然,领悟自然背后的真、善、美,它是个体可以超越经验洞察到精神真理的官能;而知性涵盖的则是人类日常生活中的感官经验和知识,它指向的是具体和多样(Variety or Particularity),用以发现世界的实践真理。理性高于知性并统摄知性。爱默生 1833 年在日记中写道:"心灵的第一哲学,就是区别实质和表象……理性,看到物体潜在的功能并肯定这种功能是此物体的永恒特质。知性,一方面听从理性,做出肯定的判断,另一方面听从感官,做出否定的判断,只好采取中间立场。天堂就是在知性的基础上对理性观念的投射。"④

　　受科勒律治的影响,爱默生在心灵内部区分了理性和知性两种能力。他最初是从科勒律治的著作《反思之助》中了解到心灵的这两部分的官能。在那本书中,科勒律治将理性归为"思考或科学的力量";知性作为理性的

---

① The Selected Lectures of Ralph Waldo Emerson, p. 451.
② The Journals of Ralph Waldo Emerson, Ralph L. Rusk, editor. 5 Vols. New York: 1939, p. 358.
③ 《纯粹理性批判》,邓晓芒译,杨祖陶校,人民出版社 2004 年版,第 305 页。
④ The Journals of Ralph Waldo Emerson, Ralph L. Rusk, editor. 3 Vols. New York: 1939, pp. 235 – 36.

附属品,"具有用来证明和分析理性洞察力的话语力量"①。爱默生充分吸收了科勒律治的这个观点,并且把这二者的区分抬到了神学和生命的高度:"有很多术语用来指出理性和知性之间的反作用,根据发言者的文化水准,这些术语或多或少都有一定道理。对这两者间区分的准确感知是所有神学和生活理论的关键。"② 在给弟弟爱德华的信里,爱默生写道:

> 你知道弥尔顿、科勒律治和德国人对理性和知性的区分吗?……理性是心灵最高的官能,我们经常用来指代心灵自身:它从来不理论,从不证明;它只是简单地观察,它就是观察力。知性一直都在辛勤劳作,它比较、谋划、增添、争论;虽然目光短浅但却目光坚定,它只存在于当下、权宜与惯常。③

英国思想史家巴兹尔·威力(Basil Willey)准确地概括了理性与知性这两者的差别:理性是"超感觉的器官";知性是我们归纳和整合感知现象的能力。理性的知识统一地考察整体的法则;知性是"现象的科学"。理性追寻终极目标;知性研究达到目标的手段。理性是"超越感官的真理的本源和实质";知性是"凭感官"来判断的能力……知性有其广泛而合理的作用范围:在测试、分析、分类和其他一切自然科学的方法中必然要用到它……当它侵犯只有理性才起作用的领域时,易言之,当它企图把有限的理论变为绝对的法则,把实验的技术或分类的方法误作对现实的最完备的解释时,它就不可靠了。④

理性感应的是理念的世界,知性对应的则是通过感官感受的外在世界。知性的功能是心灵的训诫,理性的功能则在道德领域。理性是能够直接洞察到事物真理的官能,是对宇宙间道德秩序的直觉性揭示,理性肯定了法则的道德本性,理性是心灵之眼。爱默生认为:"自然界中的每样事物都对应着一种道德力量,如果有一种现象仍然处于黑暗蒙昧的状态,那

---

① *The Collected Works of Ralph Waldo Emerson*, 9 Vols., pp. 223–224.
② *The Journals of Ralph Waldo Emerson*, Ralph L. Rusk, editor. 3 Vols. New York: 1939, p. 237.
③ James Elliot Cabot, *A Memoir of Ralph Waldo Emerson*, Vol. I. Boston: Houghton, Mifflin and Company, 1887, p. 218.
④ Basil Willey, *Nineteenth-Century Studies*, *Coleridge to Matthew Arnold*, London: Chatto and Windus, 1949, p. 29.

是因为观察者身上相应的官能还没活跃起来。"① 爱默生的一则日记中解释了这种特殊的感知:"每个人都可能,某部分人确实能够,提升到一个越过感官到达道德和精神真理的阶段;当他不再将雪看作雪,将马看作马,而只是把它们看作是它们所代表的内在事实。"②

直觉(浪漫主义视野下一个很重要的因素)是爱默生的指导原则。它是一种无所不包的力量,它虽然起源于人的生理需求,但能够逐渐上升到思想和道德领域:"直觉从一个很低的点开始,从地球的表面开始,为满足人类的基本需求工作;然后一步一步地上升到思想和道德法则的表达。"③

爱默生在很大程度上预见了后来的美学家克罗齐的表现主义批评(Expressionist Criticism)。克罗齐认为,读者一定能欣赏文学作品,因为批评和认识某物为美的判断,与创造那美的活动相同,都是直觉。唯一的差别只在情境上:一是审美的创造,一是审美的再造。简单地说,克罗齐认为创造美和鉴赏美都是直觉的活动,而且,审美即是一种再创造,性质和作者创作作品并无不同。

爱默生认为,在诗歌中,"如果想法不是自然而然地产生,那它根本来的就不对"④。诗人通过直觉,"能看到思想,并能说出必然和偶然"⑤。因为他能够深入到空气就是音乐的那种境界,能够通过他那灵敏精巧的器官,听到那些原始的颤音。

> 直觉,在那种深邃的力量,也就是无法分析的终极事实中,万事万物发现了它们共同的根源。因为生存感在静谧的时刻从心灵里冉冉升起,我们却不知不觉;它跟万物,跟空间,跟光,跟时间,跟人不仅没有什么不同,反而跟它们合而为一,而且,显而易见也是从它们的生命与存在所产生的同一个根源上产生的。……这就是行动和思想的基点。这就是产生赋予人智慧、只有不信上帝和无神论才予以否认

---

① *The Collected Works of Ralph Waldo Emerson*, 3 Vols. Ed. Afred R. Ferguson et al., Cambridge: Harvard University Press, Belknap Press, 1971, p. 15.
② *The Journals of Ralph Waldo Emerson*, Ralph L. Rusk, editor. 8 Vols. New York: 1939, pp. 520 – 521.
③ *The Complete Works of Ralph Waldo Emerson*, Centenary Edition, Edward Waldo Emerson, editor. 12 Vols, Boston: Houghton Mifflin, 1903 – 1904, p. 82.
④ *A Memoir of Ralph Waldo Emerson*, Vol. I, pp. 294 – 5.
⑤ *The Collected Works of Ralph Waldo Emerson*, 3 Vols. Ed. Afred R. Ferguson et al., Cambridge: Harvard University Press, Belknap Press, 1971, p. 8.

的灵感的肺。我们躺在无边的智能的怀抱里,它使我们成为它的真理的接受器和它的活动的器官。当我们发现正义、发现真理时,我们不主动做任何事情,而只是让它的光辉通过而已。①

直觉感知到道德真理并能够找到恰当的形式表达出来。因此,直觉是从精神形式或意象到具体的形式存在的转换过程。这种转换是即时的,也或许是一个缓慢的过程。这种从视察力到具体字词的文章的转换过程通过灵感得以实现。灵感是直觉的活性剂。直觉观察到的真理通过灵感的捕捉,得以形成可见的具体文章。

诗的灵感说历史悠久。柏拉图在《伊安》篇中借苏格拉底的话讲道,一切优秀的诗人,"并非通过艺术作出了优美的诗,而是因为他们得到了灵感,着了魔……上帝就是诗中说话的人,他……通过那些诗篇同我们交谈"②。此种观点由于把心灵现象解释为某个超自然生物的意志使然,到 17 世纪后半叶便不再受欢迎。但进入浪漫主义世纪之后,灵感说再度成为诗歌创作的解释,只是外在的神已经变成诗人的心灵,灵感不再从外而来,而是生自内心。在《灵感》这篇随笔中,爱默生解释道:

> 如果一个自然现象不能传达一种与其精神体验一致的事实,那诗人就看不到这个自然现象。他意识到一种继续并且完成自然事实向精神事实变形的力量。我们第一次听到的所有事情都是心灵有所期待的;心灵也期待着最新的发现。在心灵中我们把这种放大的力量称为灵感。我相信没有伟大和持久的事能够完成,除了通过灵感,通过对这种秘密预言的依赖。③

与灵感学说密切相关的是天才与才能的区别。这两个名词在浪漫主义运动中备受争议。尽管爱默生对这两个词的区别与正统的浪漫主义的区别

---

① *The Collected Works of Ralph Waldo Emerson*, 2 Vols. Ed. Afred R. Ferguson et al., Cambridge: Harvard University Press, Belknap Press, 1971, p. 37.
② [古希腊]柏拉图:《柏拉图文艺对话集》,朱光潜译,人民文学出版社 1963 年版,第 8—9 页。
③ *The Collected Works of Ralph Waldo Emerson*, 8 Vols. Ed. Afred R. Ferguson et al., Cambridge: Harvard University Press, Belknap Press, 1971, p. 271.

大相径庭，他仍然保留了浪漫主义的基调。天才是神意的注入，是灵感通过智力（Intellect）工作，而不是通过意志或情感。另一方面，当智力依靠自身力量，而不是神性的媒介时，那就是才能。天才的眼光注视着原因，进行着从内而外的分析，而才能则是由外而内。天才是有机的，它是灵魂的有机，因而也意味着人和事物的同一；而才能最多是个旁观者，甚至有时仅仅充当第三者。

除了直觉与灵感，想象也是道德感知和视察必不可少的一个要素。想象是心灵赋予直觉感知到的真理以形式的品质。对于文艺创作中的想象观这一问题，历代思想家都对此进行过讨论。代表人类思想发展童年时期的柏拉图哲学把想象看作是认识过程四个阶段（想象—信念—理智—理性）中最低级的一个阶段，即想象是感性的影像。正是在这种想象观的引导下，诗人被理想城邦放逐。这种想象观在西方思想史上长期占据统治地位，直到启蒙时期的康德才有了新的认识。康德把想象力分为两种：一是"再生的想象力"（reproducktive Einbildungkraft），一是"创造的想象力"（produktive Einbildungskraft），第一种想象力是指回忆或联想的能力，第二种想象力是指一种能将知性和感性直观联结起来的能力。康德的想象观打破了柏拉图对感性世界与理念世界的划分，想象将这二者联系起来。①

---

① 想象与联想有关，因此在有些哲学家的论述中想象便几乎成了同情的同义词，它变成一种推己及人的力量，由此，想象也变成了宣传道德的工具。休谟和亚当·斯密的想象观就是如此。休谟与斯密一样，都反对当时流行的"道德情感"学说，而把同情看作是道德意识的基本事实。在休谟的道德理论中，同情别人的快乐和痛苦被设定为一个终极事实，而斯密还打算比休谟更确切地说明同情如何变成道德的验证，一个旁观者可以富于想象地进入另一个人的感情心态之中，这便是同情。这种由想象完成的"同情心"的重大优点，就是它承认社会因素在道德中的重要性，承认同情是这种社会因素借以发挥作用的手段。道德与想象这两者互相联系，且两者都与人类的同情心有关。从17世纪起，道德就表示责任与义务的范畴。想象则意味着非当下非此刻的世界的事或物。道德关心的是现实，目标通常都是可信的；而想象，在16—17世纪，它主要的含义是指一种夸张或不可靠的头脑官能。这就是西德尼和培根所说的想象。培根在《学术的进展》中提出，人的心灵"就像一面被施了魔法的镜子，充满了迷信与欺骗"。参见 Francis Bacon, *The Advancement of Learning*, edited by Joseph Devey, New York: P. F. Collier and Son, 1901, p. 30. 霍布斯将想象定义为"衰退的感官"（decaying sense），而且，在《利维坦》开头那极短的定义中，并没有发现对道德的定义，而只是简单地把良心归纳为两种或多种意见的统一。这样一来，良心和想象同样不可靠。浪漫主义者们将想象看作是一种道德力量，它的作用等同于良心或道德情感。而且，想象不仅仅是一种创造美的力量，更是一种能够直接直觉到真理与善的力量。想象既是对价值的"感知"，也是价值的创造。

第三章 创作：伦理准则的体现

在爱默生的感知系统中，想象附属于理性，想象为理性服务。在理性的作用下，想象的创造性力量符合道德本性的法则。理性，是反思性的力量，而想象，则是创造性的力量，两者在诗人身上达到完美的平衡。在《诗人》一篇中，爱默生称，"想象也许可以定义为，理性对物质世界的使用"①。想象是诗人透过现象看到事物本身的意义的手段，诗人的洞察力通过想象才得以表达，想象是"一种非常高明的眼光，通过研习是得不到的，它只能靠位于某处的智能所见来获得，靠通过某些形式来共用事物的轨道或线路，从而使这些事物对别的事物显得容易了解来获得"②。爱默生描述了"想象的两种力量，一种是知道事物的象征特性，将事物看作是代表性的；另一种……实际上就是一种意象的顽强性，它会粘住事物而不放手"③。爱默生这里谈到的两种想象的区别也来自于科勒律治。科勒律治在《文学生涯》中区别了两类想象：

> 第一种想象，我认为是所有人类感知的活生生的力量与主要的中介，是在有限的心灵中对存在于无限的我之存在的永恒创造性活动的一种重复。第二种想象，我把它当作是第一种想象的回声。……为了再创造，它分解、弥漫、扩散；当这一过程不再可能时，它依然奋力去理想化和统一。它在本质上是生机勃勃的，尽管所有的物体基本上都是固定的和死亡的。④

科勒律治对这两种想象的区分与康德将想象区分为生产性的想象和非生产性的想象有异曲同工之处。与想象创造性的力量相比，科勒律治的幻

---

① *The Collected Works of Ralph Waldo Emerson*, 1 Vols. Ed. Afred R. Ferguson et al., Cambridge: Harvard University Press, Belknap Press, 1971, p.31.
② *The Collected Works of Ralph Waldo Emerson*, 3 Vols. Ed. Afred R. Ferguson et al., Cambridge: Harvard University Press, Belknap Press, 1971, p.26.
③ *The Collected Works of Ralph Waldo Emerson*, 1 Vols. Ed. Afred R. Ferguson et al., Cambridge: Harvard University Press, Belknap Press, 1971, p.37.
④ Coleridge, *Biographia Literaria*, pp.177-78. 在中世纪和文艺复兴时期，"幻想"和"想象"这两个词基本上是同义词，没有意义上的差别；16—17世纪古典主义理论家还沿袭这种用法。但是，早在中世纪后期，已出现了对这两个词的区分："幻想"指高级的、富于创造性的想象，而"想象"则指低级的幻想或梦想，在后来的浪漫主义理论里，这个区别被肯定下来而普遍推广；但科勒律治在《文学生涯》中的用法则恰恰相反，他用"想象"指高级的想象，而以"幻想"指低级的幻想。参见刘若端《十九世纪英国诗人论诗》，第112页。

想则完全是机械式的:"幻想不过是从时间和空间的秩序中解放出来的一种记忆模式。"① 科勒律治对想象和幻想的区分:"幻想和想象的区分对我来说是种类的区分。幻想聚集;想象生动。幻想把世界当作它本来的样子,通过明显的关系选择合意的组合。想象是洞察力(Vision),它把世界当作是一种象征性的存在,它能够洞察到象征的真正含义。它把所有外在的物体看作是类型。"② "想象"是一切人类知觉的活力与原动力,而"幻想"只不过是摆脱了时间和空间的秩序的拘束的一种回忆。为了强调想象的重要性,英国诗人布莱克曾经宣称,只有一种能力才可造就一位诗人:那就是想象和神性的视察力。

爱默生对想象和幻想的区分是:幻想是表面的,仅供娱乐;想象是对思想和事物间真实联系的洞察与肯定。想象,能够看到事物背后的意义。想象不同于幻想,幻想是表面的,只供娱乐;而想象是对想法和事物之间真实联系的一种洞察和肯定。

在随笔《诗歌与想象》③ 中的第二部分"想象"中,爱默生展现了想象的重要性。"常识看事物,看到事物的表象即认为它是最终的事实;诗歌,或者是主宰诗歌的想象,是第二视野,能透过事物的表象,而且将这些表象作为它们象征着的思想的字词。"④ 爱默生也区分了有丰富想象力的心灵与想象力贫乏的心灵,有丰富想象力的心灵使事物符合思想,想象力贫乏的心灵使思想符合事物。这里,爱默生其实是在呼应培根《学术的进步》中他最爱的一句话,那就是诗歌"通过使事物的表象服从心灵的欲望来培养和提升心灵;而理性则使心灵臣服于事物的本质"。⑤ 想象力丰富的心灵"视所有的自然为流动的,并将自己的特性刻于事物之上";而想象力贫乏的心灵则"视自然为固定不

---

① 《十九世纪英国诗人论诗》,第112页。
② 《十九世纪英国诗人论诗》,第112页。
③ 《诗歌与想象》这篇文章由爱默生的女儿爱伦·爱默生(Allen Emerson)和詹姆斯·卡博特(James Elliot Cabot,爱默生晚年的工作助手)编辑而放入《书信与社会目标》(1876)一书中出版,内容包括1841年发表的演讲《诗人》、1847—1848年发表的《诗歌与雄辩》和1854年发表的《诗歌与英语诗歌》。
④ *The Collected Works of Ralph Waldo Emerson*, 8 Vols. Ed. Afred R. Ferguson et al., Cambridge: Harvard University Press, Belknap Press, 1971, pp. 9 – 10.
⑤ *The Early Lectures of Ralph Waldo Emerson*, Stephen E. Whicher, Robert E. Spiller and Wallace E. Williams, editors. 1 Vols. Cambridge, MA: The Belknap Press of Harvard University, 1959 – 1972, p. 162.

变的"。①

语言有两种使用方法，一种是遵循传统，另一种是随着思想流动的语言，这种能使语言流动的官能，爱默生称之为想象：

> 所有的反射都告诉我们物质世界严格的象征特点。观察和使用这些象征是诗人的职责所在。诗人将地球、土地、海洋、太阳以及动物转化成思想的象征；他使外在的创造物从属于思想，甚至是将之变成一种方便表达思想和情感的字母表。心灵的这种行为或洞见被称为想象。想象是心灵活跃的状态，在这种状态下，它促使事物服从思想的法则；用一种专制的方式使事物显出本来的形象，并将事物的思想置于世界的中心。②

在爱默生的语言理论中，想象使精神能够被事物所象征，这是对传统的一种革命。莎士比亚是此种能力中的翘楚诗人："莎士比亚比任何其他人都更具有这种诗人必备的天赋，即，想象的力量，……这是一种所有人都或多或少具备的力量。"③

想象，不仅使精神能够被事物所象征，通过想象，更高级的自我或理想的自我也能够被设想出来。这个，在爱默生这里，成了想象的真正的功能。爱默生认为，我们通过我们的想象而生活。而最高类型的想象是伦理的，是人本主义。他指出，弥尔顿作品中的想象就是这种类型的体现：

> 他与心灵中所有卓越而崇高的形象，与人类的最高的利益产生共鸣。据此，我们可以更准确地说，仅仅只有少数人，而在他之后的时

---

① *The Early Lectures of Ralph Waldo Emerson*, Stephen E. Whicher, Robert E. Spiller and Wallace E. Williams, editors. 1 Vols. Cambridge, MA: The Belknap Press of Harvard University, 1959–1972, p. 291; *The Collected Works of Ralph Waldo Emerson*, 1 Vols. Ed. Afred R. Ferguson et al., Cambridge: Harvard University Press, Belknap Press, 1971, p. 31.

② *The Early Lectures of Ralph Waldo Emerson*, Stephen E. Whicher, Robert E. Spiller and Wallace E. Williams, editors. 1 Vols. Cambridge, MA: The Belknap Press of Harvard University, 1959–1972, p. 224.

③ *The Early Lectures of Ralph Waldo Emerson*, Stephen E. Whicher, Robert E. Spiller and Wallace E. Williams, editors. 1 Vols. Cambridge, MA: The Belknap Press of Harvard University, 1959–1972, p. 289.

代里没有人，对人性的特点具有如此深刻的洞悉。他比任何人都更好了完成了每一个伟大人物的职责，那就是，提升人的价值，并将人的观念植入到同代人和后辈人的心灵中，依照自然描摹出人类生活，展现出人的高贵、力量和美德，这些，从来没有诗人描摹过，也从来没有英雄如此生活过。多亏了弥尔顿，那些年代的人性才有了精准的刻画。①

这种伦理式的想象在耶稣身上也有体现。耶稣身上的伦理想象高度发达，他几乎可以被视作为完美的人，是理想的人的化身。然而爱默生仍然认为耶稣还不够完美，他身上缺少一种高贵的品质（这种品质可以在古希腊人身上看到），那就是一种乐天的品质，对自然科学的热爱，以及对艺术的热爱。"我在他身上看不到苏格拉底，看不到拉普拉斯，看不到莎士比亚。完美的人应该使我们想起所有伟大的人。"② 与希腊人文主义精神一致，爱默生希望一种可以将人性提高到"精神的高贵与尊严的新高度，而没有任何力量的损少"的模式，他在耶稣的身上没有看到这种品质，反而在希腊雕像上看到了一种渴望与克制的结合。从这个意义上去理解，想象居于人性的伦理中心，促使人朝着完整的人、完美的人而努力前进。

第二节　象征的语言

所谓象征，是指使用具体的意象和符号来表达抽象的观念与情感。象征（Symbol），来自希腊动词"Symballein"，意指"汇集"（to put together）；其名词则是"symbolon"，指以具体的事物或形象来间接地表现抽象的观念，用以代表或暗示某种事物。象征，与标志（Sign、Emblem）、隐喻（Metaphor）或讽喻（Allegory）的意义相同，但也有人认为不同。在爱默生的语境和本论文中，这些都属于同义词。中世纪时，象征和象征的

---

① *The Early Lectures of Ralph Waldo Emerson*, Stephen E. Whicher, Robert E. Spiller and Wallace E. Williams, editors. 1 Vols. Cambridge, MA: The Belknap Press of Harvard University, 1959 – 1972, p. 149.

② *The Journals and Miscellaneous Notebooks of Ralph Waldo Emerson*, William H. Gilman et al., editors. 5 Vols. Cambridge, MA: Harvard University Press, 1960 – 1982, p. 22.

解释才成为一种学说，如对《圣经》的解读。到16世纪文艺复兴时，在两位神秘主义者——德国的雅各布·波墨（Jakob Boehme）和瑞士的伊曼纽尔·斯威登堡——的影响下，从象征中发展出了对应学说。对应学说的核心就是将外在的世界看作一个象征系统，它用物质形式揭示了精神世界。到浪漫主义时期，认为自然就是上帝或精神的形象语言的观点成为诗歌中的主流，但与波西米和斯威登堡不同的是，浪漫主义者认为物质世界和精神世界是互相融合的，而不仅是象征和被象征的关系；而且，象征的含义也不再是固定的，而变得更加含混。象征主义在浪漫主义文学中随处可见。

尽管象征主义作为一个文学流派到19世纪70年代才渐渐崛起，但早在19世纪30年代，爱默生就在其著名作品《论自然》中提出了美国文学史上早期象征主义发展的一些基本原理。爱默生认为自然界就是精神的象征物。自然中的每一种景观都对应于心灵的某种状态，自然界的每种物体都会在人的心灵中产生一种启示。在爱默生的思想大厦里，自然界的每一种存在形式都被注入了形而上的理念，每一个自然事实都是某种精神事物的一种象征。

查尔斯·查德威克（Charles Chadwick）在《象征主义》一书中将"象征主义"分为两大类：其一为"人事象征主义，它是一种表达思想和感情的艺术，但不直接去描述它们，也不通过与具体意象明显的比较去限定它们，而是暗示这些思想和感情是什么，运用未加解释的象征使读者在头脑里重新创造它们"。其二为"超验象征主义，……其中的具体意象是一个广大而普遍的理想世界（现实世界只是它的不完善的表现）的象征，而非诗人内心特定思想和感情的象征"[①]。超验象征主义者认为，在可感的客观世界深处，隐藏着一个更为真实、真正永恒的世界，人只有通过本能的直觉才能领悟这个世界，借助象征的语言才能到达真实世界的终极真理。简单来说，这两种象征主义的主要差别在于各自设定的象征对象不同，一者为"诗人内心的特定思想与感情"，一者为"广大而普遍的理念世界"。爱默生的象征理论和超验象征主义者推崇的象征有着很大程度上的契合。两者都主张用象征的语言来暗示抽象的理念世界，从而使"表象获得知性，抽象有了外形"，达到一种"形而上"和"形而下""有

---

① ［美］查尔斯·查德威克：《象征主义》，周发祥译，昆仑出版社1989年版，第3页。

限"和"无限"的完美结合。

爱默生极其强调语言的象征特性。语言并不是单独存在,而是代表一定的真实事物。这意味着创作时在选择字词方面需要倍加小心。写作的技巧在于让每一个字词都代表一件事情。在爱默生看来,语言改革的关键点就在于使语言重新依附于事物,在这个过程中,事物得以恢复其本源,同时语言也重新充满活力。最优秀的诗歌是无法被分开进行分析的,字词和思想这两者是无法被割裂的。爱默生认为,诗歌中的语言就如同思想的外衣。他曾经说道:"我宁愿我的思想有一个好的象征,或一个好的类比,而不要康德或柏拉图的赞成票。"① 这与他在《诗人》中的主张一致:"诗人通过一种智识的感召力,赋予众人一种力量,使他们获得一种早已经被遗忘了的力量,即象征符号的力量和技能,把目光和语言投向每个毫无生气的事物,使它们重现生机,对人说话、致意。"②

柏拉图对爱默生象征概念有直接的影响。象征是唯心主义者交流的主要方式,是诗歌不可替代的组成部分,是理性和想象最高的产品。而且,因为自然与精神的对应,因此,生活接近自然,就是生活接近上帝,接近上帝的神性灵感与表达。如此一来,象征成为超验主义者们的最爱。如果说理性体现了象征的思考,那么想象就是象征的力量,天才之所以成为天才也在于他对于象征的使用:"'天才'这个词,意味着想象、象征的使用和比喻。一种深刻的洞察力总是会将其终极思想注入到事物当中去。"③ 在随笔《诗人》中,爱默生写道:"象征的使用,对所有的人有一种解放和愉悦的力量。……我们就像是刚从山洞或地窖中来到露天的户外。这就是比喻、寓言、神谕和所有诗性形式对我们的影响。"④ 字词代表了事物,事物代表了思想,事物的世界代表了思想和精神的世界。世界充满了象征。人类所用的语言就是象征,这是因为整个自然正是人心灵的象征。道德本质的法则解答了这些问题,如同在镜子里面对面的交谈。

---

① *The Collected Works of Ralph Waldo Emerson*, 8 Vols. Ed. Afred R. Ferguson et al., Cambridge: Harvard University Press, Belknap Press, 1971, p. 13.

② *The Collected Works of Ralph Waldo Emerson*, 3 Vols. Ed. Afred R. Ferguson et al., Cambridge: Harvard University Press, Belknap Press, 1971, p. 12.

③ *The Collected Works of Ralph Waldo Emerson*, 8 Vols. Ed. Afred R. Ferguson et al., Cambridge: Harvard University Press, Belknap Press, 1971, p. 17.

④ *The Collected Works of Ralph Waldo Emerson*, 3 Vols. Ed. Afred R. Ferguson et al., Cambridge: Harvard University Press, Belknap Press, 1971, p. 17.

与歌德的象征理论①不同，爱默生的象征具有无限的可转移特征："主要的同一性使每一个象征都能连续表现真实存在的所有的性质和细微的差异。在天水的输送中，每一个软管都跟每一个龙头丝丝入扣。"② 爱默生，如查尔斯·菲德尔森（Charles Feidelson）所说，"体现了象征主义的一元阶段，诗性融合的彻底之势"③。当爱默生说，"象征的感知"使人能够看到"事物的诗性构建"和"心灵与事物的基础关系"，这种感知还能创造出"诗性表达的全套装置"，他实际上将诗歌与象征主义等同了起来。诗性观察是"事物的象征特性的观察"，而诗性结构，也就是这种观察的形式，也就在诗人"不再认为雪是雪，马是马，而仅仅是将它们看作是它们所象征的内在事实。"④ 对爱默生来说，这一诗性方法和象征洞察力（vision）并不会贬低物体，而是，就像柏拉图的对话一样，能够慢慢揭开每一个事实中发展的萌芽，所以每一个事实都将被带往一个更高的意义。爱默生的象征主义的本质（无论是在理论还是在实践中），在于他拒绝区分思想家和诗人："真正的哲学家与真正的诗人其实无法分割开。美就是真理，真理亦是美，它们本是哲学家和诗人共同的目标。"⑤

除了对语言的象征功能的推崇，爱默生还积极倡导一种简单朴素的语

---

① 歌德对现代文学的象征理论做出了的重大贡献。歌德以"寓言"（allegory）和"象征"（symbol）做对比："寓言把现象转化为一个概念，把概念转化为一个形象，但是结果是这样：概念总是局限性在形象里，完全拘守在形象里，凭形象就可以表现出来。象征把现象转化为一个观念，把观念转化为一个形象，结果是这样：观念在形象里总是永无止境地发挥作用而又不可捉摸，纵然用一切语言来表现它，它仍然是不可表现的。"参见朱光潜《西方美术史》下册，第416—417 页。瑞内·韦勒克（Rene Wellek）称歌德是"用现代方法划分了象征（symbol）与寓言（allegory）的第一人"。赞坦·托多若夫（Tzvetan Todorov）肯定了歌德的重要性，他称赞歌德提出了"象征和寓言之间的对立"。参见 Wellek，*History of Modern Criticism*，Vol. I，p. 120；Tzvetan Todorov，*Theories of the Symbol*，p. 200. 这里解释一下象征和寓言的关系，象征与寓言在诗学发展史上是一组对立的概念。象征体现了同一性思维，它表现出意识形态的遏制策略；而寓言则体现了差异性思维，它体现了乌托邦倾向。从浪漫主义思潮兴起后，象征理念备受推崇，而自本雅明以来，寓言则成了后现代主义本身的宏大叙事。

② *The Collected Works of Ralph Waldo Emerson*，4 Vols. Ed. Afred R. Ferguson et al.，Cambridge：Harvard University Press，Belknap Press，1971，p. 68.

③ *Symbolism and American Literature*，pp. 120 – 123；Lawrence Buell，*Literary Trnscendentalism: Style and Vision in American Renaissance*，p. 153.

④ *Symbolism and American Literature*，p. 120.

⑤ *The Collected Works of Ralph Waldo Emerson*，1 Vols. Ed. Afred R. Ferguson et al.，Cambridge：Harvard University Press，Belknap Press，1971，p. 34.

言。对于已经习惯使用高雅精致的语言的波士顿精英人士和文化圈来说，爱默生对简单语言的倡导无异于离经叛道。爱默生尤其赞赏的是华兹华斯和科勒律治两人在《抒情歌谣集》（*Lyric Ballads*）的序言中表述的诗歌理论，这种诗歌理论倡导一种简单、庄重、质朴的诗风。华兹华斯反对在诗歌中使用过分华丽的语言和辞藻，主张以日常普通的语言去抒写普通的事物，表达朴素的思想与感情。诗人应选用人们真正的日常语言来描绘普通生活里的普通事件和情境："诗歌的根本就在于，它的语言必须是诗人心境的自然真挚的表现，绝不允许造作和虚伪。"①

爱默生的诗歌创作很多都借鉴了华兹华斯的这种诗歌理论。② 同华兹华斯一样，爱默生喜爱使用普通的语言，他认为日常语言具备自然性、情感性与普遍性。他在《美国学者》里说道：

> 生活就是我们的字典，生活是美好的，无论你是在乡间劳动中度过，还是在城镇，深入地观察各种商业与制造业，与那里的众多男女开诚布公地交往，或是从事科学与艺术——这些都很有意义。唯一的目的是要从各方面掌握语言，用它来描绘和反映我们的见解。从一个人的言谈上我可以立刻了解，他是否充分地生活过。生活就像一座采石场，我们从中采集砖瓦石料，用在今天的建筑里。这正是学习语法的途径。而那些大学与书籍仅仅是抄录由田野和工场创造的语言。③

用普通的语言反映普通民众的普通生活，这是一个爱默生反复提及的主题：

> 穷人的文学，儿童的情感，街头哲学，以及家庭生活的意趣，这些全都成了当前的话题。这是巨大的进步。……我不要求伟大、古远或浪漫题材，例如意大利或阿拉伯世界的事件，希腊艺术真谛，或是

---

① M. H. 艾布拉姆斯：《镜与灯：浪漫主义文论及批评传统》，郦稚牛、张照进、童庆生译，北京大学出版社 2004 年版，第 122 页。

② 参见 F. T. Thompson, "Emerson's Theory and Practice of Poetry", *PMLA*, XLIII (December, 1928): 1170–1184.

③ *The Collected Works of Ralph Waldo Emerson*, 1 Vols. Ed. Afred R. Ferguson et al., Cambridge: Harvard University Press, Belknap Press, 1971, pp. 60–61.

法国普罗温卡尔的吟游诗歌。我喜爱平凡,我探索并且崇拜我熟知与卑微的一切。我只想拥有对今天的洞察力,让别人去占有古代和未来吧。我们究竟需要了解的是何种事物的真谛?是盘中餐的意义。是杯中奶的含义。是有关街头小调,船载新闻,眼神的一瞥,以及人们的体形与步态的内涵。[①]

第三节　有机的形式[②]

有机主义,从严格意义上来说,并不是一种诗歌理论。在诗歌中,它经常用来指诗歌形式的本质与统一。诗歌中有关有机的比喻可以追溯到柏拉图与亚里士多德。柏拉图在讨论诗歌时,涉及诗歌部分与整体的统一关系。阿特金斯(Atkins)在《古典文学批评》中写道:

> 在柏拉图的文艺原则中,有机统一是最重要的原则之一,他将之视为文艺的基本形态。关于这一点,柏拉图在《斐多》篇中讲的最清楚。在《斐多》篇中,他写道,"每一个篇章……都应该构建的像一个活的生物,有身体、有头、有脚,这几个部分比例和谐,形成了一个完美的整体。"这里,需要注意的是,柏拉图不仅要求一种由一个合适的开头、中间、结尾组成的统一体,他还要求这个统一体的有机,每一个组成部分都是活生生的,这样一来,部分与整体之间形成了浑然天成的一个整体。[③]

亚里士多德在《诗学》中,也讨论了诗歌的整体问题。亚里士多德

[①] *The Collected Works of Ralph Waldo Emerson*, 1 Vols. Ed. Afred R. Ferguson et al., Cambridge: Harvard University Press, Belknap Press, 1971, p. 67.

[②] 这里的"形式"对应的是英文的"Form",而不是"Structure"。芝加哥学派(Chicago School of Literary Criticism)的R. S. 克兰(R. S. Crane)复兴和发展了亚里士多德《诗学》中"形式"的概念,并且对"形式"(Form)和"结构"(Structure)做出了区分。在他看来,文学作品的形式是动态的,是作品力图达到的一种特殊"效果"和"情感力量",它是文章的"形成原则"。这种原则决定并且合成一部作品的"结构",也就是作品各部分的顺序。参见R. S. Crane, *The Languages of Criticism and the Structure of Poetry*, Toronto: University of Toronto Press, 1953.

[③] Atkins, *Literary Criticism in Antiquity*, Vol. I, Cambridge: Cambridge University Press, 1934, pp. 54–55.

认为，自然事物有别于人为事物，因为自然事物所具有一种内在的动力源泉，而非外在的有效力量；他还认为，生物学意义上的形成，是指形式由内部展开而逐步形成的过程。亚里士多德的这些概念，最终促成了有机论中有关起源和形成的中心概念。有生命的世界（anima mundi）这个概念，在斯多葛派哲学家、普罗提诺、布鲁诺和意大利文艺复兴时期的其他思想家的著述中，也都以各种形式反复出现。到18世纪德国思想家康德、施莱格尔、歌德、席勒等人出现时，有机观念再度兴起。这些德国浪漫派思想家认为，诗歌的形成不仅仅看起来好像是自然植物的生长，诗歌本身就是自然生长的最终结果，是自然活力有机的力量通过诗人的创造力得以实现的结果。英国思想家科勒律治将这些观点引进了英国，尤其是施莱格尔关于有机形式和机械形式的区分。机械形式就像是陶铸艺人用黏土塑造各类形象，有机形式则像是梨子在果树上生长。一首好诗就像一棵植物一样，通过其内在的力量不断生长，其部分与部分之间、部分与整体形式之间都是有机的。

但是，爱默生的有机观又区别于科勒律治对有机观的定义。科勒律治承认有机形式的内生，而且将这种内生的有机形式归因为天才的创造力；爱默生虽然同样认为有机形式的内生性，但是他却认为这种内生的力量来自于宇宙的法则，心灵的法则，以及艺术效果的法则，这些法则间形成了一种连续的统一。①

爱默生的艺术有机观继承了歌德对有机观的定义："从永恒的理性之中升起，唯一并且完美，任何美的基础都是必然。没有事情是任意的，美的一切都是相关的。"② 爱默生的论述表明他拒绝了机械的形式，而赞同有机的形式。宇宙是心灵的外在表现，宇宙和自然的有机正是来自于心灵

---

① 关于爱默生诗学中的有机主义的论述，请参见 Richard H. Fogle, "Organic Form in American Criticism: 1840 – 1870", in *The Development of American Literary Criticism*, ed Floyd Stovall, Chapel Hill: University of North Carolina Press, 1955, p. 87; Richard P. Adams, "Emerson and the Organic Metaphor", *PMLA*, Vol. 69, No. 1 (Mar. , 1954), pp. 117 – 130.

② *The Collected Works of Ralph Waldo Emerson*, 7 Vols. Ed. Afred R. Ferguson et al. , Cambridge: Harvard University Press, Belknap Press, 1971, pp. 52 – 53. 薇薇安·霍普金斯（Vivian Hopkins）认为，歌德是对爱默生的美学理论影响最大的因素："（歌德）加强了爱默生的美学意识，帮助爱默生形成了有机形式的理论，激发了爱默生对创造性和接受性心灵的反思，歌德为爱默生的艺术文学理论打下了基础。"参见 Vivian Hopkins, *The Influence of Goethe on Emerson's Aesthetic Theory*, *Philological Quarterly*; Jan 1, 1948; 27.

的有机。正如马西森提出，爱默生最欣赏有机的整体，"在他那观察细节之美，同时又不失全局观的艺术观里，爱默生自如地调解了两种完全相反的要求"①。诗歌的多个元素和方面之间必须是互相联系，与整体一致，就像一棵树的枝丫和树根与整棵树的有机生命一样。

在西方思想史上，"形式与内容"是一种古已有之的二分法。分析文章时，我们大部分时候也习惯于用"形式—内容"这种思考模式。具体而言，形式指文章语言文字的组织，而内容，就是一般我们所说的文章的意义。

爱默生认为，组织知识的形式与知识的内容同样重要。它们是思想和事物统一的两极，是心灵与物质的统一："自然界中有一个平行的统一对应于心灵的统一并使得心灵的统一得以可能。这个系统的心灵毫无障碍。那些分散的阻碍也能找到恰当的位置，心灵试图通过它们形成一个对称的结构。……不是人们把事物排成列，而是事物本来就属于一列。"② 风格自身说明了其诉求，表达了它所认为重要的东西。文学形式不能与内容分开，形式本身也是内容的一部分——是追求并表达真理的完整一部分。③

在爱默生的写作中，有机主义体现在作文形式的方方面面。首先是语言的有机。爱默生在阅读蒙田的文字时，曾经写下这样一行字："剪切这些文字，它们将会流血；它们有血管而且是活生生的；它们能走会跑。此外，那些讲述这些语言的人拥有这种典雅，他们不会在言语间绊倒。"④因此，在爱默生的语言系统中，语言应该是有机生成的，每一个字词都应当处于恰当的地位，并且应当是文章和谐整体的一部分。再次是过程的有机。科勒律治的理论认为，有机形式萌芽于作者的材料中，而后随着故事的发展而逐渐成形，思想的概念要先行于诗歌，思想创造了形式。诗人是"基本法则的精确的报告者。他知道他并没有创造他的思想，——不，他的思想创造了他，也创造了太阳与星星"⑤。与浪漫主义强调诗歌的有机整体一样，爱默生也强调诗歌的整体性，即真理与形式的统一。对爱默生来说，诗歌的价值与功能决定了其自身的形式，也就是说，思想决定了诗

---

① *American Renaissance: Art and Expression in the Age of Emerson and Whitman*, p. 106.
② *Symbolism and American Literature*, p. 128.
③ *Love's Knowledge: Essays on Philosophy and Literature*, p. 3.
④ *The Journals of Ralph Waldo Emerson*, Ralph L. Rusk, editor. 5 Vols. New York: 1939, p. 419.
⑤ *The Collected Works of Ralph Waldo Emerson*, 8 Vols. Ed. Afred R. Ferguson et al., Cambridge: Harvard University Press, Belknap Press, 1971, p. 39.

歌的语言与形式：

> 因为造就诗的不是音韵，而是那造就音韵的主题——是一种热烈奔放、生气勃勃的思想，好像动植物的精神，具有自己的结构，用一种全新的东西装点自然。……诗歌是表达事物精神、寻求身体存在背后的生命与理性的一种永恒努力——生命在飞速地消逝，然而精神或必然性却使之长存。……完美的诗歌是唯一的真理；是人类追求真实而非表象的言辞。①

思想的进步就如同植物的生长："我们所有的进步就是植物嫩芽的伸展。你首先有了一种直觉，然后一个观点，然后一种知识，正如植物先有根，然后发芽，最后结果一样。要始终相信你的直觉，虽然你说不清楚为什么。焦急是徒劳的。相信你的直觉，它会慢慢地成熟为思想和真理，然后你就会明白你为什么相信它了。"② 所以，整个文章创作的过程，就像植物生根发芽一样，也应当是有机的。最后是结构的有机。诗人应该给他的直觉和灵感赋予怎样的形式？按照爱默生的观点，应该是"事实决定形式。因为一篇诗篇不是句子的承载工具，像珍珠放在盒子中那么简单。诗篇必须是鲜活的，与其内容是不可分割的，就像人的心灵激发并指导身体"③。普遍精神向诗人传达神性的信息，诗人再使用由这种信息本身决定的有机形式，而不是由诗人武断地构建出来的形式，将这信息传达给众人。因此诗歌的有机美有双重含义，其一是质量上的，其二是数量上的。它的质量美来源于诗人拥有的直觉或信息的相对深度，它的数量美来源于诗人外化的成功，或者说具体地表达这种直觉的成功。直觉用诗歌音乐般的语言来表达自身，灵感和表达都来自于最高的生命或精神，因此它们是最深层意义上的有机。

爱默生与很多思想家不同，他的思想全无体系，且也并不遵守哲学论

---

① *The Collected Works of Ralph Waldo Emerson*, 3 Vols. Ed. Afred R. Ferguson et al., Cambridge: Harvard University Press, Belknap Press, 1971, pp. 6 – 7.

② *The Early Lectures of Ralph Waldo Emerson*, Stephen E. Whicher, Robert E. Spiller and Wallace E. Williams, editors. 2 Vols. Cambridge, MA: The Belknap Press of Harvard University, 1959 – 1972, pp. 250 – 51.

③ *The Collected Works of Ralph Waldo Emerson*, 8 Vols. Ed. Afred R. Ferguson et al., Cambridge: Harvard University Press, Belknap Press, 1971, p. 119.

文逻辑推理论证的文风,在这一点上,他与古希腊的苏格拉底、文艺复兴时的蒙田等人一脉相承。爱默生的精神生活的形式是有机的:"它是内在的,它的形成与发展都是从内部开始的,内在的充分发展与外在形式的完美是一致的,这与生命是一样的,这就是形式。"① 那些不是从灵魂中有机地生长出来的形式,那些不像自然一样灵活改变的形式,只是影子,毫无意义的密码。在语言和文体的选择上,爱默生选择了富有象征和想象的语言和灵活多变的随笔文体,而这,却正是力求表达准确逻辑严密的现代哲学家们竭力避免的。随笔传统在西方源远流长,一直可往前追溯到古希腊罗马时代。美国学者 M. H. 艾布拉姆斯在《欧美文学术语词典中》对"Essay"这一词条的描述是:"杂文体裁在一五八〇年得名于法国散文家蒙田(Montaigne)。但在这以前,古希腊作家忒俄弗雷斯托(Theophrastus)与普鲁塔克,古罗马作家西塞罗(Cicero)与塞内加(Seneca)就开始从事杂文创作了。"②

从历史渊源来看,随笔(上述引用中翻译为"杂文")从古希腊时代起就已经出现了,普鲁塔克和塞内加的很多作品都属于随笔。而作为一种新的文类的现代随笔则始于 16 世纪法国人文主义学者蒙田。随后的英国思想家培根将随笔这一文体引进英国,在 18—19 世纪的英国得到了长足发展。法国 18 世纪的启蒙思想家们也对随笔这一文体青睐有加。③ 而作为美国的随笔大家,爱默生的随笔创作正是在这种传统内部进行的。在文风方面,他是一个不折不扣的大摹仿家,他的随笔创作兼有蒙田的犀利、培根的深刻、卡莱尔的幽默。但是,另一方面,爱默生并非一味地遵循传统,止于摹仿。他于摹仿中融汇了自身创作和演讲经验的体悟和思考,从而形成自身独特的风格。爱默生从早期的创作开始,就自觉地寻找适合自身的文体形式,自觉地突破摹仿,寻求创新。从学生时代开始,他每天都在笔记本里记下各种名言警句,在日记本里记下自己点点滴滴的感受和想法。日积月累,这些材料竟成为他日后的演讲和写作素材的主要来源。他构思一篇文章的方式是,先确定一个主题,确定了主题之后,再从日记或

---

① *The Complete Works of Ralph Waldo Emerson*, Centenary Edition, Edward Waldo Emerson, editor. 11 Vols, Boston: Houghton Mifflin, 1903 – 1904, p. 14.
② M. H. 艾布拉姆斯:《欧美文学术语词典》,北京大学出版社 1990 年版。
③ 黄科安:《知识者的文体选择与思想言说——西方随笔流变论》,《沈阳师范大学学报》(社会科学版) 2006 年第 1 期。

笔记中挑选出与这个主题相关的材料，然后将这些来源各异的材料组合成连贯的整体，这样，文章的雏形就形成了。因此，爱默生随笔的特点是：结构性不强；内容庞杂；多形而上的思考和洞见；多重复循环。也正是因为爱默生随笔的这些特点，给读者阅读和理解爱默生带来了巨大的挑战，不仅每个读者对同一段话的理解会千差万别，即使是同一个读者在不同时段对同一段话的理解也会不同。劳伦斯·布伊尔将爱默生碎片式（语言或句子）的使用描述为一种写作策略，目的是为思想的发生清理场地：他那广泛的愿望、警句以及警句式的风格，是语言学和句法上的标志。爱默生对警句的偏爱也说明了他对狭隘的写作的不满。对爱默生来说，文学不仅意味着艺术游戏，尽管在一定程度上它确实是艺术游戏，但是同时它也可能是经文、哲学和社会预言。①

总之，爱默生论文形式的有机主义，可以用威廉·巴顿（William B. Barton）的一句话来概括："爱默生实际上，是基于进化论原则提出一种全面进程的有机哲学纲要的现代哲学家之一。它在本体论上的含义可以与伯格森或者是怀特海的理论相比，尽管他的导向是诗人而不是科学家或科学哲学家。"②

小　结

诗性的道德感知能够看穿自然和宇宙的真理，充满象征和想象的语言保留了自然的双重含义，灵活的有机形式的文体适应了自然的永远的流动与变形。③ 综上，伦理的标准体现在诗歌创作的每一个阶段。在第一个阶段道德感知中，诗人需要处理好的问题包括：理性与感性、直觉与灵感、想象；在第二阶段象征的语言中，诗人需要仔细斟酌字词的选择，注意语言的象征特性；在第三阶段有机的形式中，诗人需要达到三方面的有机：语言的有机、过程的有机、结构的有机。这三阶段构成了创作过程中完整的统一。

---

① *Emerson*, p. 157.
② William B. Barton, "Emerson's Method as a Philosopher", In *Emerson's Relevance Today*, ed. Eric W. Carlson and J. Lasley Dameron, p. 22.
③ Reid, Alfred S. "Emerson's Prose Style: An Edge to Goodness", *Emerson Society Quarterly*, No. 60 (Summer 1970): 37–42.

第四章

诗歌：道德真理的展现

本章讨论的诗歌是广义的诗歌，可以相等于文学。①

在科学、道德、艺术这三个范畴中，毫无疑问，诗歌应该属于艺术的范畴。一般的观点会认为，科学以概念、范畴来反映宇宙，它的目的在于求真，即理解外在客观事物的规律与秩序；道德的目的在于求善，即明白自己"应该"做什么，应该如何提高自己的精神追求和精神境界；艺术则以感性形象来摹仿宇宙，它本身并不以科学上的真或道德上的善为目的，它关注的是审美。从这样的分类来看，诗歌属于艺术，它应该是审美的，它关注的重点主要在于作品美不美以及作品是否具有诗意，而并不关注或具有功利性或伦理道德上的意义。换句话说，诗歌并不追求真与善，

---

① 诗歌的概念早于文学。诗歌的概念起源于古希腊时期，而文学的概念是从近现代开始的。在浪漫主义和启蒙运动之前，也就是新古典主义时期，文学分为修辞学和诗学。18世纪的时候，"文学"的含义发生了很大的变化。文学的概念不像今天被局限在"创造性"或"想象性"写作的框架中。它可以指任何有价值的写作：哲学、历史、随笔、诗歌等。文学的标准是思想意识形态：代表了某一社会阶级的价值或"品位"的写作才是文学；而街边民谣、浪漫传奇、甚至戏剧都不属于文学。这个时期，文学的价值载体作用是不言而喻的。文学不仅仅要体现社会价值：它更是价值固化和传播的有力工具。随着中产阶级的崛起，文学传播社交礼仪和体现共同文化标准的重要性更大了。它包括一系列的思想意识形态机构：期刊、咖啡屋、社会和美学论文、布道、经典翻译、行为和道德规范指导书籍。直到浪漫主义时期，现代意义上对文学的定义才开始逐渐形成。参见 Terry Eagleton, *Literary Theory: An Introduction*, London: Blackwell Publishing, p.15. 浪漫主义时期，文学被定义为一种玄思的主要目的，但它又是哲学的另一个自我，甚至是哲学的敌人。它不仅帮助哲学解决哲学系统的内在矛盾，自己也进行"哲学诗歌"的思想实验。文学的独立价值和崇高地位在浪漫主义时期得到了前所未有的高扬。关于"文学"一词的丰富涵义，请参看［美］于连·沃尔夫莱《批评关键词：文学与文化理论》，陈永国译，北京大学出版社2016年版，第176—185页。

诗歌只追求美。①

对诗歌的这种认识当然只是代表了部分人的看法。实际上，从古希腊开始，科学的求知精神就与道德伦理联系了起来。苏格拉底认为，道德即知识。在柏拉图的"理念世界"中，最高理念是"善"，这也说明真即善，善即真。他的"洞穴"比喻同样告诉我们，求知的过程也就是臻于至善的过程，求知的最高、最后的目的是达到"真理本身"即纯粹的理念，而纯粹的理念即是"至善"。在古希腊传统中，诗歌，从一开始就不是一种有关审美的艺术。在希腊语中，"poiema"（诗歌）实际上的意思是"创造或完成的事情"（things made or finished），诗人则是"创造者"，可见，在古希腊，诗歌仅仅是一门技艺，就像铸铁匠、制鞋匠一般无二。与其他的技艺一样，诗歌是有明确的实用导向的。柏拉图在《理想国》中放逐诗人与诗歌，并不是因为诗歌不能表现美，而是因为诗歌只是对摹仿的摹仿，不能体现真理，而且败坏道德，对城邦和公民有害无益。亚里士多德却认为，相对历史来说，诗歌更具优越性，诗歌的优越性体现在它更严肃，更能体现真理。亚里士多德认为，诗"所描写的事情带有普遍性"，而历史则"叙述个别的事"。诗的任务不是去描述已经发生的那些偶然事件，而是要揭示按事物的内在逻辑和普通规律和应当发生的事，而历史则叙述已发生的史实。亚里士多德称，诗与历史的区别在于"一个描写已发生的事，另一个描写可能发生的事"。因此，诗比历史更具有哲学性，意义更重大。② 亚里士多德这个对诗的定义虽然也延续了柏拉图的摹仿说，但与柏拉图认为诗三重远离真理不同，亚里士多德认为诗展现的是普遍的真理。

中世纪的时候，基督教一统天下，诗歌沦为宗教的附庸，诗的主要任

---

① 以康德的三大批判为例：真—纯粹理性批判—逻辑学，善—实践理性批判—伦理学，美—判断力批判—美学。康德认为审美态度是"无利害性的"，与实用的功利性无涉。康德的这种艺术纯粹性被后来的海德格尔继承。但是，在康德那里，美最终又是"道德精神的表现"。康德断言，理想的美的最重要的因素是"理性概念"，就是人性的目的，即人的道德观念如慈祥、纯洁、刚强、宁静等，凡能表现这些道德精神的人的形体，就是美的人的形体；只有人才有理想的美，因为只有人才按照理性概念决定自己的目的，才有道德观念。参见［德］康德《判断力批判》，宗白华译，商务印书馆1964年版，第70—74页。当然，也有人认为这三个范畴其实都可以说是追求真理，像卢卡奇认为有三种真理，一种是科学的真理，一种是艺术的真理，一种是道德的真理。真善美都属于真理。

② ［古希腊］亚里士多德：《诗学》，罗念生译，人民文学出版社1962年版，第28—29页。

第四章 诗歌：道德真理的展现

务是表现上帝的全知全能全善。直到中世纪后期文艺复兴前期，诗歌才从宗教的奴仆的角色中解放出来，成为宣扬人文主义、表达人性的尊严与高贵的一面旗帜。进入近现代社会以来，诗歌的涵义与范围越来越小，基本上只能指代文学中"诗歌"这一种体裁。于是从文艺复兴时期起，思想家和批评家们也越来越多地集中于诗歌的本质，如诗歌的语言、风格、形式等，而对诗歌功能的关注越来越少。[1] 启蒙主义时期的思想家不再认为诗歌是一种需要精心雕琢的技术，他们突出的，是诗歌的自然特质：诗歌不仅仅是通过遵守一系列的规则而练就的技术或手艺，诗歌更是存在于所有社会中的一种自然的人性直觉。这种观点将诗与人的天性（尤其是人的情感）联系起来，认为诗歌的创作是出于一种人性直觉的需要，而不是任何外在功利性的目的。在这种观点的主导下，诗歌展现的是人性的真理。[2]

直到浪漫主义时期，诗的含义与功能发生了翻天覆地的新改变。在《镜与灯》中，艾布拉姆斯对浪漫主义的诗歌观进行了这样的概括："一部艺术作品实质上是把内在的变为外在的，是一种感情冲动下运作的创造过程的结果，体现了诗人的感受、思想和情感的共同成果。因此，一首诗的基本来源和题材，是诗人自己心灵的特性和活动……产生诗歌的根本起因……取决于这样一种动因，即诗人意欲表现感情和欲望的冲动，或是像造物主具有内在动力那样，出于创造性想象力的驱迫。"[3] 诚如华兹华斯

---

[1] 例如，培根就把诗歌归入审美范畴。培根试图用心理学的方法来分析审美活动。他把人类学术分为历史、诗和哲学三大门类，把人的知解力也分为记忆、想象和理智三种类型，认为"历史涉及记忆，诗涉及想象，哲学涉及理智"，明确把诗纳入想象的范围，他把复现的想象和创造的想象分开，指出创造性想象的特征在于"放纵自由"。参见朱光潜《西方美学史》上卷，人民文学出版社1987年版，第202—203页。

[2] 而且，在启蒙主义时期，随着科学技术的发展和艺术审美意识的觉醒，诗歌的独立意识越来越强，出现了很多将诗歌和其他学科进行比较的著作，像温克尔曼、莱辛、斯达尔夫人、施莱格尔、谢林、黑格尔等人，都从不同的立场来对比古代的艺术和近代的艺术。例如，德国批评家莱辛在《拉奥孔》区分了诗歌和绘画在主题及表现方式上的差异，参见[德]莱辛《拉奥孔》，朱光潜译，人民文学出版社1984年版；德国哲学家黑格尔在《美学》中将诗与音乐和建筑相比，认为诗是最高级的艺术。因为诗结合了造型艺术和音乐艺术的特长。一方面，它可以不需要凭借任何的感性材料而能够将精神内容全部表现出来；另一方面，它又能够把音乐中那种不明确的声音变成了明确的语言。诗，通过想象，在空间上塑造出完整而且在时间上延续的形象，这是它胜过绘画和其他造型艺术的地方；诗，内容丰富、广阔而且清晰明确，这又是它胜过音乐的地方。参见[德]黑格尔《美学》，朱光潜译，商务印书馆1996年版。

[3] *The Mirror and The Lamp: Romantic Theory and the Critical Tradition*, p. 22.

在《抒情歌谣集》序言中所言,"诗是强烈情感的自然流露",诗歌意味着人类想象的创造力。① 雪莱在《诗辩》中区别了两种智力行为,理性与想象,而诗歌属于"想象的表达"。但与此同时,浪漫主义的思想家们也将诗歌的地位抬高到宇宙精华的高度,认为"诗是一切知识的精华……是一切知识的起源和终结",诗歌"既是知识的圆心又是它的圆周;它包含一切科学,一切科学也必须溯源到它"②。

浪漫主义对诗歌的这种看法与中国人对诗歌的理解十分类似。在中国的诗歌传统中,诗歌的本质在于情感的抒发。如《诗大序》中所言,"诗者志之所之也。在心为志,发言为诗。情动于中而形于言,言之不足,故嗟叹之;嗟叹之不足,故咏歌之;咏歌之不足,不知手之舞之,足之蹈之也。情发于声;声成文,谓之音"③。到了西晋时期,陆机在《文赋》中又提出"诗缘情"的说法。无论是强调"诗是强烈感情的自然流露",还是认为诗是"志""情"之抒发,都只是指出了诗歌的形成原因和形成机制,而并未涉及诗歌的审美特征。但是,从另一方面,如果说理性导向的是认知,意志导向的是功利实践,那么情感导向的就是纯然的审美,从这个意义上来看,浪漫主义时期的思想家在论及诗歌时,还是以人的感性审美为主。

但是,浪漫主义诗人中,依然有人把真理和道德奉为诗歌的本质和最重要的功用,如托马斯·卡莱尔。卡莱尔是英国浪漫主义时期的一位重要思想家。在他的诗学观中,"真"是诗的核心,是诗的本质之所在:"我们不得不相信,艺术中存在着一种内在而本质的真理;一种比纯粹形式上的规则深刻得多的真理,一种我们能借以穿透那些规则的真理,将会真实

---

① 科勒律治与华兹华斯两人共同出版了一本诗歌合集,题名为《抒情歌谣集》。在《抒情歌谣集》的序言中,华兹华斯对诗做了著名的界定:"一切好诗都是强烈的自然流露……凡是有价值的诗,不论题材如何不同,都是由于作者具有非常的感受性,而且又沉思了很久。因为我们的思想改变着和指导着我们的情感的不断流注,我们的思想事实上是我们以往一切情感的代表;我们思考这些代表的相互关系,我们就会发现什么是人们真正重要的东西,如果我们重复和继续这种动作,我们的情感就会和重要的题材联系起来。"华兹华斯进而肯定了诗和诗人的崇高地位,认为诗是一切知识的开始和终结,它同人心一样不朽,而诗人则是人性的最坚强的保护者,是人性的支持者和维护者。诗人的所到之处都播下人的情谊和爱。参见《十九世纪英国诗人论诗》,第6页。

② 《十九世纪英国诗人论诗》,第17、160页。

③ 《十三经注疏》之三,《毛诗正义》,黄侃经文句读。(汉)毛公传、郑玄笺,[唐]孔颖达等正义。上海古籍出版社1990年版,第16—17页。

地展现给所有民族和所有人。达到这个真理……是一切真正的诗歌研究的结果和目的。"① "真"不仅是卡莱尔对诗歌的要求,也是卡莱尔对诗人真诚(sincere, veracity, earnest)品质的要求。在《论历史上的英雄、英雄崇拜和英雄业绩》中,卡莱尔这样评述作为诗人英雄的但丁与莎士比亚:"唯有真诚的和洞察力深远的人,才能成为诗人。……他还必须对事物有真诚,必须具备真诚和同情。……即使与埃斯库罗斯或荷马相比,他(莎士比亚)的真诚和普遍性,为何不能像他们一样永垂青史?他和他们一样真诚。"② 对作为文人英雄的卢梭与彭斯,他的评述是:

> 尽管他(卢梭)有很多缺点,我们在这里仍称他英雄,是因为他具有英雄的首要特征,他有由衷的诚挚(earnest)……他(彭斯)是一个诚实的人和诚实的作家。无论他成功还是失败,无论他伟大还是渺小,他始终是清晰的,单纯的,真实的,不需要外界的光芒只靠自己就可以闪耀。我们把这称为一种伟大的美德,实际上也是其他一切美德的根基,这既体现在道德上,也体现在文学上。③

从上面的叙述可以得出,在古希腊的"摹仿论"中,诗歌的本质是摹仿,它追求的是表达宇宙永恒的普遍真理;在中世纪、文艺复兴以及启蒙运动的"实用论"中,诗歌的本质是工具,它宣传的是上帝或人性的真理;在浪漫主义的"表现论"中,诗歌的本质是情感的表达,它诉诸人的主观感性体验。

超验主义者爱默生并没有完全拒斥浪漫主义的诗歌观,就其本质而言,爱默生承认诗歌是"想象性的创造"。但是,爱默生更看重的却是诗歌的道德伦理意义。④ 在爱默生看来,诗歌不仅仅是一种诉诸审美体验的语言游戏,它必须具有深刻的科学和伦理的内涵。与古希腊哲学家相似,爱默生认为诗歌追求的是道德真理,它有着超验的道德目标,它的目的是

---

① Thomas Carlyle, *Critical and Miscellaneous Essays*, Vol. I, p. 84.
② 《论英雄、英雄崇拜和历史上的英雄业绩》,第92—138页。
③ 《论英雄、英雄崇拜和历史上的英雄业绩》,第185—230页。
④ 讨论爱默生诗歌与道德的文章,请参见 Richard Lee Francis, "Archangel in the Pleached Garden: Emerson's Poetry", *ELH*. Vol. 33, No. 4 (Dec., 1966), pp. 461 – 472; Frank T. Thompson, "Emerson's Theory and Practice of Poetry", *PMLA*, Vol. 43, No. 4 (Dec., 1928), pp. 1170 – 1184.

通过想象中真实的再创造,帮助人们超越自身,达到一个道德和灵魂的新高度。这与哲学的沉思和科学的求知的目标是一致的。诗歌这种想象性的行为,还可以激发行动,促进社会现实的变革。爱默生之所以倡导诗歌的道德目标还有另外一个目的,那就是借助诗歌的力量建构起美国民族的特性,这是爱默生对美国诗歌发展的一个现实期待,尽管在民族诗歌之外,爱默生还有世界诗歌的理想。

第一节　诗歌的道德目标

爱默生对文学的定义是:"文学,在其广泛的意义上,指写好的书籍。文学是人类思考的记录。文学涵盖了人类对一切可知事物的表达。文学的根基是人的本性和境遇。"① 文学是一切事物的表达,它不仅表达了外在的物质世界,也表达了内在的精神和思想世界。爱默生曾说:"我们有时常会感到某种超越其他任何事物的精神力量和创造力量,这种力量卓尔不群,它们通常被称为哲学和文学。"② 爱默生认为文学不仅仅是少数人关心的事情,而是整个人类的事情,文学"建立在对人与自然间神秘但普遍的联系的信仰上;相信人的存在是为了崇高的目的;相信上帝"③。作为人类思想的公共储藏器,文学与每个人的利益都息息相关。至于文学的功用,他在1835年11月的《英国文学》演讲中提到,文学是"物质世界中心智的外在表现"。文学的目的是"为整个精神自然界创造表达的机会",是为了"指导未来,而不是追随过去"。④

爱默生作为一名道德传教士,在以宗教为道德改革工具的努力失败后,他的目光转向了文学,希望文学这个更加开放自由的工具能够帮助他

---

① *The Early Lectures of Ralph Waldo Emerson*, Stephen E. Whicher, Robert E. Spiller and Wallace E. Williams, editors. 1 Vols. Cambridge, MA: The Belknap Press of Harvard University, 1959–1972, p. 218.

② *The Collected Works of Ralph Waldo Emerson*, 8 Vols. Ed. Afred R. Ferguson et al., Cambridge: Harvard University Press, Belknap Press, 1971, p. 49.

③ *The Early Lectures of Ralph Waldo Emerson*, Stephen E. Whicher, Robert E. Spiller and Wallace E. Williams, editors. 1 Vols. Cambridge, MA: The Belknap Press of Harvard University, 1959–1972, p. 219.

④ *The Early Lectures of Ralph Waldo Emerson*, Stephen E. Whicher, Robert E. Spiller and Wallace E. Williams, editors. 1 Vols. Cambridge, MA: The Belknap Press of Harvard University, 1959–1972, pp. 225, 226, 232.

解决时代的道德问题。① 他相信文学是"第二种宗教"（The Second Religion）。爱默生的文学，从来就不是纯粹审美式的。尽管他盛赞想象是伟大的唤醒力量，作为美的观察者和创造者，他坚持认为道德是天才们创造的动力和目标。他强调文学的道德性高于文学的艺术性，坚信"读者的道德提升是文学的首要目的"。② 他坚信文学的道德力量，相信文学能够给他提供正直诚实的榜样和道德规范，用来改造社会。在一个早期的演讲《文学》中，爱默生就提到过，事情的本质要求的最高创造力一定是道德的。在文学中，正直是比才能更为重要的品质。

作为思考的记录和人性和境遇的表达，爱默生的一生尝试过各类文学体裁，他写诗、记日记、写书信、布道文、讲演文、随笔，等等。诗歌是爱好，日记是习惯，书信是和家人和朋友保持联系的方式，布道和讲演都是职业，随笔则是爱默生主动选择的写作方式。在所有文学体裁中，爱默生最喜欢诗歌。

导论中提到了诗歌和诗人的关系问题。在爱默生的理念中，诗歌超越了诗人，因为诗歌自古就存在着，而诗人的存在则局限于一定的时间和空间。如此一来，爱默生解决了诗歌的起源问题。诗歌领先于所有的诗人而存在。诗歌是诗人的表达方式，而诗人是我们的领路人，是时代的楷模和道德的模范，因而诗歌必定是真理的记录和道德的表达。

在《诗歌与想象》一文中，爱默生讨论了诗歌的道德目的和价值："诗歌必须是肯定的。诗歌是智能的虔诚……缪斯是自然的对应物，与自然同样丰富，……诗歌的最高价值，是将我们带到一个超越其自身的高度……使人类遵守秩序和美德。"③ 在《雄辩》这篇文章中爱默生再一次说到，"最好的散文一定是诗性的，诗歌是最高的雄辩，任何真正的雄辩

---

① 这从另一方面也说明了爱默生在面临职业选择时的挣扎。在当时的美国文化氛围里，作家这一职业面临着很多限制和要求。一个好的作家要与过去完全决裂。霍桑选择成为一个作家时面临同样的困境。作为职业的小说家，霍桑是在为新英格兰的文人们探索新的可能性。而爱默生选择的职业比这更为艰难，作为一名布道者和道德哲学家，爱默生却试图挖掘一种与文学事业传统仅仅是部分相关的文学道路。

② *The Early Lectures of Ralph Waldo Emerson*, Stephen E. Whicher, Robert E. Spiller and Wallace E. Williams, editors. 1 Vols. Cambridge, MA: The Belknap Press of Harvard University, 1959–1972, p. 225.

③ *The Collected Works of Ralph Waldo Emerson*, 8 Vols. Ed. Afred R. Ferguson et al., Cambridge: Harvard University Press, Belknap Press, 1971, p. 37.

都必须要有道德关怀"①。

第二节　诗歌的德性、智性、理性与行动

柏拉图将诗与哲学的关系定义为一种古老的斗争。在《理想国》中，柏拉图借苏格拉底之口对诗人和诗歌进行攻击，认为诗歌远离真理而哲学却掌握真理，因而诗人的存在和影响将会危及（理想的）城邦，因此柏拉图建议将诗人逐出城邦，并且声称哲学而非诗歌，才是最高的音乐。②他的学生亚里士多德，却采取了与他的老师不同的一种态度。亚里士多德没有深究哲学与诗孰优孰劣的问题，也没有对诗歌进行抨击，而是思考诗人和诗歌具备何种价值，以及诗人如何才能写出最好的诗歌。后来的思想家如普洛提诺、奥古斯丁、阿奎那、维科、康德、黑格尔、克尔凯郭尔、狄尔泰等都相继在这个问题上发表过看法（上面这些人几乎都是哲学家，由此可以看出，诗与哲学之争其实是哲学家主动向诗人发起的进攻，对这两者的争论也多发生在哲学领域，而非诗歌领域，因此，不管他们是对诗进行颂赞，还是贬斥，他们的观点始终都只能代表哲学一方对诗歌的态度，因而不能全面地解释诗歌和哲学两者究竟如何互相影响渗透，它们关系的实质究竟如何）。

这里暂且不论柏拉图之前的哲学家对诗与哲学之争的看法。在柏拉图的作品中，诗与哲学之间之所以存在争辩，其根源乃存在于人类生活之中，更确切地说，是在如何去生活的问题上发生了分歧。诗与哲学的差别不仅仅只在于形式，更在于其伦理内容。至少，柏拉图意义上的诗人（尤其是悲剧诗人）在雅典人眼里是希腊重要的伦理教授和思想家，城邦的人遇到如何生活的问题时，便会毫不犹豫地去找他们。③

在以后的几个世纪里，柏拉图对诗歌与哲学的界定依然是西方思想史上的主流。浪漫主义时期，诗歌与哲学的关系有了新的发展。浪漫主义运动首先在德国兴起。诗歌与哲学的关系成为德国浪漫主义者的焦点问题。

---

① *The Collected Works of Ralph Waldo Emerson*, 7 Vols. Ed. Afred R. Ferguson et al., Cambridge: Harvard University Press, Belknap Press, 1971, p. 49.
② Eric A. Havelock, *Preface to Plato*, Cambridge, Mass.: Harvard University Press, 1963, p. 305.
③ *Love's Knowledge: Essays on Philosophy and Literature*, p. 15.

第四章　诗歌：道德真理的展现

德国浪漫主义的理论奠基者弗雷德里希·施莱格尔说过："诗将是我们考察的核心和目标。……哲学只是达到诗的本质的教育场所、工具和手段。……我们把诗看做一切艺术和科学中第一种及最重要的艺术和科学。"① 而且，施莱格尔认为："诗歌和哲学分开时所能做的已经做了且已经完成了。所以，将二者合二为一的时候到了。"② 谢林在《德意志观念论体系的源始纲领》(*Das alteste Systemprogramm des Deutschen Idealismus*: *Ein handschriftlicher Fund*)③ 中也说道：

> 我确信理性最高级的活动，在于统摄一切理念的审美活动，而且唯有包孕于美之中，真与善才成为同宗。哲学家必须具有诗人一般的审美能力。如此诗歌才呈现出一种新的尊严；诗歌变成了开天辟地时的作用——人类的导师：因为哲学和历史已不复存在；唯有诗歌的生命，超越一切其他的科学和艺术。④

德国诗人诺瓦利斯（Novalis）也说："诗是一种真正的绝对的实在。这就是我的哲学的要点。愈是诗的，愈是真实的。"⑤

哲学的诗歌化和诗歌的理论化，不仅是施莱格尔和谢林几个人的主张，而且是大多数浪漫主义者们有意识或无意识的实践活动。英国浪漫主义的发展受到了德国浪漫派的影响。卡莱尔、科勒律治等人都曾深入地研究过德国文学和哲学。科勒律治深信，一种真正的哲学体系——生活科学，是诗歌用以教育人们的最好的东西。在科勒律治的心目中，诗歌和哲学的相互作用已经被同化了，他认为哲学家应该是够格的诗人，反之亦然。华兹华斯的诗学观延续了亚里士多德的观点，认为诗在一切文章中最富有哲学意味。诗的目的在真理，这种真理不是个别的和局部的真理，而

---

① Friedrich Schlegel, "Ideen", *Philosophical Fragments*, trans. Peter Firchow, Minneapolis: University of Minnesota Press, 1991, p. 103.

② "Ideen", *Philosophical Fragments*, p. 104.

③ 这份文献的作者究竟是谢林，还是荷尔德林、黑格尔、尼采，目前学界仍存有争论。关于此文献的来源、作者、阐释，请参见胡继华《神话逻各斯——解读〈德意志观念论体系的原始纲领〉以及浪漫"新神话"》，《哲学研究》2014 年第 3 期。这里暂且认为谢林为该文献的作者。

④ *Classic and Romantic German Aesthetics*, ed by J. M. Bernstein. Cambridge: Cambridge University Press, pp. 185–186.

⑤ 蒋孔阳：《德国古典美学》，商务印书馆1980年版，第142页。

是普遍的和有效的真理，这种真理不以外在的证据为依靠。

在对待诗与哲学的关系上，爱默生的态度与他的这些浪漫主义前辈们并没有很大的不同。实际上，爱默生与从古希腊至近代欧洲的浪漫主义文学和诗化哲学传统有着极其紧密的联系。他在1842年的日记里这样告诫自己：

> 你一定要读荷马、埃斯库罗斯、索福克勒斯、欧里庇得斯、阿里斯托芬、柏拉图、普努克洛、普鲁提诺、伊安布里柯斯、波菲利、亚里士多德、维吉尔、普鲁塔克、阿普利乌斯、乔叟、但丁、拉伯雷、蒙田、塞万提斯、莎士比亚、琼生、福特、查普曼、博蒙特与弗雷金、培根、马维尔、莫尔、弥尔顿、莫里哀、斯威登堡和歌德。①

如果我们仔细阅读美国文学的历史就会发现，美国文学的发展有一点与其他国家非常不同，很多国家文学的发展都是与哲学并行或者是已有的哲学思想先行，美国文学却没有自身的哲学思想为基础。为什么美国不能像欧洲大陆或英国那样，产生属于自己的哲学体系？美国为什么没有自己的哲学？到19世纪中期时，美国已经产生了大量有影响力的文学作品，②却为什么在哲学上没有任何成就？对这些问题的不停追问，让斯坦利·卡维尔（Stanley Cavell）得出了一个惊人的结论，那就是，美国的诗歌就是哲学，美国的哲学也是诗歌；美国文学史就是哲学史；美国的哲学史也是美国的文学史。这种历史角度的切换有利于我们对旧思想家和艺术家们进行新的阐释。借用威廉·詹姆士（William James）的话来说，我们需要的是"给旧的思维方式取一个新名字"。③ 近年来，也有越来越多的美国哲学家开始关注文学文本的哲学维度，比如前文提到的斯坦利·卡维尔，还有玛莎·努斯鲍姆（Martha Nussbaum）、尼尔森·古德曼（Nelson Goodman）等人。而且实际上，诗歌与哲学之间的界限并不是由其本身的特质决定的，而是学界的分科使然。学界分科是现代的产物，这种人为的划分

---

① *The Journals of Ralph Waldo Emerson*, Ralph L. Rusk, editor. 8 Vols. New York: 1939, pp. 292-293.

② 梅尔维尔的《白鲸》，梭罗的《瓦尔登湖》，惠特曼的《草叶集》，爱默生的《随笔集》，霍桑的《红色》等小说皆产于这个时期。

③ David Marr, *American Worlds Since Emerson*, The University of Massachusetts Press, Amherst, 1988, p. 6.

界限当然是考虑到诗歌与哲学本身的特点而进行的,但是另一方面,就到底什么才是诗歌与哲学本身的特点这个问题而言,它也强行地给诗歌和哲学施加了外在的规范,甚至框定了诗歌与哲学的发展。

爱默生是早期美国文学的领军人物,这早已是学界公认的事实。但是,(至少)在卡维尔之前,爱默生从未被哲学界认真对待过,哲学圈基本不把他当作有任何哲学贡献的人物去研究。在卡维尔及其他当代美国哲学家的努力之下,我们除了对爱默生有一个文学性的认识之外,也还可以从哲学的角度去考察他的作品。卡维尔甚至认为,爱默生做的唯一的一件事就是使哲学在美国得以可能。卡维尔对爱默生在美国哲学史上的重要性的论述震惊了美国的文学圈和哲学圈,他对爱默生的重新定位也帮助现代的哲学家们重新认识爱默生在哲学上的意义。①

诗歌和哲学的关系在爱默生的作品中得到了最鲜明的例证。② 身兼散文家、演讲家、哲学家、诗人的爱默生,在其创作中融汇了诗歌的特质与哲学的特质,其诗歌的一面体现在他对诗歌语言和文体形式的重视上,其哲学的一面则体现在他思考的人生和人性的主题上。爱默生的写作避免了柏拉图式诗歌的摹仿,也拒绝了哲学的辩证陈述与逻辑推理,而是走上了一条结合了诗歌和哲学,从而开启了诗歌的伦理力量的曲折道路。诗歌和哲学作为人类心智的两极,亦是我们这个时代最为分裂抵牾的两极,却在爱默生的作品和思想中相通为一。也正是在这种诗哲同一的境界中,爱默生达到了一种前无古人、后无来者的高度。因此,他的作品也常常被称作诗化哲学或哲化诗歌。③ 虽然,对于哲学本身,爱默生没有什么新的贡

---

① 参见 Stanley Cavell, *The Senses of Walden*. Chicago: The University of Chicago Press, 1979; Stanley Cavell, *Conditions Handsome and Unhandsome: The Constitution of Emersonian Perfectionism*, Chicago: University of Chicage Press, 1990.

② 参见 Pamela Schirmeister, *Less Legible Meanings: Between Poetry and Philosophy in the Work of Emerson*, Stanford, California: Stanford University Press. 1999.

③ 1970 年出版的《美国哲学百科全书》中的"爱默生"词条对爱默生的描述如下:"如果作为一位哲学家来考虑,爱默生有关'对应'和'补偿'的断言将需要进一步的阐释和辩护。但是,在一位像爱默生这样的作家那里,期望某种类似于认识论的清晰甚至兴趣,都将导致对他的误解。确实,那些把他读成像康德、谢林和黑格尔,或者甚至是柯勒律治(所有这些人的确对爱默生产生很大影响)这样的哲学家的人,在很大程度上会错失他的作品独有的长处和意蕴。因为爱默生既不是一位批判哲学家,也不是一位观念论形而上学家,而是一位诗哲。"参见 *The Encyclopedia of Philosophy*, ed. Paul Edwards, Vol. II. The Macmillan Company and The Free Press, 1967, p. 478.

献,他只是从英国思想家科勒律治那里接受了德国哲学家康德的直觉先验思想。他所做的不过是将这个学说填上伦理和诗性想象的光彩。然而,如果依从古代对哲学家的朴素定义去理解,爱默生无疑是一名哲学家,至少是一名哲人。他热爱智慧,追寻世间真、善、美,苦苦思索着哲学中最基本的问题;他质疑当时流行的传统、习俗、观念、制度,对自然、人生、社会进行深入的思考,提出了许多创见,并愿意与大众分享他的思考,以哲学家的身份去影响大众,引导大众走向真知的大道,在当时以至后世都产生了革命性的影响。①

爱默生对诗歌功能的创新观点的独特性在于,他认为诗歌和哲学的追求是同一的。② 他赞同德国作家诺瓦利斯的说法,认为"哲学家与诗人的分歧仅仅是表面上的,而且对两者都不利"。③ 爱默生也表达过类似的观点。例如,他在《代表人物》中对柏拉图的评价是:"柏拉图就是哲学,哲学就是柏拉图。"接着,他又写道,柏拉图之所以能取得这种代表性的地位因为"一个哲学家必须不仅仅是一个哲学家。柏拉图同时还具备诗人的力量,他站在诗人的最高列"。④ 在《代表人物》中,柏拉图本是哲学家的代表,爱默生却称他具有"诗性创造力"。诗性创造力既不是诗歌的产物,也不是批判或哲学反思的产物,而是两者结合的产物。爱默生将诗歌和哲学等同又结合起来,本身也说明了 19 世纪中期美国对待诗歌和

---

① 杜威把爱默生看作一名民主哲学家;桑塔亚纳(Santayana)1990 年的著作《诗歌和宗教的阐释》(*Interpretations of Poetry and Religion*)中将爱默生看作是一位哲学家:"他执着地追求永恒的东西,他决不是他的时代或国家的先知。他本性上属于神秘团体,虔诚的心灵飘荡在历史里,没有特定的家园。"桑塔亚纳认为,爱默生是"哲学天空上的一颗恒星"。罗伊斯(Josiah Royce)也肯定了爱默生与乔纳森·爱德华兹(Jonathan Edwards)和威廉·詹姆斯一起为美国的哲学家代表。参见 *The Encyclopedia of Philosophy*, Edited by Paul Edwards. London: The Macmillan Company and the Free Press, 1967, Vol. II, p. 478. John Dewey, "Emerson: The Philosopher of Democracy", *International Journal of Ethics*, Vol. 13, No. 4 (Jul., 1903): 405 – 413; George Santayana, "Emerson", *Interpretations of Poetry and Religion* (1900), Cambridge, MA: MIT Press, 1986.

② Ralph Waldo Emerson, *The Major Poetry*. edited with Introduction and Commentary by Albert J. Von Frank. Cambridge, Massachusetts, London, England. The Belknap Press of Harvard University, p. xi.

③ *The Journals and Miscellaneous Notebooks of Ralph Waldo Emerson*, William H. Gilman et al., editors. 4 Vols. Cambridge, MA: Harvard University Press, 1960 – 1982, p. 302.

④ *The Collected Works of Ralph Waldo Emerson*, 4 Vols. Ed. Afred R. Ferguson et al., Cambridge: Harvard University Press, Belknap Press, 1971, p. 25. 尽管对柏拉图来说,城邦的管理者应该是哲学王,而不是诗人。

哲学的态度。朱丽叶·霍桑（Juliet Hawthorne）则声言"诗人爱默生是哲学家爱默生的变形。正是在这种变形中爱默生的力量达到了最大，也很少出现缺陷"。①

诗歌与哲学的区别中最重要的一点是，哲学可以而且应该不受风格和修辞的影响，而专注于其表达的内容。对哲学家来说，语言只是普遍真理的媒介。相反，诗歌却是一种语言的艺术。它要表达的是特殊的具体的情境，而不是普遍的真理。哲学思想致力于在同一性中寻找出同一，而诗歌的任务则是在多样性中寻找同一，换言之，诗歌其实就是用另一种语言表达另外一种真理。在《诗人》一文中，爱默生说："我们就像从洞穴或地窖里来到露天下的人们。这就是比喻、寓言、神谕和种种诗歌形式对我们的影响。"② 在这段话中，爱默生对柏拉图洞喻的呼应是不言而喻的。然而，与柏拉图不同的是，《理想国》中本应属于哲学家的职能，已经被转交给了诗人。但这并不意味着爱默生领着诗人攻占了哲学家的领地。相反，"寓言"一词已经表明，诗歌和哲学共享同一段历史。爱默生似乎是在暗示我们，尽管诗歌和哲学的形式和语言不同，它们却共享同一领地。爱默生的写作实际上反映了哲性和诗性话语的互补，他的视野既是哲学家又是诗人，他的努力是通过语言的诗性使用使哲学回归到本处，同时又通过对哲学的参考让文学思考真正的问题。在《象征主义与美国文学》（*Symbolism and American Literature*）这本书中，查尔斯·菲德尔逊准确地指出爱默生作品的最终目的在于"重新审视哲学，以证明文学的正当性，鼓励文学的发展，同时为了矫正传统形而上学和认识论，他提出了一种诗性的观点"③。

只要存在，人类对世界的探索，对自身的剖析，对神性的追求就不会停止。其实，对于人类真相的探索，没有哲学的诗歌，或者没有诗歌的哲学，都是不完全的。没有哲学的诗歌，只是语言的杂耍；没有诗歌的哲学，变成了没有惊喜的机械职业。爱默生在《论自然》中，取消了哲学家和诗人间的界限，并且把两者统一了起来：

---

① Hawthorne and Leonard Lemmon, *American Literature: A Text-Book for the Use of Schools and Colleges*, Boston: D. C. Heath, 1891, p. 128.

② *The Collected Works of Ralph Waldo Emerson*, 3 Vols. Ed. Afred R. Ferguson et al., Cambridge: Harvard University Press, Belknap Press, 1971, p. 17.

③ *Symbolism and American Literature*, p. 121.

当诗人以其情思为大自然增添活力时,他同哲学家的差别仅仅在于:前者把美当作自己的主要目的,而后者则为了追求真理。然而哲学家也同样把人的思想领域置于自然秩序与事物联系之上——在这方面他并不比诗人逊色。……哲学依照这样的一种信念进行:自然法则决定了所有的现象,而这法则一旦为人所知,便可以用来预测现象的变化。当这法则进入人的心灵之后,它便成为一种思想,而这种思想之美是无限的。真正的诗人与真正的哲学家其实无法分隔开。美就是真理,真理亦是美,它们本是哲学家和诗人共同的目标。①

爱默生拒绝选择纯粹的哲学或纯粹的诗歌,他更愿意将诗歌和哲学结合起来,因为这两者在最终的追求上是同一的。

除了将诗歌的诗性和哲学的哲思结合起来,爱默生在作品中还将诗歌的诗性与科学的理性结合了起来。西方的科学精神从古希腊那里发源。关于科学的本质、功用和目标,古希腊人奠定了一个基本的方向,那就是用科学去探究宇宙的形成与发展。中世纪时期的科学与文艺一样,同样是神学的附庸,被教会用来证明上帝的真理。文艺复兴以后,随着教会的威信日益衰落,科学的威信则与日俱增,自然科学的影响深入到了每一个研究领域。自然科学的发展和进步打破了17—18世纪的那种机械唯物主义和形而上学的观点,表明整个自然界和社会都处于相互联系和不断发展的辩证关系中,这种新的发展要求人们用辩证法的观点来观察和研究问题。

早期的美国清教社会完全是一种宗教的世界观,清教徒的现实生活与超现实的存在(上帝)息息相关。然而,清教徒们同样致力于发展科学。在他们看来,对上帝作品的科学研究和相信上帝的信念并不冲突。18世纪启蒙主义思想同样促进了美国社会对自然科学的研究。托马斯·潘恩(Thomas Paine)1793年就向美国人宣称:"科学是真正的神学",因为科学的目的是研究上帝的力量和作品。② 到了爱默生的时代,工业革命的快速发展更是在极大程度上仰仗于科学研究的进展。爱默生本人也亲历了这

---

① *The Collected Works of Ralph Waldo Emerson*, 1 Vols. Ed. Afred R. Ferguson et al., Cambridge: Harvard University Press, Belknap Press, 1971, pp. 33 – 34.

② Thomas Paine, *The Age of Reason: Being an Investigation of True and Fabulous Theology*, New York: Willey Book Company, p. 253.

样一个科学化的过程。

  遗憾的是，在爱默生研究中，批评家们往往忽略了爱默生的科学思想。只有少有的几篇文章谈到了爱默生与科学的关系，如威尔森·爱伦（Wilson Allen）的《新视角看爱默生与科学》（*A New Look at Emerson and Science*）；① 大卫·罗宾森（David Robinson）的《研究园地：爱默生与自然历史》（*Fields of Investigation*：*Emerson and Natural History*）；② 列昂·蔡（Leon Chai）的《美国文艺复兴的浪漫主义基础》（*The Romantic Foundations of American Renaissance*）；③ 哈利·海顿·克拉克（Harry Hayden Clark）的《爱默生与科学》（*Emerson and Science*）；④ 彼特·安东尼·欧布鸠夫斯基（Peter Anthony Obuchowski）的博士论文《爱默生的科学兴趣与其思想的关系》（*The Relationship of Emerson's Interest in Science to His Thought*）；⑤ 米德的（E. D. Mead）的《爱默生与进化论哲学》（*Emerson and the Philosophy of Evolution*）。⑥ 今日"科学"一词已经失去了它在爱默生时代所具有的那种"理性知识"的隐含之义。而且，在爱默生之前的17—18世纪，科学界流行的是一种机械式的科学，爱默生不满于这种科学，他感到有必要对科学进行重新定义。对爱默生来说，科学应该包括道德科学和自然哲学。科学首先是道德的，物质和道德的宇宙都是上帝的思想，上帝"输入进两种不同的语言，彼此间可进行互译……几乎所有的物理格言都对应一个相应的道德格言"⑦。其次，科学应该包含自我和自然以及自我和自然的统一。用爱默生的话说，"科学的首要效果是坚固心

---

  ① Gay Wilson Allen, "A New Look at Emerson and Science", *Literature and Ideas in America*：*Essays in Memory of Harry Hayden Clark*, ed. Robert Falk. Athens：Ohio University Press, 1975, pp. 58 – 78.

  ② David Robinson, *Fields of Investigation*：*Emerson and Natural History*, New York：American Literature and Science Press, 1992.

  ③ Leon Chai, *The Romantic Foundations of American Renaissance*, Ithaca：Cornell University Press, 1987.

  ④ Harry Hayden Clark, "Emerson and Science", *Philosophical Quarterly*, Volume X, July, 1931, Number 3.

  ⑤ Peter Anthony Obuchowski, Jr. "The Relationship of Emerson's Interest in Science to His Thought", Ph. D. diss. , University of Michigan, 1969.

  ⑥ E. D. Mead, "Emerson and the Philosophy of Evolution", *The Princeton Review*, Vol. 63, No. v, 1884, pp. 231 – 256.

  ⑦ *The Collected Works of Ralph Waldo Emerson*, 1 Vols. Ed. Afred R. Ferguson et al. , Cambridge：Harvard University Press, Belknap Press, 1971, p. 21.

灵，发现有利的秩序，去除毫无根据的错误……对自然的调查总能得出世界不是一个任由纵火犯处置的火药桶……科学使孤立的自我走向自然和社会，自然法则的稳定也有助于对平息原子化主义和物质主义的恐惧"①。而且，每一种科学都与宗教有一定的关系。在自然神学广泛的包容圈里，每一种科学都宣称其体现了自然和科学规律。所以，科学不是宗教的竞争对手，而是如培根承诺的那样，是宗教的"侍女"，是人可以从自然中找回失去的和谐的手段。另外，爱默生的科学不是静态的，而是动态的、进步的。1850 年，美国物理学家约瑟夫·亨利（Joseph Henry）作为即将离职的主席在美国协会上发表了名为《科学的进步》（*The Advancement of Science*）的演讲，在演讲中，他向观众问道："什么是科学？科学是事实的集合体吗？"亨利的答案是否定的："科学并不由事实的知识而是由法则的知识组成。本质上它会一直改变，它是动态的，而不是静态的。"②

在对待科学的态度上，爱默生"比爱伦·坡更广泛，比梭罗和霍桑更野心勃勃，在哲学上也更严格，比惠特曼更现实"。③ 列昂纳德·纽菲尔德（Leonard Neufeldt）指出，"在文学家当中，唯独爱默生赞成科技和科学的发展可能对个体和文化（有帮助）"④。早年的爱默生对科学并没有显示出很大的兴趣。教会令爱默生失望后，也失去了爱默生的信任，因为它拒绝了新时代的呼唤与要求，特别是随着科学的发展，追求真理的方法也随之发生了改变。因此，爱默生从教会转向科学。科学，变成了爱默生自由思想的基地和衡量是否为真理的新标准。人类和自然之间的联系"比已知的任何法则都更深奥、更普遍、几乎好像我们自身中的一种未知的智慧在表达出其对每一次新发现的认可"⑤。

1833 年 11 月，爱默生在波士顿自然历史协会开始了第一个系列的演讲，标题就是《科学》（*On Science*），其中包括《自然历史的作用》（*The Uses of*

---

① *The Early Lectures of Ralph Waldo Emerson*, Stephen E. Whicher, Robert E. Spiller and Wallace E. Williams, editors. 2 Vols. Cambridge, MA: The Belknap Press of Harvard University, 1959–1972, p. 39.

② Laura Dassow Walls, *Emerson's Life in Science: the Culture of Truth*, Ithaca: Cornell University Press, 2003, p. 8.

③ *Emerson's Life in Science: the Culture of Truth*, p. 12.

④ *Emerson's Life in Science: the Culture of Truth*, p. 12.

⑤ *The Journals and Miscellaneous Notebooks of Ralph Waldo Emerson*, William H. Gilman et al., editors. 4 Vols. Cambridge, MA: Harvard University Press, 1960–1982, p. 95.

Natural History)、《人与宇宙的关系》（*On the Relation of Man to the Globe*）、《水》（*Water*）、《自然主义者》（*The Naturalist*）这四篇演讲。从这四篇演讲的标题可以看出，爱默生对自然历史和自然规律非常关注。在第一篇《自然历史的作用》中，爱默生向听众讲述了他在欧洲的见闻，分享了他在植物园中所感受到的震撼，"我的判断是，自然科学的伟大任务就是向人解释他自己，……整个自然就是人类心灵的比喻或影像。道德法则与事实的对应就如同人照镜子看到同一张脸。"① 在第二篇《人与宇宙的关系》中，爱默生称，他的目标是告诉人们，"一种完美的对称存在人的头和脚之间，这通过四肢与感觉、手与眼、心与肺之间的协调可以发现，——不仅如此，在人与空气、人与山脉之间可以发现同样的对称"②。到他发表第四篇演讲《自然主义者》的时候，他对自然与科学的态度发生了变化。他在演讲中抱怨"科学的罪恶"，当时的科学存在很多问题，例如，他们本应该"向人解释他自己"，并且给他指出"他在生物链上真正的位置，"然而，实际上，大部分的科学家都只是在记录事实或描述分类，专职于科学方法的研究而忽略了科学真正的目的，那就是，在自然中发现自我。

自然是象征主义的字典，也是神圣心灵的具化，通过自然的知识心灵展现其自身，直至身体和精神不再是造物者分裂的两段，而是一个伟大的整体，上帝重新走进了这个世界。科学对爱默生来说不是一门纯粹的研究，而是心理活动的最高形式。科学家和美国学者是同一的，科学是美国的动力之心（Dynamic Heart）。③ 通过科学，思想能够理解世界上碎片化的、无意义的现象，然后把它们融为一个有意义的、富有成效的整体。爱默生通过大量阅读他那个时代的科学文献，发现科学"解开的每一个秘密都证实了美学的正确性。"④

---

① *The Early Lectures of Ralph Waldo Emerson*, Stephen E. Whicher, Robert E. Spiller and Wallace E. Williams, editors. 1 Vols. Cambridge, MA: The Belknap Press of Harvard University, 1959 – 1972, p. 24.

② *The Early Lectures of Ralph Waldo Emerson*, Stephen E. Whicher, Robert E. Spiller and Wallace E. Williams, editors. I Vols. Cambridge, MA: The Belknap Press of Harvard University, 1959 – 1972, p. 49.

③ "Emerson, Nature, and Natural Science", *A Historical Guide to Ralph Waldo Emerson*, ed. Joel Myerson, New York: Oxford University Press, 2000, pp. 101 – 50.

④ *The Journals of Ralph Waldo Emerson*, Ralph L. Rusk, editor. 10 Vols. New York: 1939, p. 393.

在爱默生看来，随着科学一步步证实宇宙的运行法则和目的，它同时也揭示了主宰人类的心灵、精神和行为法则。① 霍普金斯的"爱默生式的崇高"（Emersonian sublime）与布鲁姆的"美国式的崇高"（American sublime）同样证明了这一观点。根据霍普金斯和布鲁姆的看法，这两者的检验标准都是艺术与伟大自然的亲近程度，换句话说，艺术家的作品的伟大与否，与其是否接受"原子和银河"中"最崇高的法则"的启发息息相关。崇高的道德"看到了世界是心灵的镜子；看到了重力法则和心灵纯净的同一；看到了义务、责任与科学、美、欢乐的同一"。②

科学，不仅仅能够用来解释自然法则，它也能够用来建立道德品质关联和信任关系。我们每个人的个体经验有限，而科学可以帮助我们挑选出那些确定值得信任的人，由他们代我们去寻找真理。这一条从个体到真理的链条的基础是道德。因此，科学是一种道德努力："知识是一种集体的善。我们依赖别人来确认知识的安全，我们不能没有这种依赖。这就意味着让我们拥有知识的那种联系必定有一种道德的品质，而那个我用来表示这种道德关系的词是信任。"③

爱默生对科学的要求，是一种自然的理论，这种理论能给自然和人的发展提供洞见。所有真正的科学，"只有一个目标，那就是发现一种自然的理论"，因为"这是个浅显易懂的真理，人的理想和道德的最高存在状态，只有在一种完美的生气勃勃的自然理论中才能共存"④。然而，英国和美国的科学家们都没能意识到他们真正的任务："英国和美国的科学嫉妒理论"，因为"英国的科学把人性拒之门外。它缺乏那种检验天才的联

---

① *The Collected Works of Ralph Waldo Emerson*, 8 Vols. Ed. Afred R. Ferguson et al. , Cambridge: Harvard University Press, Belknap Press, 1971, p. 211.

② *The Collected Works of Ralph Waldo Emerson*, 1 Vols. Ed. Afred R. Ferguson et al. , Cambridge: Harvard University Press, Belknap Press, 1971, p. 151; *The Journals and Miscellaneous Notebooks of Ralph Waldo Emerson*, William H. Gilman et al. , editors. 5 Vols. Cambridge, MA: Harvard University Press, 1960 – 1982, p. 476.

③ Steven Shapin, *A Social History of Truth: Civility and Science in Seventeenth-Century England*, Chicago: University of Chicago Press, 1994, p. 19.

④ *The Collected Works of Ralph Waldo Emerson*, 1 Vols. Ed. Afred R. Ferguson et al. , Cambridge: Harvard University Press, Belknap Press, 1971, p. 8; *The Early Lectures of Ralph Waldo Emerson*, Stephen E. Whicher, Robert E. Spiller and Wallace E. Williams, editors. 1 Vols. Cambridge, MA: The Belknap Press of Harvard University, 1959 – 1972, p. 83.

第四章　诗歌：道德真理的展现　　153

想。科学没有诗意就是伪科学"。① 我们的科学既没有把人作为一个整体来了解，也没有弄明白这个整体中的任何一个具体部分。"我们的科学是感性的，因此也是肤浅的。地球、天体、物理、化学，我们只凭感官来对待，好像它们是自行存在似的。……科学总是和人的升华齐步前进的，与宗教和玄学并驾齐驱；或者科学的水平就是我们自我认识的标志。"②

在爱默生看来，歌德是唯一一个真正对科学史有贡献的诗人，他是现代社会伟大的诗人—自然主义者，是最接近爱默生在《自然主义者》演讲中提出的诗人—自然主义者。爱默生的传记作者大卫·罗宾森曾说，在爱默生要放弃科学追求的时刻，是歌德帮助他保持了对自然哲学的投入。③

爱默生 1836 年的演讲《科学的人性》试图从人性的角度去研究自然，这种做法意味着自然历史和人类历史的结合。自然主义者的关注点需要从具体的自然事实转到对概括性科学法则的观察上来，就像牛顿的研究一样。同时，这也意味着自然法则"也表达了伦理知识"。④ 这意味着自然主义者和道德哲学家的合一，"从灵魂与物质的和谐的观察者和喜爱者的意义上而言"⑤。

如果说科学是已存在真理的媒介，那么诗歌则是这种真理新形式的表达。另一个演讲又表明爱默生对纯粹"诗人"的不满。在他看来，诗人"沉溺于想象，不追求准确，只能称的上是一个寓言家；他的直觉无法组织自身，只是一堆无聊的文字"⑥。诗人"将灰尘和石头染上人性的色彩，然后将它们变成理性的语言"⑦。想象是理性对物质世界的投射，是"我"和"非我"之间必要的中介物，如果没有想象，理性很难实现。科学通

---

①　*The Collected Works of Ralph Waldo Emerson*, 5 Vols. Ed. Afred R. Ferguson et al., Cambridge: Harvard University Press, Belknap Press, 1971, p. 253.

②　*The Collected Works of Ralph Waldo Emerson*, 3 Vols. Ed. Afred R. Ferguson et al., Cambridge: Harvard University Press, Belknap Press, 1971, p. 9.

③　David Robinson, *Apostle of Culture: Emerson as Preacher and Lecturer*, Philadelphia: University of Pennsylvania Press, 1982, p. 84.

④　*The Journals and Miscellaneous Notebooks of Ralph Waldo Emerson*, William H. Gilman et al., editors. 4 Vols. Cambridge, MA: Harvard University Press, 1960 – 1982, p. 254.

⑤　*The Letters of Ralph Waldo Emerson*, Ralph Rusk and Eleanor Tilton, editors. 1 Vols. New York: Columbia University Press, 1939 – 1994, p. 435.

⑥　*The Early Lectures of Ralph Waldo Emerson*, Stephen E. Whicher, Robert E. Spiller and Wallace E. Williams, editors. 1 Vols. Cambridge, MA: The Belknap Press of Harvard University, 1959 – 1972, p. 79.

⑦　*The Early Lectures of Ralph Waldo Emerson*, Stephen E. Whicher, Robert E. Spiller and Wallace E. Williams, editors. 1 Vols. Cambridge, MA: The Belknap Press of Harvard University, 1959 – 1972, p. 79.

过想象来把握这个世界,正如诗歌需要理性之眼去观察到"所有的事情都处于正确的序列和进程当中"。诗歌和科学都是理性作用于想象以创造出新的整体,永恒真理的新形式的形态。① 爱默生,与他之前的歌德与科勒律治一样,不满足于将诗歌从科学中分离开来。他希望有一种普遍的科学,可以将多与一、物质与心灵、事实与诗歌结合起来。他想成为一名浪漫主义科学家,将科学事实的转变化入到诗歌的形象中去。②

爱默生提倡的是一种诗歌与科学的融合,如此一来,诗歌更加"科学化",科学也更具有"诗性"。爱默生称,他"完全相信这两者,相信诗歌也相信科学"。③ 诗歌和科学互相补充,互相提高。在《莎士比亚》的这篇演讲中,爱默生用弗朗西斯·培根在科学方法上的奠基之作——《新科学》——来解释创造性的艺术家是如何将许多不同的东西融合成一个有机的完整整体。通过展示心灵和自然如何融合成为一个整体,这种科学的创造性方法让爱默生掌握了宇宙的钥匙。在演讲《工作与时日》中,他再一次强调了他在这个问题上的坚定立场:"如果一个人只是诗人,我们不会带着敬意去听他的诗文,如果一个人只是代数学家,我们也不会愿意倾听他的问题;但是如果一个人熟悉事物几何学原理的同时也知道事物的欢乐的光彩,他的诗歌将会是精确的,他的算术也会是悦耳的。"④ 因为爱默生深知,在现代社会,思想家或诗人需要来自科学家的洞见:"我们出生的时代,是一个极大的自然知识遗产产生了很多伟大的发现的时代。如果我们忽视让它们的光亮来帮助我们,那我们不应该成为我们时代的公民,不应该对我们的信任保持忠诚。"⑤ 爱默生的目的是:"我认为形而上学是一种语法,一旦我们掌握了,就再也不会回头去考虑它了……我想要的不是逻辑,而是逻辑给科学和文学带来的力量;我想要的那个能够

---

① *A Social History of Truth*: *Civility and Science in Seventeenth-Century England*, p. 11.
② *Emerson's Sublime Science*, 1999.
③ *The Early Lectures of Ralph Waldo Emerson*, Stephen E. Whicher, Robert E. Spiller and Wallace E. Williams, editors. 1 Vols. Cambridge, MA: The Belknap Press of Harvard University, 1959–1972, p. 79.
④ *The Complete Works of Ralph Waldo Emerson*, Centenary Edition, Edward Waldo Emerson, editor. 7 Vols, Boston: Houghton Mifflin, 1903–1904, p. 179.
⑤ *The Early Lectures of Ralph Waldo Emerson*, Stephen E. Whicher, Robert E. Spiller and Wallace E. Williams, editors. 1 Vols. Cambridge, MA: The Belknap Press of Harvard University, 1959–1972, p. 83.

将逻辑、推论人性化并将结果给我的人。专家们仅仅重视几何学，那座从地面升到天空的桥是用纯粹理性的桥拱和桥墩造成的。"①

爱默生对科学的定义不同于浪漫主义中科学和诗歌简单的结合，而是认为科学是智力行为的一种品质。因为它通过彼此互为对方的形式，废除了科学与诗歌之间的区别。诚如纽菲尔德所言，爱默生拒绝了他那个时代艺术家们对机械和自然的那种流行的区分，因为机器的最终起源是那最初制作出各种元素的同一个精神。机器是人的智力和意志与自然的意志的结合。这样一来，科技，对爱默生来说，便不是自然的征服者或违背者，而是自然的另外一种形式。相反，自然如同上帝的艺术和技术，是上帝将变化和进步带到这个世界的方式。人——尤其是美国工业时期的人类——通过掌握自然的物质方式和科学法则来为自己谋利，将人、上帝和自然重新融合成一个新的联合体。②

爱默生未完成的作品《智力的自然历史》(*Natural History of the Intellect*) 就是一部将科学的方法运用在对心灵的研究中的最佳示例。这说明，爱默生对科学的投入不是一种逃避或一种轻率的乐观主义，而是他对探索宇宙、探索自我的一种持续的热情。他钦佩"自然学家稳妥而愉快的态度，那种尊重事实、对事实的充足的说服力深信不疑的态度……难道说，我们就不能对智力的法则和力量进行类似的列举吗？"对这一问题，爱默生的回答是："这是可以做到的，因为在自然史上，这些力量和法则就是事实。它们也是科学研究的客体，就像植物的雄蕊或鱼的脊柱一样，随时准备经受量度和记录。"③

把科学方法的严密性引入思想领域的研究，这也曾是康德及其追随者们的规划。爱默生同样也希望用一种大众的语言来做类似的工作。他的目的是拟出智力法则的纲要，因为他确信在精神世界和自然世界之间存在着一一对应的关系。他在旅英的演讲中（1847—1848）中说："在所有的科学当中，学生都可以发现，被他称为自然的东西根据心灵的法则持续在整

---

① *The Collected Works of Ralph Waldo Emerson*, 12 Vols. Ed. Afred R. Ferguson et al., Cambridge: Harvard University Press, Belknap Press, 1971, p. 13.

② "Natural History Married to Human History: Ralph Waldo Emerson and the 'Two Cultures'", *The Rights of Memory: Essays on History, Science, and American Culture*, ed. Taylor Littleton. University of Alabama Press, 1986, pp. 35–75.

③ *The Complete Works of Ralph Waldo Emerson*, Centenary Edition, Edward Waldo Emerson, editor. 10 Vols, Boston: Houghton Mifflin, 1903–1904, p. 4.

体和细节上运转……智能建造了宇宙,也是宇宙中一切的钥匙。"① 而且,统治科学和诗歌的自然的法则与统治人类个体的道德法则是一致的。爱默生的一个传记家在他书中写道:"这是一个科学的世纪,科学从未遇见过像爱默生这样的文学解释者。"②

马西森在其著作《美国的文艺复兴》中曾经发表过一个观点,在他看来,我们不能够按照爱默生自己的语言理论和艺术理论去评价他自己的作品,因为爱默生的理论和实践完全不相称。③ 然而,如果我们仔细深究和追问爱默生写诗的目的和目标时,便能发现,在爱默生的理论和实践中,有一种深刻的联系。批评家约翰·卡洛斯·罗威和乔治·凯特普(George Kateb)就曾经指出,爱默生的改革活动实际上是他作品中的超验主义思想意识形态的衍生品。④

爱默生早期的超验主义一直都有实践和实际的价值,19世纪30年代之后他在演讲中越来越强调这种实际价值。1841年之后,爱默生的关注点从超验主义的精神层面转移到实际层面上来,对社会和政治问题多有发表。《人即改革者》⑤ 即表达了爱默生的这种改革哲学。⑥

---

① *The Early Lectures of Ralph Waldo Emerson*, Stephen E. Whicher, Robert E. Spiller and Wallace E. Williams, editors. 2 Vols. Cambridge, MA: The Belknap Press of Harvard University, 1959–1972, p. 45.

② *Emerson's Life in Science: the Culture of Truth*, p. 3.

③ *American Renaissance: Art and Experience in the Age of Emerson and Whitman*.

④ 参见 John Carlos Rowe, *At Emerson's Tomb: The Politics of Classic American Literature*, New York: Columbia University Press, 1997. George Kateb, Emerson and Self-Reliance. Thousand Oaks, California: Sage Publications, 1995; Saul K. Padover, "Ralph Waldo Emerson: The Moral Voice in Politics", *Political Science Quarterly*, Vol. 74, No. 3 (Sep., 1959), pp. 334–350.

⑤ "A Lecture read before the Mechanics' Apprentices' Library Association, Boston, January 25, 1841."(1841年1月25日在波士顿机械师学徒图书协会的讲演)1841年4月发表在《日晷》上,随后于1849年编录进《自然、演讲与讲演录》。这次讲座是对乔治·里普利的布鲁克农庄的回答,也是对奥雷斯特斯·布朗森对超验主义评论的一种答复。爱默生关于改革的文章还包括:1840年的演讲系列《当今时代》中的演讲《改革》;1841年的演讲《人即改革者》;1844年的演讲《新英格兰改革家》。

⑥ 讨论爱默生与改革的著作和文章,请参见 Daniel Koch, *Ralph Waldo Emerson in Europe: Class, Race, and the Revolution in the Making of an American Thinker*, I. B. Tauris, London·New York, 2012; Len Gougeon, *Virtue's Hero: Emerson, Antislavery, and Reform*, Athens: University of Georgia, 1990; Gregory T. Garvey, *The Emerson Dilemma: Essays on Emerson and Social Reform*, Athens: University of Georgia Press, 2001; Ellen Kappy Suckiel, "Emerson and the Virtues", *Royal Institute of Philosophy Lecture Series*, 19, pp. 135–152; Saul K. Padover, "Ralph Waldo Emerson: The Moral Voice in Politics", *Political Science Quarterly*, Vol. 74, No. 3 (Sep., 1959), pp. 334–350; Nicole H. Gray, "The Sounds and Stages of Emerson's Social Reform", *Nineteenth-Century Literature*, Vol. 69, No. 2, pp. 208–232.

第四章 诗歌：道德真理的展现

道德情感是爱默生支持改革的基本原则。在《人即改革者》这篇演讲中，他说："所有致力于改革的努力，都同时具有发条和调节器的功能。这种力量就是一种信念，它坚信人性中有着一种无限的美德，等候你的召唤；它相信，所有具体的改革措施，都为了除去某种障碍。"① 改革者，正如同学者是"思想着的人"，也是人的一种存在状态。在《人即改革者》中，爱默生写道，那些参与政治与社会改革的人相信"人的无限价值"，实现他们真正的精神潜能，就必须努力移除社会中那些阻碍他们前进的障碍。努力按照最高的法则生活，而这，就是改革者存在的意义："一个人到底是为何而生？正是为了要做一个改革者，一个改造前人产品的创新者，一个揭露和纠正错误的批判者，一个真理与美的恢复者。他摹仿那包容一切的大自然，而大自然从不驻足不前，它不断矫正自己，每日更新万象，时时孕育生命。"② 在爱默生看来，如今的社会很难再有先知和诗人那种美好的完人，改革者应该站出来，"要做那种勇敢正直的人，他必须发现或开辟一条通往世上所有美好事物的直径，不但自己光明正大地走过去，而且让他身后的跟随者也能比较容易地走过去，获得自尊与益处"③。

爱默生相信个体自由的权利，他从个体的角度出发，认为改革者应该改造整个的社会结构，以及国家、学校、宗教、婚姻、商业和科学，让这世界不只是适合古人，而是更适合今人。正如此，他才会鼓励和支持废奴运动。爱默生解释，真正的改革来自内部，来自我们与自身的关系，以及我们与别人的关系。爱默生希望生活"公平而有诗意"，但实际情况却很难让他满意。在这篇演讲中，爱默生从传统观念出发，强烈谴责资本主义商业系统中道德的堕落，他声讨商业系统中充满了怀疑，充满了阴谋，充满了极度钻营，充满了占便宜而不是给方面，在市场的统治下，价值本身被认为是主观的。它不再由物件本身质量和效用决定，而是由外在因素，如观点和欲望来决定。爱默生认为造成道德堕落的原因不在于商品或市场经济，而是在人本身。因为是人普遍地把自然当作商品，而没有意识到它

---

① *The Collected Works of Ralph Waldo Emerson*, 1 Vols. Ed. Afred R. Ferguson et al., Cambridge: Harvard University Press, Belknap Press, 1971, p. 156.
② *The Collected Works of Ralph Waldo Emerson*, 1 Vols. Ed. Afred R. Ferguson et al., Cambridge: Harvard University Press, Belknap Press, 1971, p. 156.
③ *The Collected Works of Ralph Waldo Emerson*, 1 Vols. Ed. Afred R. Ferguson et al., Cambridge: Harvard University Press, Belknap Press, 1971, p. 156.

"精神和道德的一面",在征服物质世界的同时更加深了自身的异化。爱默生还批判了私人财产占有权,这比马克思和恩格斯的社会批评早了近十年。在《政治》这篇文章中,他同样谈到了政府和私有财产的问题:"我们谴责一个政党也许就像谴责东风或寒霜一样没道理;因为,政府的成员绝大多数都说不清他们的社会地位,只是充当着保护他们切身利益的代表。……一般而论,我们的党派只是讲实务的党派,而不是讲原则的党派。……保守主义者仅仅是私有财产的维护者。"① 查尔斯·彼尔德(Charles A. Beard)教授在他的著作《美国文明的兴起》(The Rise of American Civilization)中,宣称"在他那个时代,没人比爱默生更理解财产与政治的关系"②。

爱默生一直都是时代敏锐的观察者和批评家,就在他写这篇讲演的几个月之前,1840年8月的时候,他告诉玛格丽特·富勒,说自己希望有更多与改革相关的文章发表在《日晷》上,他说:"我希望我们能吸引一些狂热的作者,发表一些关于生活的艺术的文章。我现在就正在就一些相关主题如'劳动'、'农场'、'改革'、'家庭生活'写些文章。"他在日记中写道:"我认为我们的《日晷》不仅仅应该成为一种文学期刊,更应该具有时代要求我们的那种严肃的目标。在诸如政府、戒酒、废奴运动以及家庭生活等话题上,它应该提供最好的建议。"③

爱默生承认,社会需要改进。在1844年的演讲《新英格兰改革者》中,爱默生提到,传统的新英格兰教会正在失去它的信众,社会改革的精神盛行于新英格兰,爱默生是支持这种改革精神的,因为改革精神能够促进社会和政治生活中的道德和思想活力。面临妇女权利、废奴运动等运动的兴起,爱默生努力将超验主义的理念运用到实际生活当中,特别是政治活动中去。在1844年的《解放英属西印度群岛的演讲》(Address on Emancipation in the British West Indies)中,他谴责了《逃奴法案》,认为那是一个不道德的、无视美德的法案:"不计一切地破坏这个不道德的法案

---

① *The Collected Works of Ralph Waldo Emerson*, 3 Vols. Ed. Afred R. Ferguson et al., Cambridge: Harvard University Press, Belknap Press, 1971, p. 122.
② Charles A. Beard & Mary R. Beard, *The Rise of American Civilization*, New York: The Macmillan Company, 1930, p. 780.
③ *The Journals and Miscellaneous Notebooks of Ralph Waldo Emerson*, William H. Gilman et al., editors. 7 Vols. Cambridge, MA: Harvard University Press, 1960–1982, p. 388.

是人的职责所在。因为美德是每个人的基本自我。因此，一个不道德的契约是无效的，不道德的法规同样是无效的，这是道德原则。"① 根据列·高坚（Len Gougeon）的观点，爱默生1844年发表的这个演讲激励着爱默生更加积极地参与到社会活动中去，称"这是爱默生超验主义的自然结果"，在以后二十多年中，爱默生一直在朝这方面持续不断地努力。② 阿尔伯特·冯·弗兰克（Albert von Frank）在他的研究中指出，爱默生是反奴隶运动中的力量，他在1854年的逃亡奴隶安东尼·彭斯审判案中扮演的正义角色，正是因为他的理想主义，而不是相反。

爱默生相信政治的行动必须基于真理。他在1855年的《奴隶演讲》中说："真理是存在的，尽管所有人的人都否认它。"③ 在这次演讲中爱默生物质真理和道德宇宙联系起来："抽象的正确这个想法存在于人类的心灵之中，而且与自然保持一种平衡。"④ 因为切诺基族人的问题，他在写给时任美国总统的马丁·范·布伦（Martin Van Buren）的信中写道："这是对信仰和美德的抛弃，这是对正义的否认，这是对仁慈的呼吁的无动于衷。自从地球存在的那天起，这种呼吁还从未在处于和平时期的国家处理自身的同盟与公民事务时发生。"⑤ 爱默生在演讲的最后指出，社会的善终究会取得最后的胜利，与"道德情感的对抗是徒劳的"。⑥

爱默生相信进步的观念。个体通过自我修养获取道德上的完美，国家的进步也通过道德进步体现出来。1862年的春天，爱默生在《大西洋月刊》（Atlantic Monthly）发表了一篇题为《美国文明》⑦ 的文章。爱默生

---

① *The Complete Works of Ralph Waldo Emerson*, Centenary Edition, Edward Waldo Emerson, editor. 11 Vols, Boston: Houghton Mifflin, 1903 – 1904, p. 140.

② *Emerson's Antislavery Writings*, Edited by Len Gougeon and Joel Myerson. New Haven, Conn.: Yale University Press, 1995.

③ *The Later Lectures of Ralph Waldo Emerson* (1843 – 1871), Ronald A. Bosco and Joel Myerson, editors. 3 Vols. Athens and London: The University of Georgia Press, 2001, p. 48.

④ *The Later Lectures of Ralph Waldo Emerson* (1843 – 1871), Ronald A. Bosco and Joel Myerson, editors. 3 Vols. Athens and London: The University of Georgia Press, 2001, p. 51.

⑤ *The Complete Works of Ralph Waldo Emerson*, Centenary Edition, Edward Waldo Emerson, editor. 11 Vols, Boston: Houghton Mifflin, 1903 – 1904, p. 92.

⑥ *The Complete Works of Ralph Waldo Emerson*, Centenary Edition, Edward Waldo Emerson, editor. 11 Vols, Boston: Houghton Mifflin, 1903 – 1904, p. 96.

⑦ 《文明》（*Civilization*）是《社会与孤独》的第二篇文章。最初收录在爱默生1861年在波士顿的演讲系列《生活与文学》。内战爆发前夕，爱默生换了个标题《文明在危急时刻》（*Civilization at a Pinch*），之后又更换为《美国文明》（*American Civilization*），1862年1月在华盛顿的史密森学会上演讲。内战结束之后，爱默生又恢复了最初的标题。

曾在华盛顿以同样的标题做过演讲，希望美国能尽快制定一个国家解放法，此时，林肯还未宣读那篇改变世界的《解放宣言》。在爱默生的所有作品里，没有哪一篇文章像这篇一样，迫切地要求有实际效果，要求国家马上制定政策。反讽的是，《美国文明》这一篇文章在19世纪90年代以前，几乎没有研究者关注过。即使是后来爱默生的晚年作品和政治作品都逐渐地越来越多人研究时，这篇文章也没有很多人进行研究。这一方面怪爱默生自己。当他为《社会与孤独》这本书的出版做修改工作时，他选择只出版《美国文明》这一篇文章的前半部分（在这本书中"文明"那章），主要论述物质进步和道德对于文明的意义，而删去了对战争的论述。直到爱默生去世后，第二部分才发表。

爱默生对文明的理解是，文明意味着"一种神奇的进步"，意味着从最原始的环境下的不断进步。① 从这个意义上来看，美国虽然历史不长，但的确拥有自己的文明和文明史。殖民时期几乎还是处女地的荒芜新大陆，两百年后，有一定的人口和土地，有自己的穿衣饮食风俗和习惯，有稳定的社会管理机构，从美国的发展来看，这种物质上的进步是显而易见的。美国还有待发展的是统一的社会文化、国民心态及精神面貌等非物质文明。无论是物质文明还是精神文明，在爱默生的定义里，文明是一个动态的过程，永远处在进步的过程之中，因此，爱默生的美国文明也应该从一个未来的、还未实现的未来维度去理解。

在美国文明的整体理念中，道德同样是爱默生的最高标准和目的。在《美国文明》那篇演讲中，爱默生向处于内战爆发边缘的美国表达了自己对理想美国文明的愿景。他提到，

人类社会教育最基本的前提是"深沉的道德"，这种道德由"与一般或普遍目的相关的行为"所组成。② 文明即意味着人们相信有高于自身的存在，并愿意听从这种存在的命令。因此对文明真正的考验是看这个国家培养出来的国民，因为，文明最重要的精化在于道德和智识的进步。他以摩西、佛陀、希腊先哲、苏格拉底、耶稣、胡斯、萨沃纳罗拉和马丁·路德等人为例，说明巨人是如何推动了人性的进步。他接着指出，衡量19

---

① *The Complete Works of Ralph Waldo Emerson*, Centenary Edition, Edward Waldo Emerson, editor. 11 Vols, Boston: Houghton Mifflin, 1903 – 1904, pp. 277 – 278.

② *The Complete Works of Ralph Waldo Emerson*, Centenary Edition, Edward Waldo Emerson, editor. 11 Vols, Boston: Houghton Mifflin, 1903 – 1904, p. 293.

世纪美国文明的道德水平的两条标准，一是奴隶制的废除，二是妇女的解放；所有其他的进步和发明都要排在这两条道德成就之后："道德，以及所有的道德事件的重要性就如同公民要求的正义和个人自由一样。……是政府追求的目标。"①

对大卫·罗宾森而言，爱默生这篇文章中的亮点在于对"全国性的道德麻痹"的控告，以及给这个国家"注入巨大的道德力量和能量"。② 对约翰·卡洛斯·罗威而言，爱默生这篇文章中涉及的解放将会促进社会秩序的优化。世俗社会进步的关键在于通过唤醒民众的道德觉悟的道德进步，这一点，从始至终，在爱默生的思想中都处于决定性位置。无论是个体改革还是社会体制性改革，道德原则在爱默生这里，始终处于第一位。

超验主义的核心信仰是，人可以超越其动物性，按照更高的原则去生活，成为一个"完人"。这种人可以成为"完人"的信仰也促使他们关注现实伦理，即"生活的准则"。早在1824年的时候，爱默生就在他的日记中记下了他可能的写作主题："我想从哲学的角度去思考生活的准则这个问题。"将思想运用到实际生活中去，这一主题从一定意义上贯穿了爱默生所有的作品。19世纪50年代，他越来越关注社会和政治改革的问题，更是围绕着如何在社会中生活的伦理问题写下了《生活的准则》。

《生活的准则》这本书的主题是调和"生活的理论和实际"。该书以《命运》开始，以《幻想》结束，似乎整本书都是在承认人生的宿命性与有限性。然而，在该书的第二篇《力量》一文中，爱默生又出乎意料地写道："生活就是对力量的追求。这个真理浸透了整个世界——在每一个瞬间，每一条缝隙，它都无所不在，——因而所有真诚的追求都会得到报偿。"③ 细读下去才发现，爱默生所言的限制是来自社会的期望和要求，而不是从个体的角度而言。爱默生质疑的正是社会对个体发展所具有的价值。例如，社会将财富和美视为力量的来源，但是爱默生却将个人力量作

---

① *The Complete Works of Ralph Waldo Emerson*, Centenary Edition, Edward Waldo Emerson, editor. 11 Vols, Boston: Houghton Mifflin, 1903 – 1904, p. 288.
② David Robinson, *Emerson and the Conduct of Life: Pragmatism and Ethical Purpose in the Later Works*, New York: Cambridge University Press, 1993.
③ *The Collected Works of Ralph Waldo Emerson*, 6 Vols. Ed. Afred R. Ferguson et al., Cambridge: Harvard University Press, Belknap Press, 1971, p. 28.

为意义和知识的来源:"财富是精神性的;财富是道德的。"① 在爱默生的思想中,财富和美是精神性的,而不是物质或经济价值。同样,文化、崇拜和行为都是被社会认为是外在价值,且是社会评价个体的标准,但是爱默生对它们的考察是从个人力量的视角出发的。爱默生关注的是公民的价值观和行为。因为,我们无力解决时代的问题,但却可以将时代的问题转化成"一个有关生活准则的实际问题:我将怎样生活?"② 内战前夕,爱默生越发确信政治改革的必要性。但他已经厌倦了为制度改革所做的努力。因此,《生活的准则》号召的并非是社会改革,而是一种更加乐观的个体自我的精神改革。

第三节 民族诗歌与世界诗歌

与欧洲不同,美国民族诗歌与民族的道德生活和精神建设紧密地联系在一起。爱默生通过对诗歌理论的阐述,表明道德以及超验的精神性是诗歌的最高目标。而且,美国民族诗歌的创建离不开哲学的思辨、科学的理性,也离不开美国亟需进行社会改革的现实。诗歌不是仅供娱乐的高雅艺术,而是担负着文化建设,反映且推进社会变革的道德力量,并且通过道德的作用,将分化的学科(诗与哲学、诗与科学)、将理论和实践(诗歌与社会改革)统一起来,从而建立起美国本土的民族诗歌。

美国早期的文学从宗教中而来。在新英格兰清教的文化氛围里,文学具有一定的社会功用,它是用来宣传道德情感和凝聚社会力量的工具。正是因为文学具有道德和思想意识形态的功能,美国才急切地需要发展自己的民族文学,因为民族文学能更好地维护社会的道德秩序,促进国家的发展。尽管美国与其曾经的宗主国共享同一种语言——英语,但语言并不是将美国和英国这两个民族区分开来的因素。本尼迪克特·安德森(Benedict Anderson)在《想象的共同体:民族主义的起源与散布》(*Imagined Communities: Reflections on the Origin and Spread of Nationalism*)中写道:"我主张对民族作如下的界定:它是一种想象的政治共同体——并且,它

---

① *The Collected Works of Ralph Waldo Emerson*, 6 Vols. Ed. Afred R. Ferguson et al., Cambridge: Harvard University Press, Belknap Press, 1971, p. 55.

② *The Collected Works of Ralph Waldo Emerson*, 6 Vols. Ed. Afred R. Ferguson et al., Cambridge: Harvard University Press, Belknap Press, 1971, p. 1.

是被想象为本质上有限的（limited），同时也享有主权的共同体。"① 诗歌是这种想象共同体的关键因素，是构建民族文化精神的身份特性的重要组成部分。翁贝托·埃科（Umberto Eco）同样也认为："文学让语言维持鲜活状态，令它成为我们群体的共同遗产。……文学协助建构语言，而它自己也创造了认同感以及社群意识。"②

因此，这段时间的美国作家都非常有自我意识，不仅仅因为这是世俗传统不可避免的结果，也同样是因为他们都被同一个责任所感召，那就是创造一个民族文学，向世界宣扬他们自己，向国内外证明美国的合法性。实际上，在爱默生生活的前几十年，波士顿依旧将旧英格兰的文学传统奉为圭臬。美国是否能够拥有自己的民族文化和文学？对这个问题，波士顿文学圈的反应大都很悲观：爱伦·坡对这种想法嗤之以鼻；朗费罗提倡一种涵盖各类民族特质的普遍文学；华盛顿·欧文认为美国发展还很不成熟，市民和工业的环境也完全不能和旧世界的历史传统和氛围相比，而后者，对于想象性的文学创作是非常重要的。只有爱默生无比坚定地相信民族文学，相信美国最终将拥有自己民族的文学。

上一章中提到了爱默生对美国诗人的期待，期待美国出现属于自己的诗人，歌唱属于美国自己的独特的经验。在这个意义上，爱默生对美国诗人的期待也就是他对美国诗歌的期待。爱默生十分清楚，自从美国革命之后取得了政治独立，美国文学也面临着从欧洲文学中独立出来，确定自己民族身份的任务。他曾经这样称赞丁尼生的《国王之歌》（*Idylls of the King*）："英国是解决之道，因为出现了丁尼森的诗歌……写一首关于亚瑟的民族诗歌的长久承诺，丁尼森终于实现了……民族诗歌需要一个民族诗人。"③

爱默生同时期的诗人威廉·布莱恩特（William Bryant）1826年以诗歌为主题发表了一系列演讲，④ 其中有一场题为《论诗歌及诗歌与我们时代和国家的关系》（*On Poetry and Its Relation to Our Age and Country*）。在

---

① ［美］本尼迪克特·安德森：《想象的共同体：民族主义的起源与散布》，吴叡人译，上海人民出版社2011年版，第6页。
② ［意］翁贝托·埃科：《埃科谈文学》，翁德明译，上海译文出版社2015年版，第4页。
③ *Emerson's Literary Criticism*, ed. Eric W. Carlson, Lincoln: University of Nebraska Press, 1979.
④ 没有证据表明爱默生读过布莱恩特的这次演讲，布莱恩特的演讲词也一直到1884年才得以发表。

这场演讲的结尾，布莱恩特总结道：

> 我认为，我们自己的国家具有诗歌所需要的所有材料，并且有适当的鼓励和机会去成功地使用它们。美丽和壮观，思想的伟大和道德的真理，强烈的激情和温和的激情，生命中的意外与变化，以及过去的故事和外国的知识给人的本性带来的光亮，所有的这些因素并不止存在于海那边的旧世界。如果在这样的情况下我们的诗歌仍然比不过欧洲的诗歌，那只能是因为天才还在他的宝藏上睡觉。①

桑普森·里德（Sampson Reed）同样将诗歌与道德目的联系起来。他认为时代要求关注自然意象和承担起神圣的本体论的诗歌。"诗歌意味着通过自然意象对真理进行说明，这些自然意象来源于这个事实，即整个世界是造物主的镜子。"②

在 1836 年出版的第一本著作《论自然》中，他质疑历史并向传统发起了挑战：

> 我们的时代是怀旧的。它建造父辈的坟墓，它撰写传记、历史与评论。先人们同上帝和自然面对面地交往，而我们则通过他们的眼睛与之沟通。为什么我们不该同一的保持一种与宇宙的原始联系呢？为什么我们不能拥有一种并非传统的、而是有关洞察力的诗歌和哲学，拥有并非他们的历史、而是对我们富有启示的宗教呢？③

我们想知道的一切，在自然中都能找到答案，为什么还要依靠历史和书籍来获取知识呢？换言之，美国要发展自己的文明，首要任务就是斩断与欧洲的联系，不再依靠欧洲的文化传统，而是建立起属于自己的全新的宗教和哲学，这种新思想的自觉意识非常重要。爱默生在《美国学者》中不仅明确了美国文学、美国学者的职责和要求，还隐约地向我们暗示了他希望自己成为那个引导美国众人的学者。就这样，爱默生承担起了美国

---

① Tremain McDowell, *William Cullen Bryant*, p. 213.
② Sampson Reed, *Observations on the Growth of the Mind*, Boston, 1859, p. 49.
③ *The Collected Works of Ralph Waldo Emerson*, 1 Vols. Ed. Afred R. Ferguson et al., Cambridge: Harvard University Press, Belknap Press, 1971, p. 1.

的预言者和救世主的角色。他大声疾呼，呼吁学者们摆脱狭隘的地方主义，摆脱对英国的模仿，呼吁一种真正属于美国的新文化和新文明的产生。随着他的声名越来越大，一大批年轻的学者集结在他周围，他们经常聚在一起讨论各种问题。这批以爱默生为精神领袖的文学小组被称为"超验主义俱乐部"。

在这以后的四十多年里，爱默生以讲演者的身份几乎走遍了整个美国（他每年都要在康科德、色拉姆和波士顿这几个城市演讲；还经常去中西部城市如辛辛那提、路易斯维尔、圣路易斯），他的呼吁也响遍了美国。他在日记中写道，一个讲演家须时刻铭记，民众虽然愚蠢，但是却具有"潜在的神性，每个人都是可以被感化的……要做他们的柏拉图，他们的基督，然后他们都会变成柏拉图和基督。"[1]

爱默生像一个四处行走的商人，孜孜不倦地向别人兜售着他自己对美国未来的信心和理想。在《自立》一文中，他号召听众自己去体验，倾听最好的自己，相信自己；《英雄主义》一文中，他教我们相信自己内心的力量，人人都可以是英雄；《诗人》一文中，他颂扬了能够穿透自然抵达真理的诗人；《年轻的美国人》一文中，他看到了美国广袤的西部和繁荣的商业，肯定了美国在政治、经济和文化方面取得的巨大成就；在1850年出版的《代表人物》中，他以历史上的六位伟人为例，激发我们向伟人学习，塑造伟人的品格；在1856年出版的《英国特色》中，他以一个纯然异国人的态度（与霍桑、欧文等将英国视为家乡的态度不同）赞扬了英国人的美德和天才之处，希望美国对此能有所借鉴；在1860年出版的《生活的准则》中，他针对时代的问题，从命运、财富、力量、修养、举止、信仰、思考、美等各方面为美国人提供了详细的日常行为准则。

在生命的晚年，爱默生依然频繁地在美国各地进行演讲。1863年，他到美国中西部进行演讲；1864年，他又发表《美国人的生活》和《共和国的命运》的演讲，宣称美国"这个最后建立的国家是上帝对人类的巨大恩赐"：

> 这个国家的天才已经表明我们的真实政策——机会。获得公民权

---

[1] *The Digital Journals of Ralph Waldo Emerson*, Volume 3, p. 478.

的机会，受教育的机会，发挥个人能量的机会，挣得足够财富的机会。机会的门窗全部敞开。如果可能，我将与整个世界进行自由贸易，没有海关，没有关税。让我们邀请每个国家、种族、肤色、白人、黑人、红种人或黄种人，盛情款待他们，为所有的人提供富饶的土地和平等的正义。让他们参与竞争，成为最强壮、最聪明和最好的美国人。我们的国土足够广大，我们的土地能够为所有人提供面包。①

在这种不停讲演的过程中，爱默生的思想逐渐成熟，美国的民族诗歌与民族身份特性正逐渐形成。

最近几十年，学者们开始注意到了爱默生民族诗歌的另外一面，那就是爱默生对世界诗歌②的展望。爱默生相信个体的直觉是真相的最终检验标准，因此拒绝遵循欧洲大陆上的诗歌传统。他热情地拥抱惠特曼的"美国诗歌"，他越过了那个时代蔓延的民族主义，倡导一种世界诗歌而不是仅属于美国的民族诗歌。对爱默生而言，真理与诗歌与国家界限没有关系，尽管他相信美国的民主社会更有利于诗人的自由发展。

爱默生大量阅读诗歌，他对诗歌的选择是没有国界的，他阅读荷马、埃塞库罗斯、但丁、乔叟、艾达、伊丽莎白时期的诗歌，华兹华斯、歌德、萨迪，这些也都是他特别喜爱的诗人。在他晚年出版的《帕纳萨斯》的"前言"中，美国本土的诗人爱伦·坡、惠特曼和他自己的作品并未选入选集之中，反倒是很多英国诗人的诗歌和波斯的诗歌入选其中。

小　结

诗歌是德性、智性、理性、行动的统一。爱默生认为最重要的科学是伦理学，这一点在第一章中已经讲到过。在这里，我们将分析爱默生的伦

---

① *The Complete Works of Ralph Waldo Emerson*, Centenary Edition, Edward Waldo Emerson, editor. 11 Vols, Boston: Houghton Mifflin, 1903-1904, p.422.
② 参见 Lawrence Buell, *Emerson*, Massachusetts: The Belknap Press of Harvard University Press, 2003; Wai Chee Dimock, *Through other Continents: American Literature across Deep Time*, New Jersey: Princeton University Press, 1953; Leslie Elizabeth Eckel, *Altantic Citizens: Nineteenth-Century American Writers at Work in the World*, Edinburgh University Press, 2013.

理学的组成部分。对爱默生来说，伦理学最重要的组成部分当然是广泛意义上的诗歌，但也包括哲学和科学。诗人是能洞察自然的奥秘，看到自然的真理并将之阐释宣传的人，他是自然界和精神界的桥梁。哲学家是试图洞察世界之本质和源头的人，他既能通过思辨发现世界的同一，又能通过行动了解世界的多样性。科学家是通过对自然进行研究获得自然的物质真理的人，他通过对物质世界的探究，帮助我们进一步了解自己的精神世界。因此，爱默生的伦理学既有诗性，又有哲学的智性，还有科学的理性。而且，在爱默生的伦理学中，理论与实践是贯通的。诗歌虽是想象性的创造，但却蕴含着极大的真实性，激发着人们的行动。爱默生在《英国的改革家》一文中这样描述一位英国改革家格里夫斯先生：

> 他最喜欢的信条是存在高于一切知与行。在一种高层次推进行与知的结合是他为当今时代开出的济世良方。……任何事情不经联合就办不成，我们必须与善行联合，而这种至善的精神是心灵的本质，没有它，我们要推动社会进步的所有努力都会一败涂地。教育历来都是育人，从今以后它必须育心。教育家眼睛应盯住能振奋人心促人向上的精神力量。[①]

我以为，这段话，也是描述爱默生对理论贯通实践的最好说明。总之，爱默生对诗歌的认识必须结合他对哲学和科学的认识以及在这三者的理论基础之上，他将理论与实践结合起来的努力。

[①] *The Collected Works of Ralph Waldo Emerson*, 10 Vols. Ed. Afred R. Ferguson et al., Cambridge: Harvard University Press, Belknap Press, 1971, pp. 210–211.

第五章

批评：超验和道德的标准

　　与欧洲不同的是，美国是一个没有多少历史和传统的国家，文学批评在美国的发展缺少了本土文化思想传统的滋养与支持。美国"没有共同的文学标准，共同的文学学派，"更没有可以用来反对的传统。① 美国文学史家威勒德·索普（Willard Thorp）在《二十世纪美国文学》中提到美国19世纪的文学批评时说，"在过去的半个世纪里，美国的诗人、剧作家和小说家取得了惊人的成就，文学艺术的'灰姑娘'是文学批评。"② 美国19世纪不是没有产生过有独创见解的批评家，如爱伦·坡、亨利·詹姆斯，可是总体来讲，情况确实如此，批评始终依附于创作，最大量的批评是书评、介绍或鉴赏，对创作规律的探讨少有建树。"十九世纪的美国作家，大都是在没有评论的引导或支持下进行奋斗的。在爱默生和麦尔维尔的时代，根本就没有什么专门的文学批评可言。"③ 虽然美国脉源于欧洲，大可继承欧洲的批评传统，但正如爱默生在《论自然》的第一段中所言："为什么我们不能拥有一种并非传统的、而是有关洞察力的诗歌与哲学，拥有并非他们的历史、而是对我们富有启示的宗教呢？"④ 以及在《日晷》上发表的《编者致读者》的话说："所有的批评都应该是富有诗意的，无法预料的；像每一种新的思想一样，它们将废弃并取代一切传

---

① Robert E. Spiller, "Critical Standards in the American Romantic Movement", *College English*, VIII (April, 1947): 345.
② ［美］威勒德·索普：《二十世纪美国文学》，濮阳翔、李成秀译，北京师范大学出版社1984年版，第295页。
③ 《二十世纪美国文学》，第295页。
④ *The Collected Works of Ralph Waldo Emerson*, 1 Vols. Ed. Afred R. Ferguson et al., Cambridge: Harvard University Press, Belknap Press, 1971, p. 7.

统的思想，重新烛亮整个的世界。"①

每一个时代、每一个国家的需求不同，它们会根据自身的经验和文化氛围产生自身的伟大作品，所以，美国不仅迫切需要一种全新的文化和思想，还需要一种全新的批评标准。因此，对爱默生的文学伦理批评观进行考察，就不仅仅是把他置于西方文学批评史的框架，对比分析爱默生的观点和位置，更为重要的是，爱默生作为一名共和国初期的美国人，他的批评观在美国文学批评史上的地位及其对美国思想文化发展的影响。

在对爱默生的批评观进行分析之前，我们还有一个问题需要回答，那就是爱默生是否能被称为一名文学批评家（这也是为什么在前文中我使用的是"爱默生的批评观"而非"爱默生的批评理论"，观点人人都可以有，而理论却需要一定的原创和体系）。爱默生自己认为："然而我的才智还不足以形成一种民族的批评，所以我还要利用一下前人的博大，方能完成我论述从诗神到关心他的艺术的诗人的使命。"②

关于爱默生是否是一名文学批评家，目前学界有两种主流观点。第一种是肯定的看法。例如，在威廉·詹姆士眼里，爱默生是一位有深刻见识的诗歌理论家，一位专注于介绍极端美学的革命家，这个目标基本上概括了爱默生其他所有的成就。阿福雷德·卡辛（Afred Kazin）认为，爱默生是"第一个将美国艺术基于个体视野和技术功能的伟大理论家……一个睿智又给人以启发的批评家……一种'功能'的美国美学观的先驱者"。③哈罗德·布鲁姆则认为："爱默生是一个经验的（以经验为根据的）批评家和随笔家，而不是一个超验的哲学家。在文学批评深受当代法国理论侵蚀（影响）的今天，这一明显的事实比以往任何时候都更加需要被不停地重申。"④ 而持否定看法的人中，有马修·阿诺德、查尔斯·伍德百利（Charles J. Woodbury）、萨克凡·伯克维奇（Sacvan Bercovitch）等。马修·阿诺德否定了爱默生的诗人、哲学家、文体家、批评家的身份，而将

---

① *The Collected Works of Ralph Waldo Emerson*, 10 Vols. Ed. Afred R. Ferguson et al., Cambridge: Harvard University Press, Belknap Press, 1971, p. 97.

② *The Collected Works of Ralph Waldo Emerson*, 3 Vols. Ed. Afred R. Ferguson et al., Cambridge: Harvard University Press, Belknap Press, 1971, p. 22.

③ *Emerson's Literary Criticism*, edited by Eric W. Carlson, Lincoln and London: University of Nebraska Press, Lincoln and London, p. i.

④ Harold Bloom, *Ralph Waldo Emerson*, New York: Chelsea House, 2007, p. 1.

他置于精神的领域;① 伍德百利在《爱默生谈话录》中写道:"我认为爱默生并不是一名批评家。他并不具备艺术家通常都有的那种姿态。他熟悉决定一篇文章的形式优秀与否的法则,但真诚与道德情感的满足组成了他最核心的标准。"② 而在伯克维奇看来,爱默生与其说是一个文化批评家,不如说是一个思想意识传统的缔造者,这种思想意识传统可以产生和吸收一切抵抗性的力量。在这种解释下,爱默生成为美国神话和象征的中心。③

从上述的几个例子可以看出,在20世纪之前,爱默生作为一名批评家的价值尚未得到肯定,而在20世纪之后,大部分的学者都意识到了爱默生文本中的批评资源,试图从他的哲学中挖掘出一定的美学和文艺学思想。④ 尽管爱默生的写作范围很广(内容涵盖自然、个体、历史、文学、社会等各方面,这几个方面虽有联系,但并无一个明确的中心),尽管爱默生的论述方式偏于抽象,但是,他的写作范围却无可置疑地囊括了文学理论这一块。而且,在他的作品中,还有大量的对具体作家和艺术家的评论。他的文学理论指导了他的批评实践,他的批评实践又进一步验证了他的文学理论。从这个意义上来看,爱默生是一名合格的文学理论家和批评家。

在西方思想史上,文学批评⑤真正变成一门学科是在18世纪。在此之前,诗人们创作时虽然会有一定的社会标准和要求,但诗人本身却并没有这种批评意识,这种无批评意识的诗歌创作状态是古典时期诗人和中世纪诗人的普遍特征。文艺复兴运动打破了神权,确立了人的地位。此后的启蒙运动更是肯定了人对世界的思考和改造的能力。受启蒙思想家的影

---

① Matthew Arnold, *Discourses in America: Emerson*, New England Review, Vol. 24, No. 2, pp. 195 – 209.

② Charles J. Woodbury, *Talks with Ralph Waldo Emerson*, London: Kegan Paul, Trench, Trubner & Co., LTD, 1890, p. 42.

③ 参见 Sacvan Bercovitch, *The Puritan Origins of the American Self*, New Haven, CT: Yale University Press, 1975; *The American Jeremiad*, Madison: University of Wisconsin Press, 1978.

④ Thompson, Frank T., "Emerson's Theory and Practice of Poetry", *PMLA* 43 (December 1928): 1170 – 1184.

⑤ 本书中的"文学批评"一词并未对 Literary Criticism、Literary Theory、Critical Theory 等词加以区分,指的是广义上的对文学的鉴赏、品读、理解、批评等活动。另外,文学批评与哲学和美学密不可分,尤其是美学。但是,在本书中,我并不是在从哲学中分离出来的"美学"学科这一现代意义上去使用"美学"一词,而是一种统称,用来指文学作品的艺术和情感价值。

响,文学批评活动从文学中脱离出来,取得了自主的地位,并在 18 世纪获得了长足的发展。凯姆斯爵士(Lord Kames)在《批评的元素》(The Elements of Criticism)中提出,良好的批评艺术,就像道德一样,应该会成为一种理性的科学;而且,也像道德一样,可以通过培养而达到一种较高程度的高雅。[1] 塞缪尔·约翰逊(Samuel Johnson),经过与新古典主义的决裂和对文学批评的再审视,认为文学批评可以成为一种"科学",成为一门与其他学科完全不同的新学科。自此之后,诗人们的创作都或多或少地打上了批评意识的烙印,一个诗人很可能同时也是一名批评家,他的诗歌创作会受到他作为一名批评家的审核,而他的批评理论则来自于自己的诗歌创作实践。启蒙时期的很多文学批评理论和实践活动都来自于诗人和作家他们自己。

作为一名超验主义者,爱默生的批评观是超验的,他认为所有的批评都存在一个超验的标准,这个标准是作品完美和理想的状态。同时,这种超验的批评标准还是伦理的,他坚持用伦理标准去衡量作家与作品,作家才能必须与作品保持一致。[2] 而且,与浪漫主义时期崛起的主体意识相反,爱默生突出了作品指向自然而非指向作家本身的重要性。

道德始终是爱默生评判诗人和作家作品的最高标准,在文学批评中,对文学的道德判断始终高于对文学的审美判断。在《关于现代文学的思考》开头,爱默生这样写道:

> 文学随命运前行。每一个字句都是源于上帝的启迪。每一篇作品都是出自于较为深邃或者稍欠深邃的思想;而思想深邃程度正好是衡量它的效果的尺度。最高等级的书是那些传达道德观念的书;稍逊者是富于想象的书;再逊者是科学书籍。它们都关涉现实:理想中的现实,现存的现实,表面的现实。凡与它们所包涵的真与美成正比的书灵光留存;余者则消亡。[3]

---

[1] Henry Home, Lord Kames, *The Elements of Criticism*, edited by Peter Jones, Indiana: Liberty Fund, Inc, 2005, p. 152.

[2] Charles W. Mignon, "'Classic Art': Emerson's Pragmatic Criticism", *Studies in the American Renaissance*, 1983, pp. 203 – 221.

[3] *The Collected Works of Ralph Waldo Emerson*, 10 Vols. Ed. Afred R. Ferguson et al., Cambridge: Harvard University Press, Belknap Press, 1971, p. 99.

在爱默生书籍等级当中，道德的要求始终高于审美的要求，审美的要求高于求知的要求，因为道德书籍描述的现实是理想的现实，想象书籍描述的是现存的事实，而科学书籍则描述表面事实。

第一节 超验的批评

爱默生认为我们应该用一种绝对的标准去评判文学，文学批评中最高级别的批评必须是超验的。与爱默生的诗人观、创作观、诗歌观一样，在爱默生的批评观中，也存在着一个理想的作品。任何其他作品的价值都要与这个理想作品进行对照。这个理想的作品是超验的，完美的，超越了时间和空间。但是，另一方面，爱默生也承认，作品应当体现一定的地理环境和文化环境，好的作品能够体现其时代特征。

1835年9月，爱默生在波士顿发表《英国文学》演讲系列。在这一演讲系列的第一篇"英国文学：前言"中，爱默生阐述了他的超验的文学理论。在第一段中，爱默生发出了惊天之词，他否认了英国文学史的存在且摒弃了常识中与英国文学相关的知识。他不满足于仅仅对英国文学进行编年史般的叙述，而企图明确英国文学的实质，它最本质的特点和它的目的。关于英国文学、关于此次演讲的主题，他介绍道："没有英国文学史。……我也不理解每位作家在此种历史中的真正位置，或是知道他天才的主导思想。……我在此篇文章中将努力对文学的本质和目标进行界定并解释其与人类本质的关系。"[①]

在爱默生看来，文学本质上是一种思想（思想也是人之所以为人的根本特征），思想的源泉则来自于天灵。文学中具有最高价值的是那些有关上帝、秩序、正义、自由、爱、时间、空间、自我、物质、必然、战争、智性美、美德和爱的崇高思想。也就是说，在爱默生的批评观中，存在一个超验的至高理念世界。对现实世界的任何创作的评断都要依据这个

[①] *The Early Lectures of Ralph Waldo Emerson*, Stephen E. Whicher, Robert E. Spiller and Wallace E. Williams, editors. 1 Vols. Cambridge, MA: The Belknap Press of Harvard University, 1959 – 1972, p. 218. 当时的大学里没设英语系，没有讨论英国文学概观一类的课程——更不用提美国文学了，关于这方面的史料也很少。1824年华顿的《英国诗歌史》出版，1827年才有第一个在英国获得任命的英文教授。研究英国文学还没有形成气候的原因之一是，在爱默生听众的心目中，英格兰以及它的文学的重要性是理所当然的。参见 Robert D. Richardson, *Emerson: The Mind on Fire*, Berkeley: University of California Press, 1995.

超验的世界的标准进行。正如诺尔曼·福伊斯特（Norman Foerster）在其著作《美国批评：从坡到现在的文学理论研究》中所指出的那样：

> 爱默生要求一种"超验"的批评。他说，我们必须用绝对的标准去评判书籍……例如，当我们面对一首新诗的时候，我们不会将之与它让我们联想起来的好诗作比较，甚至是与荷马、莎士比亚和弥尔顿的作品进行比较，而是会问，与那个假设的最高诗歌，那首光芒盖过一切伟大作品的太阳之诗相比，这首诗歌是否能够证明自己。不仅如此，我们甚至要准备走的更远；那首诗歌中的太阳说到底，也还是一首诗，而并不是真理本身——在那理想的诗歌背后是那理念本身，是所有人类努力的标准。①

在1840年5月的一条日记中，爱默生又重申了这一个观点："批评必须是超验的，也就是说，批评必须认为文学——所有的文学——是短暂的，极易完全消失。……但是人也是所有这一切的批评家，而且应该把所有人类智力的所有现存产品看作是一个时代的，可以修正、更改或撤销。"② 几年后，在《关于现代文学的思考》一文中，爱默生再次强调：

> 我们必须学会按照绝对的标准去判断书本。当我们自身被激发起一种独立自主的生命之时，文字的那些传统的光彩就会变得非常苍白和黯淡……除非人们以一种超越书本知识的智慧去阅读书本，并且将所有现存的人类才智的成果仅仅视为一个可以为他修改和废弃的时代，否则，他们便不会成为书本的优秀评论家。③

从上面几段文字可看出，爱默生对文学价值思考的很重要的两点是：人类经验的普遍性以及个体经验的崇高性。正是因为人类经验的普遍性，文学批评才得以可能；正是因为个体经验的崇高性，文学批评的最高价值

---

① Norman Foerster, *American Criticism: A Study in Literary Theory from Poe to the Present*, pp. 54–55.
② *Emerson's Literary Criticism*, p. 100.
③ *The Collected Works of Ralph Waldo Emerson*, 10 Vols. Ed. Afred R. Ferguson et al., Cambridge: Harvard University Press, Belknap Press, 1971, p. 116.

才会存在。《圣经》之所以历经几千年仍然被称为世界上最富原创性的经典，乃是因为"无论是哪一种具有伟大的道德因素的庄严思想，都会立刻与这部古老的经典紧密相连。最崇高的独创性必定表现在道德方面，这本来就是万物的本质"。① 所以，《圣经》在世界上占据重要地位的原因不是别的，而是因为"与别的任何书相比，它来自于更为深刻的思想，其效果也就必然与其思想深度形成精确的正比"。②

当然，爱默生并不是唯一一个相信最高的价值和真理超越时间、历史、民族和种族的人。1829年理查德·希尔德若思（Richard Hildreth）在波士顿演讲时也表达了这个观点，即，伟大的文学体现了"真与美的那些伟大的、普遍的、永恒的原则，这些原则在任何时代任何地点都能震撼人心，给人美感"。③

而爱默生的同时代人，来自美国南方的爱伦·坡的文艺批评观则与爱默生的超验批评观完全相反。爱伦·坡认为，19世纪的美国文学批评有两个特点，第一，一种旧式的狭隘主义。坡指出，这种狭隘主义是相对欧洲国家而言的，与欧洲相比，美国批评家自惭形秽。第二，与狭隘主义相反的一种盲目的爱国情感，英国批评家们自视过高。针对这两类常见的批评风格，坡通过哲学分析提出了他的理想的批评原则，那就是艺术的纯粹准则。

坡承认绝对、普遍原则的存在，这些原则存在于文学的本质和作家的心灵中。文字无法圈定诗歌的精神本质。坡理想中的批评标准是客观的、推断的。无论是艺术还是科学，他从未怀疑过批评是而且应该是牢牢地基于人的本性，基于"人类头脑和心灵的法则"。这些也是艺术本身的基础。因此，权威在原则而不在个人，在理性而不在前例，在原理而不在规定。诗人不一定是诗歌的评判者，然而，批评家却必然是诗人，他们如果没有"诗性的力量"，至少应该具有"诗性的情感"，如果没有"神圣的官能"，至少要有"诗性的眼光"。④ 这是19世纪浪漫主义运动充分肯定

---

① *The Collected Works of Ralph Waldo Emerson*, 10 Vols. Ed. Afred R. Ferguson et al., Cambridge: Harvard University Press, Belknap Press, 1971, p. 105.

② *The Collected Works of Ralph Waldo Emerson*, 10 Vols. Ed. Afred R. Ferguson et al., Cambridge: Harvard University Press, Belknap Press, 1971, p. 105.

③ Douglas Grant, *Purpose and Place: Essays on American Writers*, New York: St Martin's Press, 1965.

④ Norman Foerster, *American Criticism: A Study in Literary Theory from Poe to the Present*, p. 56.

批评与诗歌关系的结果,爱伦·坡将之在美国确立下来。他声称"充分地欣赏我们称之为天才的作品,就是要具有使这部作品产生的所有天才"①。关于文学批评,坡的核心原则是:

> 艺术的目的是愉悦,不是真理。为了愉悦的强烈,艺术作品必须统一简洁。在诗歌中,激发愉悦的合适方式是美的创造;不仅仅是具体事物之美,而且是一种更高的美——超自然的美。音乐是诗歌不可或缺的要素,在诗人竭力追求超自然之美时更体现其价值,因为音乐比任何其他的艺术都更接近这个目标。另一方面,在散文故事中,艺术家应该追求创造出不同于诗歌的效果,——恐怖、惊惧、激情的效果,——每次都限制自己达到一种效果。②

艺术的目的是愉悦,不是真理。美和愉悦是艺术最高的标准。无论是将道德主义作为艺术的标准还是将现实主义作为艺术的标准,在坡看来,都是异端邪说。无论如何卓越的道德品质都无法单独组成一部作品,相反,不具任何道德内涵的写作反而可能是一部佳品。③

在爱默生的随笔中,批评的本质和功能从表面上来看与坡的理论相近。诗人与批评家应同属一类:"诗人是在爱着的爱人,批评家是接受建议的爱人。"(The poet is the lover loving, the critic is the lover advised) 这两者间的区别在于诗人的自发性和批评家的意识——一个是去爱,另一个是去建议。爱默生与坡的共同点在于,两个人都呼吁一个绝对的批评标准,有了这个最高的标准,任何一个特定的艺术作品都可以用来与之比照。然而,两者在根本目的上却是不同的,爱默生的"真理"一词既指思想真

---

① Norman Foerster, *American Criticism: A Study in Literary Theory from Poe to the Present*, p. 57.

② Norman Foerster, *American Criticism: A Study in Literary Theory from Poe to the Present*, p. 57.

③ 具体参见 Rathbun, John W., "Theories in Practice: Poe and Emerson", *American Literary Criticism*, 1800–1860, Boston: Twayne, 1979, pp. 137–152; Mulqueen, James E. "The Poetics of Emerson and Poe", *Emerson Society Quarterly*, No. 15 (2d Quarter 1959): 5–11; Anderson, David D. "A Comparison of the Poetic Theories of Emerson and Poe", *Personalist* 41 (Autumn 1960): 471–483; Garmon, Gerald M., "Emerson's 'Moral Sentiment' and Poe 'Poetic Sentiment': A Reconsideration", *Poe Studies* 6 (June 1973): 19–21.

理（intellectual truth），也指道德真理（moral truth），而这两者都不是艺术家合理的目的。坡与爱默生在对待诗人的态度上也十分不同。爱默生在作品中反复地提到柏拉图、普罗提诺、普鲁塔克、蒙田、莎士比亚、培根、弥尔顿等大作家，相反，坡对于那些伟大作家却没有多少敬意。

在《英国特色》的《文学》一章中爱默生用超验的批评观考察了英国的文学家们。英国人偏于实际，即使是在哲学和文学中，也难以寻觅到希望、宗教、欢歌、智慧等高尚的价值。但英国少有的天才们却能够超越时代和民族。培根在柏拉图的影响下，精于观念，忠于目的，他标志着理想主义流入英国。他那具有普遍性的"基本哲学"能够概括公理和普遍法则，他的诗歌理念是，展示事物要适应精神愿望。洛克对观念的意义不甚了解，而这一定程度上标志着英国精神的萎谢和滑坡；柏克热衷于概括，可是他的思想深度不够，范围也有限；狄更斯是个描绘英国生活细节的画家，具有地方色彩和趋时风格，但目标不够远大；布尔沃（Bulwer-Lytton）投机取巧；萨克雷眼里没有高远理想，只有伦敦的现实；麦考莱精于物质，否定了道德；科勒律治渴望获得各种观念，他写出、讲出了英国那个时代独树一帜的批评；卡莱尔则走向了物质主义的对立面，走向了宣言意志和命运的英雄主义。英国的诗歌，"由于没有崇高的目标，由于不是真诚地热爱知识，由于没有服从自然，想象力便受到压抑"[1]。于是，蒲柏及其门徒写的诗成了装饰；司各特的诗不过是押韵的苏格兰旅游指南；丁尼生矫揉造作。写到这里，爱默生不由得哀叹："英国人已经忘记了这一事实，诗歌之所以存在就是为了表现精神法则，达不到这一条件，什么精彩的描写、丰富的想象，在本质上就谈不上新颖，跳不出散文的框框。"[2] 华兹华斯的天才是这一时期诗人们中的意外，他的诗是心智健全的，表达了大自然的心声。美中不足的是他的气质不够柔和，声律不够精通。而丁尼生则完全是华兹华斯的反面。他的诗精雕细琢，然而却并未能够配以一个高瞻远瞩的主题。

爱默生很少阅读小说，在英国小说家里面，他最关注的是司各特，小说中他比较喜欢的有《拉马摩尔的新娘》（*The Bride of Lammermoor*）和

---

[1] *The Collected Works of Ralph Waldo Emerson*, 5 Vols. Ed. Afred R. Ferguson et al., Cambridge：Harvard University Press, Belknap Press, 1971, p. 142.

[2] *The Collected Works of Ralph Waldo Emerson*, 5 Vols. Ed. Afred R. Ferguson et al., Cambridge：Harvard University Press, Belknap Press, 1971, p. 144.

《康斯薇洛》(Consuelo)。然而，尽管爱默生早期喜欢阅读司各特的小说，到30年代之后他认可的小说已经不那么多了，他悲叹司各特的"矫揉造作和学究式的"对话，以及他对服装和风景的过分注重。他不喜欢狄更斯，他觉得狄更斯的小说非常令人失望，因为他缺少很好的对话以及戏剧性的天才，缺少诗意和对角色的刻画，他极度依赖于漫画手法、夸张笔法和肮脏的描写，《雾都孤儿》就是一个很好的例子。他也不喜欢简·奥斯丁，她的小说中，他只读了《劝导》和《傲慢与偏见》，认为它们"语调粗俗，艺术创造贫瘠，局限于英国社会可鄙的传统，没有天才、才智或对于世界的知识"①。他将《简·爱》受大众欢迎的原因归为它的道德意识，例如，搁置一段不如意的婚姻是否正确，以及听任情感去控制一切关系是否合理等。② 萨克雷的小说同样吸引不了他，爱默生希望他的小说有一天将通向我们的内在世界，而不仅仅是在服饰上有所新意。

但是超验并不是爱默生评价文学的唯一标准，在《英国天才的永恒特征》一文中，爱默生还提出了批评的另外一个标准，即批评的文化标准。艺术体现了地方的精神。批评必须考虑到天才的文化土壤。历史批评或文学民族主义：文学与作者时代、地点和种族的有机互联关系。批评应该将文学放到一定的文化历史语境中去——地点精神、时代精神和文化土壤。用爱默生的话来说："谁也不能摆脱他的时代和国家，谁也不能制造一种跟他那个时代的教育、宗教、政治、习俗、艺术毫不沾边的模式。它们表示了那一时期人类灵魂的高度，非但不异想天开，而且是像世界一样深沉的一种必然性造成的。造型艺术整个现存的作品像历史一样在这里有它最高的价值。"③

英国的国情和时代产生了英国人独有的气质和文化。爱默生列数了安格鲁—撒克逊人的九种特征：精神的严肃忧郁；幽默；热爱家庭和居家生活；节约实用；精准的观察力；热爱真理；崇尚正义；尊重生育；尊重女性。例如，弥尔顿就最好被视作是英国的、古典的、希伯来—清教思想传统的产物。而全新的地理、文化土壤和社会机构，则产生了一种独特的美国性格。

---

① *Emerson's Literary Criticism*, p. 117.
② *The Collected Works of Ralph Waldo Emerson*, 7 Vols. Ed. Afred R. Ferguson et al., Cambridge: Harvard University Press, Belknap Press, 1971, p. 215.
③ *The Collected Works of Ralph Waldo Emerson*, 6 Vols. Ed. Afred R. Ferguson et al., Cambridge: Harvard University Press, Belknap Press, 1971, p. 201.

第二节　伦理的批评

诗歌的最高目的和价值在于道德，在对作品进行评价时，作品的道德目的和目标也就成了评价的最高标准。爱默生不仅要求诗歌必须具有道德目标，他还要求作家性格与才能的一致，即作家与作品的一致。

爱默生强调诗歌的道德目标。这一点在前几章已经有所论述。在其1831 年的日记里，爱默生这样写道：

> 我写那些实然存在的事情，I write the things that are
> 而不是事情的表面，Not what appears;
> 写事情在上帝之眼中的样子，Of things as they are in the eye of God
> 而不是事情在人类之眼中的样子，Not in the eye of Man.①

这种道德承担自然使批评的箭头偏离了美学的考量，也甚至忽略了这个过程中的艺术想象力。道德的洞见带来的是审美的盲目。对于爱默生这样的柏拉图式的心灵来说，道德关怀也意味着一种客观性和一种对内在的逃避，后者在他看来是浪漫主义诗歌最大的缺点。

在对约翰·罗斯金（John Ruskin）的研究中，罗杰·斯坦因（Roger Steiner）清楚地看到了爱默生同时代人闭合的概念循环："通过将艺术的形式与自然的形式等同起来，将自然本身与神性等同起来，超验主义者使批评的艺术基本上变成了一种道德冒险。"②

道德承担不仅仅限于爱默生的时代。比如，对英国思想家卡莱尔来说，文学批评有两条主要的标准：伦理道德标准和社会历史标准。伦理道德标准以"真"为本，唯有真诚者在无意识的状态下才能创造出真实的艺术，这是对文学及文学家本身的道德诉求。另外，爱默生对约翰·罗斯金的艺术观也表示十分钦佩。罗斯金，站在"为艺术而艺术"的对立面，

---

① *The Journals and Miscellaneous Notebooks of Ralph Waldo Emerson*, William H. Gilman et al., editors. 3 Vols. Cambridge, MA: Harvard University Press, 1960–1982, p. 290.

② Roger Stein, *John Ruskin and Aesthetic Thought in America*, 1840–1900. Cambridge: Harvard University Press, 1967, p. 30.

主张艺术的任务是对人的心智的健康影响：

> 在"为艺术而艺术"盛行的地方，在工人们以工作和生产而不是对工作的解释以及表现为乐的地方，艺术对人脑和心智有着最致命的影响，如果长此下去，会破坏人的智力和道德准则。而当艺术谦卑而无私地服务于忠实地阐释和记录宇宙现象的时候，它总是对人有所裨益。惟其如此，它才会怡人，才充满力量，才能拯救众生。①

在罗斯金看来，艺术必须以伦理为前提，艺术的基础是健康和善的生活，艺术的目的是教化人，使人在艺术中领悟如何去过一种健康的生活。俄国作家托尔斯泰在《什么是艺术》(*What is Art?*) 中同样强调了道德是艺术的最高判断标准。他认为，由于莎士比亚不顾怜劳工阶级，所以，艺术的主要条件——诚恳——在莎士比亚戏剧中并不存在。故而，"不管别人怎么说，不管莎士比亚的作品如何迷住了他们，不论他们说他有多少好处，很显然的，他不是个艺术家，他的作品不是艺术品。你可以说莎士比亚是任何东西，但他绝非一名艺术家"②。19世纪中期的时候，在海涅、雨果和乔治·艾略特的作品中，道德想象的观点无处不在。③ 叶芝说他能够看到绘画中的文学因素和诗歌中的道德因素是"这两种艺术形式被社会秩序接纳的方式，通过这种方式，它们成为生活的一部分，而不是仅供研究和展览的东西"。④ 著名评论家马修·阿诺德在对英国诗人的评价中，曾将威廉·华兹华斯的位置排在仅次于莎士比亚和弥尔顿之后，认为华兹华斯给我们提供了一种对生活的批评和如何生活的方法。阿诺德的观点是，伟大的文学是人生"道德理念"的展示，"违反道德理念的诗歌就是违反人生的诗歌；对道德理念淡漠的诗歌也是就对人生淡漠的诗歌"⑤。虽然两者的标准都是道德，爱默生的观点却与阿诺德完全相反。1833年结束第一次欧洲之行回国后，爱默生在日记中谴责华兹华斯和柯

---

① John Ruskin, *The Two Paths*, New York: Maynard Merrel, 1893, p. 16.
② [俄]托尔斯泰:《论莎士比亚和戏剧》，选自《托尔斯泰文集》第十四卷，陈燊、韦陈宝译，人民文学出版社2011年版。
③ David Bromwich, *Moral Imagination*, Princeton: Princeton University Press, 2014, p. 5.
④ Frank Kermode, *Romantic Image*, New York: Chilmark, 1961, p. 162.
⑤ Laurence S. Lockridge, *The Ethics of Romanticism*, Cambridge: Cambridge University Press, 1989, p. 2.

勒律治的诗歌"缺少对宗教真理的洞察力",并称"他们根本不知道被我称为第一哲学的道德真理"。相比这些名扬在外的诗人们,爱默生反而偏好那些"《闲谈者》、《旁观者》、《漫步者》、《探险者》的作者们",因为他们"机智地谴责罪恶,灵巧地提倡道德品质中的德性原则"。①

爱默生诗歌所隐含的读者同样也很重要。诗歌如同布道文一样,受众属于同一个道德共同体。爱默生的诗学救赎是其学说的必然结果,所有的经验都具有道德教化意义,因而需要被特别考虑在内。爱默生认为诗歌兼具道德责任的信念成了内涵自由的工具而不是外在的束缚。道德启发是目的,只要揭示世界同一的任何的文学形式都具有与诗歌同等的地位。他宣称,诗人的道德目的,他认为诗歌是表达哲理和道德的最高形式。

在《英国文学》演讲系列的《伦理作家》这一篇演讲中,爱默生明确地提出了批评的道德标准(在同一系列的前几篇演讲中爱默生不停地暗示这种道德批评)。

伦理作家是那些能够表达存在于所有人身上的不会随时间和变化而改变的感情和能力的人,他们处理的不是意见,而是原则;他们写的不是当地的机构或特别的某些人和目的,而是普遍的人性。②

爱默生认为,如果我们按时间顺序梳理历史上那些伟人的格言的话,我们便可以发现人类的道德史。他写道,从"英国文学中,从培根、莎士比亚、弥尔顿等人的作品中找出很多的道德句子"③。这些作家"处理的是永恒的人性"④。这些伦理作家的"谚语和格言"以及那些简单的"警句"的传统可以一直追溯到古代的塞内加、毕阿斯(Bias)、第欧根尼(Diogenes)、奇洛(Chilo)、梭伦(Solon)、普鲁塔克、泰勒斯(Thales)、毕达哥拉斯(Pythagoras)、柏拉图、苏格拉底等人,而且"仍然保

---

① *The Journals of Ralph Waldo Emerson*, Ralph L. Rusk, editor. 1 Vols. New York: 1939, p. 331.

② *The Early Lectures of Ralph Waldo Emerson*, Stephen E. Whicher, Robert E. Spiller and Wallace E. Williams, editors. 1 Vols. Cambridge, MA: The Belknap Press of Harvard University, 1959–1972, p. 358.

③ *The Early Lectures of Ralph Waldo Emerson*, Stephen E. Whicher, Robert E. Spiller and Wallace E. Williams, editors. 1 Vols. Cambridge, MA: The Belknap Press of Harvard University, 1959–1972, p. 369.

④ *The Early Lectures of Ralph Waldo Emerson*, Stephen E. Whicher, Robert E. Spiller and Wallace E. Williams, editors. 1 Vols. Cambridge, MA: The Belknap Press of Harvard University, 1959–1972, p. 358.

留着它们当初的新鲜感"①。道德科学是唯一拥有不朽的缪斯。

爱默生回顾英国的历史，认为伦理的真理从远古时期就流淌在英国心灵的血液里。英国历史上的多次变动也是在这种精神的驱动下完成的。同样在这种精神的滋养下，英国产生了大量的伦理作家，从伊丽莎白女王时期就有培根、斯宾塞、西德尼、理查德·胡克（Richard Hooker）；接下来的时代里又涌现了约翰·史密斯（John Smith）、亨利·莫尔（Henry Moore）这两个哲学作家；接下来又出现了杰拉米·边沁（Jeremy Bentham）、弥尔顿、多恩、托马斯·布劳恩（Thomas Browne）、约翰·班杨（John Bunyan）。所有的这些作家都具有一个哲学的心灵，能够洞察到人类本性中的道德法则，并且在各式各样的作品中宣扬此种道德法则的存在。伦理作家们对道德法则的肯定引发了英国史上的几轮道德革命，如宗教改革运动、光荣革命，等等。

在英国所有的伦理作家当中，爱默生对弥尔顿的评价最高。人的堕落是弥尔顿所有作品的主题，但他通过人的堕落，表达的却是人性再度上升到神性的领域。在弥尔顿的作品中，我们感受到的是对美德的颂扬，对放纵的蔑视。约翰·洛克（John Lock）、约瑟夫·艾迪生（Joseph Addison）、约翰逊博士（Dr. Samuel Johnson）、柏克也皆是以美德著称的作家。最后，爱默生总结道：

> 伦理处理的法则即我们认为的事物的本质；这个法则可以解释所有的行为，它如此简单；每个人的一生中都曾眼见过这种法则，并能够判断他对法则的了解超越任何其他的知识；不管被称为必然性、精神还是力量，历史都只是这种法则的说明；这种法则主导了任何一场革命、战争、移民、贸易和立法，并且在每个人的私人生活中充分展示它那最高最深的一面。②

---

① *The Early Lectures of Ralph Waldo Emerson*, Stephen E. Whicher, Robert E. Spiller and Wallace E. Williams, editors. 1 Vols. Cambridge, MA: The Belknap Press of Harvard University, 1959-1972, p. 358.

② *The Early Lectures of Ralph Waldo Emerson*, Stephen E. Whicher, Robert E. Spiller and Wallace E. Williams, editors. 1 Vols. Cambridge, MA: The Belknap Press of Harvard University, 1959-1972, p. 370.

爱默生对历史人物的评价也是根据伦理标准。在《代表人物》中，这几个人物在道德上各有局限。柏拉图坚持事物都是可知的，是可以解释的，因此，他的哲学没有办法解释那些不可知的事情；他没有看到心灵是有其局限的，而神性是无限的，神性的无限之处正是哲学的有限之界，柏拉图理解到了自然的"多"和思想的"一"，但却没有能够触及神性，因此，他对多变的自然的追问和对真理的追求注定是失败的。斯威登堡的局限在于，在他的象征体系里，一个物体可以对应很多种意义，而且他对自然的解读也因为神学的框架而被烙上了宗教的痕迹（他的神学偏见使他对自然的解释流于单一和狭隘）。因为在他的世界体系中，没有生命的活力，没有人的主动自发性。他的神秘灵性掏空了宇宙的生命和活力。他把充满生机活力的自然研究导向了死气沉沉的神秘主义。蒙田的"怀疑主义消失于其中的那种最后的解决就存在于道德情感里，道德情感是决不丧失它的至高无上的地位的。……一个有思想的人一定会感觉到宇宙起源的那种思想，也就是：自然界的种种物质的确在起伏、流动"①。莎士比亚最大的缺陷在于他的作品缺少道德力量。莎士比亚看到了自然和人性的多变和复杂，但却没能领会自然背后的道德力量；莎士比亚具有无与伦比的天赋和创造力，他却没能将这些能力转化成指导实践生活的准则，他的作品只能娱乐大众，而无法激发起行动。拿破仑的力量在道德律法面前，微弱而不完整。他代表了在最有利的条件下做的"没有良心的智力实验"。他的实验是一个失败的实验，因为他在道德上是盲目而无知的。尽管他权术过人，但他自私狭隘的目的限制了自身的发展。而歌德，为了成为一名文艺复兴人（通才），只在意那些能够增强自身文化修养的东西。真理于他而言也只是一种增加修养的手段。这种自我中心的追求决定了他的局限性。尽管学者具有从杂多中看出同一的能力，歌德却并没有崇拜过最高的同一；他过分地关注自我修养，过度地关注自身所能成就的事业，从不屈服于任何道德情操。诚然，提高自我修养的过程必然会涉及对多门学科和技艺的掌握，但是在歌德这里，多才多艺并不是他致力于追求真理的手段，反而是他吸引更多才艺以提升自我修养的手段。

对爱默生来说，一个作家首先要有性格，而不仅仅是才能，人与作家

---

① *The Collected Works of Ralph Waldo Emerson*, 4 Vols. Ed. Afred R. Ferguson et al., Cambridge: Harvard University Press, Belknap Press, 1971, p. 103.

必须是一体的。一个作家必须要有性格和才能。仅有才能无法造就一位作家。① 作品背后的作者的个性和思想同样重要，作家与作品之间的关系是有机的：

> 我相信人和作家应该是统一的，而不是不一致的。华兹华斯呈现给了我们一个真心真诚的形象，弥尔顿、乔叟、赫伯特同样如此；……不要让作家挤压人，使他变成了一个阳台而不是一座房子。如果能与弥尔顿碰面，我觉得我应该会遇见一个真正的人；但是科勒律治是一个作家，蒲柏、沃勒（Edmund Waller）、艾迪生、斯威夫特和吉本（Edward Gibbon），尽管他们都各有特点，都太过时髦了。他们不是要变成人，而是变成时尚。斯威夫特有他的特点。奥尔斯顿（Allston）也是令人尊敬的。诺瓦利斯、席勒都只是传声筒，不是真实的人。约翰逊博士是个真正的人……人性在荷马、乔叟、莎士比亚、弥尔顿、华兹华斯中微笑。蒙田是一个真正的人。②

----

① 中国的文论就是在品人的"才性论"基础上发展起来的，讲究因文观人，表里必符。刘勰首先从风格和个性统一的观点，在《文心雕龙》里提出一篇专论——《体性》。刘勰在《体性》篇中指出："夫情动而言形，理发而文见，盖沿隐以至显，因内而附外者也。"有什么样的思想情感，就会写出什么样的文学作品来，作品和人的思想情感活动是内外相符的。《知音》篇说："夫缀文者情动而辞发，观文者披文以入情，沿波讨源，虽幽必显。世远莫见其面，觇文辄见其心。"参见（南朝梁）刘勰《文心雕龙》，詹锳义证，上海古籍出版社1957年版，第1011、1855页。在作品风格和作家个性的关系问题上，英国19世纪的文学批评家约翰·罗斯金也有类似的意见。在徐迟节译并改题为《论作品即作者》的一篇文章里，罗斯金是这样说的："伟大的艺术是一个伟大的人物的心灵的表现。……如果是花花巧巧的作品，作者一定是一个寻欢作乐的人；毫无装饰意味的作品的作者一定是一个粗野、没有感情的或者愚笨的等等的人。……你可以从中知道人的性格，国民性的性格。他们在他们的艺术中正如他们在他们的镜中一样；不，正如他们在他们的显微镜中一样呢，而且是放大了一百倍的！因为在艺术中，性格具有了热情，这性格的高贵或卑鄙在艺术中都加强了。不，不像他们在显微镜的底下，而是正如他们在一把外科医生用的刀下，被解剖开来一样；因为一个人可以用各式各样的方法躲藏起来，或伪装了来见你；可是他在艺术中却躲不了，伪装不了，在艺术中，他一定是裸露无遗的。一切他的性之所喜，一切他的识见，——一切他能做的，——他的想象，他的感情，他的忍耐，他的不安，他的粗忽或灵巧，纤毫毕露了。"约翰·罗斯金说："自然，艺术的禀赋和性情的善良是两样不同的东西；一个好人不一定是一个画家。同样，善辨色彩的眼睛不能说明这人是诚实的。可是伟大的艺术是两者的结合。它是一个纯洁的灵魂有了艺术的禀赋之后的表现。其中若无禀赋，我们就毫无艺术之可言，其中若无灵魂，——若无正当的灵魂，这艺术品不管如何伶俐也是坏的。"转引自詹锳《〈文心雕龙〉的风格学》，人民文学出版社1982年版，第7—9页。

② *Emerson's Literary Criticism*, p. 105.

爱默生的这种说法，是预设了善与美的统一。美与善，从作品的意义这个层面来看，是不可分的。一颗道德心灵可以激生美的感受、观照，并创造美的事物。而对爱默生来说，善与美是统一的，以他最喜爱的英国作家弥尔顿为例，爱默生说，作为美国早期清教的传统，弥尔顿的思想在美国备受推崇，因为弥尔顿的写作态度和生活态度是一致的，他认为能写出崇高诗歌的人必须首先必须让自己的生活像一首真正的诗歌，在生活中培养崇高的美德，达到美与善的合一。

文学能够陶冶人心、教训社会，发挥经世济用、风上化下的功能，能够对现实社会状况有所反映与批评，这便是文学的道德功用；而一位文学创作者，如果能在作品中表现文学的道德功用，那他就是一位有道德使命感、有正义、有社会良知的文学家。爱默生要求的，便是这种文学和作者。

第三节　古典的批评

浪漫主义时期，文学由对外部自然和社会的探索转为对个体内部心灵世界的探索，也正是在这种转型的风向下，一种主观主义的倾向大为流行。在这样的背景下，爱默生回归古典，从古希腊传统那里吸收资源，要求作品指向自然，指向自然之中那超时空的真理，而不是指向作者本身。

1840年，爱默生在《日晷》上发表了《关于现代文学的思考》一文。在这篇文章中，爱默生指出：

> 诗歌与时代的思索烙上了某种哲学转折的印迹，使它们和以往时代的作品有所区别。诗人们不再满足于观察"苹果如何美丽地悬挂在岩石旁"，"阳光在小树林里唤醒了何种美妙的音乐"；他们也不再满足于观看哈迪克鲁特如何"以庄严的步伐前往东方，又回头向西"。如今，他们思考的问题是：苹果对于我而言是什么东西？鸟儿对于我而言又有什么意义？哈迪克鲁特对于我而言意味着什么？我的本质又是什么？这一切就叫做主体意识，犹如将眼光从客体上收回，牢牢地盯在主体和心灵之上。①

---

① *The Collected Works of Ralph Waldo Emerson*, 10 Vols. Ed. Afred R. Ferguson et al., Cambridge: Harvard University Press, Belknap Press, 1971, p. 104.

这个时代是主观的，这个时代的心灵习惯于从每一个小细节中观察宇宙的存在。爱默生在《新英格兰生活与书信的历史笔记》(Historic Notes of Life and Letters in New England) 演讲中声明："这个时期的关键似乎是心灵意识到了其自身。人们变得爱反思、勤思考。有一种新的意识……年轻人头脑中带着刀出生，一种对动机进行内省、自我解剖和分析的倾向。"① 那段时期的文学体现了这种自我分析的倾向。琼斯·维利在1838年的文章《史诗诗歌》(Epic Poetry) 中讲到，艺术家的责任，在于将文学的目标从外在的经历切换到内在心灵的道德斗争上。卡莱尔同样在《特征》一文中写道："在所有可能的状况下，我们现在的社会状况是最无意识的那一类：这是一个特殊的时代，以前人的存在的不被感知、无意识的领域，现今充满各式各样的探询，并且占领了思维的整个领域。"② 他们觉得他们生活在一个心灵意识到其自身的运作的时代，然而人们所需要的信仰又依赖于这种自我意识的沉睡。为了解决这一矛盾，他们相信，作为艺术家，他们与哲学家一样有责任。艺术家可以生动地展现那些哲学家只能解释的东西，因为艺术创作既涉及无意识的心灵也涉及有意识的心灵。

自从1827年爱默生在《爱丁堡评论》上读到卡莱尔的文章《德国文学的现状》后，他对当代哲学的兴趣剧增。卡莱尔在那篇文章中讲道："与洛克和他的追随者截然相反，法国和英国（包括苏格兰）学派的人从外在开始，小心翼翼地努力挖掘内在。所有哲学的最终目标必须是解读表象，——从给定的象征中探究真相。……诗性的美丽，不是来自于外部，……而是来自于人类精神的最深处。"③

这个内在的精神世界，才是一切事实的源泉。正如爱默生后来在《新英格兰生活与书信的历史笔记》中提出的那样，美国的19世纪，"是一个倾向于孤独的时代，它倡导每个人都只为自己；努力去寻找他自己身上的资源、希望、奖赏、社会与神性"④。

---

① *The Complete Works of Ralph Waldo Emerson*, Centenary Edition, Edward Waldo Emerson, editor. 10 Vols, Boston: Houghton Mifflin, 1903–1904, p. 325–26.
② Thomas Carlyle, *Critical and Miscellaneous Essays*, Vol. I, p. 42.
③ Thomas Carlyle, *Critical and Miscellaneous Essays*, Vol. I, p. 67.
④ *The Complete Works of Ralph Waldo Emerson*, Centenary Edition, Edward Waldo Emerson, editor. 10 Vols, Boston: Houghton Mifflin, 1903–1904, p. 309.

随后，在《关于现代文学的思考》一文中，爱默生讨论了"主体意识"这个词汇致命的模糊性。在他看来，有两种主体意识，一种是健康的主体意识，这种主体意识能够认识到：只有一个宇宙心灵，对任何事物的力量和特权，在所有事物中都能找到。并且对这唯一的宇宙心灵有所洞察；从现代文学中，我们很容易发现这一趋势。这是宇宙心灵的新意识，在批评当中占主导地位。这是心灵的崛起，而不是衰落。它基于对统一永不止步的要求、对多样事物中存在一种共同的本性的认识的需要，而这些都是绝顶天才的特点。另外一种是恶性的主体意识，在这种主体意识中，个体是中心，个体无限制地追求对个体思想和情感的修养。然后，爱默生指出了这两种主体意识区别的原因：

> 区别这两种诗人心灵的习惯的标准是他创作的倾向，即，它（作品）是指引我们走向自然，还是指引我们走向作家自己。伟大的作家总是指引我们走向事实；平庸的人指引我们走向他们自己。伟大的作家，尽管他叙述的是一个私人的事实，也是在引导我们远离他而走向一个普遍的经验。他自己的喜爱在自然之中，在实然之中。所以，不管从哪点出发，他所有的交流都是从外部指向这些。伟大的作家从来不会愿意施加任何精神上的负担给他们教导之人。他们越是吸引我们靠近，我们就会愈加远离他们或愈加独立，因为他们带给我们的知识比他们或我们自身都要更加深刻。伟大的作家从来不会阻碍我们；因为他们的活动与太阳和月亮是一致的，与河流和风的行程是一致的，与街上的劳动人民大潮和整个人类的活动和幸福是一致的。伟大的作家指引我们走向自然，在我们的时代就是走向形而上的自然，走向看不见的可怕事实，走向并不比河流或煤矿不自然的道德抽象——不，在本质和心灵上，它们甚至要更加自然。①

伟大的作家指引我们走向自然，而脆弱和邪恶的作家，在思想中只看到了奢侈和享受，自私的人使我们的思想变得自私。他们邀请我们去思考自然，实际上却展现给我们一个令人憎恶的自我。

---

① *The Complete Works of Ralph Waldo Emerson*, Centenary Edition, Edward Waldo Emerson, editor. 12 Vols, Boston: Houghton Mifflin, 1903–1904, p. 314–15.

第五章 批评：超验和道德的标准

我们有双重意识，一重是自然意识，另一重是人的意识。诗人歌德身上体现了这种双重性。他认为诗人"能够表达他的内在自我，但是伟大的诗人通过找出世界上合适的物体或事实，不仅使他能够表达内在自我，同时也允许内在自我不停成长并达到更全面的意识。因此内在自我的创造性潜能越伟大，诗人对世界的要求也就越大。矛盾的是，在表达自我的过程中他也表达了世界"①。歌德认为，莎士比亚就是这样的一位诗人，"因为几乎没有人像他那样去观察世界，因为几乎没有人，在表达自己内在的体察的时候，也以对世界的认识给读者提供同样程度的体察"②。

爱默生完全同意歌德的立场。爱默生认为，批评的合法性在于诗歌"是对自然中某些本质的一种复制，它应该被创作成与自然相符、一致"。③ 他在1837年到1838年的日记中记录道："所有倒退和消解的时代都是主观的；但与之相反，所有前进的时代都有一个客观的方向。我们现在的整个时代正在倒退，因为现在是一个主观时期。你不仅能在诗歌中看到这一点，在绘画和很多其他的事情中也能看到这一点。另一方面，每一份巨大的努力的趋势都是自内而外加诸到世界上。"④ 早在1835年4月，他就认识到，"莎士比亚和歌德的真正的天才让他们看到树、天空和人本来的样子，并走进它们的内部，而低级的作家永远以自我为中心"⑤。

现代诗歌中与这种主观倾向类似的另一个因素，是对神与无限的感知。随着观察现在几乎变成一种自觉的事实，——只有一个宇宙心灵；在任何事物中存在的力量和特权，在所有事物中都存在；我，作为一个人，可以要求或使用任何展现出来的任何真实的或者美好的或者善良的或者强壮的事物。

无论是主体意识，还是对神与无限的感知，爱默生这里指出的，是浪漫主义诗歌的特点。这种浪漫主义的情感由史达尔夫人从德国传入法国，随后又出现在英国科勒律治、华兹华斯、拜伦、雪莱、赫尔曼等人的作品

---

① GA 14：756.
② GA 14：756.
③ *The Letters of Ralph Waldo Emerson*, Ralph Rusk and Eleanor Tilton, editors. 1 Vols. New York: Columbia University Press, 1939 – 1994, p. 435.
④ *The Journals and Miscellaneous Notebooks of Ralph Waldo Emerson*, William H. Gilman et al., editors. 5 Vols. Cambridge, MA: Harvard University Press, 1960 – 1982, p. 313.
⑤ *The Journals and Miscellaneous Notebooks of Ralph Waldo Emerson*, William H. Gilman et al., editors. 5 Vols. Cambridge, MA: Harvard University Press, 1960 – 1982, p. 27.

中，最后传入美国。在英国的浪漫主义诗人中，爱默生认为，主体意识的精神和无限的神的意识并未找到一位真正的诗人："雪莱的心灵虽然充满诗意，却从来不是一位诗人。他的诗歌始终是刻意的模仿，他所有的诗篇都是凑合而成，……他缺乏想象力，缺乏原创性，缺乏吟游诗人的那种真正的灵感之火花。……雪莱所有的诗行都是人意所为，而非必然所致。"①布莱克和济慈没给爱默生留下深刻的印象。彭斯是一个天才，是一位自然诗人和人民的诗人。拜伦是一位天生的情感和力量的抒情诗人，尽管他还够不上"诗人"的称号，因为他病态的和不道德的生活观。与拜伦形成对照的是，爱默生高度赞扬雪莱的抱负、英雄气概和诗性心灵，但是，因为他毫无灵感的语言，他与不能被称作"诗人"。对科勒律治，爱默生欣赏他的批评和哲学作品，而忽略了他的诗歌。爱默生也提到了兰多和卡莱尔，但是兰多的风格气质独特，风格迥异于浪漫主义时期的其他诗人，因此很难和这些诗人们放在一起进行讨论。而卡莱尔则是因为他的影响还在持续，对他做出全面评价的时间还未到来。在对英国浪漫主义诗人的谴责里，有一个特例，那就是华兹华斯："华兹华斯超过了其他同时代的吟游诗人。他的身上渗透着一种对于比（明确的）思想还要崇高的东西的敬畏之情。他的身上具有那么一种所有伟大的诗人都共有的特质，一种人类的智慧，一种高于他们所发挥的任何才智的智慧。这智慧也就是莎士比亚和弥尔顿最富有慧心与灵性的部分。"② 华兹华斯虽然有没有诗法灵巧的长处，但他有道德观念正确的长处。他身上有所有伟大诗人的特质，即人性的智慧，这比任何才能都要重要。它是莎士比亚和弥尔顿最高明的地方。爱默生称他为"当今最伟大的哲学诗人"，是他那个时代和国家的批评家和良心。

在《美国学者》中，爱默生说道，现今的时代是一个反思或哲思的时代，是一个内向的时代。"我们相当挑剔，又容易一反挑剔批评的眼光，自感惭愧不安。我们不能安心享受，因为太急于了解这享乐的根由。我们身上长满了眼睛，甚至用脚去观察事物。"③ 这种内在性也是现代小

---

① *The Collected Works of Ralph Waldo Emerson*, 10 Vols. Ed. Afred R. Ferguson et al., Cambridge: Harvard University Press, Belknap Press, 1971, pp. 111 – 112.

② *The Collected Works of Ralph Waldo Emerson*, 10 Vols. Ed. Afred R. Ferguson et al., Cambridge: Harvard University Press, Belknap Press, 1971, p. 113.

③ *The Collected Works of Ralph Waldo Emerson*, 1 Vols. Ed. Afred R. Ferguson et al., Cambridge: Harvard University Press, Belknap Press, 1971, p. 66.

说的特点。爱默生认为最具有典型意义的，是歌德的作品。在《关于现代文学的思考》中，爱默生花了很大的篇幅去讨论歌德。歌德，以其对事实、真理和自然的喜爱和他的主体意识和深刻的现实主义被视为他的时代的代表。爱默生认为大部分的小说都只是"服装或环境小说"，而他欣赏的是"角色小说"，这类小说最好的代表作品是歌德的《威廉·迈斯特》。在《欧洲与欧洲书籍》中，爱默生将《威廉·迈斯特》归为一部重要的角色小说："我们认为现代传奇明显地分为两类：第一类，服装小说，也叫环境小说，算是老牌货，数量最多，多的惊人。在这一类小说中，主人公没有任何个性特点，只是放在了非常特别的环境中。……另一种小说，以《威廉·迈斯特》为最佳代表，是角色小说。"① 歌德作为小说家的成就主要体现在这部小说上。实际上，爱默生认为，《威廉·迈斯特》是这一体材的首创。它是一部天才的作品："我认为本世纪没有一本书在甜美、新颖和激动人心方面可以跟它媲美，没有一本书充满那么丰富、那么坚实的思想，对人生、风俗和人物的正确洞察；对生活方式提出了那么多好的暗示，对上界有那么多意料不到的窥察，没有丝毫的浮华与沉闷。"② 尽管这部小说也有诸多缺点，然而，"这本书仍然是如此新鲜而且未被穷尽，所以我们必须听其自然，并乐于得到我们从中能够得到的好处，因为我们确信，它才刚刚开始它的职责，还要替千千万万的读者服务"③。然而，爱默生总结道，尽管《威廉·迈斯特》实现了一种对实际的现实主义的新的表达，然而，从更高的一种意义上来说，它却未能有足够的创造力，未能捕捉到道德情感，也没有将现存的阶级偏见转化为一种"人类的新英雄主义生活"（new heroic life of man）。

爱默生对浪漫主义的这种态度非常重要。正如我们在前两章中提到的，他自己本质上在很多方面也是个浪漫主义者。他对自然的喜爱，对传统的摒弃，他蔑视逻辑思考和表达，他反对传统的礼仪重视自我或天才，他拥抱奇迹的复兴，而且在很多其他方面他明显地与浪漫主义者们站在一

---

① *The Collected Works of Ralph Waldo Emerson*, 10 Vols. Ed. Afred R. Ferguson et al., Cambridge: Harvard University Press, Belknap Press, 1971, pp. 252 – 253.
② *The Collected Works of Ralph Waldo Emerson*, 4 Vols. Ed. Afred R. Ferguson et al., Cambridge: Harvard University Press, Belknap Press, 1971, p. 160.
③ *The Collected Works of Ralph Waldo Emerson*, 4 Vols. Ed. Afred R. Ferguson et al., Cambridge: Harvard University Press, Belknap Press, 1971, p. 161.

起,并且成了他们的代言人。他试图让我们将他放置到不是和华兹华斯,而是和卢梭、雪莱和拜伦的同等位置。①

然而,虽然浪漫主义仍然盛行于他那个时代,虽然他对此也有所回应,然而,我们对他研究的越多,就越容易发现,他更多的是在回应基督教和古希腊人文主义的精神和学说。

在演讲《艺术与批评》中,爱默生讨论了"最近时代里批评的一个主要问题——古典与浪漫,或者什么是古典?"他给出的答案完全是歌德式的:"古典艺术是必然的艺术;它是有机的;现代或浪漫主义的艺术烙上了任意和偶然的痕迹……古典艺术伸展,浪漫艺术增添。古典艺术做其该做之事,现代艺术做其想做之事。古典艺术健康,浪漫艺术病态。"②爱默生在这段话中区别了古典主义与浪漫主义。在另外的地方,爱默生也反复提及了这两者的区别:"古典的艺术是有机的艺术,它的材料和合适的形式都直接从心灵中而来。它从内部展开自身,烙上了必然的印迹。它是创造性的——永恒的创造性力量在工作,受到灵感启发的作家是它的工具。"③浪漫艺术是附加的、集合的、外在的,用偶然的叠加来掩盖崇高的事实。它是偏好、任性的结果,而不是一种客观的必然性。"通过欣赏希腊和哥特式艺术所获得的效益,通过欣赏古代和拉斐尔前派绘画所获得

---

① 尽管自然也是英国浪漫主义者华兹华斯和科勒律治用来衡量诗歌价值的标准,但自然在这两位诗人的诗学中具有不同的意义。华兹华斯的自然包含三重涵义:"自然是人性的最小公分母;它最可信地表现在'按照自然'生活的人的身上;它主要包括质朴的思想情感以及用语言表达情感时的那种自然的、'不做作'的方式。"参见《镜与灯:浪漫主义文论及批评传统》,第126页。从这种自然观出发,华兹华斯发展出了"三位一体"的诗学观:上帝的灵魂、大自然的灵魂、人类的灵魂这三者通过自然统一起来。自然是联系上帝和人类的纽带,它不但具有神性,还具有理性和人性。自然同样是科勒律治诗学中的核心概念。需要注意的是,科勒律治诗学中的自然与华兹华斯眼里的自然存在着本质区别,科勒律治的自然不局限于经验世界,它更多的用来指涉自然世界之外的某种神圣的精神存在。科勒律治在《论诗和艺术》中指出:"倘若艺术家所复制的,仅仅是自然,是自然状态的自然,那是多么枉费心机的竞赛啊!……说真的,你得把握住本质,把握自然状态的自然才行,而这须取决于更高意义的自然与人类灵魂二者之间的结合。……自然客体就像一面镜子,其中呈现出理智方面一切可能的要素、步骤和程序,它们不仅是意识的前提,也使理智行为得到充分的发展;理智之光照遍无数的自然形象,人的心灵则是理智之光的焦点。"参见科勒律治《论诗与艺术》,赵守选译,见《西方文论选》,伍蠡甫主编,上海译文出版社1981年版,第519页。

② *The Complete Works of Ralph Waldo Emerson*, Centenary Edition, Edward Waldo Emerson, editor. 12 Vols, Boston: Houghton Mifflin, 1903 – 1904, pp. 303 – 04.

③ *The Later Lectures of Ralph Waldo Emerson* (1843 – 1871), Ronald A. Bosco and Joel Myerson, editors. 1 Vols. Athens and London: The University of Georgia Press, 2001, p. 101.

的教益，要比所有的研究都更有价值。也就是说，一切美都必须是有机的。"①

爱默生对浪漫主义和古典主义的区别很大程度上吸收了歌德和席勒对古典与浪漫的区分。歌德对古典主义十分推崇，他把希腊的古典精神看得比当时德国的浪漫精神更为优越。歌德在《浮士德》第二部里，假借人造人何蒙古鲁士之口，对靡菲斯特说："你所认识的只是浪漫的妖精；真正的妖精要古典的才行。"歌德认为浪漫主义是病态的，古典主义是健康的。1829年4月2日，他对爱克尔曼说："我把古典的称为健康的，把浪漫的称为病态的。就在这个意义上，《尼伯龙根歌》是古典的，就好像《伊利亚特》是古典的一样，因为它们二者都是旺盛而又健康的。大多数的近代作品之所以是浪漫的，并不因为它们是新的，而是因为它们是柔弱的、不健康的、病态的。古代作品之所以是古典的，也并不因为它们是古的，而是因为它们是强壮的、清新的、欢乐的、健康的。这样来区分古典的和浪漫的，我们就可以弄得很清楚了。"② 但是，歌德的艺术理想，与其说是单纯的古典主义，不如说是古典主义与浪漫主义两者之结合。这一点，如果看一下他的《说不尽的莎士比亚》一文，就知道了。在这篇文章中，他把古典的和浪漫的，做了下列的比较：

> 古代的 近代的
> 自然的 感伤的
> 异教的 基督教的
> 古典的 浪漫的
> 现实的 理想的
> 必然 自由
> 职责 愿望

在这个比较中，他认为："在古代诗中占据支配地位的，是职责及其完成之间的矛盾；在近代诗中占据支配地位的，则是愿望及其完成之间的

---

① *The Collected Works of Ralph Waldo Emerson*, 6 Vols. Ed. Afred R. Ferguson et al., Cambridge: Harvard University Press, Belknap Press, 1971, pp. 154–155.

② 蒋孔阳：《德国古典美学》，商务印书馆1980年版，第175—76页。

矛盾。"莎士比亚的独特的地方，就在于他能够把古代的诗和近代的诗结合起来，使职责和愿望两者之间，达到平衡。因此，莎士比亚既是近代的、浪漫的，又是古代的、古典的。从这样的一个例子看来，可见歌德所追求的，是古典主义和浪漫主义的结合。他在《浮士德》第二部中描写浮士德和希腊美人海伦的结合，事实上就是表现他希望把德国当时的浪漫主义精神和希腊的古典主义精神相互结合的一个明证。①

席勒从诗与自然的关系出发，对比了古代素朴的诗和近代感伤的诗。席勒认为，在古代希腊罗马的时候，任性还没有遭到分裂，他是以整个统一的人在活动，他与自然的关系是和谐的，现实与理想也还不存在矛盾，因此，诗与自然处于一种素朴的关系中。近代的文明人则已经失去了自然，现实和理想处于矛盾的状态中，人性的和谐不再是生活中的事实，而不过是一个思想中的观念。因此，诗与自然的关系就不是统一的，诗人在他周围和他本身中都找不到自然，自然成了他向往的理想。

爱默生自己公开承认，基本上他所有的艺术原则和理想都来源于（他所认为的）希腊传统。他自己的表述表明了他实际上是一个浪漫主义的中世纪人。他在日记中说，中世纪的人都"对奢华的装饰、对奇异和惊艳的细节感到愉悦。这些往往离事物的本质最远。它并没有自动地用寓言包裹真理，而是用那些使野蛮之人感到开心的独特色彩"②。

确实，诗性的心灵是无须宗教信仰的。在古今之争中，爱默生毫无保留地支持的唯一一本属于今人所著的是《英国的古典复苏》（Classical Revival in England）。在古典与浪漫之间，爱默生选择从19世纪的浪漫主义中逃离，也从之前的新古典主义中逃离，而逃到文艺复兴和古代的世界中（或者直接说希腊世界，因为在爱默生看来，罗马并没有征服希腊，而是被希腊所征服，而且也从未在艺术成就上达到希腊的水准）去寻找伟大的艺术。

爱默生认为，每个人的一生都会经历一个希腊时段。个体重复着种族的经历：幼年时是古典时期；青年时是浪漫主义时期；成年时是反思时代。③ 每

---

① 蒋孔阳：《德国古典美学》，商务印书馆1980年版，第177—78页。
② The Journals of Ralph Waldo Emerson, Ralph L. Rusk, editor. 3 Vols. New York: 1939, p. 211.
③ The Later Lectures of Ralph Waldo Emerson (1843 – 1871), Ronald A. Bosco and Joel Myerson, editors. 1 Vols. Athens and London: The University of Georgia Press, 2001, p. 50.

个幼童，都是希腊人，因为每个幼童都是本真的："希腊人不是反思型的，他们在感官和健康上都趋近完美，拥有世界上最适宜的身体组织。成人们都保留了小孩的简单和高雅，并以这种简单和高雅去行事。"① 希腊人的行为举止顺乎天性，自然优雅。爱默生将希腊时期定义为"身体的自然，感官的完美，以及精神自然的展开与身体严格的一致"。在内在的能量方面，成熟的希腊人并不像小孩般与自然十分亲近，而是与自身保持和谐。他既不沉浸于自然也没有上升到超自然，而是生活在这两者之间的平台上——人间。②

在希腊艺术中，就如同在生活中一样，道德与美是不可分割的。爱默生解释了他对希腊雕塑的崇敬之情，认为希腊雕塑"模仿的是一种崇高严肃的模式，这种模式是那些具有内在道德法则的人制定的。"③ 以及他对希腊神话的赞誉："希腊人的寓言是永恒的真理，它们是想象而不是幻想的合理产物。普罗米修斯的故事具有多么丰富的涵义和永恒的价值啊！"④ 在《历史》一文中，爱默生写道："古代悲剧的宝贵魅力，其实所有古代文学的魅力，就在于剧中人物说话朴实——说起话来，就像一些有真知灼见的人，自己并不觉得，那时候反思的习惯尚未成为心灵的主要习惯。我们尚古，并不是崇尚古老，而是崇尚自然。希腊人不善于反思，可是他们的感官和身体却完美无缺，具有世界上最优秀的体质结构。"⑤

所以，爱默生的生活和艺术，基本上是古典式的。除了他对华兹华斯的喜爱，对科勒律治作为一名批评家的欣赏，对歌德谨慎的认同，他并不敬重他之前的那个时代。

---

① *The Later Lectures of Ralph Waldo Emerson* (1843 – 1871), Ronald A. Bosco and Joel Myerson, editors. 1 Vols. Athens and London: The University of Georgia Press, 2001, p. 51.

② *The Later Lectures of Ralph Waldo Emerson* (1843 – 1871), Ronald A. Bosco and Joel Myerson, editors. 1 Vols. Athens and London: The University of Georgia Press, 2001, p. 51.

③ *The Journals and Miscellaneous Notebooks of Ralph Waldo Emerson*, William H. Gilman et al., editors. 3 Vols. Cambridge, MA: Harvard University Press, 1960 – 1982, p. 27.

④ *The Collected Works of Ralph Waldo Emerson*, 8 Vols. Ed. Afred R. Ferguson et al., Cambridge: Harvard University Press, Belknap Press, 1971, p. 56.

⑤ *The Collected Works of Ralph Waldo Emerson*, 2 Vols. Ed. Afred R. Ferguson et al., Cambridge: Harvard University Press, Belknap Press, 1971, p. 15.

小　结

爱默生把宇宙看成是一种有秩序的、完善的整体，求知就是对这个和谐有序的整体的探索，这一和谐有序的整体本身就是善，因此，知识即善，求知即求善，向善。爱默生笔下的美，指的就是宇宙的这种和谐有序，美是原始的、基本的宇宙。①

就像爱默生在《论自然》中所写："因此，对人来说世界是为满足求美的意欲而存在的。我称这个要素为下一个最终目的。没有理由可问或说出为什么人要追求美。美，在其最大和最深远的意义中，是我们对宇宙的表达。"② 这就是希腊人称世界为"宇宙"或美的意图所在。爱默生认为，"美的标准是自然形式的完整体系"③。

爱默生在《论自然》中的《美》这一章中区分了美的三个层次。首先，人对自然形式的简单感觉是愉悦。第二，对于自然美来说，它的完满充分取决于一种更高级的精神因素："那种能够让人不带任何矫揉造作去真心热爱的美，正是一种美与人类意志的混合物。美是上帝赋予美德的标志。"④ 第三，自然界的美，除去上述两层之外，还可以通过另一层次进行观照，即把它变成一种智力的对象。自然美除了它们与美德的联系之外，它们也同思想有关。人的智力努力搜寻事物的秩序——天下万物在上帝的心目中井然有序，绝无一点私情偏袒。思想的力量与行动的力量相互接递，其中一种活动的完全实施导致另一种活动的完全实施。自然美除了它们与美德的联系之外，它们也同思想有关，真、善、美都是同一种东西的不同侧面。

> 那种构成了美好事物本质的崭新品德，要么是一种广大无边的品

---

① 近代科学强调分科、整体破裂、学科分化，这种忽视整体的对真善美的追求为爱默生所不喜。
② *The Collected Works of Ralph Waldo Emerson*, 1 Vols. Ed. Afred R. Ferguson et al., Cambridge: Harvard University Press, Belknap Press, 1971, p. 17.
③ *The Collected Works of Ralph Waldo Emerson*, 1 Vols. Ed. Afred R. Ferguson et al., Cambridge: Harvard University Press, Belknap Press, 1971, p. 17.
④ *The Collected Works of Ralph Waldo Emerson*, 1 Vols. Ed. Afred R. Ferguson et al., Cambridge: Harvard University Press, Belknap Press, 1971, p. 16.

质，要么是一种可以暗示出个体与整体世界之间相互联系的力量。因此，它能把目标从可怜的个人存在中拯救出来。每一种自然的特征，——海洋、天空、彩虹、花朵、乐调，——其中都有某些东西不是属于个人的，而是属于宇宙的；正是那种中心利益是自然的灵魂，因而也就是美的事物。①

一切崇高的美都在自身中包含了某种道德元素，美永远同思想的深度成正比，伟大的作品总是与道德本性协调一致的。

艺术是为生活服务的，它的功用在于提高通过提高人们的道德水平，使人们生活得更好。自然是普遍心灵的对应，艺术是自然的补充，处于辅助性的位置。艺术不是艺术家作为一个个体的创作，而是自然或普遍心灵的一种现象。

普遍灵魂是实用和美的创造者。艺术和自然都是普遍灵魂的产物，研究艺术能够帮助我们认识自然，认识到自然之美和艺术之美的共通之处。道德法则通过自然的美与崇高，以及自然中美与崇高的统一中显示出来。爱默生对艺术的定义是："思想为了某种目的，通过言语或行为的有意识的表达，就是艺术。"② 爱默生将艺术看作是自然的诗文，表达了自然的精神和壮丽。好的艺术面对所有人。它们的美在于通过各类工具表达了人类本性中最深沉又最简单的特质。也就是说，反映了人类的道德本性。自然中的一切都兼有实用和美观的功能，艺术也须如此，"美必须回到实用的艺术当中，实用和美的艺术之间不再有任何区分"③。

美的精华是一种高超的魅力，那是表面上的，轮廓上的技巧或艺术规则永远教不会的，也就是说，那是一种从人性的艺术品里发出的光芒——通过石头、帆布或音响对我们的天性的最深沉、最单纯的属性的一种神奇表现，因而对那些具备这些属性的灵魂来说，最终是最理解的透彻的。一

---

① *The Collected Works of Ralph Waldo Emerson*, 6 Vols. Ed. Afred R. Ferguson et al., Cambridge: Harvard University Press, Belknap Press, 1971, pp. 161–162.

② *The Early Lectures of Ralph Waldo Emerson*, Stephen E. Whicher, Robert E. Spiller and Wallace E. Williams, editors. 2 Vols. Cambridge, MA: The Belknap Press of Harvard University, 1959–1972, p. 42.

③ *The Early Lectures of Ralph Waldo Emerson*, Stephen E. Whicher, Robert E. Spiller and Wallace E. Williams, editors. 2 Vols. Cambridge, MA: The Belknap Press of Harvard University, 1959–1972, p. 42.

种道德性的自白,一种纯洁、爱和希望的自白,从它们身上发散出来。如果艺术不能和世界上最强大的势力齐头并进,如果它既不实用,也不道德,如果它跟良知毫无关联,如果它不能使贫困和无教养的人们觉得它在用一种高尚快乐的声音对他们说话,那说明艺术尚未成熟。

在一段论述卡莱尔的话里,爱默生说道:

> 一个文人要对付当代的实际问题需要极大的勇气;这倒不是因为他要与所有的人为敌,而是因为问题纷繁复杂,漫无边际,多少力量要浪费在采集未熟的青果上。这个任务不是常人能担负的;诗人深知时间胜于天才,一点点时间比最大的天才更说明问题。……可是,要为了美并且像文学一样揭示真理,就要登上艺术的殿堂。①

这段看似赞扬卡莱尔的话,实际上也是爱默生对自己的期许。综上,对爱默生而言,文学艺术的最基本的目标是美,终极的目标却是解释真理,善蕴含在这两者之中。

---

① *The Collected Works of Ralph Waldo Emerson*, 10 Vols. Ed. Afred R. Ferguson et al., Cambridge: Harvard University Press, Belknap Press, 1971, p. 263.

第六章

宇宙：道德的统一

个体、自然和超灵是爱默生道德宇宙中的核心要素，对爱默生的道德宇宙而言，道德的基础是对个体神圣性的肯定。爱默生相信人性本善，主张个体应当自立自信。从美国的宗教传统中，爱默生发展了他的个体无限性的观点，坚信个体通过道德的自我修养，可以达到一种如上帝和耶稣般普遍和理想的人格。从时代的氛围和美国的现实出发，爱默生提出，个体应当自立自信。道德还是自然的真理，自然是宇宙普遍精神——超灵——的外化，是精神世界的象征，超灵的至高至善至美也就是自然的至高至善至美，因而自然中富含深刻的道德真理。个体通过直观自然与超灵沟通，进而领悟到自己内心的道德法则。灵魂如果在我们身内，就体现为一种人内在的道德感情，在我们身外，就体现为自然规律和自然法则。自然中最重要的两条法则是补偿法则和循环法则。自然的时间轴——历史——是超灵的载体；自然的空间轴——文化——则是超灵的进阶。

爱默生相信宇宙的一体性，相信世界的同源，这源头也就是他的"超灵"："世界并不是多种力量的产物，而是出于一个意志，一个心灵；那心灵无处不活跃……万物源于同一精神，都与它同心协力。"[①] 只有一个心灵，它与整个世界联系，伦理则是此心灵在人类生活中的外现。爱默生对个体神性的信念与道德情感的法则是普遍的。宇宙、诗人、诗歌、读者形成了一个统一体。统一体是道德的。伦理体现在爱默生诗学观的各个方面。诗人是它的解释者，诗歌是它的表达，文学创作记录它的活动，文学批评是它的反思与成长。

[①] *The Collected Works of Ralph Waldo Emerson*, 2 Vols. Ed. Afred R. Ferguson et al., Cambridge: Harvard University Press, Belknap Press, 1971, p. 43.

第一节　个体的道德修养

爱默生在 1840 年的日记中这样记录道:"在我所有的演讲中,都贯穿了同样的一个理念,那就是,个体的无限性。"① 从美国的宗教传统中,爱默生发展了他的个体无限性的观点,坚信个体通过道德的自我修养,可以达到一种如上帝和耶稣般普遍和理想的人格。从时代的氛围和美国的现实出发,爱默生提出,个体应当自立自信。②

在美国的宗教史上,个体地位历史发展的大致趋向是:从清教主义相信一个外在于个体的超自然神掌管着一切到唯一神教重视人的理性再到超验主义相信人的内在神性。乔纳森·爱德华兹认为人性是黑暗的,每一个在世者都是罪人,要努力挣得上帝的恩典才能受到宽恕。③ 钱宁认为,人并不是生下来就有罪的,罪恶仅仅来自于错误的选择,而人们可以通过听从良心的声音来克服罪恶。钱宁在这个问题上积极的立场促进了爱默生对人的神化。爱默生进一步提出,人的心灵与普遍心灵互通,因此人的心灵也具有神圣性。

"认识你自己",这句刻在阿波罗神庙上的古老箴言,在苏格拉底的解释下,成了一切哲学思考的起点。哲学家爱默生也不例外。1837 年 6 月,爱默生在普罗威登斯的一所学校的开学致辞中问道:"人生的终极目标何在? 请相信我,人生的目的不是发大财,不是生儿育女,然后儿女再

---

① *The Journals and Miscellaneous Notebooks of Ralph Waldo Emerson*, William H. Gilman et al., editors. 7 Vols. Cambridge, MA: Harvard University Press, 1960 – 1982, p. 342.

② 讨论爱默生个体观和个人主义的和著作和文章,请参见 Charles E. Mitchell, *Individualism and its Discontents: Appropriations of Emerson, 1880 – 1950*, Amherst: University of Massachusetts Press, 1997; James M. Albrecht, *Reconstructing Individualism: A Pragmatic Tradition from Emerson to Ellison*, New York: Fordham University Press, 2012; John T. Lysaker, "Relentless Unfolding: Emerson's Individual", *The Journal of Speculative Philosophy*, New Series, Vol. 17. No. 3, *Essays From the Meeting of the Society for the Advancement of American Phillosophy*, 2003, pp. 155 – 163; 刘宽红:《美国个人主义思想探源——爱默生个人主义之欧洲渊源及其对美国文化的贡献》,《学术论坛》2006 年第 12 期; 陈奔:《爱默生与美国个人主义》,博士学位论文,厦门大学,2008 年。

③ 从乔纳森·爱德华兹那里,发展出了浪漫主义的两种亚传统:爱伦·坡、霍桑、梅尔维尔继承了他的道德黑暗面,倾向于对人的罪恶的描写;钱宁、爱默生、梭罗、惠特曼则继承了爱德华兹超自然之光的观点,倾向于肯定人性中光明的一面。具体参见 David Lyttle, *Studies in Religion in Early American Literature*, New York: University Press of America, Inc. 1983.

发大财。人生的目的，仅几个字，就是他应该去探索自己。"①《爱默生评论集》的编辑者斯蒂芬·威切尔精确地指出：

> 人是爱默生思想的中心，本体论、认识论、宗教、伦理方面的推理都源于此。世界成为人意志的实现。这世界包容了人的事业、诗品、宗教，又有人的努力、希望和丧志。人自从生下来以后，不能逃避成己成人的机会，也脱不掉自己的责任，控制不了自己的苦恼和幸福。有形的世界是人精神的最后产物，也是人理智的隐喻。②

古往今来，许多哲人都对"人"下过各种定义。③ 爱默生对"人"的定义虽与其早期的神学背景与教育有关，但是他冲破了圣经传统：人依照上帝的形象所造，趋于上帝般完美。换言之，爱默生更注重人的潜力而非人的现实。人是可以如上帝般至善至美的，但人如何才能达到这一境界呢？这个同样被很多哲人思考过的问题在爱默生这里，紧密地与时代结合起来，焕发了新的意义。1833年，爱默生在笔记里写道："下一个时代，教师必须从事对人类的道德结构的学习和解释，而不只是对困难的教科书做讲解。……生命存在的目的是去认知；如果你说，知识的目的是行动——当然，是的，而行动的目的又是知识。"④ 这里，爱默生并未把自我认知和自我修养看作是手段，而是当作生命存在的目的。物欲横流、欺瞒诈骗、投机取巧，现实的美国让爱默生对人有了现实的估价：人应该进行道德的自我修养，培养自己内在的神性，自立自信，如此，方能形成理想的人格。

这一切要从美国的宗教历史讲起。美国超验主义历史可以追溯到新英

---

① *The Early Lectures of Ralph Waldo Emerson*, Stephen E. Whicher, Robert E. Spiller and Wallace E. Williams, editors. 2 Vols. Cambridge, MA: The Belknap Press of Harvard University, 1959 – 1972, p. 199.

② *Emerson: A Collection of Critical Essays*, Milton R. Konvitz and Stephen E. Whicher, eds., New Jersey, 1962, p. 11.

③ 亚里士多德认为人是一种政治动物，阿奎那认为人是精神和肉体之间的分界线，马克思认为人是社会动物，兰德曼认为人是文化的存在物，叔本华认为人是欲望和需求的化身，尼采认为人是拴在动物和超人之间的一根绳索等。

④ *The Journals and Miscellaneous Notebooks of Ralph Waldo Emerson*, William H. Gilman et al., editors. 4 Vols. Cambridge, MA: Harvard University Press, 1960 – 1982, pp. 93 – 94.

格兰殖民时期的加尔文宗。加尔文主义本身充满了矛盾和张力。清教内部一直都存在着"福音派"的"自由派"的争论。18 世纪三四十年代，正值大觉醒运动高潮的时候，"自由派"教徒在教会人士查尔斯·昌西（Charles Chauncy）和乔纳森·梅修（Jonathan Mayhew）的领导下，对严峻的加尔文主义发起了攻击。他们不满于清教加尔文主义中上帝决定论的观点，拒绝加尔文主义对人性生来堕落的看法，拒绝接受原罪说，还认为正统的加尔文主义妨碍了他们智性的发展。他们对加尔文主义中的人性观进行修正，认为人类的理性和良知具有潜在的伟大和神性，通过自我修养和完善，人可以获得一种与上帝同一的精神性。大体而言，他们对人性的态度是积极正面的。他们并不拒绝承认罪恶或限制存在的事实，也没有忽视人生中灰暗的方面。他们更愿意把人生看作是一个实验，在这个实验中，人性中某些直觉性的力量有机会得以发展并成熟。生活是一个试验场，终点或目的是人性（或灵魂）道德的完美。自由主义者的人生实验论修正了加尔文主义中灰暗的人生观。因为他们的这种观点与英国的唯一神教教徒，如约瑟夫·普莱斯利（Joseph Priestly）和西奥菲勒斯·林赛（Theophilus Lindsay）的观点很接近（特别是在对耶稣的看法上，认为耶稣不过是人类的老师），这些宗教自由主义者的学说被"福音派"（也就是正统加尔文派）冠以唯一神教（Unitarianism）的称号。对此，《美国思想史》（*Main Currents in American Thought*）的作者沃侬·路易·帕灵顿（Vernon Louis Parrington）的观点是："唯一神教……推翻了加尔文思想。它不再将人看作是一种卑微的动物，臣服于上帝的怒火之下。相反，它宣称在人类的爱之心中，是一个慈爱的父亲。这场革命不仅仅是超验主义的种子，也是美国的社会乌托邦主义和整个新英格兰的思想觉醒的种子。"①

美国唯一神教的思想根源可以追溯到 18 世纪新英格兰教会中阿米念思想（Arminianism）② 的传统。1815 年，托马斯·贝尔萨姆（Thomas Belsham）发表《美国唯一神教》（*American Unitarianism*），声言波士顿大部分的神职人员与受人尊敬的神学家都是唯一神教信仰者，正式拉开了美国唯一神教与加尔文正统派之间的论战。威廉·钱宁和小亨利·维尔

---

① David Stollar, *The Infinite Soul*, *Ralph Waldo Emerson: The Vital Years*, 1803–1841, p.17.
② 来源于雅克·阿米尼乌斯（Jacques Arminius, 1560–1609），他是荷兰大教堂的一名学者。他修正了加尔文主义，使人的自由在某种程度上得到了保障。他认为人不能完全没有自己的自由意志。他认同上帝的恩典说，但也同样相信人的内在意志可以决定接受或者拒绝上帝的恩典。

(Henry Ware, Jr) 的道德哲学为这次宗教改革提供了坚实的理论基础。

钱宁发表的《唯一神教基督教》(*Unitarian Christianity*) 是这次宗教改革活动的纲领性文件。在这篇布道文中，钱宁狠狠地抨击了加尔文主义与加尔文主义中的上帝："根据其古老真实的形式，（加尔文主义）的教导是，上帝将我们带入这堕落的生活，……然后观察我们的行为。"[①] 上帝的预定，内在的堕落，悬搁的恩典，加尔文主义中这些观点使人生看上去惨淡无比。上帝的意志统摄一切，高高居于道德和规范之上。这种上帝观和人性观严重地阻碍了个体精神力量的成长，极易扭曲人的道德官能。用钱宁的话来说：

> （加尔文主义）使怯懦者感到惊惧，给坏人以借口，增长了幻想者的虚荣心，为罪恶者提供了庇护。（加尔文主义）道德的基本原则是恐吓，它展现的那个冷酷偏袒的上帝极大地妨碍了道德官能的判断。这是一个悲观的、严峻的、卑屈的宗教，人们不得不用苛责、严厉和迫害去代替更为温柔和公正的仁慈。[②]

按照钱宁的观点，宗教的任务本来应该是使人性变得更加高贵，在自我追求完善和完美时提供恰当的道德规范和精神鼓励，而不应该借助神秘不可知的力量，借助恐吓使人们在它面前卑躬屈膝。而唯一神教正是摒除了那些使我们理性和道德情感大为震惊的腐坏因素的基督教。唯一神教是一种理性和友善的宗教观，它符合人类的基本的理解力、良心、慈悲、虔诚等天性。在人生这场实验中，唯一神教肯定人性中光明美好的一面，相信人性的潜能和人内在的道德情感，同时还能帮助个体抵挡外界的负面影响。钱宁在《劳动阶级的提升》(*On the Elevation of the Laboring Classes*) 这篇文章中写道：

> 如果我被问到我对人类尊严的观点，我的回答是，人类尊严的根本组成是精神原则，它有时被称为理性，有时被称为良心，它超越了区域与时间，辨别了不变的真理与永恒的正确；在不完美之中看见完

[①] *William Ellery Channing*: *Selected Writings*, ed. David Robinson, New York: 1985, p. 89.
[②] *William Ellery Channing*: *Selected Writings*, p. 90.

美;它是普遍的、中立的,与人性中那些偏见自私的原则完全相反;它带着权威,告诉我,我的邻居和我一样珍贵,他的权利同样神圣;它要求我接受所有的真理,尽管我的骄傲反对;它要求我正义行事,尽管这与我的利益矛盾;它呼唤我怀着爱为所有美、善、神圣、幸福的东西高兴。这个精神原则就是人的神性。①

人性中的道德品质是钱宁对加尔文主义进行批判的基础。钱宁针对加尔文主义中上帝至上、人性堕落的信条,提出了与之相对的信条:"本质同一"(Essential Sameness)。钱宁认为,上帝的道德本质与人类的道德本质是相同的,因此,与人受到良心的约束一样,上帝也受到正义和公平等条款的限制。神圣的道德本质与人类道德唯一的不同之处在于它的无限性。②

亨利·维尔针对正统加尔文教领导莱曼·比奇(Lyman Beecher)1823年的布道文《曾经传达给圣徒的信仰》(*The Faith Once Delivered to the Saints*),以相同的题目撰文回击。维尔在文中提出了一个新的观点,那就是上帝对人类实行道德统治。作为上帝的"臣民",人类是自由的道德主体,具有分清是非的能力,也能为他的选择负责。"在这个世界上,[人类]处于一种试验的状态。为了形成和激发自己内在的性格,人类时刻都在准备着最终与自己内在性格相符的完美状态。"③ 加尔文主义中对宗教和上帝的虔诚在这里转化成了自我内在性格的发展和提升,其中最重要的是道德品质的培养。维尔特别指出,唯一神教优于加尔文主义的地方就在于唯一神教特别有利于美德的培养。

对清教加尔文主义中上帝和人性假定的否定,却使唯一神教教徒们更加需要利用清教代表的道德和虔诚的力量。在唯一神教的理念中,上帝是友善,世界是公平的,人内在的道德品质是天生的。人生就是一场试验,在这个试验场上,人要不断地提高自己的道德或精神水平。钱宁从苏

---

① William Ellery Channing, "On the Elevation of the Labouring Classes", *The Complete Works of William Ellery Channing*, London: "Christian Life" Publishing Company, 1884, pp. 338–343, 90.

② 参见"The Moral Argument against Calvinism", "Likeness to God: Discourse at the Ordination of Rev. Fredrick A. Farley, Providence, R.I", *The Complete Works of William Ellery Channing*, pp. 338–343, 230–236.

③ *The Works of Henry Ware*, Jr., D.D. (Boston, 1846–1847), 2: 229–250.

格兰道德学家哈钦森那里借用了"中立性"（Disinterestedness）这个概念，对清教的道德传统重新进行了解释，他将美德定义为与个体的自我利益斗争的能力。① 对自我的成长的衡量需通过道德情感的提升。从这个意义上来说，唯一神教对人的无限能力和自我发展的强调都相应地附带了严格的道德情感的培养和道德责任的遵守。道德，不仅成为唯一神教宗教生活的一个标志，更是成为宗教本身。

从这个意义上来说，唯一神教提出的人的本性能力无限的这个信仰同时也产生了一个对应的严苛的促进自我发展的道德责任。因此，道德生活就从一种宗教生活的标志，或附属物，变成了宗教本身。钱宁的《自我修养》（Self-Culture）是这种宗教的最好阐释。在这部著作中，钱宁用灵魂的有机生长去定义自我修养：

> 培养任何东西，不论是植物、动物、还是心灵，都是使其成长。成长、扩生是目的。只有具有人生原则并且能够一直生长的东西才能称得上文化。因此，那个为了让自己变得更均衡、精力旺盛、卓越、幸福的人，以其所能去展现力量和能力，特别是展现出高尚的能力的过程，就是自我修养。②

他继而论述了自我修养的可能性：

> 自我修养是可能的，不仅仅是因为我们能够走进自己内心寻找自己。我们还具有更崇高的一种力量，可以作用于、决定并且形成我们自己。这是一种可怕又极好的天资，因为这是人类责任的基础。我们不仅具有查看我们力量的能力，同时还可以指导和促进我们力量的能力；不仅具有监督我们激情的能力，同时也具有控制激情的能力；不仅具有培养我们官能成长的能力，同时也具有运用一些方法来影响和帮助它们成长的能力。③

---

① David Robinson, "The Legacy of Channing: Culture as a Religious Category in New England Thought", *Harvard Theological Review* 74 (April, 1981): 221-239.
② *The Works of William Ellery Channing*, Boston: American Unitarian Association, 1875, p. 15.
③ *The Works of William Ellery Channing*, p. 1.

爱默生完全认同钱宁对自我修养的必要性和可能性的论述。实际上，当爱默生进入教会的时候，布道文作为两个世纪以来美国思想和文学表达的主要工具已经发生了急剧的变化，这主要是因为自我修养的神学思想引起的思想骚动。布道文成了唯一神教表达自我修养哲学的最合适方式，布道文所代表的道德劝诫的传统使之成为一场道德完美主义运动的必要工具。

1828年，小亨利·维尔当时是波士顿第二教堂的牧师，他因为身体健康原因提出了辞职的请求。教堂没有同意他的请求，而是邀请爱默生作为他的助手。爱默生在成为维尔的助理牧师之后，写了两篇布道文，提出了他对基督教教会的看法、希冀和目标。他的目标很实际："我请求你们关注这些具有重大实用价值的观点。我们宣扬个体灵魂的价值，个体灵魂的无限性，它的能力和美德……都是为了这类思考所激发的实际效果。"①那么，道德情感的起源或源头又是什么呢？在1828年写下的一段话中，我们看到爱默生的回答：

> 我也许会相信星星永远在它们的轨道上燃烧——没有手将它们推上这永恒的道路，毫无根由地，它们无限循环地运行着。当我每天都看到海洋在蒸发，我也许会相信这是热的作用将水蒸气升起来，然后风任意地将它吹向各地。我也许会相信植物生长的过程并不起源于任何想法，也不会被任何动物的愿望所推动；——是的，我也许会相信这所有一切，但是我永远不会相信，人的良心没有源头、理性或目的。我听到它总是在说："有一个上帝"。②

这样，爱默生道德情感的概念就与内在的上帝联系起来。1832年他写道："我们的灵魂不是上帝，而是上帝在我们灵魂之内……我们身上具有一些比超越自身，比自身更加美好的东西，我们身上的这些东西从不姑息任何错误。"③ 道德和道德情感的形式在爱默生早期的牧师年代中是通

---

① *Young Emerson Speaks*: *Unpublished Discourses on Many Subjects By Ralph Waldo Emerson*, Arthur Cushman McGiffert. Jr., editor, N. Y. Kennikat Press, INC, 1938, p. xiv.

② *Young Emerson Speaks*: *Unpublished Discourses on Many Subjects By Ralph Waldo Emerson*, Arthur Cushman McGiffert. Jr., editor, N. Y. Kennikat Press, INC, 1938, Sermon XXI.

③ *Young Emerson Speaks*: *Unpublished Discourses on Many Subjects By Ralph Waldo Emerson*, Arthur Cushman McGiffert. Jr., editor, N. Y. Kennikat Press, INC, 1938, Sermon CLX.

过上帝呈现的。1830年他问道:"什么是上帝?(上帝是)灵魂中最高尚的人格的概念,是个体灵魂的臻于完美。"①

爱默生理想的人格少不了道德情感,理想的世界更是由像上帝一样具有高尚道德情感的个体组成,通过道德情感揭示出一个理想的世界。爱默生理想的人,从这个意义上来说,也是道德情感的一个体现。在《相信你自己》(Trust Yourself)这篇布道文中,爱默生指出:"人性中上帝的形象在每个人心中都设了一个品格标准,这个标准超过了任何现实存在的卓越。"② 如果人可以认识到自己的不完美,那他肯定有一个完美的标准在心中。"我们每个人心中都有道德和智力卓越的因子,也就是说,如果你按照本性去活出自我,你将得到并展示一个完美的品格。"③

钱宁和威尔为了反驳加尔文宗否认人性善的观点,将耶稣树立成一个人类能力的榜样。爱默生,巧妙地扭转了唯一神教的观点,总结说,耶稣并没有树立一个关于人类潜能的哲学,而是充当了历史上教师的角色。唯一神教的人文主义倾向是基于基督论,但是基督论中的极端人文主义却给了爱默生论点将基督降到普通的历史人物的地位。

在1830年的布道文中,爱默生说:"任何时候,所有的人都是无意识地从周围的人身上学习道德,而耶稣的训诫与这种道德最为一致。"④ 1835年他在论"第一哲学"时,直言"耶稣只是纯粹理性的牧师"。⑤ 在这段话中,爱默生将耶稣与道德观察等同起来,或者说,基督成了道德情感的典范。基督承担了道德理想的角色,再加上前面讨论的道德情感与普遍的人(Universal Man)的关系,我们实在可以说,基督体现了爱默生普遍的人的这个概念。耶稣,是人类行为规范的完美样本,以其道德的无疵无瑕,激励人们追求更高的道德水准。

---

① *The Journals and Miscellaneous Notebooks of Ralph Waldo Emerson*, William H. Gilman et al., editors. 3 Vols. Cambridge, MA: Harvard University Press, 1960-1982, p. 182.

② *Young Emerson Speaks: Unpublished Discourses on Many Subjects By Ralph Waldo Emerson*, Arthur Cushman McGiffert. Jr., editor, N. Y. Kennikat Press, INC, 1938, p. 110.

③ *Young Emerson Speaks: Unpublished Discourses on Many Subjects By Ralph Waldo Emerson*, Arthur Cushman McGiffert. Jr., editor, N. Y. Kennikat Press, INC, 1938, p. 110.

④ *Young Emerson Speaks: Unpublished Discourses on Many Subjects By Ralph Waldo Emerson*, Arthur Cushman McGiffert. Jr., editor, N. Y. Kennikat Press, INC, 1938, p. 69.

⑤ *The Journals and Miscellaneous Notebooks of Ralph Waldo Emerson*, William H. Gilman et al., editors. 5 Vols. Cambridge, MA: Harvard University Press, 1960-1982, p. 273.

我们已经知道，爱默生1832年辞去教会职务的原因不仅仅是上帝的晚餐这个仪式。而是这个圣礼又向他揭示了另外一个问题，耶稣在自我修养的哲学中的位置是怎样的？在钱宁和威尔的布道中，他们将基督看作是一个完美的象征，完美的人性的代表。而爱默生，更多的是将眼光放在基督教的未来而不是历史。1832年的布道文《真正的人》（*The Genuine Man*）中，他宣称："将要到来的复兴一定是立足于崇高原则，让所有的人都服从的对人的道德本质的布道。人的道德本质对将要来临的重生至关重要。道德是让所有人屈服的原则顶峰。它应该忘记历史基督主义，而专注于说明现在的上帝，而不是曾经的上帝。"① 这意味着，在耶稣和道德这两者之间，爱默生将道德放到了比耶稣还要高的位置上。1832年10月的一条日记里，记录了爱默生对耶稣的质疑与对自我的肯定："你必须谦卑因为耶稣说'要谦卑'。'但我为什么要听从耶稣的呢？''因为他是上帝派来的。'我怎么知道他是上帝派来的呢？'因为他向你讲述的也正是你自己的内心向你讲述的。'那为什么不从一开始我就听从自己的内心呢？"② 1835年的一则日记则更是全面的揭示了爱默生对耶稣权威的否定：

> 你肯定道德发展包含所有的智力，认为耶稣是一个完美的人。我毫不作伪地带着敬意对着这个和蔼的人鞠躬。因为他曾经活过，我能知道更多，希望更多，变得更好。但是如果你告诉我，你认为耶稣已经完成了人类存在所有的条件，也将人类的所有力量发挥到了极限。我不会同意。在耶稣身上我看不到明朗；在他身上我看不到对自然科学的热爱；看不到对艺术的善意；看不到苏格拉底、拉普拉斯、莎士比亚的一点点影子。完美的人应该能让我们想起所有伟大的人。你问我，我是否愿意像耶稣而不是其他人？如果我的回答是肯定的话，我会怀疑我自己迷信。③

---

① *The Journals and Miscellaneous Notebooks of Ralph Waldo Emerson*, William H. Gilman et al., editors. 5 Vols. Cambridge, MA: Harvard University Press, 1960-1982, p. 126.

② *The Journals and Miscellaneous Notebooks of Ralph Waldo Emerson*, William H. Gilman et al., editors. 4 Vols. Cambridge, MA: Harvard University Press, 1960-1982, p. 45.

③ *The Journals and Miscellaneous Notebooks of Ralph Waldo Emerson*, William H. Gilman et al., editors. 5 Vols. Cambridge, MA: Harvard University Press, 1960-1982, pp. 71-72.

第六章 宇宙：道德的统一

耶稣能唤起个体对自身神性的肯定，而不是对他个人的尊敬，这才是爱默生强调耶稣重要性的地方。与基督学的斗争是爱默生思想世俗化的一个过程，在这个过程中，随着基督的地位越降越低，人的地位却越升越高。

1838年7月15日，爱默生在哈佛神学院毕业班上发表《神学院演讲》，直接质疑基督教信仰的基础—圣经以及耶稣的神圣性。爱默生试图唤醒被传统束缚的神学家们，让他们认识到那个活生生存在的上帝。爱默生的信息非常明晰：任何试图接近上帝的人都需要通过个体经验，而不仅仅是书本和传统去和他交流。爱默生指出历史上的基督教的两个错误。历史基督教的第一个缺点是它陷入了那种破坏一切宗教交流企图的错误。它只注重仪式，而不是灵魂的教义。在基督教的戒律下，唯有上帝是最大最终的权威，个体不敢"按照内心无限的规律生活，不敢与天上人间反射给你的各种形式的无限美相伴"，而"必须把自己的本性依附于基督的天性"，必须接受教会或牧师对圣书的阐释。历史基督教的第二个缺点是人们已经把道德本质的心灵之源即上帝的揭示当作很久以前给定和完成的东西来讨论，就像上帝已经死了。它将传教与对人的道德本质探索相分离，破坏了道德力量，殊不知宗教的精华正是在于道德本质。在这个道德堕落和信念缺失的时代，爱默生疾呼新启示的到来："英美的清教徒在天主教堂的基督那里，在从罗马继承下来的教义里找到了他们得以表现他们严峻的虔诚及其对公民自由的渴望的天地。但他们的教条正在消失，新的教条尚未出现。"①

然而，那些有关灵感时代已经过去的假设；所谓'圣经已经关闭'的说法；以及因害怕贬低基督的性格而将他以人代之的做法，都是神学中的虚假。爱默生向我们宣称，上帝不仅过去存在，而且现在也存在，他不仅过去说话，现在也在说话。我们的灵魂可以与之交流对话。宗教是活生生的，它在呼唤那些内心苏醒了人。书本、宗教这些都只是形式，只有人，真正的人，能够看穿这一点，并发动革命，鼓励人成为自己，成为奇迹创造者。最后，爱默生号召他的听众："走自己的路，……大胆地爱上帝，而无需经过中介人或隐藏自己。你自己就是从圣灵那里新诞生的诗

---

① *The Collected Works of Ralph Waldo Emerson*, 1 Vols. Ed. Afred R. Ferguson et al., Cambridge: Harvard University Press, Belknap Press, 1971, p. 88.

人—抛弃一切因袭思想，使人与上帝直接相识。通过已存在的形式呼吸新生命。因为一旦你活了，你将发现它们具有可塑性，从而是新的。对它们缺陷的补救永远是灵魂。"①

爱默生的演讲掀起了轩然大波。在这篇演讲中，爱默生不仅直接攻击了唯一神教，更是对广义的基督教提出了质疑。霍尔莫斯称他是"一个反对偶像崇拜的人，不用锤子就温和地把偶像从其座位上赶了下来，还让这行为看起来像崇拜"。卡波特对此的评论则说："我不知道他是不是将它们赶了下来，还是他认为只要它们真的只是崇拜的对象，就应该把它们赶下来。他想打破的是形式主义……对过去神启的回望使我们忽略现在。"②

安德鲁斯·诺顿（Andrews Norton）谴责爱默生"公然推翻了基督教作为启示的所有信仰"③。这次演讲将爱默生与以他为代表的超验主义运动推到了公共争论的中心，也标志着爱默生与教会的正式决裂。④ 从1832年辞职到1838年发表《神学院演讲》这几年间，唯一神教内部的保守派与爱默生和其他超验主义者（脱胎于唯一神教的激进派）的争辩一直是公众的焦点。他们的分歧主要集中于两点：基督的神性以及对神迹的质疑。超验主义唯进一步发展了唯一神教的理性思维，对《圣经》中不符合逻辑常理的基督的神圣性和其神迹进行了批判，将基督拉下了神坛，相反，个体形象却逐渐高大起来，足以和上帝比肩。

西尔多·帕克，一名年轻的唯一神教牧师，听完爱默生的讲演后，大有触动。1841年他发表了一篇题为《论基督教中的永恒与短暂》（Discourse of The Permanent and Transient in Christianity）的布道，他对《圣经》中超自然的权威的攻击更加激烈而具体。就基督教中短暂的因素，他认为《旧约》的起源与权威就是一个例子。

---

① *The Collected Works of Ralph Waldo Emerson*, 1 Vols. Ed. Afred R. Ferguson et al., Cambridge: Harvard University Press, Belknap Press, 1971, p. 90.

② James Elliot Cabot, *A Memoir of Ralph Waldo Emerson*, Vol. II. Boston: Houghton & Mifflin, 1887, p. 432.

③ Andrews Norton, "The New School in Literature and Religion", *Boston Daily Advertiser*, Aug. 27, 1838.

④ 爱默生与教堂的决裂从1832年他向教会提出辞职开始。但此后他还陆续兼职布道。自从1836年《论自然》出版后，爱默生就被称为无神主义者。这次演讲后，哈佛神学院宣布再也不允许爱默生踏进他们的讲堂，爱默生也不再接受布道邀请。

第六章　宇宙：道德的统一

在没有任何证据的情况下，最初的这个假设，即这些作家与上帝进行了神秘的交流，其他任何人都无权拥有这份荣幸，不过是一个狭隘的犹太人的假想，但却变成了信仰的条款，不信的基督徒要被烧死……人们被教导，在路加和约翰明显的区别、保罗和彼得严肃的异见之前，闭上眼睛，在几乎没有任何证据的情况下，相信那些震惊我们道德情感、违反我们理性的叙述。①

在启示的问题上，帕克的观点是："如果我们抛开所有的偏见，以一种阅读其他书籍的方法去阅读《圣经》，事实的真相就很清楚了，与牛顿定律、笛卡尔、《吠陀经》(*The Veda*)、《古兰经》一样，《圣经》只是人类的作品。"②

超验主义从唯一神教中发展而来，是唯一神教的理性的逻辑发展的结果。安德鲁斯·诺顿的这段话准确的诠释了超验主义与唯一神教的关系："如果我们了解全面的话，就会知道，超验主义是唯一神教中的理性主义发展的结果。这种变化当然是巨大的，但却不让人感到惊讶。一步一步的，唯一神教神学从坚守圣书的灵感的立场到抛弃这个立场，那些处于下降前端的人很快发现他们陷入了无神论哲学的澡泽和流沙当中。"③ 超验主义与唯一神教一个很重要的不同是，唯一神教接受"自然宗教"和"启示宗教"的区分，而超验主义对此绝不接受。④ 这也是超验主义有胆量挑战质疑耶稣超自然的神性和神迹的理论基础。

在爱默生看来，耶稣不是高高在上的神，而只是一个具备优秀道德品质的人，是超验主义个体的典范。耶稣的神性是通过他身上上帝的形象表现出来的，而这个上帝，存在在每一个个体的身上。通过耶稣这个人的形象，个体可以反观到自己身上的神性：我是神圣的。上帝通过我行动；上帝通过我发言。你可以在我身上看到上帝。

---

① Theodore Parker, *Views of Religion*, Boston, 1885, pp. 301–306.
② Theodore Parker, *Discourse of Matters Pertaining to Religion*, ed. by Centenary, p. 295.
③ Andrews Norton, "The New School in Literature and Religion", *Boston Daily Advertiser*, Aug. 27, 1838, Quoted by James Elliot Cabot, *A Memoir of Ralph Waldo Emerson*, Vol. I, New York, 1888, p. 335.
④ 自然宗教一般指的是能从自然界、人类历史和人类本性的观察中推断出上帝、道德的存在的宗教。启示宗教指的是上帝告诉某些人，如圣保罗、耶稣等先知，上帝和道德的存在。

个体的神圣意味着的个体即上帝，个体即整体，个体即一切："世界什么都不是，人是一切；在你身上潜藏着所有的自然法则；在你身上沉睡着所有的理性；你将要去探寻一切；你将要去挑战一切……个体不再被视为部分，而是成为一个整体。他就是世界。"个体的神圣也意味着，真理只在自己的内心，无须通过牧师，圣经或唯一神教徒们所认为的"历史证据"。

在《心灵的习惯》（ Habits of the Heart : Individualism and Commitment in American Life）这本书中，罗伯特·贝拉区分了两类盛行于美国的个人主知识和外在的宗教权威，而是运用自己的直觉和理性，去接近耶稣，去拥抱宗教。宗教活生生地存在于每一个个体的灵魂里，正如每个个体中也有耶稣的影子。上帝制定了人类的道德戒律，而基督是一位伟大的伦理老师，来向大家宣告上帝的永恒道德法则。如此一来，爱默生将便宗教的内容压缩成了抽象的伦理格言，将宗教的内容简化成了伦理的实际目的。每一个个体自身的意识之内都有通向神圣启示的通道。这种理解使得爱默生不再需要依靠外在的权威，如经书、预言和奇迹等去追求真理，而只需返求诸身。同时，他也认识到，如果人能通过这种直觉体悟到自身的道德力量，那么他同样能感受到上帝的存在。这样一来，宗教中所有的外在的权威都不攻自破了。

从牧师到讲演家，从上帝到个体，爱默生思想逐渐世俗化的过程同时也是美国个体形象渐渐高大、耶稣（或上帝）形象渐渐可亲可近的过程。然而，其中有一点是始终没有发生改变的，那就是爱默生对道德的强调（尽管道德的基础从宗教转向了世俗）。爱默生对"道德情感"或道德法则的信仰是他对人性信仰的基础。早期的牧师生涯中，爱默生将道德与基督教对等起来；后来他对基督教超自然基础产生了怀疑，并与基督教进行斗争，道德情感无可依托的时候，自然渐渐成为爱默生肯定道德情感、印证道德情感的存在和证明。爱默生废黜了上帝，在自然的秩序中树立起了个体的神圣性。

美国的宗教文化从早期殖民者从欧洲传入的清教开始。这些最早来到北美大陆的清教徒们信仰加尔文神学，强调人性的堕落和上帝的恩典。这种严酷的宗教观和人性观对早期殖民地建设和后来的美国独立革命和建国都产生了重大的影响。后来随着殖民者在新世界克服了外在自然环境的困难，慢慢稳定下来，以及随着北美经济贸易的飞速发展，人们开始更加关注世俗生活，关注自我本身。加尔文主义中神至高无上，人罪恶重重的观点开始受到人们质疑。清教内部的自由派（唯一神教）率先倒戈，将人从罪恶的深渊中拉起来，肯定了人性中光明的一面，突出了人性中的宗教道德感。他们把人生看作是一个实验场，一段走向救赎的准备期，不断地提升自我，提高自己的道德水平是获得最后救赎的条件。但唯一神教仍然保留了《圣经》的最高权威和耶稣的至上神圣。其后的超验主义一派进一步对唯一神教进行改革，打破了《圣经》的权威，也把耶稣从神坛上拉下来，与之相应，凸显了个体的神圣与无限性。另一发面，美国的社会现状是，个体盲从随大流，大家疯狂追求贸易物质和经济利益而忽视精神的成长，个体失去了精神的独立和思想的独立。在这样的情境下，爱默生提出个体应当自信自立，相信自己的内心，而不是社会的习俗和传统。

在著名的演讲篇章《美国学者》和《论自立》中，爱默生指出，个体最重要的特征在于自信自立。《美国学者》里，爱默生认为，"思想着的人"的首要责任在于"自信"，因为自我信赖包含着所有的美德，并且，通过自信，所有的美德都能得到理解：

> 为什么要求大家信赖自己？……原因就在于刚才我提到的"一切人都是一个人"的理论中。我相信人是被误解了，他损害了自己。他几乎已失掉那种引导他恢复天赋权利的智慧之光。如今的人变得无足轻重，过去和现在，人都贱若虫豸蚁卵，他们被称作是"芸芸众生"或"放牧的羊群"。一百年、一千年之中，只出现过一两个还算像样的人。就是说，只有个把接近于完整的人。其余的全都处在幼稚原始状态，从一个英雄或诗人身上便可看到他们所有的影子。①

然而，爱默生在这里并没有鼓励原子化的、只顾追求自己利益的个人主义。完全相反，从社会的假象中解放出来的个体能够寻找到一种更深的真理，能够认识自己心灵的秘密。这样，通过"深入地挖掘自己心灵的秘密，他走进了所有心灵的秘密"②。如果整个社会都由这样的个体构成，它将不再是碎片化的，而是通过神性的力量统一在一起。自信，反而成了

---

① *The Collected Works of Ralph Waldo Emerson*, 1 Vols. Ed. Afred R. Ferguson et al., Cambridge：Harvard University Press, Belknap Press, 1971, p. 65.

② *The Collected Works of Ralph Waldo Emerson*, 1 Vols. Ed. Afred R. Ferguson et al., Cambridge：Harvard University Press, Belknap Press, 1971, p. 63.

社会控制和融合的理想方式。

在此演讲的开始部分，爱默生对比了文人的思想生活与社会上盛行的物质主义。他乐观地期待未来的美国文化，期待美国文化的自立与完整。然而，社会的命运与个体的命运是分不开的，当现在的社会充斥着阻碍个体潜能发展的社会分工与专业化的个体时，个体在当下的社会便很难有一个和谐的存在；当这个社会仅仅认可实际的、物质的东西作为成就时，个体在精神上便陷入了贫瘠和营养不良的状态。充分认可个人的重要性是美国未来的希望之光。爱默生提出，美国应该"给予个人崭新意义"，"世界微不足道，而人才是一切。自然界的所有定律都体现在你的身上。……我们要用自己的脚走路；我们要用自己的手来工作；我们要发表自己的意见。……一个由真正的人组成的国家将要首次出现"①。

此时距内战还有二十多年时间，而爱默生在这篇演讲中早已预见了这种政治可能，强调每个人都应该意识到一个由"真正的人组成的国家"的重要性，而不是任由自己以政党或地域人口或者是地理分布来被别人评价。这，我认为，是爱默生思想和文化革命的核心。

三年之后发表的《论自立》演讲更是集中讨论了个体的自立与自信。② 《论自立》以一句拉丁引言开头，"Ne te quaestiveris extra"，这句话翻译成中文的意思是"别在外部寻找"。真正自立自信的人是天才，"相信你自己的思想，相信：你内心深处认为对你适用的东西对一切人都适用—这就是天才"③。天才反对一贯和顺从，一个真正的人不属于别的时间与空间，而是万事万物的中心。"人一定要顶天立地，使周围的一切环境显得无关紧要。每一个真正的人就是一个起因，一个国家，一个时代。"④ 自信的根由是天才的本质，也是美德和生命的本质，即人的本能和直觉。在爱默生看来，"自信"是"整个心灵伦理的信条"，自信意味着"对宇宙

---

① The Collected Works of Ralph Waldo Emerson, 1 Vols. Ed. Afred R. Ferguson et al., Cambridge: Harvard University Press, Belknap Press, 1971, pp. 69–70.

② "自立"的思想是《美国学者》（强调依赖自我，而不是历史和书籍）和《神学院演讲》（神性就在自我之中，而不是在任何外在的宗教里）的基础。自立的思想也贯穿了爱默生其他的作品。

③ The Collected Works of Ralph Waldo Emerson, 2 Vols. Ed. Afred R. Ferguson et al., Cambridge: Harvard University Press, Belknap Press, 1971, p. 28.

④ The Collected Works of Ralph Waldo Emerson, 2 Vols. Ed. Afred R. Ferguson et al., Cambridge: Harvard University Press, Belknap Press, 1971, p. 35.

的普遍心灵通过自然向个体解释自身的洞察"①。因为人生终极的事实是："一切转变为永远神圣的'一'。自我生存就是一种最根本的属性。"②

爱默生的《论自立》掀起了一场革命。首先就是来自宗教的责难。宗教里的祈祷仪式完全与自立对立。其次是对美国文化的冲击，美国文化中缺少自我修养的内容。再次是它对艺术模仿的否定；最后是对社会精神的抨击，美国社会中，人人都以社会改良为荣，然而却没有一个人从自身出发去进行改良。③ 整个的社会的改良是无法取得任何效果的："社会从来没有前进。它在一个方面有所退步，在另一个方面则有所进步，速度都是一样迅速。它经受着不断的变改；有野蛮社会，有文明社会，有基督教社会，有富裕社会，有科学社会，然而这种变革并不是改进。因为有所得，必有所失。"④ 文明的进步就是以失去身体的原始力量为代价。科技取代的手艺，宗教取代了美德。"社会是一个波浪。波浪向前运动，然而构成波涛的水却不。"⑤ 社会的主要问题，在爱默生看来，是对财产太过于依赖，尤其是对保护财产的政府的依赖，这是缺乏自立的表现。人们重视那些无法定义自身的物品，而不是自己的天性。换言之，他们对个人的

---

① *The Early Lectures of Ralph Waldo Emerson*, Stephen E. Whicher, Robert E. Spiller and Wallace E. Williams, editors. 2 Vols. Cambridge, MA: The Belknap Press of Harvard University, 1959–1972, p. 151.

② *The Collected Works of Ralph Waldo Emerson*, 2 Vols. Ed. Afred R. Ferguson et al., Cambridge: Harvard University Press, Belknap Press, 1971, p. 50.

③ 超验主义时期，美国社会有两种新的福音（Apostles of the Newness），第一种是由那些希望改变体制来使这个世界变得更好的人，第二种希望通过（个体）具体的实践行动。爱默生属于第二类改革者。他和梭罗都没有参与集体行动的一些改革，包括布鲁克农场和农园运动。爱默生认为他那个时代的很多政治改革都流于表面，他在1848年的一则日记中写道："如果我们相信新闻的话，对美国和整个人类的拯救，取决于下一次选举。但是上一次选举新闻也这么说，上上次还是这么说，我们的父辈四十年前也相信同样的谎言。"对大部分的改革者来说，改变社会的制度，提升社会的物质基础和穷人的生活状况是改革的大势所在。但是，对爱默生而言，只有物质基础的改善，没有道德的提升，也算不上是真正的改革，没有任何意义。爱默生推崇的改革是对人性的改革。他希望塑造人的道德品格，提升个体的道德灵魂，使之超越自私和物质主义。因此爱默生践行的改革理念是进行一种深层次的改革，而不是这种表面的改革，也就是改革从个体开始，改革你自己。改革自己的前提是成为自己，个体能进行独立的思考。这也就是爱默生的个体主义。"自立"是个体主义的宣言。参见 Steven Mintz, *Moralists and Modernizers: America's pre-Civil War Reformers*, Baltimore and London: The Johns Hopkins University Press, 1995.

④ *The Collected Works of Ralph Waldo Emerson*, 2 Vols. Ed. Afred R. Ferguson et al., Cambridge: Harvard University Press, Belknap Press, 1971, p. 48.

⑤ *The Collected Works of Ralph Waldo Emerson*, 2 Vols. Ed. Afred R. Ferguson et al., Cambridge: Harvard University Press, Belknap Press, 1971, p. 49.

评价标准不是他是什么，而是他有什么。自我的依靠，是被爱默生称为"命运"或"机会"的这种偶然性东西，而实际上，"除了你自己，什么也不能给你带来安宁。除了原理的胜利，什么也不能给你带来安宁"①。

爱默生精神上独立自主的个体通常认为与民主并不相容。然而事实却并不是这样。自立不是意味着超脱于公共生活之外，而是作为一种加强个体的人性和对他人尊敬的方式。因为，只有当个体在沟通上完全坦白时，个体的权利才能得到保护。爱默生的自立意味着依靠个体内在的道德情感，也就是个体的理性，并且通过个体的知性，减少外在世界的影响："在世界上，按世人的观点生活容易；在隐居时，按自己的想法生活也不难；可是伟人之所以是伟人，就在于他在稠人广众之中尽善尽美地保持了遗世独立的个性。"②真理的基础是上帝，然而，通向真理的路却是"自信"，这两者，实际上是一致的："反思——使用并相信你自己的理智，就是直接从上帝那里接收真理……相信自己不是极端的骄傲，而是极度的虔诚，一种除了向上帝学习之外，再不向第二个人讨教的坚决。"③

爱默生的自信自立的根源是精神上高尚的道德，它在三方面符合了时

---

① *The Collected Works of Ralph Waldo Emerson*, 2 Vols. Ed. Afred R. Ferguson et al., Cambridge: Harvard University Press, Belknap Press, 1971, p. 51. 爱默生的自立不是自我中心主义，而是由个体组成的社会的基础。十九世纪早期的政治理论分为自由主义和共和主义。自由主义拒绝公共福利（Common good）的观点，相信利益的多元将组成最好的政府。因此，政府最重要的职能，是保护个体的权利。共和主义认为存在一个明确的公共福利，并且相信，公民接受了公民责任的美德教育的政府是最好的政府。爱默生在日记中说，"所有政治斗争的目的，是将道德作为所有立法的基础。目的不是自由机制，不是共和，不是民主，不，它们都只是手段：道德是政府的目的。"尽管这与共和主义的大众美德相似，爱默生却认为最重要的是个体自由和个体发展的权利。"只有当所有的组合体都处于孤立状态时形成的统一才是最完美的。……每个人都是一个小宇宙，如果要试图参与别人，那么马上就会发生挤拥、混乱、个体被一分为二、一分为四、全面的急剧减少。"(*The Journals and Miscellaneous Notebooks of Ralph Waldo Emerson*, William H. Gilman et al., editors. 8 Vols. Cambridge, MA: Harvard University Press, 1960 - 1982, p. 251) 爱默生的自立的思想也受到了安德鲁·杰克逊（Andrew Jackson）和马丁·范·伯伦所领导的民主党上台和统治（1829—1841）的影响。民主党内成分复杂，有南方的种植园主、西边的不动产自由保持者（freeholders）、北方的底层劳动人民，他们共同抵抗北方（贵族）的财产和特权。对爱默生来说，民主党内部反差如此之大的组成，以及它对政治保护人的极度依赖和粗陋的选举过程无一不说明了这个组织实际上的投机心理。爱默生相信完美的政府应该由自主道德的个人组成。对托克维尔关于多数人的暴政的言论，他感到震惊也就不足为奇了。

② *The Collected Works of Ralph Waldo Emerson*, 2 Vols. Ed. Afred R. Ferguson et al., Cambridge: Harvard University Press, Belknap Press, 1971, p. 31.

③ *The Collected Works of Ralph Waldo Emerson*, 2 Vols. Ed. Afred R. Ferguson et al., Cambridge: Harvard University Press, Belknap Press, 1971, p. 45.

代的呼唤和要求。首先，如爱默生在《美国学者》中所述，19世纪的美国资本主义工业化和社会大生产已经开始忽视和吞没个人的价值。当时的美国社会里，人们极端地追求财富的聚敛和肉体的安逸。其次，自立自信是个体是对加尔文教与唯一神教中个体观的反驳。再次，美国民主制中的多数专制对个人的压迫已经日趋明显，而爱默生在政治上最担心的就是民主的暴政。①

第二节 自然的道德法则

在对自然的认识上，如果说华兹华斯教会了爱默生用感性去热爱自然，那么科勒律治则让他学会了用理性去探究自然及其本质。在他们两者的基础上，爱默生提出了自然一项更为隐秘的功用，那就是给人在道德和理性上的教化。②

在《论自然》中，爱默生提出了一个内在心灵与外在自然完美对应的假设，这个对应学说是爱默生宇宙道德统一的理论基础。在这个对应学说中，自然与精神存在着三个层面上的对应：第一，词语是自然事物的象征；第二，具体的自然事物又是具体精神事物的象征；第三，大自然又是精神的象征。通过自然—精神间的对应关系，精神的道德属性不仅成为自然的属性，也成为每个个体的属性。这个对应学说的核心是自然的象征。爱默生提出对应学说并不新奇，③ 新奇的是，爱默生对自然的全新理解以

---

① 在政治上，爱默生只害怕专政。他指出了纯粹民主的专政，那就是民众的专政。关于这一点，查普曼认为："尽管欧洲的激进分子1848年进行革命，反对封建主义专政的陋习，爱默生，美国最伟大的激进分子，世界最强硬的激进分子，他的革命是为了反对普遍选举权的危害。通过指出所有专政在本质上的同一性，将政治思想家的注意拉回到起点，也就是人类性格的价值，爱默生推进了世界政治思想前进的一步。他向我们指出，在这个国家，我们的努力应朝向何种目的。"参见 John Jay Chapman, "Emerson", *The Selected Writings of John Jay Chapman*, ed. and intro. by Jacques Barzun, New York: Doubleday, 1958, p. 317.

② 卡尔·丹尼斯（Carl Dennis）认为，爱默生的"自然观念与华兹华斯和科勒律治不同之处在于，爱默生将诗人解读为一个本质上充满象征的自然的解读者，这种立场既不是被动的，也不是对自然的主动操纵"。参见 Carl Dennis, "Emerson's Poetry of Mind and Nature", *Emerson Society Quarterly*, No. 58 (1st Quarter 1970): 139–153.

③ 参见 Vesselina Runkwitz, "The Metaphysical Correspondence Between Nature and Spirit in the Visions of the American Transcendentalists Ralph Waldo Emerson and Henry David Thoreau", *Trans*, 12 (2011); Kenneth Walter Cameron, *Emerson's Developing Philosophy: the Early Lectures* (1836–1838), Hartford: Transcendental Books—Box A, Station A-06126.

及对自然中道德哲学的阐释。他的自然既不是唯物主义者们认定的那个客观世界，也不是唯心主义者们宣称的那个由意识决定的存在，而是居于这两者之间，既有物质属性又有精神属性的一种存在。

自然是爱默生思想的起点，爱默生的一切学说均从自然出发，建立在自然的基础上。"对爱默生来说，自然是一种关于事物本性的理论—事物是怎样的；它是生活的指导，是哲学、艺术、语言、教育和日常生活的基础。"① 简而言之，在爱默生的学说中，一切事物的存在都能在自然中找到解释。

19世纪30年代，爱默生辞去了波士顿第二教堂的牧师职位，去欧洲游历了一年。在佛罗伦萨，他参观了阿米奇教授（Professor Amici）的光学仪器公司；在巴黎，他参观了巴黎植物园（Jardin des Plantes）的自然历史展览；在英国，他见识到了工业革命的先进成果。自然和科学领域的神奇和伟大进步令他惊叹不已，从这时起，他下定决心要成为一个自然主义者：

> 可能的界限扩大了，真实比想象更为奇特。宇宙从未像现在这样如一个神奇的谜。……当我站在那里，一种奇怪的信念攫住了我，这些古怪、野蛮和美丽的形态都在像人这个观察者倾诉着什么。我们能感觉到这些形态与人有一种神秘的联系。我被一种奇怪的同情感动。我决定听从这个邀请，成为一名自然主义者。②

回国后，正好赶上学园运动和讲演文化的兴起，于是，在各方面因素的推动下，爱默生走上讲坛，成为一名世俗意义上的牧师。他演讲第一个系列的标题就是《科学》（1833），其中包括《自然历史的作用》（The Uses of Natural History）、《人与宇宙的关系》（On the Relation of Man to the Globe）、《水》（Water）、《自然主义者》（The Naturalist）这四篇演讲。从这四篇演讲的标题可以看出，爱默生对自然历史和自然规律非常关注。其

---

① The Cambridge Companion to Ralph Waldo Emerson, edited by Joel Porte & Saundra Morris, Cambridge: Cambridge University Press, 1999, p. 104.

② The Early Lectures of Ralph Waldo Emerson, Stephen E. Whicher, Robert E. Spiller and Wallace E. Williams, editors. 1 Vols. Cambridge, MA: The Belknap Press of Harvard University, 1959–1972, p. 10.

第六章 宇宙：道德的统一

实，在这个时候，爱默生对自然理论的思考就已经比较成熟，他在第一篇《自然历史的作用》中即点出了自然—精神对应的观点："整个自然就是人类心灵的比喻或影像。道德法则与事实的对应就如同人照镜子看到同一张脸。"[1] 三年后，他将自己这段时间对自然的思考写成了一本小册子出版，标题直接取为《论自然》（Nature）。

"自然"一词是西方哲学传统中少数的含义复杂，难以定义的词汇之一。它最常见和基本的含义是指一切非人的东西，有别于人工作品。[2] 因此，自然通常是历史、文化、习俗等人为产物的对立面。它的另一层含义指事物之本性、结构、原理或规律。爱默生对自然的定义很广泛。在《论自然》一文中，他说道，从哲学的意义上考虑，宇宙是由自然和心灵两部分组合而成的。严格说来，所有那些与我们分开的东西，哲学上被界定为"非我"的事物，包括自然与艺术，所有的他人和我自己的身体，统统都必须归纳到自然的名下。爱默生意义上的自然既包括普通意义上的自然界，又包括哲学意义上非我的那一部分。也就是说，除了自我的灵魂之外，其他的都属于自然。他说："当我列举自然的价值，并且求得它们的总和时，我将在双重含义上使用'自然'这个词：既在其普通意义上，又在其哲学含义上。"[3] 在他的定义里，世界由"我"和"非我"组成，"我"指的仅仅是心理意义上的我，即心灵或灵魂，除此之外的一切都是"非我"，也就是"自然"。

在西方哲学史上，有两种对待自然的态度。一种认为自然的客观存在的（Positivistic attitude），另一种则认为自然的存在是由人的意识决定的（Idealistic attitude），前者被称为唯物主义，后者为唯心主义。超验主义者们试图调和或超越唯物主义者和唯心主义者对待自然的这两种态度。超验主义者福迪斯·米歇尔·哈伯德（Fordyce Mitchel Hubbard）出版于1835年的作品《自然作品的研究》（Study of the Works of Nature）中对自然给出解释即是证明：

---

[1] *The Early Lectures of Ralph Waldo Emerson*, Stephen E. Whicher, Robert E. Spiller and Wallace E. Williams, editors. 1 Vols. Cambridge, MA: The Belknap Press of Harvard University, 1959 – 1972, p. 24.

[2] Stuart Mill, *Three Essays on Religion*, London: Longman, pp. 3 – 65.

[3] *The Collected Works of Ralph Waldo Emerson*, 1 Vols. Ed. Afred R. Ferguson et al., Cambridge: Harvard University Press, Belknap Press, 1971, p. 8.

> 自然的多种含义可以归结为两类——一类是针对知性的逻辑，通过理性可以理解；另一类是针对情感的鉴定或道德，通过想象得以形成和理解——哲学家看到的是第一种自然，诗人看到的是第二种自然。……这两种看待自然的方法是如此不一样，因此这两类研究自然和自然特点的人对自然的印象也完全不一样，因为机械的哲学与道德情感没有直接联系，当然也就对道德品德的形成没有影响了。①

哈伯德通过认知方式的不同，把自然区分为通过理性认知的逻辑自然和通过情感和想象认识的道德自然，逻辑自然是哲学家眼中的自然，道德自然是诗人眼中的自然。

与哈伯德一样，爱默生同样需要调和逻辑自然和道德自然。在《论自然》开始，爱默生就提出，整个"自然"的存在是为了重新发现"与宇宙的原始关系"。然而在他揭示这一原始联系之前，爱默生还有一个问题需要回答，那就是自然的本质。自然是实体存在的还是一个幻象？物质主义者相信所见所感事物的存在，唯心主义却道不然，这一切只是头脑中意识（Mind）的作用。自然到底是独立于人的意识之外，还是只存在于人的意识之中？爱默生首先需要回答这些问题。爱默生的立场是既接纳了物质主义的观点，也接受了唯心主义的观点。自然既是事实也是思想，既是事物也是意识。自然的因素是象征。物质上自然提供美，精神上提供神性的智慧，也就是创造万物的普遍心灵。因此自然具有双重现实——一重是通过人的感官获得的物质现实；另一重是通过人的心灵获得的精神现实。

一方面，"我"认知"自然"的方式是知性（Reason）和理性（Understanding）。把人的认知能力区分为理性和知性，在西方哲学尤其是德国哲学中有着深厚的传统。爱默生通过英国作家科勒律治，从德国哲学家康德那里借用了"知性"和"理性"这一对范畴。理性追问的是在人的意识中，什么是超验的，它包括上帝、道德、自由这些抽象的概念，指向的是某种确证或同一（Identity or Unity）。理性的任务是进入超感觉的领域，直接面对自然，领悟自然背后的真、善、美，它是个体可以超越经验洞察到精神真理的官能；而知性涵盖的则是人类日常生活中的感官经验和

---

① Sherman Paul, *Emerson's Angle of Vision: Man and Nature in American Experience*, Cambridge, Mass.: Harvard University Press, 1952, p. 24.

知识，它指向的是具体和多样（Variety or Particularity），用以发现世界的实践真理。理性高于知性并统摄知性。

另一方面，爱默生的自然又是通过情感和想象可以认识的道德自然。《论自然》一书的开头，爱默生就提了一个问题："自然的目的是什么？"无疑，这是有一个具有实用意义的道德问题。这个问题的道德特性通过答案也得到了印证："这种伦理精神是如此深入地植根于大自然之中，以至于它就成立自然存在的目的。"① 从这个意义上来看，《自然》一书的结构也可以看作是围绕着自然的目的这个问题，爱默生作出的种种回答，是对自然的道德系统地展示：从商品、美、语言、训诫依次递进，自然的道德也从物质逐渐过渡到精神。如果人类历史的目标是道德的进化，这种进化只有通过自然才能实现。大卫·罗宾森（David Robinson）在《文化的使徒：作为牧师和演讲家的爱默生》（*Apostle of Culture*：*Emerson as Preacher and Lecturer*）中将爱默生的《论自然》与虔诚文学（Devotional Literature）联系起来，认为这本书的主题实际上是道德问题。虔诚文学与其他文学种类的区别在于，虔诚文学更强调实际道德。这种观点也从另一个侧面反映了道德问题在爱默生《论自然》中的体现。

在《论自然》一书中，爱默生呼吁美国人抛弃先辈的历史和宗教传统的束缚，与自然拥有一种原始的联系。为了这个目的，爱默生分别从自然对人的实际用途、审美用途、表达用途、训诫用途以及人在观察自然中的两种方式，唯心主义和唯物主义，深入地探究了人和自然的关系，并提出了一个关于整个宇宙的理论，也就是"对应"学说。爱默生认为，自然万物都对应于普遍的心灵，前者是印记，后者是印章："词语是自然事物的象征……每一件自然事实都是某种精神事实的象征。自然界的每一种景观都与某种人的心境相呼应……人类所用的语言就是象征，这是因为整个自然正是人的心灵的象征。道德本质的法则解答了这些问题，如同在镜子里面对面地交谈。"②

自然和心灵的对应意味着，自然的秩序对爱默生来说，就是人类的道德情感认识到的道德法则。道德是解读自然的关键，对自然的研究，也就

---

① *The Collected Works of Ralph Waldo Emerson*, 1 Vols. Ed. Afred R. Ferguson et al., Cambridge：Harvard University Press, Belknap Press, 1971, p. 26.

② *The Collected Works of Ralph Waldo Emerson*, 1 Vols. Ed. Afred R. Ferguson et al., Cambridge：Harvard University Press, Belknap Press, 1971, pp. 21 – 22.

是对自我的道德本性的研究："我学习射线衍射的规律，因为一旦我掌握这种规律，它将揭示道德上的一个新的真理。"① 因此，爱默生的自然超越了唯物与唯心的区分，同时具备这两者的特征。1833 年爱默生在日记里这样写道：

> 昨天有人问我所说的道德是什么意思。我回答说我也无法定义，也不愿给它定义。人的任务是观察，对道德自然的定义是年复一年对生活对国家的缓慢结果。早晨在床铺上我就在想，道德是有关人类行为对与错的科学法则。那么接下来的问题是——什么是对？对就是对人类意识已知的自然法则的遵守。②

道德是规范人类行为的科学法则，是对自然法则的遵守。也就是说，人类社会的道德蕴含在自然法则中，从自然界的道德可以推导出人类的道德：

> 可感知事物往往与理性的预兆相吻合，并且反映人的良知。一切事物都是道德的，它们千变万化，却总是与精神本质维持着一种不间断的联系。……这种伦理精神是如此深入地植根于大自然之中，以至于它就成了自然存在的目的。……每一种自然过程都是一篇道德箴言。道德法则存在于大自然的核心之中，它向外辐射，照耀四周。……这种弥漫于空气之中、生长在作物里、蕴藏在普天下水源中的道德情感，早已为人所获，并且深深植根于他的灵魂之中。大自然对于每个人的道德影响，等于他从自然界领悟到的真理的数量。③

自然，是精神世界的镜子，是精神的外化，自然法则也就是我们内心的道德法则："大自然是人类心灵的对应物，它从各个方面印证心灵的问

---

① *The Journals of Ralph Waldo Emerson*, Ralph L. Rusk, editor. 2 Vols. New York：1939, p. 218.
② *The Digital Journals of Ralph Waldo Emerson*, Volume V, Edward Emerson, General Editor, p. 89.
③ *The Collected Works of Ralph Waldo Emerson*, 1 Vols. Ed. Afred R. Ferguson et al., Cambridge：Harvard University Press, Belknap Press, 1971, p. 26.

题。一个是印鉴，另一个是印记。自然之美正是人类心灵之美。自然法则也就是人类心灵的法则。"① 在《训诫》这一章节中爱默生多次提及"道德"一词，他认为，"一切东西都是道德的，一切自然过程都是道德命题的重述。"② 在自然的训诫下我们才能够更好地认识自己，建立起心灵与自然地联系。统摄爱默生自然的是"道德规律"，被爱默生称作是规律之规律（或道德本性），并且这个道德规律的能量是迅猛的，无处不在的，它可以匡正错误、改善世界的面貌，造就与思想谐调一致的事实。凭借这种能量，一个人就可以成为他自己的上帝，赏罚分明地对他的善良报之以善，对他的罪恶报之以恶。人如果试图来认识接受这种规律，其心灵必须对这种规律具备一种特殊的"德性情感"，这是爱默生用来联系自然与我们灵魂的又一桥梁，人只有用这种情感去感受自然才能得到崇高。用爱默生的话来说："当人的心灵向道德情感打开大门时，一种更隐秘、更动人、更不可抗拒的美就出现在人的面前。"③

让我们再来看看《神学院演讲》。按理说，爱默生这个演讲的主题是基督教，开篇应该与基督教相关，然而，《神学院演讲》的开篇却是一段对自然的礼赞：

> 在这个阳光灿烂的夏天，生命的呼吸已是奢侈。草木生长，蓓蕾绽放，鲜花以它那如火如金之色装点着山坡丘地。空气里回荡着鸟鸣，弥漫着松树、香叶扬树脂和新草的芬芳……穿过透明的夜空，星星倾泻着几乎是幽灵般的清辉……夜晚像河流一样将清凉浸透这个世界，抖擞其精神去迎接又一个殷红的黎明。大自然的神秘从未如此美妙的展示过……人们能不崇仰这个世界的完美，因为在那里我们的感受得以交流。多么宽广，多么富饶，自然以它每一样财富赋予人的各种才能以多么大的鼓励。④

---

① *The Collected Works of Ralph Waldo Emerson*, 1 Vols. Ed. Afred R. Ferguson et al., Cambridge: Harvard University Press, Belknap Press, 1971, p. 21.
② *The Collected Works of Ralph Waldo Emerson*, 1 Vols. Ed. Afred R. Ferguson et al., Cambridge: Harvard University Press, Belknap Press, 1971, p. 25.
③ *The Collected Works of Ralph Waldo Emerson*, 1 Vols. Ed. Afred R. Ferguson et al., Cambridge: Harvard University Press, Belknap Press, 1971, p. 77.
④ *The Collected Works of Ralph Waldo Emerson*, 1 Vols. Ed. Afred R. Ferguson et al., Cambridge: Harvard University Press, Belknap Press, 1971, p. 76.

爱默生离开教会后，他的目光就离开宗教，转向自然。世间的完美、万物的孕育都是自然的功劳。人们在这完美的神秘面前不得不肃然起敬。然而，当我们追问这神秘之手时，这完美的自然背后的推动力时，便又回到了与《论自然》开篇中提到的同一个问题：自然的目的是什么？我们应当怎样去理解自然的神秘？

> 当心灵敞开，揭示出宇宙间的规律，看清事物的真实面目时，这巨大的世界立刻就会缩小成这心灵的一个图解和寓言。我是谁？是什么？人的精神带着新燃起的好奇询问着，这好奇永远不会熄灭。看这些伸向无限的规律，我们有限的理解力只知道它们会这样，那样，却不知道它们何以如此。①

这里，与在《论自然》中一样，爱默生并没有明言宗教是揭开自然神秘的钥匙，而是通过自己的探索去揭开自然的面纱。"我愿意学习，我愿意知道，我愿意永远探索。"② 个体的意识有足够的能力去认识这个世界，因为几个世纪的思想的杰作已成为人类世世代代的的精神财富。个体的思想，而不是宗教，才是爱默生真正延续的传统。人生的目的就是通过这种思想去透视自然的秘密，同时也开发自我身上的潜能。

曾经居于宗教核心的道德对于自然和自我的探索同样重要。爱默生对道德的定义是："道德感是对一些神圣的法律和尊敬和为之而感到的快乐。"③ 道德感的存在"使我们看清我们所从事的这平凡的生活游戏，它表面上似乎琐碎可笑，实际上却包含着惊人的规律"④。爱默生接着说，这些规律不会被写在纸上，也不会通过口头传述，言外之意即为，这些规

---

① *The Collected Works of Ralph Waldo Emerson*, 1 Vols. Ed. Afred R. Ferguson et al., Cambridge: Harvard University Press, Belknap Press, 1971, pp. 76 – 77.
② *The Collected Works of Ralph Waldo Emerson*, 1 Vols. Ed. Afred R. Ferguson et al., Cambridge: Harvard University Press, Belknap Press, 1971, p. 77.
③ *The Collected Works of Ralph Waldo Emerson*, 1 Vols. Ed. Afred R. Ferguson et al., Cambridge: Harvard University Press, Belknap Press, 1971, p. 77.
④ *The Collected Works of Ralph Waldo Emerson*, 1 Vols. Ed. Afred R. Ferguson et al., Cambridge: Harvard University Press, Belknap Press, 1971, p. 77.

律无法从宗教性的圣书和布道中寻得，而是隐藏在自然中，掌控着光、运动、地心引力等种种自然现象。

与自然界的规律一样，"道德感的直觉是对灵魂法规完善的洞察"①。宗教的道德是外力驱动的，是对上帝的法则的遵守。而从自然规律中而来的道德是内力驱动的，是对个体灵魂的法则的遵守。

> 这些法规自行其是。它们超越时间，超越空间，不受时势限制。因而，对灵魂里的这种正义的回报是即刻性的，完全的。任何善行都立刻使行善者变成圣人。摒弃污浊，便是增添的纯洁。一个人如果有一颗正义之心，他便因而是上帝。上帝的平安，上帝的不朽，上帝的权威随着正义进入他的身体。②

按照爱默生的说法，这是一种"内在的力量"。这种内在的力量纠正各种错误，使事实符合思想，使人成为自己的上帝，行善作恶皆在自己，上天堂下地狱的选择也在自己。这里，爱默生又一次对基督教传统中的奖惩观进行了修正。基督教中上帝统治一切、无所不能的权利回到了个体自身，个体的内在神性即他心中的上帝取代外在的、专制的上帝，成了个体的主宰。这个，才是法规之法规，才是能实现我们最大幸福的宗教感。道德意识，则是心中这神圣的法规的统领，道德情感的神圣使人成为神。个体对自身灵魂神圣的感知，并不需要通过上帝、教会或牧师这些外在的条件，而只需要通过直觉："在那庙宇之门日日夜夜向每一个人敞开着，神谕从未间断的同时，却有一个严峻的要求守卫着它，那就是一种直觉。它不能是转手货。说真的，我愿意从另一个灵魂那里接受的，不是指令，而是挑战，而且只有挑战。他所宣称的，我必须从自身发现它是千真万确，否则就完全抛弃。"③

爱默生找到的道德哲学是一种以自然为中心的个体哲学。自然的客观

---

① *The Collected Works of Ralph Waldo Emerson*, 1 Vols. Ed. Afred R. Ferguson et al., Cambridge: Harvard University Press, Belknap Press, 1971, p. 77.

② *The Collected Works of Ralph Waldo Emerson*, 1 Vols. Ed. Afred R. Ferguson et al., Cambridge: Harvard University Press, Belknap Press, 1971, p. 78.

③ *The Collected Works of Ralph Waldo Emerson*, 1 Vols. Ed. Afred R. Ferguson et al., Cambridge: Harvard University Press, Belknap Press, 1971, p. 80.

法则为个体在这个瞬息万变的现代社会提供了一个安全港湾和永恒保证，它给人们如何生活提供了明确的、永恒不变的指导方针。个体的幸福不依赖于外在的环境而依赖于对自然法则的理解，遵守内在的道德法则是美德的基础。①

在自然找到的道德哲学让爱默生将自然排在智力之后，他确信："在没有人时，我们转向自然，它就在身旁。在神的序列中，智力是首要的；自然第二。它是人类心灵的记忆。那曾在人的智力中以纯粹法规存在过的东西，现在已经化为自然。它在心灵里已经溶解。现在它已沉淀，而那明亮的沉淀物就是世界。"②

第三节　超灵的至善至美

值得注意的是，爱默生自然对应的心灵并不是任何单一有限的心灵，而是宇宙间的精神或"超灵"（Over-Soul）。整个自然界是"超灵"的物化，"超灵"则是宇宙的精神。

自然的含义在前面已经解释过了，这里对爱默生文本中"精神"一

---

① 爱默生提出基于自然法则的道德哲学并不奇怪。18世纪启蒙主义中的理性主义和牛顿对自然的研究（为了解开造物者的奥秘）在爱默生生活的19世纪依然盛行。爱默生在哈佛念书时，就曾读过自然神学家威廉·帕里与道德哲学家列维·弗里斯比（Levi Frisbie）的著作，前者1802年出版的《自然神学》（*Natural Theology*）是当时阐述自然与宗教的关系最好的著作，而后者1817—1822年曾在哈佛授课，讲授自然宗教与人类意识之间的关系。这两位唯一神教哲学家相信，个体具有与生俱来的内在道德感，这种道德感可以凭直觉分辨是非善恶。唯一神教的这种道德观在一定程度上是对洛克经验论哲学的反驳与对苏格兰常识学派道德论的呼应。洛克的经验论哲学认为人的意识和自然按照同样的法则运行，人的思想则是知性对感知的整理和总结。洛克的经验论遭到了大卫·休谟和乔治·伯克利（George Berkeley）的攻击。休谟认为洛克的经验论仅仅将意识看作是所有感知的集合，但感知与意识之外的世界的关系是无法证明的，也就是说，意识理解的自然无法被证明是真实的自然，同样，超验层面的道德也是无法证明的。伯克利同样怀疑感知与意识的关系，但他认为不同个体之间的意识法则是相通的，因此，外在事实是否"真实"或"客观"不重要，重要的是人类意识的法则是相同的，因此认识到的世界也是相同的。苏格兰常识学派的代表人物托马斯·雷德及他的弟子们乔治·坎贝尔（George Campbell），詹姆士·贝蒂（James Beattie），和道格德·斯图尔特，不赞同以上三个人的观点，而是认为意识中有一些独立于经验的原则，道德就是其中的原则之一。爱默生读过洛克的《理解论》，对苏格兰常识学派的思想也非常了解。因此，当他从他们的思想中推演出自然赋予人的内在道德性的观点也就不足为奇了。具体参见 Mary Kupiec Cayton, *Emerson's Emergence：Self and Society in the Transformation of New England*, 1800 - 1845, Chapel Hill and London：The University of North Carolina Press.

② *The Collected Works of Ralph Waldo Emerson*, 1 Vols. Ed. Afred R. Ferguson et al., Cambridge：Harvard University Press, Belknap Press, 1971, p. 86.

词进行解释。根据爱默生的解释，精神在于对唯心主义提出问题的道德回应。更准确地说，精神是对唯心主义者的假设的思考的反思体现。

> 大自然向人的心灵提出了3个问题：物质是什么？它们从何而来？又将向何处而去？唯心主义智能答复其中的第一个问题。……我们已经知道，最高真理呈现在人的心灵面前，而那令人敬畏的宇宙本质——它既非智慧、爱、美，亦非权力，而是它们全体的集合，一无遗漏——正是所有事物为之生存的东西，也是它们之所以存在的理由；我们还得知，精神具有创造力，……我们立即就会认识到，人拥有进入上帝智慧殿堂的渠道，他本身正是一个有限意义上的造物主。①

这与黑格尔在《精神现象学》(*Phenomenology of Spirit*) 中描述理性向精神过渡有相似的地方。黑格尔写道："当理性确信所有的真实都上升到真理，而且在自我作为一个世界和世界作为自我的双重意义上意识到自身时，理性就是精神。"②

爱默生主要是从哲学的意义上（而非神学意义）去使用"精神"一词的。与黑格尔一样，精神在爱默生的笔下指的是思想对意识在自然中的中心地位的认可，或者，用爱默生的话来说，人的中心性。精神之所以与唯心主义区别开来正是因为精神隐微地承认自然的存在，而在唯心主义的视角下，自然是不存在的。③ 精神指的是个体的现象学力量，或思想对个体是自我与他者的斗争的场合的认同，正是这两者的斗争构成了自然。

"超灵"这个概念也许是从爱默生对印度一词"paramatma"的翻译而来，但其含义却被爱默生无限夸大了："超灵"既是赫拉克利斯（Heraclitus）那无所不包的法则或逻各斯；也是柏拉图的美和善；普罗提努斯（Plotinus）那至善的无上存在；道教主义的道；东方传统中的无量寿佛；犹太—基督教中全能的上帝等等；总之，"超灵"统摄宇宙，贯穿一切，

---

① *The Collected Works of Ralph Waldo Emerson*, 1 Vols. Ed. Afred R. Ferguson et al., Cambridge: Harvard University Press, Belknap Press, 1971, p. 38.

② G. W. F. Hegel, *Phenomenology of Spirit*, trans. A. V. Miller, Oxford: Oxford University Press, 1977, p. 263. 黑格尔的《精神现象学》描写作为绝对精神的理念或者宇宙灵魂怎么发展和完善自己。

③ David Jacobson, *Emerson's Pragmatic Vision*: *The Dance of the Eye*, Pennsylvania: The Pennsylvania State University Press, 1993, pp. 12–16.

几乎涵盖了一切宗教或文化中的最高的存在,我们可以无限地依次类比下去,然而,要对"超灵"这个抽象的词本身进行具体详细的定义,确实非常难。

在爱默生的文本中,有几个词是"超灵"的同义词,如上帝、理性、灵魂等。如他在《论自然》中所言:

> 人总能意识到在他或在生活的后面隐藏着一个森罗万象的灵魂——在其中,正义、真理、爱与自由的本质就像天空的太阳一样,相继升起,照耀四方。他把这中包罗万象的灵魂称作"理性"——它并不属于你、我或他;相反,我们都归它所有,是它的财产与部属。而在那私人世俗之事被淹没了的蓝天上,天空永远是那么宁静,缀满恒久不变的星体—这便是理性的体现。①

爱默生相信,灵魂的最高的显现,就是美德,是"道德情感"。心灵最高的善是爱默生信仰的基石。最好的英雄主义总是重新发现道德法则,并将之付诸实践。他深信,这种道德法则是灵魂内在的品质。② 整个自然界是"超灵"的物化,"超灵"则是宇宙的精神。在《超灵》一文中,爱默生称,尽管人类每时每刻都能感受到事件中有一种比我的意志还要高的起源,然而,六千年的哲学都还是没有办法研究透彻灵魂的真意。他自己对这起源的认识是:

> 古往今来,对错误的最高批评家,对必然出现的事物的唯一预言家,就是那大自然,我们在其中休息,就像大地躺在大气柔软的怀抱里一样;就是那"统一",那"超灵",每个人独特的存在包含在其中,并且跟别人的化为一体;就是那共同的心,一切诚挚的交谈就是对它的膜拜,一些正当的反应就是对它的服从;就是那压倒一切的现实,它驳倒我们的谋略才干,迫使每个人表露真情,迫使每个人用他的性格而不是舌头说话,它始终倾向于进入我们的思想和手,变成智

---

① *The Collected Works of Ralph Waldo Emerson*, 1 Vols. Ed. Afred R. Ferguson et al., Cambridge: Harvard University Press, Belknap Press, 1971, pp. 18 – 19.

② Jonathan Bishop, *Emerson on the Soul*, Cambridge, Massachusetts: Harvard University Press, 1964, pp. 66 – 67.

慧、德性、能力和美。我们连续的生活，分散的生活，部分的生活，点点滴滴的生活。同时，人身上却有整体的灵魂；有着明智的沉默；有着普遍的美；每一点每一滴都跟它保持着平等的关系；有着永恒的"一"。①

这就是说，每一个人都是"超灵"这个普遍的宇宙灵魂的渠道，都是"超灵"的部分与化身。这段话呼应了爱默生在《论自然》中提到的"透明的眼球"的体验："站在空地上，我的头颅沐浴在清爽宜人的空气中，飘飘若仙，升向无垠的天空——而所有卑微的自我性都消失了。我变成了一只透明的眼球。我什么都不是，却看透一切。宇宙存在的洪流围绕着我穿越而过，我成了上帝的一部分。"② 而且，"超灵"那统摄一切的力量是善的力量、美德的力量、爱的力量，"一个人是一座寺庙的外观，一切智慧和一切善都住在里面。……当灵魂通过他的智能呼吸时，那就是天才；当灵魂通过他的意志呼吸时，那就是美德；当灵魂通过他的感情流动时，那就是爱"③。

爱默生认为，美德是"超灵"本身具有的属性，因而也是人内在的属性。一切美德都是天生的，不需要辛辛苦苦地学习，人的内心深处的道德本性要求人变成有德性的人，因为个体灵魂的来源——"超灵"——包含了所有德性的精神。

个体获得"超灵"启示的途径有两种：一种是通过教育（Tuition），另一种是通过直觉（Intuition），前者是普通大众获取知识，与"超灵"相通的主要途径，而后者是学者或诗人的心灵透知真理的方式。个人作为整体灵魂的一部分，通过与"超灵"沟通，可以与上帝合二为一，"超灵"超越了神人的界限。既然每个人都是"超灵"和天国流经的渠道，当个人灵魂察觉到"超灵"并与之结合时，就会经历获得神秘的宗教体验的伟大时刻——圣灵注入我们的心灵。

---

① *The Collected Works of Ralph Waldo Emerson*, 2 Vols. Ed. Afred R. Ferguson et al., Cambridge: Harvard University Press, Belknap Press, 1971, p.160.

② *The Collected Works of Ralph Waldo Emerson*, 1 Vols. Ed. Afred R. Ferguson et al., Cambridge: Harvard University Press, Belknap Press, 1971, p.10.

③ *The Collected Works of Ralph Waldo Emerson*, 2 Vols. Ed. Afred R. Ferguson et al., Cambridge: Harvard University Press, Belknap Press, 1971, p.161.

同时，自然界存在的三种对应关系（词语与事物对应；单个事物与单个精神对应；整个自然界与精神界的对应）把整个世界联系起来，成为一个多样的统一体。一切都是"超灵"的体现和化身，是宇宙灵魂的不同部分。个体通过直觉可以从自然事物中体会到"超灵"的道德启示，超验的直觉是通达真善美的唯一通道。在《论自然》的《训诫》一篇中，爱默生指出，所有的事物都是道德的，在其无穷的变化中，它们与精神的自然有着一种永不断绝的关系，因此，自然中的一切都在向人暗示着道德规律："每一个自然过程都是一篇道德箴言。道德律处于自然的中心，它向外辐射，光耀四周。它是每一个本体、每一种关系和每一个过程的精髓。"① 因此，自然通过展现其真理，向每个个体传达道德教诲。

　　"超灵"那无所不包的属性也超越了时间与空间，同一切世间的经验相矛盾。它是永恒的真，永恒的善，永恒的美，因而也是个体灵魂成长的标准和法则："灵魂的进步不是由那种能够以直线运动为代表的状态升华造成的；而是由那种能够以变态为代表的状态升华造成的。"②

　　因此，个体通过直觉可以认识到存在多样与统一并存的自然之中的道德法则。所以，宇宙是活生生的有机体，万物都是有道德的生命。灵魂如果在我们身内，就体现为一种人内在的道德感情，在我们身外，就体现为自然规律和自然法则。自然中最重要的两条法则是补偿法则和循环法则。

　　《补偿》一文中，爱默生指出，两极性的法则体现在自然界、动物界和个人生活中,,是构成社会状况和人的天性的基础。这种法则也体现在国家的生活和法律中。然而，在灵魂领域，以及真善美的领域，这种身外法则是不起作用的：

　　　　对心智，即灵魂自己的天性来说，灵魂中还有一样比补偿更深刻的事实。灵魂不是一种补偿，而是一种生命。灵魂存在着。……"本质"，或者上帝，不是一种关系，也不是一个部分，而是整体。存在就是巨大的肯定，排除了否定，有自我平衡，把所有的关系、部分和

---

① *The Collected Works of Ralph Waldo Emerson*, 1 Vols. Ed. Afred R. Ferguson et al., Cambridge: Harvard University Press, Belknap Press, 1971, p. 26.

② *The Collected Works of Ralph Waldo Emerson*, 2 Vols. Ed. Afred R. Ferguson et al., Cambridge: Harvard University Press, Belknap Press, 1971, p. 163.

时势统统吞下肚去。自然、真理、德性就是从那里涌进来的。①

爱默生还指出，不能说正直的获得必定以某种损失为代价。对于美德就没有惩罚，对于智慧也没有惩罚；它们都是存在的正当增补。在一种德性行为中，我正当地存在着；并且我对世界有所增补。爱没有过度；知识没有过度；美没有过度，如果把这些品质放在最纯正的意义上考虑的话。灵魂拒绝限制，并且永远肯定一种乐观主义，绝不肯定一种悲观主义。他继续论述说，美德这种好处是没有负担的，因为那是上帝自己或绝对存在的到来，是无与伦比的。物质上的好处都有负担，如果它来时没有功德，没有汗水，它就在我们身上扎不下根，随后一阵风就把它刮走。然而自然的一切好处都是灵魂的好处，是可以拥有的，如果用自然的方法去赎买，用心智所允许的劳动去赎买。

如果超灵是全能的，而且与此同时是善良的，那么邪恶便不会存在。自从人们开始思索宇宙的本质和邪恶问题以来，哲学家和神学家的逻辑思维便对此一直无能为力，但是现在爱默生却以斩钉截铁的手段一举解决了这些难题。他认为，恶是否定的事物，是善的对立面，因此不论在这个世界上，还是在来世，恶都没有能力产生任何事物。一切暂时的不平衡都可以通过"补偿"得以矫正，这也就是说，每一个"邪恶"的行为都由一个相应的"善良的"行为来补偿，每个表面上的"得"都要付出相应的"失"的代价。单个的人也许不会再自己的经历中完全看到这个原则的功效，但宇宙中的力量却永远朝着善的方向运动，并且最终驱使万物向善的方向发展。

在另一篇文章《圆》中，爱默生解释了循环法则。"圆"的含义即表示自然界没有终结，每一个终结都是一个开始。万事万物都在流动当中，每一个行动都可能被超越。自然界是一个永久运动的圆，它每时每刻都是新的，带着新的可能和新的希望。人生也是一个自我旋转的圆，它从一个小的看不见的圆圈开始，从四面八方向外冲，涌现出一个个新的越来越大的圆，而且永远没有止境。

对爱默生来说，自然（心灵）从来就不是静止的，而是处在永恒的

---

① *The Collected Works of Ralph Waldo Emerson*, 2 Vols. Ed. Afred R. Ferguson et al., Cambridge: Harvard University Press, Belknap Press, 1971, p. 70.

运动当中，对自然的研究也不能采用归类的方法。这种永恒前进的法则包罗了我们称之为德性的一切，又按照一种更好的德性把每一种德性逐一消灭。自然一直在变化，一直都在超越自身，处在一种"狂喜"的状态中，狂喜就是自然的天才或方式。如桑普森·里德在《心灵成长的观察》(*Observations on the Growth of the Mind*)所言，（超验主义的）自然一直都处于"准确又完美地使自己不断更新和增强人的智力和道德水平"① 的状态。

自然是"超灵"的外化，"超灵"超越了时空，不受时空的局限，人通过直觉感应"超灵"，同样不受历史的局限。至此，人完成了"与宇宙的原始联系"的第一步。补偿法则平衡着自然界，循环法则把过去、现在和未来联系起来。历史成为自然的时间轴，历史中的伟大人物也成为"超灵"启示的载体。

1835 年，爱默生发表《传记》演讲系列；1836 年，又发表《历史的哲学》演讲系列；两次演讲都选择了与历史相关的题材，这固然与 19 世纪美国的传记和历史文化氛围有关，却也在另一方面说明爱默生个人对历史这一话题的浓厚兴趣。爱默生从小就读过很多与历史有关的著作、伟人传记等，他熟识古典文化和各类名人传记，尤其偏好普鲁塔克的《希腊罗马名人传》。但是，另一方面，他又要建立新的哲学体系，通过个体的直觉去和"超灵"交流，隔断与传统和历史的联系。从这个意义上讲，爱默生的历史哲学实际上是反历史的。对此，评论家罗伯特·卡伯尼格(Robert Caponigri)的观点是，爱默生（反对历史）的主要动机和目标，是要将人的精神和道德生活从历史的桎梏中解放出来。② 其实，早在 1826 年爱默生还没有担任牧师职务的时候，他在写给姑母的信中就流露出对历史限制个体灵魂发展的不满，虽然这种反对仅仅是从宗教的意义上而言："在历史的语境下去审视我们自己是不对的，时间隔离了上帝和我们。"③ 十一年后，在《神学院演讲》中，爱默生又重新拾起了这个话题，激烈

---

① *The Transcendentalists*: *An Anthology*, ed. Perry Miller, Cambridge: Harvard University Press, 1950, p. 55.

② A. Robert Caponigri, "Brownson and Emerson: Nature and History", *New England Quarterly*, XVIII(September 1945): 370 – 378.

③ *The Early Lectures of Ralph Waldo Emerson*, Stephen E. Whicher, Robert E. Spiller and Wallace E. Williams, editors. 2 Vols. Cambridge, MA: The Belknap Press of Harvard University, 1959 – 1972, p. 2.

地批判了历史基督主义,认为历史上的种种基督教形式,都违反了个体灵魂的原则,僵化的宗教形式阻碍了个体与上帝的直接沟通。

然而,爱默生所反对的历史,是那种机械的、僵硬的、冷冰冰的记录事实的历史,并不是心灵活动的历史。在爱默生看来,正如自然是普遍心灵的外在化身一样,历史则是普遍心灵的记录,这个普遍心灵体现在每个时代的思想中,且具有永恒的重要性。在《历史》一文的开篇,爱默生这样写道:

> 对所有的个人来说,存在着一个共同的心灵。每一个人都是一个入口,通向这同一个心灵,以及它的各个方面。一个人一旦获得了理性的权利,他就成为拥有全部财富的自由人。柏拉图思考过的,他也可以思考;圣徒感受到的,他也可以感受;任何时候任何人的遭遇,他都能够理解。谁一旦进入这一普遍的心灵,谁就参与了一切现有的或可行的活动,因为这是独一无二、至高无上的力量。①

通过普遍心灵,过去、现在和未来联系了起来,个体与个体也能互相交流,历史成了有灵魂、有生命的存在。

爱默生的这种历史观,与他的时代背景有关。18世纪末期,西方思想史上出现了从机械论到有机论的转向(爱默生的自然观也受到了这种影响),科勒律治和维克多·卡辛(Victor Cousin)的历史观极大地影响了爱默生。科勒律治和卡辛继承了黑格尔的历史哲学,认为伟大人物不仅是社会物质条件的产物,更是"时代精神"或"文化灵魂"的表达。在这些人影响下,爱默生形成了这种有机的历史观。

爱默生认为,历史具有主观性,一个人应该以他自己为主轴来阅读历史,把历史事件和过程视作他自己经历的复杂化形式。全部历史都需要从个人经历的角度来解释。历史不过是大写的个人传记,爱默生甚至宣称"根本没有历史,只有传记"。整个历史及传记的价值就在于,通过展示人能成为什么、能做什么来增加我的自信。这就是普鲁塔克们,寇德华斯们,泰尼曼们的道德。我们应当将历史融入个体当中,而不是将个体融进

---

① *The Collected Works of Ralph Waldo Emerson*, 2 Vols. Ed. Afred R. Ferguson et al., Cambridge: Harvard University Press, Belknap Press, 1971, p. 3.

历史。总而言之,历史怎么读,怎么写,都要根据这两种事实,即心灵为"一",自然是它的伴随物。

真正说来,所有历史的存在都是为了个体,传记亦如是。历史不是不同年代的人交流的障碍,而是通道,传记亦如是。爱默的日记中有一条记录道:"传记的伟大价值在于存在在相似心灵间完美的共情……比之家人,我们与古代伦巴族人、萨克森人、希腊人更相近,在他们身上我们发现,相似的私密想法,喜好,以及道德评判。"① 因此,历史对我们更重要的意义在于它的现在性,而不是过去性:"所有对古代的探问……是远离这个荒凉的、野蛮的、荒谬的那里或那时的愿望,而代之以这里或现在。"② 换句话说,爱默生在历史中追求的是"人类的永恒,思想的同一性……当柏拉图的思想变成了我的思想……时代不再重要"③。

恩斯特·卡西尔（Ernst Cassirer）说:"在黑格尔的历史系统中不再只是上帝的表象,而是它的实质:上帝不仅'有'历史,它就是'历史'",同样,爱默生感兴趣的也"并不是真理而是真理产生的过程,不是思想而是思维的过程"④。在爱默生看来,真理不是被发现的,而是被上帝或"超灵"通过历史上伟大人物的思想和行动创造出来的。

在1836年的演讲系列《历史的哲学》中,爱默生阐述了他的历史观。这个演讲系列中的十二场演讲可以分为两组,前六篇为一组,后六篇为一组。这两组从不同的视角展现了"普遍心灵"在历史上表达自身的同一个过程。前六篇代表了个体的主要表达方式,因而是从个体的视角去看待这个历史进程。科学,精致而有用的艺术,文学,政治,宗教,这些都是个体参与"普遍心灵"的表达过程的渠道。后面的六篇演讲从社会的视角而言的表达形式。爱默生在这些演讲中的主要关怀是展现人类表达的社会表现,也就是说,他关注的是观察个体的表达与现存的社会形式和进程的关系。那么,第一组的演讲以《宗教》这篇结束便毫不奇怪了。

---

① *The Journals of Ralph Waldo Emerson*, Ralph L. Rusk, editor. 3 Vols. New York: 1939, pp. 440 – 42.

② *The Collected Works of Ralph Waldo Emerson*, 2 Vols. Ed. Afred R. Ferguson et al., Cambridge: Harvard University Press, Belknap Press, 1971, p. 7.

③ *The Collected Works of Ralph Waldo Emerson*, 2 Vols. Ed. Afred R. Ferguson et al., Cambridge: Harvard University Press, Belknap Press, 1971, p. 15.

④ Gustaaf van Cromphout, "Emerson and The Dialectics of History", *PMLA*, Vol. 91, No. 1 (Jan., 1976): 54 – 65.

宗教是个体最高和最普遍的表达形式。同样，第二组（或者说整个系列演讲）以《个体》结束。个体是"普遍心灵"在社会中最重要的外现。历史法则是自然存在的基础，个体最基本的表达就是伦理生活，"历史就是这个法则的说明"①。伦理的中心任务是向我们揭示个体。个体的"自信"是"一种维系着心灵的伦理体系的箴言"，"自信""不是一个人与人隔离或自己行动时的狂想和自负，而是一种这样的认识，即宇宙中共有的心灵通过他自己的人性得以揭示"②。

历史是自然的时间轴，文化则是自然的空间轴。"超灵"在历史上通过伟大人物来显示自身，在文化上则通过个体（灵魂）的进步来揭示其成长。

"文化"的原始含义为"居住"或"培植"，最初是指对自然的培植，后来含义扩展到对人性的完善。"文化"最基本的意义是用指与自然的明显或隐藏的对立。到17世纪启蒙运动期间，"文化"一词才具有了新的哲学话语内涵。1784年德国犹太哲学家摩西·门德尔松（Moses Mendelssohn）在给朋友的信里写道："启蒙、文化和教育（Bildung）在我们的语言中是'新的外来词'，他们之前还属于书面语言。"③ 在启蒙运动的语境下，"文化"开始与文明的进程联系起来，获得了一种全新的含义。④ 此后，法国哲学家卢梭将文化这一概念置于哲学思考的中心。他将

---

① *The Early Lectures of Ralph Waldo Emerson*, Stephen E. Whicher, Robert E. Spiller and Wallace E. Williams, editors. 2 Vols. Cambridge, MA: The Belknap Press of Harvard University, 1959–1972, pp. 99–100, 144.

② *The Early Lectures of Ralph Waldo Emerson*, Stephen E. Whicher, Robert E. Spiller and Wallace E. Williams, editors. 2 Vols. Cambridge, MA: The Belknap Press of Harvard University, 1959–1972, pp. 99–100, 151.

③ Bollenbeck, G., *Bildung und Cultur. Glanz und Elend eines deutschen Deutungsmusters*, Frankfurt am Main: Insel Verlag, 1994, p. 31.

④ "文明"和"文化"，实际上在18世纪是可互换的两个术语。每一个都具有含混的双重意义，指已经达到的状态和已达到的发展状态。"文化"指"内部"发展的一般过程，经过引申而包括对这种发展的手段和结果：也就是说，"文化"指一种一般的分类，包括"艺术"、宗教以及意义和价值的制度和实践。宗教弱化了，取而代之的实际上是关于主体性的一种形而上学和想象的过程。"文化"……被看作最深层的记录，最深层的冲动，以及"人类精神"的最深层的资源。因此，"文化"就是对以前的各种形而上学的世俗化和解放。其施动者和进程只能是人类的，而且被概括为主观的，但一些准形而上学形式——"想象""创造力""灵感""审美"实际上构成了一座新的万神殿。参见Raymond Williams, *Marxism and Literature*, Oxford: Oxford University Press, 1977, pp. 15–17.

人类从自然状态向文化状态的过渡解释为堕落，从文化状态向道德状态的过渡为进步。因此，卢梭对文化的阐释实际上是一种对历史的阐释。启蒙主义思想家认为，历史的运动方向是从原始走向文明，所以，文化和文明，指的是同样的一个过程。例如，启蒙的代表者康德对"文化"的解释是"人性的完善"，人类获得文化也即人类变得文明的过程。在德语世界中，"文化"与"文明"这两个词直到19世纪才区分开来，"文化"更多指向精神和道德方面的含义，意为自然和自由之间的某种妥协；① "文明"与理性联系起来，更多指向社会的进步和完善。

　　在西方思想史上，自然和文化的对立由来已久。柏拉图在《克拉底鲁篇》（Kratylos）中就讨论过自然和习俗的对立（physis versus nomos）。到了17—18世纪思想家的笔下，文化与自然的这种对立有了更广泛的意义。政治哲学家们用从自然状态到文化状态的过渡来说明政治社会的机构设置，过渡的机制是社会契约。在《列维坦》（Leviathan）中，霍布斯描述了人自然状态以及政权形成的原因。同样，洛克也使用自然状态和社会契约这样的概念作为确定政治责任的基本原则的分析工具。对卢梭而言，从自然到文化的进程是理解人类本性的一种方式。总而言之，文化一方面代表着人类对自然的征服与超越，另一方面又代表着人性腐化与堕落的原因。②

　　19世纪的思想家们，特别是德国的思想家们，对文化的认识与"自我修养"或自我教育联系起来，文化成了一种自我成长的手段，并且，与其他个体一起进行"自我成长"的过程共同组成了一个更广的受过教育和启蒙的人性文化。在《时代的标志》（Signs of the Times，1829）中，卡莱尔批评了机械时代的现实，他认为"现在不存在犹如心灵科学一类的东西，仅仅在一般科学中……或多或少地在物质科学研究方面有些进步。"③ 人类，"不是机械的生物和产物，而在远远更真实的意义上，人是机械的创造物和生产者"④。卡莱尔认为，在英语中，不存在比德语 Bil-

---

　　① 从"文化"的这层含义上看，"文化"一词又与另外一词"教育"（Bildung）的含义接近。"教育"指的是个体获得文化的过程，而"文化"则具有社会性。
　　② 这两种态度说明了启蒙运动和浪漫主义分野。启蒙运动和浪漫主义对"自然"的理解不同，导致对"文化"的态度也不同。
　　③ *Critical and Miscellaneous Essays*, Vol. I, p. 468.
　　④ *Critical and Miscellaneous Essays*, Vol. I, p. 477.

dung（教育、教养、知识）的概念更重要的强有力的词语。"改革一个世界，改革一个民族，聪明的人不会承担这个义务；除了蠢材之外，所有的人都明白，唯一可靠的——尽管改革非常缓慢——是每个人怎样开始并完善其自身。"①

"文化"（Culture）一词通过卡莱尔和科勒律治对德语"Kultur"一词的翻译而传入美国。19世纪的新英格兰，各类文化运动正开展得如火如荼：贺拉斯·曼（Horace Mann）领导了学园运动和公共教育运动；桑普森·里德1826年出版了《心灵的成长》；伊丽莎白·皮波蒂（Elizabeth Peabody）翻译了《自我教育》及《学校记录》；奥尔科特（Alcott）1836年出版了《人类文化的理论和原则》，等等。爱默生或参与了这些运动，或见证了这些运动，在新英格兰的文化浪潮中，他始终走在最前列。与他的同时代人一样，爱默生对文化的理解也总是离不开"自我修养"（Self-Culture）。

1837—1838年，爱默生发表了《人类文化》系列演讲，集中阐释了他的文化观念。他并非就文化本身而论，而着重文化对个体的影响。他在"前言"中写道："从哲学的角度看人类文化，我们用一种有别于大众化的新观点来看待一切事物，就是说，我们主要考虑的不是事物本身，而是它们对人们的影响。"② 他写道："个体的文化——自我人性的展露，是人的主要目的。他本质的核心中存在着一种神圣的冲动，促使他去达到这个目的。"③ 这里的"文化"一词，明显不是指"Kultur"，而是指 Bildung，自我发展，自我教育以及自我修养。

通过对文化这个概念的内化，爱默生意义上的个体将会更加重视自己内在的那个"普遍的人"。值得注意的是，爱默生"普遍的人"的观念并不是静止的，对人类伟大的要求首要的也是最重要的便是道德行为。明白这一点有助于我们理解这一系列演讲中最后几场演讲的作用了：它们展现的人展现道德美德时的普遍象征。每一场演讲都展现了道德行为采取的形

---

① *Critical and Miscellaneous Essays*, Vol. I, p. 487.
② *The Early Lectures of Ralph Waldo Emerson*, Stephen E. Whicher, Robert E. Spiller and Wallace E. Williams, editors. 2 Vols. Cambridge, MA: The Belknap Press of Harvard University, 1959–1972, p. 222.
③ *The Early Lectures of Ralph Waldo Emerson*, Stephen E. Whicher, Robert E. Spiller and Wallace E. Williams, editors. 2 Vols. Cambridge, MA: The Belknap Press of Harvard University, 1959–1972, p. 209.

式。正如一个人必须要平衡他的头和他的心,他同时也必须平衡他的谨慎和英雄主义,他的英雄主义与神圣。而且,这三场演讲从另外三个重要的方面完满了真正的人的形象,体现了灵魂的更高状态。[1] 人的形象,首先要在身体的意义上是完整的,然后才能上升到精神的层面,最后达到神圣的阶段。

爱默生在1837年的一则日记里写道:"文化——德国人给它赋予了多么丰富了涵义啊,与英语国家的意义完全不同。英国人逛博物馆或爬山是为了博物馆和山,德国人却是为了自己;英国人为了娱乐,德国人为了文化。德国人有意识而且有很高的目标。英国人靠眼睛生活,把自己沉浸在表面世界中。"[2] 这两者的区别在于,英国人的文化与自我是分开的,而德国人的文化却正是自我成长的过程。歌德是德国人对文化追求的最好证明。

爱默生对文化的定义是:"从广义上来说,文化并不在于加工修饰,而在于显示自然的增值,这样沉睡的人类也许会惊醒,朝气蓬勃地开始新的一天。文化不是修整花园,而是未经修饰的风景所显示出来的真正和谐,杂草丛生的灌木丛、寸草不生的山脉,还有陆地和海洋的平衡。"[3] 从爱默生对"文化"的这个定义来看,他借用的是启蒙思想家们对"文化"的理解,"文化"的进程也就是"文明"的进程,两者皆以进步为核心要素,文明是从原始的环境进化到现代社会,文化则是新事物替换旧事物,是朝着完美的一点点进步。文化存在的根基就在于人性中对完美的憧憬:

> 文化的基础是在哲学成被称为理想(Ideal)的那部分人性。人总是倾向于将任何行为或物体与他称之为完美(Perfect)的东西做比

---

[1] *The Early Lectures of Ralph Waldo Emerson*, Stephen E. Whicher, Robert E. Spiller and Wallace E. Williams, editors. 2 Vols. Cambridge, MA: The Belknap Press of Harvard University, 1959–1972, p. 340.

[2] *The Journals and Miscellaneous Notebooks of Ralph Waldo Emerson*, William H. Gilman et al., editors. 5 Vols. Cambridge, MA: Harvard University Press, 1960–1982, p. 303.

[3] *The Early Lectures of Ralph Waldo Emerson*, Stephen E. Whicher, Robert E. Spiller and Wallace E. Williams, editors. 2 Vols. Cambridge, MA: The Belknap Press of Harvard University, 1959–1972, pp. 209–210. 在这段话中,爱默生比较了花园和荒野。这个比较与美国的身份直接相关,在美国历史上,对待荒野的态度是理解美国身份的一个关键因素,这已是学界的共识。爱默生的荒野比喻传达出"真正的和谐"的想法,这种和谐是地貌上每一种生物合力的结果。

第六章 宇宙：道德的统一

较：也就是说，不是和存在于自然界的任何行为或物体比较，而是和心灵中那种更好的存在比较。我们称那种更好的存在为理想。理想的反面不是真实（Real），而是事实（Actual）。理想即真实。事实不过表面和暂时。①

正是因为理想的存在，人们才会不停地去发现、探索新事物，必要时进行改革甚至革命。理想就如同启明灯一样，让人们忘记过去的困难，期待着未来的明亮。更为关键是，理想不是某种虚无缥缈的存在，它是一种表面下面的真实，如同自然界的秩序和人内心的道德法则一样。大卫·罗宾森认为，"自我修养"作为一种道德理想是有效的，因为它可以无限趋近但从来无法到达。②

文化的作用是帮助人们实现这种达到真实的理想。换言之，文化是人从自然中获得道德启示的一种方式，是人从自然走向道德的一种中介。文化的职责是教化人类，使其习惯他自然的神圣及其自身在自然中的神圣位置，意识到自身的神性和内在的道德法则："文化的目标是人自身的完美。"③ 通过文化，人们可以纠正对自然的误解和自身的误解：

> 文化扭转了有关自然的庸俗见解，它引导人的心灵去改正以往的偏见：即把过去认为是真实的东西称作是透明之理，而把过去看作是虚幻的东西当做真实。确实不假，儿童是相信外部世界的。只是在此之后，他才相信那仅仅是事物的外表现象。但是由于文化的存在，人类思想一定会接受第二种信仰——这就如同它接受第一种信仰一样。④

---

① *The Early Lectures of Ralph Waldo Emerson*, Stephen E. Whicher, Robert E. Spiller and Wallace E. Williams, editors. 2 Vols. Cambridge, MA: The Belknap Press of Harvard University, 1959 – 1972, p. 217.

② David M. Robinson, *Emerson and the Conduct of Life*: *Pragmatism and Ethical Purpose in the Later Work*, Cambridge: Cambridge University Press, 1993, p. 16.

③ *The Early Lectures of Ralph Waldo Emerson*, Stephen E. Whicher, Robert E. Spiller and Wallace E. Williams, editors. 2 Vols. Cambridge, MA: The Belknap Press of Harvard University, 1959 – 1972, pp. 312, 298.

④ *The Collected Works of Ralph Waldo Emerson*, 1 Vols. Ed. Afred R. Ferguson et al., Cambridge: Harvard University Press, Belknap Press, 1971, p. 36.

文化还可以用来抵御物质主义,如爱默生在《谨慎》当中所言:"世上充满了一种卑劣的谨慎的种种格言、行为和眼色,这种谨慎热衷于物质,仿佛我们除了味觉、嗅觉、触觉、视觉和听觉而外,再没有别的官能似的;……然而,文化由于揭示了表面世界的遥远起源,旨在达到作为目的的人的完善。"①

在《文化》(1860)一文中,爱默生提出三种增加文化的方法:书本教育、旅游、独处。这三种方法能帮助人们战胜自我中心的盲目和狭隘,获得精神上的成长。书籍能扩大一个人的视野。通过阅读和教育,能接触到人类智慧的结晶。人们还可以从旅游中获益,旅游让人们通过不同国家城镇的对比来审视自身。孤独帮助人沉淀自己的思想,升华精神。获得了文化,于个体而言,是一种个人精神上的成长;于社会和国家而言是一种国民素质的提升;于整个人类而言则可称之为文明(或时代)的进步。爱默生这种进步的进化文明观在这篇文章的最后一段话中显露无遗:

> 化石地层向我们表明,随着地球的适应性,自然从基本的形式变得越来越复杂……如果有人想从自然提升和改善的有机进化及相应人性中想要更好的冲动中得到关于人类未来的些许提示的话,我们可以大胆宣称,没有人不可克服和改变的东西,直至最后文化将吸收所有的混沌和炼狱,将愤怒的力量转化为缪斯的歌声,将地狱变成福利。②

在自然中,爱默生找到了普遍的道德法则,而且,自然中的道德法则是个体内心道德情感的反射。而无论是个体还是自然,它们的神性之光皆来源于无处不在的宇宙超灵,超灵在自然中通过补偿法则和循环法则起作用,历史是超灵的载体,而文化是超灵的进阶,超灵的最终目标是个体的道德生活和宇宙的万物同一。

---

① *The Collected Works of Ralph Waldo Emerson*, 2 Vols. Ed. Afred R. Ferguson et al., Cambridge: Harvard University Press, Belknap Press, 1971, p. 132.

② *The Collected Works of Ralph Waldo Emerson*, 6 Vols. Ed. Afred R. Ferguson et al., Cambridge: Harvard University Press, Belknap Press, 1971, p. 88.

小　结

　　爱默生20岁时，他开始考虑个人在宇宙间的位置问题。他阅读了阿基米德的名言，给我一个站立的地方，我将移动地球。这句话给了他很大的启发。在这一年的日记中，他不停地追问："谁应该控制我？为什么我的行动/言语/思考并不是完全自由的？我与宇宙的关系是什么？或者说，宇宙与我的关系是什么？谁锻造了对与错、意见与习俗的链条？我必须遵守它们吗？社会是指定给我的国王吗？又或者还有更强有力的社区或人或物，我其实只是他们的奴隶？"[1]

　　对个体与宇宙的思考持续到他成为教堂的牧师。实际上，爱默生对宗教理解的出发点就是心灵的同一性。个体是神圣的，这种神圣的力量来自于宇宙间的超灵，因为个体的力量与宇宙间超灵的普遍力量是同一的。

　　在自然界中也存在一种趋势/对应的统一，这种统一"与心灵的统一相平行，并使其趋于合理"[2]。爱默生觉得自然秩序井然，富有启示和灵感，对宇宙道德法则的思考可以启示人类思考自身，思考自身在宇宙中的位置。因为"人是由造就世界的那些物质造成的。他因而分享着同样的感觉、自然倾向与命运。当他的心灵受到启迪时，当他的良心变得仁爱时，他将自己快乐地投入神造的秩序当中，并且主动地依照上天的规划去发挥一块石头的作用"[3]。这样，个体和超灵在自然中寻求并达到了统一。

　　爱默生对这种统一的根本确信在1839年4月的一则日记中表现得尤为清楚："我相信这一原则无所不在；也就是说，一切都存在于一颗微粒之中；整个自然重现于每一片树叶或每一片苔藓之中。我相信永恒——那就是说，我能在我的心灵中寻找到希腊、巴勒斯坦、意大利、英格兰及其岛屿——在我心灵中能找到天才和所有时代的每一种创造的原则。"[4]

---

[1] *The Journals and Miscellaneous Notebooks of Ralph Waldo Emerson*, William H. Gilman et al., editors. 2 Vols. Cambridge, MA: Harvard University Press, 1960-1982, p. 190.

[2] *The Journals and Miscellaneous Notebooks of Ralph Waldo Emerson*, William H. Gilman et al., editors. 5 Vols. Cambridge, MA: Harvard University Press, 1960-1982, p. 221.

[3] *The Collected Works of Ralph Waldo Emerson*, 6 Vols. Ed. Afred R. Ferguson et al., Cambridge: Harvard University Press, Belknap Press, 1971, p. 128.

[4] *The Journals and Miscellaneous Notebooks of Ralph Waldo Emerson*, William H. Gilman et al., editors. 7 Vols. Cambridge, MA: Harvard University Press, 1960-1982, p. 186.

万物同一论在爱默生 1840 年的讲座系列《当今时代》中得到了最终的阐释:"此时我们依存的深奥的力量及一切欢愉,对我们而言都是可及的,这不仅是自我满足和时时刻刻的完善,而且是看的动作及看见的事物。观看者和所见景观、主体与客体都合而为一了。"①

爱默生自己把《斯芬克斯》看作是自己最重要的诗歌,因而他把此诗放在诗集的卷首。在诗歌《斯芬克斯》的结尾中,自然的千万种声音一齐说道:"用千万种声音,自然之母在陈述:谁若能传达我的一种意义,谁就主宰着世间万物。"关于这首诗,爱默生自己的解释是:

> 我常被问到《斯芬克斯》一诗的含义,这就是——同一性的领悟力凝聚所有事物并以一物解释另一物,最罕见的最奇怪的事物也同最平常的事物一样容易理解。但假如一个人的思考只考虑一些特殊事物,只看见不同点(想要一种洞察全局的力量——一物包含万物),那么世界就会对这思考提出一个无法解答的问题,任何新的事实都会把它撕得粉碎。②

这段话说明,追求宇宙和万物的同一性是爱默生诗歌理论和创作的总体目标。在他的诗人观、诗歌观、创作观和批评观中,我们也可发现这种对同一性的追求。在诗人观上,这种同一体现为诗人统一起自然世界与精神世界;在诗歌观上,这种同一体现为诗歌与哲学、诗歌与科学、诗歌与实践的统一;在创作观上,这种同一体现为内容与形式的统一;在批评观上,这种同一体现为真善美的统一。

---

① *The Early Lectures of Ralph Waldo Emerson*, Stephen E. Whicher, Robert E. Spiller and Wallace E. Williams, editors. 3 Vols. Cambridge, MA: The Belknap Press of Harvard University, 1959 – 1972, p. 284.

② *The Collected Works of Ralph Waldo Emerson*, 9 Vols. Ed. Afred R. Ferguson et al., Cambridge: Harvard University Press, Belknap Press, 1971, p. 412.

结　　语

活跃在美国浪漫主义时期的爱默生，依然葆有着对道德的坚定信仰以及对永恒的"一"的渴望，这使他成为一个古典的浪漫主义者。雅克·巴赞（Jacques Barzun）曾经这样定义浪漫主义：

> 浪漫主义不是仅仅反对或推翻启蒙时代的新古典主义的"理性"，而是力求扩大它的视野，并凭借返回一种更为宽广的传统——既是民族的、大众的、中古的和原始的传统，也是现代的、文明的和理性的传统，来弥补它的缺陷。就其整体而言，浪漫主义既珍视理性，珍视希腊、罗马的遗产，也珍视中世纪的遗产；既珍视宗教，也珍视科学；既珍视形式的严谨，也珍视内容的要求；既珍视现实，也珍视理想；既珍视个人，也珍视集体；既珍视秩序，也珍视自由；既珍视人，也珍视自然。[①]

雅克指出了很多人对浪漫主义的认识误区。浪漫主义并不是简简单单的对启蒙主义时代"理性"的否定，而是通过返回到更宽广的理性传统中去寻找资源，以弥补启蒙"理性"的不足。对爱默生作品中的浪漫主义因素应该从这一方面去理解。爱默生的超验主义既有浪漫主义的色彩，又具有古典主义的特征。

在人性观上，爱默生持性善论。结合美国宗教的发展情况和社会现实，爱默生摒弃了基督教的沉重的人性观，发展了古希腊乐观的人性理

[①] Jacques Barzun, *Berlioz and the Romantic Century*, volume I. Boston: Little, Brown & Co., 1950, p. 379.

论，认为人的神性在于自身，人性可以无限趋于完善，他还鼓励每个个体自信自立。

持这种人性观的爱默生对"诗人"的理解自然十分积极和理想。诗人与学者一样，是"思想着的人"，这是一个在世的存在方式，而不是指任何一种具体的职业。诗人必须学会把现在的一切能力、过去的一切贡献、未来的一切希望都集于一身。他本人应当是一座知识的宝库，让自己的灵魂顺从那个万物之上的灵魂，只有这样，上帝的美德和仁义才会源源不断地注入到你的灵魂之中。诗人伟大，只是因为他顺从万物之上的灵魂，聆听这一灵魂的声音，汲取这一灵魂的力量，并将这种对灵魂的认识传递给普通大众，因此，他站在物质和精神之中，将这二者联系起来：

> 天才之人应占据上帝或纯真心灵，以及种种未受过教育的人之间的所有空隙。一方面，他必须从无限的理性那里汲取才智；另一方面，他必须深入到人群的心灵和感觉的深处。从一方，他必须汲取他的力量，在另一方，他必须有他的目的。一个将他与真实相联，另一个将他与虚表相联。一极是理性，另一极则是常识。①

诗人是自然与精神的桥梁。最高的思想者与道德是统一的。人的身份的内在根基是自然的和道德的个体性，而诗人则是道德的代表人物。爱默生的诗人代表的是人在这个地球上的任务。诗人是先知和预言家，诗人能够宣布人们未曾预见到的事，诗人还能通过自己的描绘，改变这个世界，成为世界的解放之神。作为"思想着的人"，他的责任是求真，昭显隐藏在扑朔迷离的表象、假象之后的事实，揭示沉睡在纷繁复杂的现象底下的规律，以此来激励、提高和指导众人。因此，诗人是这个世界的灵魂、眼睛和心脏。

在爱默生的理解里，诗歌的目的是道德，在这个目标的指导下，诗歌与哲学同一，诗歌与科学互补，诗歌的力量直指社会改革与个体的生活准则。在西方诗学史的视域中，诗歌与哲学、诗歌与科学以及诗歌与社会的关系尤其值得关注，爱默生当然没有忽略这些问题。在诗歌与哲学的关系

---

① *The Early Lectures of Ralph Waldo Emerson*, Stephen E. Whicher, Robert E. Spiller and Wallace E. Williams, editors. 2 Vols. Cambridge, MA: The Belknap Press of Harvard University, 1959–1972, p. 229.

上，他接续了欧洲浪漫主义思想家们的思考，力求将这二者融合起来；在诗歌与科学的关系上，他糅合了启蒙思想家和浪漫思想家的观点，认为诗歌和科学互为补充，诗歌需要科学的理性，科学也需要诗歌的诗性；在诗歌与社会的关系上，爱默生一直高举道德改革的大旗，主张诗人和诗歌对社会改良的促进作用，他本人就是一个很好的例子。从这个意义上来看，爱默生的诗歌理论既是实用论，也有摹仿论和表现论的成分。爱默生试图用直觉和超验的视野去融合情感和理性，用道德和超验去解决传统和现代之间的张力。

诗人站在精神与物质之间，是物质世界与精神世界的桥梁。他的任务是将物质世界和精神世界的道德真理转化为诗歌，传达给众人。诗人对外在世界的转化不仅涉及诗人对外在世界认识，也涉及外在世界与诗人内在世界的互动过程。古代以及文艺复兴时期的理论家谈及文学的创作过程时，最重要的两点是摹仿说与迷魂说。摹仿说即认为诗人的创作是对外在事物的摹仿，而迷魂说则认为诗人的创作是神的旨意，诗人被"神"附体后才能创造出真正的诗歌。这两点在后来的诗学理论中皆有不同形式的发展。到18—19世纪时，浪漫主义的诗学观抛弃了摹仿说，转而将视角投向了诗人的内部世界，强调诗人内在心灵的种种力量和活动。

对爱默生来说，文学是普遍心灵寻求表达的方式，而普遍心灵最重要的表达是伦理的生活，因此文学的目的是要表现普遍心灵的伦理性，文学的创作便是自然工场表达普遍心灵道德真理的过程。在这一点上，爱默生继承和发展的是古代的摹仿论。但是，爱默生的诗人并非普遍心灵被动的接收者，而是主动的吸收者。普遍心灵与诗人心灵的互动是有机生长的。自然通过象征表达它的真理，诗歌就是诗人透过自然象征所得到的真理。

文学是灵魂的力量，是超灵的显现："写作的艺术是人最高的使命，因为它是直接从超灵处汲取灵感，写作的方式和材料也来自于超灵。它将人类与伟大和永恒形成联盟。它向人类揭示和超灵的多样和壮观。写作还用一种崇高的魅力吸引着我们，那就是每一位作家，每一位脆弱、多变、碎片的灵魂，都加入了对人性的大合唱当中……文学中回响着肯定和道德真理的统一的思想。"[①]

[①] *The Complete Works of Ralph Waldo Emerson*, Centenary Edition, Edward Waldo Emerson, editor. 12 Vols, Boston: Houghton Mifflin, 1903–1904, p. 303.

文学批评的标准，概括来说，可以分为思想标准和艺术标准，思想标准既可以指文学的真，也可以指文学的善，艺术标准则关涉作品的美。①如果联系艾布拉姆斯的诗学类型，与思想标准联系的是摹仿论与实用论，与艺术标准联系的是表现论。西方的批评史就是这两种标准交替平衡的历史。古典时期，对文学的思想要求压过了其美学要求。中世纪神学统治时期，因为上帝被视为至真至善至美之源，因此隶属神学的文学也要求描摹和宣传上帝的这些属性。文艺复兴时期，文学的内容依然重于形式。中世纪时期的思想家在讨论诗歌时，同样倾向于强调诗歌的美德教化功能。例如，在未完成的作品《飨宴》（Convivio）中，但丁认为，一首好诗，应该是在其字面含义和伦理或神学"寓意"方面同样讲究。乔科普·马佐尼（Giacopo Mazzoni）随后写了《为但丁喜剧而辩》（Difesa della Commedia di Dante），其中，他谈到，"寓言"式写作对诗人的写作而言是非常必要的，因为诗人唯有通过这种字词游戏，才能向大众传达某种美德或思想。新古典主义时期，对文学形式的强调达到了顶峰。18 世纪的康德还提出了审美的自足性，将美学从哲学和伦理学的附属地位中解放出来。然而，在他之后的谢林却仍然认为真善美是统一的。②因此，到了 19 世纪，对文学的态度走向了两极，要么是纯粹的真与善，要么是纯粹的美。美国文艺理论家雷纳·韦勒克对 19 世纪文学批评的思路和本质做过如下概括，认为它"把捉不住内容与形式的统一性：不是走向说教作风的极端，便是走向为艺术而艺术的形式主义的极端——或者换个说法来解释这种二分论，要么走向的极端是宣称对于有益于艺术的超自然因素具有玄妙的洞

---

① 这里使用的真、善、美的中"真"的范围不同于所谓科学求真，宗教求善，艺术求美中的"真"。这里的"真"既指代真实，也指真理（而且不一定是需要科学求证的真理，也包括宇宙真理、普遍真理、心灵真理等抽象的真理）。西方经常把美和善等同起来。中国古代的美和善字形相近，而且善和美意思相近，稍微有些区别。孔子说，尽美哉，未尽善矣（武乐），尽善尽美矣（韶乐），善比美要高些。中国人把善看得最高。中国的"实用理性"讲实效，最高的实效就是用道德来治国平天下，这就是《大学》里讲的"止于至善"。善是体现人类共同体的一面，美是体现了每个个人的方面。美强调个性，善强调共性。

② 从康德、席勒以来，德国古典美学企图把美和艺术当成是调和矛盾的手段，谢林也是这样做的。他认为主要有三种理念：真、善、美。真是必然性，善是自由，而美则是二者的综合。美把真的科学知识和善的道德行为，综合实现在艺术之中。因此，在谢林看来，艺术高于哲学。他说："我相信，最高的理性活动是包括一切理念的审美活动。真和善只有在美中才能接近。哲学家必须像诗人一样，具有审美的能力。这样，诗取得了一种新的尊严，它变成了像它开始时一样，是人类的教师。"参见蒋孔阳《德国古典美学》，商务印书馆 1980 年版，第 140 页。

见，要么走向的极端是将艺术归结为单纯技艺，游戏或是雕虫小技"①。

爱默生文学批评观和爱默生的诗歌观一致。其实，诗歌与哲学、诗歌与科学、诗歌与社会平等正义等的关系正是爱默生诗歌观中求真、求善的表现，核心是依然是诗歌的真、善、美，在这一点上，他并没有溢出西方思想史的范围。但是，与19世纪或单面强调真或强调美的标准不同，也与之前各流派偏于某一两类不同，爱默生强调的是真善美的统一，尽管在这三者的统一中，真善美的地位和功能不尽相同。伊丽莎白·乔丹（Elizabeth Jordan）在她的博士论文中指出，在爱默生的批评观里，真与美、善是同义词，爱默生的批评标准是真。这一判断标准基本解释了他所有的批评活动。②爱默生笔下的美，指的是和谐，指的是宇宙。美是原始的、基本的。就像爱默生在《论自然》中所写的："因此，对人来说世界是为满足求美的意欲而存在的。我称这个要素为下一个最终目的。没有理由可问或说出为什么人要追求美。美，在其最大和最深远的意义中，是我们对宇宙的表达。"③ 这就是希腊人称世界为"宇宙"或美的意图所在。爱默生认为，"美的标准是自然形式的完整体系"④。

真是基础，是宇宙超灵，是自然，也是自然对应的道德真理和精神真理；善来源于真，善是目的，是普遍心灵和个体心灵的特质，是道德行动的指向；美是情感，是心灵感受。属于思想的真善标准是第一位的，属于艺术的美的标准是第二位的。当然，在爱默生的作品中，这三种通常是一体的，符合真的要求的作品必然是善是美的，符合善的要求也必然是真是美，符合美的要求自然也是符合真善的标准。

在爱默生的批评观中，作品的道德价值要高于其审美价值，然而，这两者并非势不两立，而是互相补充。美、善、真三者同属于爱默生超验的世界当中。爱默生对作品伦理标准的要求也是对超验的道德真理的要求，这种超验真理是不受时代限制、客观存在的，因此，批评必定是超验的、

---

① ［美］雷纳·韦勒克：《近代文学批评史》第3卷，杨自伍译，上海译文出版社2009年版，第5页。

② Jordan, Leah Elizabeth, *The Fundamentals of Emerson's Literary Criticism*, Ph. D. diss., University of Pennsylvania, 1945.

③ *The Collected Works of Ralph Waldo Emerson*, 1 Vols. Ed. Afred R. Ferguson et al., Cambridge: Harvard University Press, Belknap Press, 1971, p. 17.

④ *The Collected Works of Ralph Waldo Emerson*, 1 Vols. Ed. Afred R. Ferguson et al., Cambridge: Harvard University Press, Belknap Press, 1971, p. 17.

伦理的、合乎自然的。实际上，爱默生的批评观继承了古希腊的传统，作品的道德价值正是作品审美判断的意义之所在，至善亦为至美，反之亦然，无论真善美，在爱默生的理论体系中的终极体现都是超验的理想世界，爱默生道德审美批评观的实质是真善美的统一。

爱默生用心于美国问题与道德问题，以探讨人的生活，增进国民的道德为己任。并且为此而思考与行动了一生。他的哲学与他的生命融合在一起。爱默生在本质上，是一名教师—诗人或诗人—教师，评论家卡辛就称爱默生为"（美国的）民族教师"（the teacher of the nation）。他的教学法集中在一个伟大的观点上，那就是，教育在于激活道德心灵。他的一生都致力于激发（唤醒）美国的道德心灵，激发他们对生活和世界的同一性的认识。这个对道德力量的坚定的信仰是理解爱默生所作所为的关键。这是他的作品的主旨所在。爱默生认为，对美国道德心灵的真正本质在于个体人格的完善、道德的自律和精神的自由。真正的进步，不在社会，而在个体的人格和良心；真正的自由，不在物质，而在精神。从中爱默生生出了他的终极目的，也就是人类的终极目的。人类的终极目的就是，作为一个类，要实现最终的统一。总之，对爱默生来说，最好的生活永远只有一种，那就是遵守道德原则的生活；最高的真理永远只有一个，那就是通过道德而达到的统一。

参考文献

一 爱默生著作、评传、研究文集

1. 爱默生生前出版的主要作品（按出版时间顺序）

Nature. Boston：James Munroe，1836.

Essays（*First Series*）. Boston：James Munroe，1841；Rev. ed.，1847.

Essays：Second Series. Boston：James Munroe，1844.

Poems. Boston：James Munroe，1847.

Nature，Addresses，and Lectures. Boston：James Munroe，1849.

Representative Men：Seven Lectures. Boston：Phillips，Sampson，1850.

Memoirs of Margaret Fuller Ossoli，2 Vols. Edited by William Henry Channing，James Freeman Clarke，and Ralph Waldo Emerson. Boston：Phillips，Sampson，1852.

English Traits. Boston：Phillips，Sampson，1856.

The Conduct of Life. Boston：Ticknor& Fields，1867.

May-Day and Other Pieces. Boston：Ticknor& Fields，1867.

Society and Solitude. Boston：Fields，Osgood，1870.

Parnassus. Boston：Osgood，1875.

Selected Poems. Boston：Osgood，1876.

Letters and Social Aims. Boston：Osgood，1876.

2. 爱默生的著作集、演讲集、日记、书信集

The Collected Works of Ralph Waldo Emerson. 10 Vols. Cambridge：The Belknap Press of Harvard University，1971.

Vol. I，*Nature，Addresses and Lectures*

Vol. II，*Essays，First Series*

Vol. III, *Essays, Second Series*

Vol. IV, *Representative Men*

Vol. V, *English Traits*

Vol. VI, *The Conduct of Life*

Vol. VII, *Society and Solitude*

Vol. VIII, *Letters and Social Aims*

Vol. IX, *Poems*

Vol. X, *Uncollected Prose Writings, Addresses, Essays, and Reviews*

The Complete Works of Ralph Waldo Emerson. Centenary Edition. Edward Waldo Emerson, editor. 12 Vols. Boston: Houghton Mifflin, 1903 – 04.

Vol. I, *Nature, Addresses and Lectures*

Vol. II, *Essays, First Series*

Vol. III, *Essays, Second Series*

Vol. IV, *Representative Men*

Vol. V, *English Traits*

Vol. VI, *The Conduct of Life*

Vol. VII, *Society and Solitude*

Vol. VIII, *Letters and Social Aims*

Vol. IX, *Poems*

Vol. X, *Lectures and Biographical Sketches*

Vol. XI, *Miscellanies*

Vol. XII, *Natural History of Intellect and Other Papers*

The Letters of Ralph Waldo Emerson. Ralph Rusk and Eleanor Tilton, editors. 10 Vols. New York: Columbia University Press, 1939 – 94.

The Early Lectures of Ralph Waldo Emerson. Stephen E. Whicher, Robert E. Spiller and Wallace E. Williams, editors. 3 Vols. Cambridge, MA: The Belknap Press of Harvard University, 1959 – 72.

The Later Lectures of Ralph Waldo Emerson, 1843 – 1871. 2 Vols. Edited by Saundra Morris and Joel Porte. New York: W. W. Norton, 2001.

The Journals and Miscellaneous Notebooks of Ralph Waldo Emerson. William H. Gilman et al., editors. 16 Vols. Cambridge, MA: Harvard University Press, 1960 – 82.

The Journals of Ralph Waldo Emerson. 10 Vols. Edited by Edward Waldo Emerson and Waldo Emerson Forbes. Boston and New York: Houghton, Mifflin, 1909 – 14.

The Selected Lectures of Ralph Waldo Emerson, edited by Ronald A. Bosco & Joel Myerson. Georgia: University of Georgia Press, 2005.

Young Emerson Speaks: Unpublished Discourses on Many Subjects. Edited by Arthur Cushman McGiffert, Jr. Boston: Houghton, Mifflin, 1938.

The Complete Sermons of Ralph Waldo Emerson. 4 Vols. Edited by Albert J. von Frank et al. Columbia: University of Missouri Press, 1989 – 92.

Emerson: Essays and Lectures. Edited by Joel Porte. New York: Library of America, 1993.

The Prose Works of Ralph Waldo Emerson. 3 Vols. Boston: Fields, Osgood, 1870; Houghton, Osgood, 1879.

Emerson's Antislavery Writings. Edited by Len Gougeon and Joel Myerson. New Haven, Conn. : Yale University Press, 1995.

The Spiritual Emerson: Essential Writings. Edited by David M. Robinson. Boston: Beacon Press, 2003.

The Political Emerson: Essential Writings on Politics and Social Reform. Edited by David M. Robinson. Boston: Beacon Press, 2004.

One First Love: The Letters of Ellen Louisa Tucker to Ralph Waldo Emerson. Edited by Edith W. Gregg. Cambridge, Mass. : Harvard University Press, 1962.

Ralph Waldo Emerson: The Major Poetry. edited with Introduction and Commentary by Albert J. Von Frank. Cambridge, Massachusetts, London, England. The Belknap Press of Harvard University.

Carl, Bode & Malcolm, Cowley. *The Portable Emerson.* Penguin Books, 1977.

A Correspondence Between John Sterling and R. W. Emerson, ed. E. W. Emerson. Boston, 1897.

Correspondence Between R. W. Emerson and Herman Grimm, ed. F. W. Holls. Boston, 1903.

Emerson-Clough Letters, ed. H. F. Lowry and R. L. Rusk. Cleveland, 1934.

The Journals of Ralph Waldo Emerson. Edited by Linscott, Robert N. New

York: The Modern Library.

Mark Van Doren. *The Portable Emerson*. New York: The Viking Press, 1946.

Emerson in His Journals. Edited by Porte Joel and Morris Saundra. Cambridge: The Belknap Press of Harvard University, 1982.

The Heart of Emerson's Journals. Edited by Bliss Perry. New York: Houghton Mifflin Company, 1914.

3. 爱默生的传记

August, Derleth. *Emerson, Our Contemporary*. Crownell-Collier Press, 1970.

Brooks, Van, Wyck. *The Life of Emerson*. New York: The Literary Guild, 1932.

Cabot, James Elliot. *A Memoir of Ralph Waldo Emerson*, 2 Vols. Boston: Houghton & Mifflin, 1887.

Conway, Moncure Daniel. *Emerson at home and abroad*. Boston: James R. Osgood, 1882.

Cooke, George Willis. *Ralph Waldo Emerson: His life, Writings, and Philosophy*. Boston: James R. Osgood, 1881.

Donald, Yannella. *Ralph Waldo Emerson*. ed. Lewis Leary. North Carolina: University of North Carolina, Chapel Hill.

Firkins, Oscar W. *Ralph Waldo Emerson*. Boston: Houghton, Mifflin, 1915.

Holmes, Oliver Wendell. *Ralph Waldo Emerson*. Boston: Houghton, Mifflin, 1984.

Rusk, Ralph L. *The Life of Ralph Waldo Emerson*. New York: Scribners, 1949.

Woodbury, Charles J. *Talks with Ralph Waldo Emerson*. New York: Baker and Taylor, 1890.

4. 爱默生研究文集

Bosco, Ronald A., and Joel Myerson, eds. *Emerson Bicentennial Essays*. Boston: Massachusetts Historical Society, 2006.

Burkholder, Robert E., and Joel Myerson. *Emerson: An Annotated Secondary Bibliography*. Pittsburgh: University of Pittsburgh Press, 1985.

Bryer, Jackson R., and Robert A. Rees. *A Checklist of Emerson Criticism, 1951–1961*. Hartford, Conn.: Transcendental Books, 1964.

Cooke, George Willis. *A Bibliography of Ralph Waldo Emerson*. Boston and New York: Houghton, Mifflin, 1908.

Konvitz, Milton R.. *The Recognition of Ralph Waldo Emerson: Selected Criti-*

cism Since 1837. Ann Arbor: The University of Michigan Press, 1972.

Konvitz, Milton R., and Stephen E. Whicher, eds. *Emerson: A Collection of Critical Essays*. Englewood Cliffs, N. J.: Prentice-Hall, 1962.

Wider, Sarah Ann. *The Critical Reception of Emerson: Unsettling all Things*, edit. New York: Camden House, 2008.

5. 爱默生作品中文译本

《自然沉思录》，博凡译，上海社会科学院出版社 1985 年版。

《爱默森文选》，张爱玲译，范道伦编选，生活·读书·新知三联书店 1986 年版。

《爱默森散文选》，何欣译，台北：协志工业丛书，1992 年版。

《爱默生集：论文与讲演录》，波尔泰编，赵一凡等译，生活·读书·新知三联书店 1993 年版。

《美国学者：爱默生讲演集》，赵一凡译，生活·读书·新知三联书店 1998 年版。

《爱默森文选》，张爱玲译，范道伦编选，台北：皇冠文化出版有限公司 1999 年版。

《代表性人物》，何欣译，台北：台湾中华书局 2000 年版。

《美国的文明》，孙宜兴译，广西师范大学出版社 2002 年版。

《爱默生演讲录》，孙宜学译，中国人民大学出版社 2004 年版。

《爱默生散文选》，蒲龙译，译林出版社 2008 年版。

《爱默生随笔》，蒲龙译，上海译文出版社 2010 年版。

二 其他相关著作

1. 英文著作

Acharya, Shanta. *The Influence of Indian Thought on Ralph Waldo Emerson*. Lewiston, N. Y.: Edwin Mellen Press, 2001.

Adams, Hazard & Searle, Leroy. *Critical Theory Since Plato*. Third Edition. 影印本。北京大学出版社 2006 年版.

Alcott, Amos Bronson. *Ralph Waldo Emerson: An Estimate of His Character and Genius in Prose and Verse*. Boston: A. Williams, 1882.

——. *Ralph Waldo Emerson: Philosopher and Seer*. Boston: Cupples and Hurd, 1888.

Allen, Gay Wilson. *Walt Whitman Handbook*, Packard and Company Chicago, 1946.

Anderson, John Q. *The Liberating Gods: Emerson on Poets and Poetry.* Florida: University of Miami, 1971.

Adorno, Theodor W. *Notes to Literature.* New York: Columbia University Press, 1991.

Aristotle, *Nicomachean Ethics*, bk. 2, in *The Basic Works of Aristotle*, ed. Richard Mckeon. New York: Random House, 1941.

Arsic, Branka. *On Leaving: A Reading in Emerson.* Cambridge: Harvard University Press, 2010.

Babbitt, Irving. *Rousseau and Romanticism.* Boston: Houghton Mifflin, 1930.

Baker, Carlos, with James Mellow. *Emerson among the Eccentics: A Group Portrait.* New York: Viking, 1996.

Barish, Evelyn. *Emerson: The Roots of Prophecy.* Princeton: Princeton University Press, 1989.

Bellah, Robert N., Sullivan, William M., Swidler, Ann and Tipton, Stephen M. *Habits of the Heart: Individualism and Commitment in American Life.* New York: Harper and Row, 1985.

Bercovich, Sacvan. *Reconstructing American Literary History*, ed. Cambridge, Mass.: Harvard University Press, 1986.

——. *The Rites of Assent: Transformation in the Symbolic Construction of America.* New York: Routledge, Chapman and Hall, Inc., 1993.

Berlin, Isaiah, *The Roots of Romanticism*, New Jersey: Princeton University Press, 1999.

Berry, Edmund G. *Emerson's Plutarch.* Cambridge, Mass.: Harvard University Press, 1961.

Bishop, Jonathan. *Emerson on the Soul.* Cambridge, Mass.: Harvard University Press, 1964.

Bloom, Harold, ed. *Ralph Waldo Emerson.* Modern Critical Views Series. New York: Chelsea House, 1985.

——, ed. *Walt Whitman.* Modern Critical ViewsSeries. New York: Chelsea House, 2006.

Bollenbeck, G., *Bildung und Cultur. Glanz und Elend eines deutschen Deu-*

tungsmusters, Frankfurt am Main: Insel Verlag, 1994.

Bromwich, David. *Moral Imagination*. Princeton: Princeton University Press, 2014.

Buell, Lawrence. *Literary Transcendentalism*. Ithaca: Cornell University Press, 1973.

——. *Emerson*. Cambridge: The Belknap Press of Harvard University, 2003.

Burns, Edward McNall. *The American Idea of Mission*. N. J.: Rutgers University Press, 1957.

Cadava, Eduardo. *Emerson and the Climates of History*. Stanford: Stanford University Press.

Cameron, Kenneth Walter. *Emerson's Developing Philosophy: the Early Lectures (1836–1838)*. Hartford: Transcendental Books—Box A, Station A-06126;

——. *Ralph Waldo Emerson's Reading*. Raleigh, N. C.: Thistle Press, 1941.

——. *Emerson The Essayist: An Outline of His Philosophical Development Through 1836 with Special Emphasis on the Sources and Interpretation of Nature*. Raleigh: The Thistle Press, 1945.

Carlyle, Thomas. *Critical and Miscellaneous Essays*. Vol I. Boston: Philips, Sampson, and Company, 1855.

Carpenter, Frederic Ives. *Emerson and Asia*. Cambridge: Harvard University Press, 1930.

Carlyle, Thomas. *On Heroes, Hero-Worship, & the Heroic in History*. Berkeley: University of California Press.

Cary, Elisabeth Luther. *Emerson, Poet and Thinker*. New York: G. P. Putnam's Sons, 1904.

Cassirer, Ernst. *Essay on Man*. New Haven: Yale University Press, 1944.

Cavell, Stanley. *This New Yet Unapproachable America: Lectures after Emerson and Wittgenstein*. Albuquerque, NM: Living Batch, 1989.

——. *Conditions Handsome and Unhandsome: The Constitution of Emersonian Perfectionism*. Chicago: University of Chicage Press, 1990.

——. *Philosophical Passages: Wittgenstein, Emerson, Austin, Derrida*. Cambridge, MA: Blackwell, 1995.

——. *In Quest of the Ordinary: Lines of Skepticism and Romanticism*. Chicago: University of Chicago Press, 1998.

Cavell, Stanley, and David J. Hodge. *Emerson's Transcendental Etudes*. Stanford,

Calif. : Stanford University Press, 2003.

Cayton, Mary Kupiec. *Emerson's Emergence*: *Self and Society in the Transformation of New England*, 1800-1845, Chapel Hill: The University of North Carolina Press, 1989.

Cheever, Susan. *American Bloomsbury*: *Louisa May Alcott, Ralph Waldo Emerson, Margaret Fuller, Nathaniel Hawthorne, and Henry David Thoreau*: *Their Lives, Their Loves, Their Work*. Simon and Schuster, 2006.

Christy, Arthur. *The Orient in American Transcendentalism*. New York: Octagon Books. INC., 1963.

Cole, Phyllis. *Mary Moody Emerson and the Origins if Transcendentalism*. New York: Oxford University Press, 1998.

Coleridge, S. T. *Aids to Reflection*. ed. Thomas Fenby. Edinburgh: John Grant, 1854.

Cooke, George Willis. *The Poets of Transcendentalism*: *An Anthology*. Boston, 1903.

Copleston, A *History of Philosophy*. New York: Continuum, 1946.

Dana, William Franklin. *The Optimism of Ralph Waldo Emerson*. Boston: Cupples, Upham & Co., 1886.

David, Porter. *Emerson and Literary Change*. Cambridge, Mass.: Harvard University Press, 1978.

Douglas, Mary and Tipton, Steven, eds. *Religion and America*: *Spiritual Life in a Secular Age*. Boston: Beacon Press, 1982.

Eagleton, Terry. *Literary Theory*: *An Introduction*. Blackwell Publishing.

Eckel, Leslie Elizabeth, *Altantic Citizens*: *Nineteenth-Century American Writers at Work in the World*. Edinburgh University Press, 2013.

Edmund G. Berry. *Emerson's Plutarch*. Cambridge, Mass.,: Harvard University Press, 1961.

Edward, Wagenknecht. *Ralph Waldo Emerson*: *Portrait of a Balanced Soul*. New York: Oxford University Press, 1974.

Edwards, Paul. ed. *The Encyclopedia of Philosophy*. London: The Macmillan Company and the Free Press, 1967.

Eduardo Cadava. *Emerson and the Climates of History*. California: Stanford University Press, 1997.

Ellen Hansen, ed. *The New England Transcendentalists: Life of the Mind and of the Spirit.* Lowell, Mass. : Discovery Enterprises, Ltd. 1993.

Ellison, Julie K. *Emerson's Romantic Style.* Princeton, N. J. : Princeton University Press, 1984.

Everett, Edward. *Orations and Speeches, on Various Occasions.* 1976.

F. Sanborn, ed. *The Genius and Character of Emerson.* Boston: James R. Osgood and Company, 1885.

Feidelson, Charles. *Symbolism and American Literature.* Chicago: University of Chicago Press.

Foerster, Norman. *American Criticism: A Study in Literary Theory from Poe to the Present.* Boston and New York: Houghton Mifflin Company, 1928.

Frothingham, Octavius B. *Transcendentalim in New England: A History*, New York, 1876.

Fuller, Randall. *Emerson's Ghosts: Literature, Politics, and the Making of Americanists.* New York: Oxford University Press, 2007.

Garvey, T. Gregory. *The Emerson Dilemma: Essays on Emerson and Social Reform.* Athens: University of Georgia Press, 2001.

Gelpi, Donald L. *Endless Seeker: The Religious Quest of Ralph Waldo Emerson.* Lanham, Md. : University Press of America, 1991.

Goodman, Russell. *American Philosophy and the Romantic Tradition.* New York: Cambridge University Press, 1990.

Gougeon, Len. *Virtue's Hero: Emerson, Antislavery, and Reform.* Athens: University of Georgia, 1990.

——. *Emerson and Eros: The Making of a Cultual Hero.* Albany: State University of New York, 2007.

Grant, Douglas. *Purpose and Place: Essays on American Writers.* New York: St Martin's Press, 1965.

Guernsey, Alfred Hudson. *Ralph Waldo Emerson: Philosopher and Poet.* New York: Appleton, 1881.

Gura, Philip F. , and Joel Myerson, eds. *Critical Essays on American Transcendentalism.* Boston: G. K. Hall, 1982.

Hale, Edward Everett. *Ralph Waldo Emerson, Together With Two Early Essays of Emerson*, Boston: American Unitarian Association, 1902.

Haney, David P. *The Challenge of Coleridge: Ethics and Interpretation in Romanticism and Modern Philosophy*. Pennsylvania: The Pennsylvania State University Press, 1952.

Harris, Kenneth Marc. *Carlyle and Emerson: Their Long Debate*. Cambridge, Mass. : Harvard University Press, 1978.

Harrison, John S. *The Teachers of Emerson*. New York: Sturgis & Walton Company, 1910.

Harry Hayden Clark. *Transition in American Literary History*. Durham, Duke University Press, 1953.

Harvey, Samantha. *Transatlantic Transcendentalism: Coleridge, Emerson, and Nature*. Published to Edinburgh Scholarship Online: January 2014.

Havelock, Eric A. *Preface to Plato*. Cambridge, Mass. : Harvard University Press, 1963.

Hawthorne and Leonard Lemmon, *American Literature: A Text-Book for the Use of Schools and Colleges*. Boston: D. C. Heath, 1891.

Hegel, G. W. F. *Phenomenology of Spirit*, trans. A. V. Miller. Oxford: Oxford University Press, 1977.

Heidegger, Martin. *What is Called Thinking?* Trans. Gray. New York: Harper, 1968.

Hopkins, Vivian C. *Spires of Form: A Study of Emerson's Aesthetic Theory*. New York: Russell & Russell, 1965.

Horton, Rod W. and Edwards Herbert W. *Backgrounds of American Literary Thought* (Third Edition). New Jersey: Prentice-Hall, Inc. , 1974.

Howe, Daniel Walker. *The Unitarian Conscience: Harvard Moral Philosphy*, 1805–1861. Cambridge, Mass. : Harvard University Press, 1970.

Hutchison, *The Transcendentalist Ministers: Church Reform in the New England Renaissance*. New Haven, 1959.

Hyatt H. Waggoner. *Emerson as Poet*. New Jersey: Princeton University Press, 1974.

Ireland, Alexander. *Ralph Waldo Emerson: His Life, Genius, and Writings*. London: Simpkin, Marshall, 1882.

Irving, Howe. *The American Newness: Culture and Politics in The Age of Emerson*. Cambridge, Mass. : Harvard University Press, 1986.

Jacobson, David. *Emerson's Pragmatic Vision: The Dance of the Eye*. Pennsylvania: The Pennsylvania State University Press, 1993.

James, William, *Pragmaticism*. Massachusetts: Harvard University Press, 1975.

Jeanetta Boswell. *The American Renaissance and the Critics: The Best of a Century in Criticism*. New Hampshire: Longwood Academic, 1990.

John, McAleer. *Ralph Waldo Emerson: Days of Encounter*. Toronto: Little, Brown& Company. 1984.

Levin, David, ed. *Emerson: Prophesy, Metaorphosis, and Influence*. New York: Columbia University Press, 1975.

Levin, Jonathan. *The Poetics of Transition: Emerson, Pragmatism, and American Literary Modernism*. Durham, N. C. : Duke University Press, 1999.

Little, James. *The Character and Genius of Ralph Waldo Emerson, with Selections from His Works. An Address*. Manchester: np, 1882.

Lockridge, Laurence S. *The Ethics of Romanticism*. Cambridge: Cambridge University Press, 1989.

Lopez, Michael. *Emerson and Power: Creative Antagonism in the Nineteenth Century*. Dekalb: Northern Illinois University Press, 1996.

——, ed. *Emerson/Nietzsche*. ESQ: A Journal of the American Renaissance 43 (1997).

Lowell, James Russel. *My study Windows*. London: George Routledge& Sons, Limited.

Lysaker, John T. *Emerson & Self-Culture*. Bloomington and Indianapolis: Indiana University Press, 2008.

Lyttle, David. *Studies in Religion in Early American Literature*. New York: University Press of America, Inc. 1983.

Kermode, Frank. *Romantic Image*. New York: Chilmark, 1961.

Kern, Alexander. *The Rise of Transcendentalism*, 1815 – 1860. From the book *Transition in American Literary History*, ed Harry Hayden Clark, Durham: Duke University Press, 1953.

Kateb, George. *Emerson and Self-Reliance*. (Modernity and Political Thought Vol 8) Thousand Oaks: International Educational and Professional Publisher, 1995.

Makarushka, Irene S. *Religious Imagination and Language in Emerson and Nietzsche*. New York: St. Martin's, 1994.

Marr, David. *American World Since Emerson*. Amherst: University of Massachusetts Press, 1988.

Matthiessen, F. O. *American Renaissance: Art and Experience in the Age of Emerson and Whitman*. New York: Oxford University Press, 1941.

Maurice Gonnaud. *An Uneasy Solitude: Individual and Society in the Work of Ralph Waldo Emerson*. trans. Lawrence Rosenwald. New Jersey: Princeton University Press, 1987.

Michael, John. *Emerson and Skepticism: the Cipher of the World*. Baltimore, MD.: The Johns Hopkins University Press, 1988.

Mill, Stuart. *Three Essays on Religion*. London: Longman.

Miller, Perry, ed. *The Transcendentalists: An Anthology*, Cambridge: Harvard University Press, 1950.

——, ed. *The American Transcendentalists: Their Prose and Poetry*. New York: Doubleday Anchor Books, 1957.

Mitchell, Charles E. *Individualism and Its Discontents: Appropriations of Emerson*, 1880–1950. Amherst: University of Massachusetts Press, 1997.

Mott, Wesley T, ed. *Ralph Waldo Emerson in Context*. New York: Cambridge University Press, 2014.

Myerson, Joel, ed. *Emerson and Thoreau: The Contemmporary Reviews*. Cambridge: Cambridge University Press, 1992.

——, ed. *Historical Guide to Ralph Waldo Emerson*. New York: Oxford University Press, 2000.

Musil, Robert. *Diaries*: 1899–1941. New York: Basic Books, 1999.

——. *Tagebücher*, ed. A. Frisé. Reinbek bei Hamburg: Rowohlt, 1976.

Neufeldt, Leonard. *The House of Emerson*. Lincoln: University of Nebraska Press, 1982.

Nussbaum, Martha C. *Love's Knowledge: Essays on Philosophy and Literature*. New York: Oxford: Oxford University Press, 1990.

Packer, Barbara L. *The Transcendentalists*. University of Georgia Press, 2007.

Parrington, Vernon Louis. *Main Currents in American Thought* (1620–1920).

Oklahoma: Oklahoma University Press, 1987.

Parker, Theodore. *Views of Religion*. Boston, 1885.

——. *Discourse of Matters Pertaining to Religion*. ed by Centenary.

Parker, Barbara L. *Emerson's Fall*. New York: Continuum, 1982.

Paul, Sherman. *Emerson's Angle of Vision*. Cambridge: Harvard University Press, 1952.

——, ed. *Thoreau: A Collection of Critical Essays*. Prentice-Hall, Inc., Englewood Cliffs, N. J., 1962.

Pease, Donald E. *Visionary Compacts: American Renaissance Writings in Cultural Context*. The University of Wisconsin Press, 1978.

Perry, Bliss, ed. *The Heart of Emerson's Journals*. Boston and New York: Houghton Mifflin Company, 1926.

Philip F. Gura, *American Transcendentalism: A History*. Hill and Wang, 2007.

Phillip L. Nicoloff. *Emerson on Race and History*. New York: Columbia University Press, 1961.

Philips, Jerry and Ladd, Andrew. eds. *Romanticism and Transcendentalism (1800 – 1860): American Literature in its Historical, Cultural, and Social Contexts*. New York: Facts On File, Inc, 2006.

Phillips, Russel. *Emerson: The Wisest American*. New York: Brentano's Publishers.

Pochmann, Henry A. *New England Transcendentalism and St. Louis Hegelianism*. Philadelphia, 1948.

Poirier, Richard. *A World Elsewhere: The Place of Style in American Literature*. New York: Oxford University Press, 1966.

——. *The Renewal of Literature: Emersonian Reflections*. New York: Random House, 1987.

Porte, Joel. *Emerson and Thoreau: Transcendentalists in Conflict*. Middletown, Conn.: Wesleyan University Press, 1966.

——. *Representative Man: Ralph Waldo Emerson in his Time*. New York: Oxford University Press, 1979.

——. *Consciousness and Culture: Emerson and Thoreau Reviewed*. New Haven, Conn.: Yale University Press, 2004.

Porte, Joel & Sandra Morris, eds. *The Cambridge Companion to Ralph Waldo Emerson*. Cambridge: Cambridge University Press, 1999.

Porter, David. *Emerson and Literary Change*. Cambridge, Mass. : Harvard University Press, 1978.

Price, Kenneth M. *To Walt Whitman, America*. Chapel Hill & London: The University of North Carolina Press, 2004.

Randall, John Herman, Jr. *The Making of the Modern Mind*. New York: Columbia University Press, 1940.

Reed, Sampson. *Observations on the Growth of the Mind*. Boston, 1859.

Richardson, Robert D. *Emerson: The Mind on Fire*. Berkeley: University of California Press, 1995.

——. *First We Read, Then We Write: Emerson on the Creative Process*. Iowa City: University of Iowa Press, 2009.

Roberson, Susan L. *Emerson in His Sermons*. Columbia: University of Missouri Press, 1995.

Robinson, David. *Apostle of Culture: Emerson as Preacher and Lecturer*. Philadephia: University of Pennsylvania Press, 1982.

——. *Emerson and the Conduct of Life: Pragmatism and Ethical Purpose in the Later Works*. New York: Cambridge University Press, 1993.

——. ed. *William Ellery Channing: Selected Writings*. New York: 1985.

Rowe, John Carlos. *At Emerson's Tomb: The Politics of Classic American Literature*. New York: Columbia University Press, 1997.

Ruskin, John. *The Two Paths*. New York: Maynard Merrel, 1893.

Sacks, Kenneth S. *Understanding Emerson: "The American Scholar" and His Struggle for Self-Reliance*. Princeton, N. J. : Princeton University Press, 2003.

Said, Edward. *Orientalism*. London: Routledge & Keegan Paul, 1978.

Saito, Naoko. *The Gleam of Light: Moral Perfertionism and Educaton in Dewey and Emerson*. New York: Fordham University Press, 2005.

Sarah Ann Wider. *The Critical Reception of Emerson: Unsettling All Things*. New York: Camden House, 2000.

Sayre, Robert F. ed. *Henry David Thoreau*. The Library of America, 1985.

Savelle, Max. *Seeds of Liberty: The Genesis of the American Mind*. New York:

Alfred A. Knopf, 1948.

Schlesiger, Arthur M Jr. *The Age of Jackson*. Boston: Little, Brown and Company, 1945.

Scudder, Townsend. *The Lonely Wayfaring Man: Emerson and Some Englishmen*. New York: Oxford University Press, 1936.

Shapin, Steven. *A Social History of Truth: Civility and Science in Seventeenth-Century England*. Chicago: University of Chicago Press, 1994.

Stack, George. *Nietzsche and Emerson: An Elective Affinity*. Athens: Ohio University Press, 1992.

Stephen E. Whicher. *Freedom and Fate: An Inner Life of Ralph Waldo Emerson*. Philadelphia: University of Pennsylvania Press, 1953.

Stein, Roger. *John Ruskin and Aesthetic Thought in America*, 1840 – 1900. Cambridge: Harvard University Press, 1967.

Stollar, David, *The Infinite Soul*. Ralph Waldo Emerson: The Vital Years, 1803 – 1841. London: St James Publishing, 2000.

The Complete Works of William Ellery Channing. London: "Christian Life" Publishing Company, 1884.

The Works of William Ellery Channing, Boston: American Unitarian Association, 1875.

Traubel, *With Walt Whitman in Camden*, Vol. I. New York: Rowman and Littlefield, 1961.

Van Cromphout, Gustaaf. *Emerson's Modernity and the Example of Goethe*. Columbia: University of Missouri Press, 1990.

——. *Emerson's Ethics*. Columbia: University of Missouri Press, 1999.

Van Leer, David. *Emerson's Epistemology: The Argument of the Essays*. New York: Cambridge University Press, 1986.

Versluis, Arthur. *American Transcendentalism and Asian Religions*. Oxford: Oxford University Press, 1993.

Vivian C. Hopkins. *Spires of Form: A Study of Emerson's Aesthetic Theory*. Cambridge, Mass.,: Harvard University Press, 1951.

Walls, Laura Dassow. *Emerson's Life in Science: The Culture of Truth*. Ithaca, N. Y.: Cornell University Press, 2003.

Wellek, Rene. *Confrontations: Studies in the Intellectual and Literary Relations between Germany, England, and the United States during the Nineteenth Century.* Princeton, N. J.: Princeton University Press, 1965.

West, Cornel. *The American Evasion of Philosophy: A Genealogy of Pragmatism*, Madison: University of Wisconsin Press, 1989.

Whicher, Stephen E. *Freedom and Fate: An Inner Life of Emerson*. Philadelphia: University of Pennsylvania Press, 1989.

Wilde, Oscar. *The Picture of Dorian Gray*, London: Longman, 2009.

Wilson, Eric. *Emerson's Sublime Science.* New York: Macmillan, 1999.

Wondolph, Christopher J. *Emerson's Nonlinear Nature.* Columbia, Missouri: University of Missouri Press, 2007.

Worley, Sam McGuire. *Emerson, Thoreau, and the Role of Cultural Critique.* Albany: State University of New York Press, 2001.

Wynkoop, William M. *Three Children of the Universe: Emerson's View of Shakespeare, Bacon, and Milton.* The Hague: Mouton, 1966.

Young, Charles Lowell. *Emerson's Montaigne.* New York: The Macmillan Company, 1941.

2. 中文译作

［美］本尼迪克特·安德森:《想象的共同体:民族主义的起源与散布》,吴叡人译,上海人民出版社2011年版。

［古希腊］柏拉图:《理想国》,郭斌和、张竹明译,商务印书馆1986年版。

［德］汉斯-格奥尔格·伽达默尔:《诠释学:真理与方法》,洪汉鼎译,商务出版社2010年版。

［美］哈罗德·布鲁姆:《文章家与先知》,翁海贞译,译林出版社2016年版。

［美］亨利·戴维·梭罗:《瓦尔登湖》,徐迟译,上海译文出版社1993年版。

［美］惠特曼:《草叶集》,赵萝蕤译,上海译文出版社1991年版。

［美］雷纳·韦勒克:《近代文学批评史》第3卷,杨自伍译,上海译文出版社2009年版。

小罗伯特·理查森:《爱默生:充满激情的思想家》,石坚、李竹渝等译,四川人民出版社 2001 年版。

［德］康德：《纯粹理性批判》，邓晓芒译，杨祖陶校，人民出版社 2004 年版。

［德］康德：《实践理性批判》，邓晓芒译，杨祖陶校，人民出版社 2003 年版。

［英］科勒律治：《论诗与艺术》，赵守选译，见《西方文论选》，伍蠡甫主编，上海译文出版社 1981 年版。

［美］M. H. 艾布拉姆斯：《镜与灯：浪漫主义文论及批评传统》，郦稚牛、张照进、童庆生译，北京大学出版社 2004 年版。

［英］马修·阿诺德：《文化与无政府状态》，韩敏中译，生活·读书·新知三联书店 2002 年版。

［法］蒙田：《蒙田随笔全集》（上中下三卷），马振骋译，上海书店出版社 2011 年版。

［德］尼采：《扎拉图斯特拉如是说》，黄明嘉、娄林译，华东师范大学出版社 2008 年版。

［德］尼采：《悲剧的诞生》，孙周兴译，商务印书馆 2012 年版。

［美］帕灵顿：《美国思想史》（上中下卷），陈永国、李增、郭一瑶译，吉林人民出版社 2002 年版。

［德］朋霍费尔：《伦理学》，商务印书馆 2012 年版。

［俄］托尔斯泰：《论莎士比亚和戏剧》，选自《托尔斯泰文集》第十四卷，陈燊、韦陈宝译，人民文学出版社 2011 年版。

［英］托马斯·卡莱尔：《论英雄、英雄崇拜和历史上的英雄业绩》，周祖达译，张自谋校，商务印书馆 2007 年版。

［英］亚当·斯密：《道德情操论》，谢宗林译，中央编译出版社 2008 年版。

［古希腊］亚里士多德：《尼各马可伦理学》，廖申白译注，商务印书馆 2003 年版。

［古希腊］亚里士多德：《诗学》，罗念生译，人民文学出版社 1962 年版。

［古希腊］亚里士多德：《物理学》，张竹明译，商务印书馆 1982 年版。

3. 中文著作

常耀信：《美国文学史》，南开大学出版社 1998 年版。

陈波：《爱默生》，台北：东大图书公司 1999 年版。

陈康：《柏拉图认识论中的主体与对象》，商务印书馆1990年版。

陈少峰：《中国伦理学史新编》，北京大学出版社2013年版。

蒋孔阳：《德国古典美学》，商务印书馆1980年版。

李野光选编：《惠特曼研究》，漓江出版社1988年版。

刘若端：《十九世纪英国诗人论诗》，人民文学出版社1984年版。

龙云：《跨文化视域下的爱默生思想研究》，中国人民大学出版社2014年版。

钱满素：《爱默生和中国：对个人主义的反思》，生活·读书·新知三联书店1996年版。

《梭罗集》，罗伯特·塞尔编，陈凯等译，生活·读书·新知三联书店1996年版。

汪子嵩、范明生等：《希腊哲学史》第2卷，人民出版社1997年年版。

张冲：《新编美国文学史》，刘海平、王守仁主编，上海外语教育出版社2000年版。

（宋）朱熹：《四书章句集注》，中华书局1983年版。

三　论文

1. 期刊论文

Abel, Darrell. "Strangers in Nature: Arnold and Emerson", *University of Kansas City Review*, 15 (Sep., 1949), 205–215.

Adams, Richard P. "Emerson and the Organic Metaphor", *PMLA* 69 (March 1954): 117–130.

Adkins, Nelso F. "Emerson and the Bardic Tradition", *PMLA*, Vol. 63, No. 2 (Jun., 1948), pp. 662–677.

Allen, Gay Wilson. "Emerson and the Unconscious", *American Transcendental Quarterly*, 19 (1973), 26–30.

Arnold, Matthew. "Emerson", *Complete Prose Works of Matthew Arnold*, ed. R. H. Super, vol. II. Ann Aror: University of Michigan Press, 1960–1977.

——. "Discourses in America: Emerson", *New England Review* (1990–　), Vol. 24, No. 2 (Spring, 2003), pp. 195–209.

Bailey, Elmer James. "Emerson", in *Religious Thought in the Greater American Poets* (1922).

Baim, Joseph. "The Vision of the Child and the Romantic Dilemma: A Note on the Child-Motif in Emerson", *Thoth* (Syracuse University), 7 (1966), 22 – 30.

Baker, Carlos. "Emerson and Jones Very", *New England Quarterly*, 7 (March, 1934), 90 – 99.

Barbour, Brian M. "Emerson's Poetic Prose", *Modern Language Quarterly*, 35 (1974), 157 – 172.

Baugh, Hansell. "Emerson and the Elder Henry James", *Bookman* (Nov., 1928) LXVIII, 320 – 322.

Beach, Joseph Warren. "Emerson and Evolution", *University o Toronto Quarterly*, 3 (July, 1934), 474 – 497.

Benoit, Raymond. "Emerson on Plato: The Fire's Center", *American Literature*, 34 (January, 1963) 487 – 498.

Bercovitch, Sacvan. "Emerson the Prophet: Romanticism, Puritanism, and Auto-American Biography", in Levin, David, ed., *Emerson: Prophecy, Metamorphosis, and Influence*. New York: Columbia University Press, 1975.

Bilwakesh, Nikhil. "Emerson's Decomposition: Parnassus. *Nineteenth-Century Literature*, Vol. 67, No. 4 (March 2013), PP. 520 – 545.

Bishop, Jonathan. "Emerson and Christianity", *Renascence*, 38 (Spring, 1986), 183 – 200.

Blair, Walter and Clarence Faust. "Emerson's Literary Method", *Modern Philosophy*, 42 (November, 1944), 79 – 95.

Blasing, Mutlu Konuk. "Essaying the Poet: Emerson's Poetic Theory and Practice", *Modern Language Studies*, Vol. 15, NO. 2 (Spring, 1985), pp. 9 – 23.

Bloom, Harold. "Emerson: The Glory and Sorrows of American Romanticism", in Thorburn, D., and G. H. Hartman, eds., *Romanticism*. Ithaca, New York: Cornell University Press, 1973, pp. 155 – 173.

Bosco, Ronald A. "'Poetry for the World of Readers' and 'Poetry for Bards Proper': Poetic Theory and Textual Integrity in Emerson's 'Parnassus'", *Studies in the American Renaissance*, (1989), pp. 257 – 312.

Brooks, Van Wyck. "Emerson in His Time", *New Republic*, 100 (August

23, 1939), 78-80.

Brown, Stuart Gerry. "Emerson's Platonism", *New England Quarterly*, 18 (September, 1945), 325-345.

Buell, Lawrence J. "Unitarian Aesthetics and Emerson's Poet-Priest", *American Quarterly*, 20 (1968), 3-20.

——. "Reading Emerson for the Structures: The Coherence of the Essay", *Quarterly Journal of Speech*, 58 (1972), 58-69.

——. "The Emerson Industry in the 1980s: A Survey of Trends and Achievements", *ESQ: A Journal of the American Renaissance* 30 (1984): 118.

Cameron, Sharon. "Representing Grief: Emerson's 'Experience'", *Representations*, No. 15 (Summer, 1986), 15-41.

Carpenter, Frederic I. "Points of Comparison Between Emerson and William James", *New England Quarterly* 2 (July 1929): 458-74.

——. "William James and Emerson", *American Literature* 11 (1939): 40.

Cascardi, Antony J. "The Logic of Moods: An Essay on Emerson and Rousseau", *Studies in Romanticism*, Vol. 24, No. 2 (summer, 1985), pp. 223-237.

Casseres, Benjamin de. "Emerson, Sceptic and Pessimist", *Critic*, 42 (May, 19003, 437-440).

Cavell, Stanley. "Thinking of Emerson", *New Literary History*, Vol. 11, No. 1, Anniversary Issue: II (Autumn, 1979), pp. 167-176.

Cayton, Mary Kupiec. "The Making of an American Prophet: Emerson, His Audiences, and the Rise of the Culture Industry in Nineteenth-Century America", *The American Historical Review*, Vol. 92, No. 3 (Jun., 1987), pp. 597-620.

Chapman, John Jay. "Emerson", *The Selected Writings of John Jay Chapman*, ed. and intro. by Jacques Barzun. New York: Doubleday, 1958.

Christian F. Melz. "Goethe and America", *College English*, Vol. 10, No. 8, (May, 1949), pp. 425-431.

Clark, Harry Hayden. "Emerson and Science", *Philological Quarterly*, 10 (July, 1931), 225-260.

Cotkin, George. "Ralph Waldo Emerson and William James as Public Philosophers", *The Historian* 49. I (Novermber 1986): 49-63.

Cromphout, Gustaaf van. "Emerson and the Dialectics of History", *PMLA*, Vol. 91, No. 1 (Jan., 1976), pp. 54–65.

Dauber, Kenneth. "On Not Being Able to Read Emerson, or 'Representative Man'", *Boundary* 2, Vol. 21, No. 2 (Summer, 1994), pp. 220–242.

Dennis, Carl Edward. "Emerson's Poetry of Mind and Matter", *Emerson Society Quarterly*, 58 (1970), 139–153.

Dewey, John. "Emerson-The Philosopher of Democracy", *International Journal of Ethics*, Vol. 13, No. 4 (Jul., 1903). pp. 403–413.

Duane E. Smith. "Romaticism in America: The Transcendentalists", *The Review of Politics*, Vol. 35, No. 3 (Jul., 1973), pp. 302–325.

Foerster, Norman, "Emerson on the Organic Principle in Art", *PMLA* 41 (March 1926): 193–208.

——. "Emerson", *American Criticism: A Study in Literary Theory from Poe to the Present*. Boston: Houghton Mifflin, 1928. p52–110.

Francis, Richard Lee. "Archangel in the Pleached Garden: Emerson's Poetry", *English Literary History*, 33 (December, 1966), 461–472.

Frost, Robert. "On Emerson", *Daedalus*, Vol. 134, No. 4 (Fall, 2005), pp. 186–190.

Glick, Wendell. "The Moral and Ethical Dimensions of Emerson's Aesthetics", *Emerson Society Quarterly*, no. 55 (2d Quarter 1969): 11–18.

Gohdes, Clarence. "Whitman and Emerson", *Sewanee Review*, XXXVII, (Jan., 1929), 79–93.

Goodman, Russell B. "East-West Philosophy in Nineteenth-Century America: Emerson and Hinduism", *Journal of the History of Ideas*, 51 (4): 625–45.

Gorely, Jean. "Emerson's Theory of Poetry", *Poetry Review*, 22 (July-August, 1931), 263–273.

Gougeon, Len "Emerson, Carlyle, and the Civil War", *The New England Quarterly*, Vol. 62, No. 3 (Sep., 1989), pp. 403–423.

Grimm, Herman. "Ralph Waldo Emerson" and "Ralph Waldo Emerson ueber Goethe und Shakespeare", *Feunfzehn Essays*. Drritte Folge. Berlin: Ferd. Deummler, 1882. piv–xxiv, p220–44.

Gross, Seymour L. "Emerson and Poetry", *South Atlantic Quarterly*, 54

(January, 1955), 82 –94.

Gross, Theodore L. "Under the Shadow of Our Swords: Emerson and the Heroic Ideal", *Bucknell Review*, 17 (1969), 22 –34.

Hans von Rautenfeld. "Thinking for Thousands: Emerson's Theory of Political Representation in the Public Sphere", *American Journal of Political Science*. Vol. 49, No. 1 (Jan., 2005), pp. 184 –197.

Harris, William Torrey. "Emerson's Philosophy of Nature", in Sanborn, Franklin B., ed., *The Genius and Character of Emerson*. Boston: Osgood, 1885.

Hedge, Frederic Henry. "Ethical Systems", *North American Review* 136 (April 1883): 375 –88.

Hermann Hummel. "Emerson and Nietzsche", *The England Quarterly*, Vol. 19, No. 1 (Mar., 1946), PP63 –84.

Hoeltje, Hubert H. "Emerson, Citizen of Concord", *American Literature*, 11 (January, 12940), 367 –378.

Holland, Fredrick May, "Our Library. VII. Emerson as a Moralist", *Free Religious Index* 12 (17 February 1881): 404 –05.

Hopkins, Vivian C. "Emerson and Bacon", *American Literature*, Vol. 29, No. 4 (Jan., 1958), pp. 408 –430.

Hirsch, Tim. "The Dialectical Unity of Emerson's Later Essays", M. A. thesis, Bowling Green University, 1967.

Hirst, George C. "Emerson's Style in His Essays: A Defense", *Harvard Monthly* 16 (October 1900): 29 –38.

Kateb, George. "Democracy Individuality and the Claims of Politics", *Political Theory*, Vol. 12, No. 3 (Aug., 1984), pp. 331 –360.

LaRosa, Ralph C. "Invention and Imitation in Emerson's Early Lectures", *American Literature*, Vol. 44, No. 1 (Mar., 1972), pp. 13 –30.

Lentricchia, Frank. "The Return of William James", *Cultural Critique*, No. 4 (Autumn, 1986), pp. 5 –31.

Leonard N. Neufeldt and Christopher Barr. " 'I Shall Write like a Latin Father': Emerson's 'Circles' ", *The New England Quarterly*, Vol. 59, No. 1 (Mar., 1986), pp92 –108.

Lewis, Albert. "Words, Action, and Emerson", *College English*, Vol. 7,

No. 1 (Oct., 1945), pp. 20 – 25.

Liebman, Sheldon. "The Origins of Emerson's Early Poetics: His Reading in the Scottish Common Sense Critics", *American Literature*, 45 (Mar., 1973): 23 – 33.

James, Henry. "Review of James Elliot Cabot", *A Memoir of Ralph Waldo Emersonin Literary Criticism: American Writers*. New York: Library of America, 1984.

J. Russell Roberts. "Emerson's Debt to the Seventeenth Century", *American Literature*, Vol. 21, No. 3 (Nov., 1949), pp. 298 – 310.

James E. Miller. Jr. "Imagination and the Health of Everyman", *College English*, Vol. 32. No. 5 (Feb., 1971), PP 563 – 572.

Judith N. Shklar. "Emerson and the Inhibitions of Democracy", *Political Theory*, Vol. 18, No. 4, (Nov., 1990), pp. 601 – 614.

Joel Porte. "Nature as Symbol: Emerson's Noble Doubt", *The New England Quarterly*, Vol. 37, No. 4 (Dec., 1964), pp. 453 – 476.

Joseph Eugene Mullin. "Ralph Waldo Emerson: From Illusion to Power", *Revista Portuguesa de Filosofia*. T. 53, Fasc. 4 (Oct-Dec., 1997), pp. 567 – 582.

Mathews, J. C. "Emerson's Knowledge of Dante", *University of Texas Studies in English*, XXII (1942), 171 – 98.

Mayhew, Jonathan. 'An Election Sermon' (1754), *The Wall and the Garden: Selected Massachusetts Election Sermons*, 1670 – 1775. A. W. Plumstead ed. Minneapolis: University of Minnesota Press, 1968. 357 – 73.

McCormick, John O. "Emerson's Theory of Human Greatness", *The New England Quarterly*, Vol. 26, No. 3 (Sep., 1953), pp. 291 – 314.

Mignon, Charles W. "'Classic Art': Emerson's Pragmatic Criticism", *Studies in the American Renaissance*, (1983), pp. 203 – 221.

Miller, Perry. "From Edwards to Emerson", New England Quarterly, 13, 587 – 617.

Moore, J. B. "Thoreau Rejects Emerson", *American Literature*, IV, (Nov., 1932), 241 – 256.

Norton, Andrews. "The New School in Literature and Religion", *Boston Daily Advertiser*, Aug. 27, 1838.

Parker, Theodore. "The Writings of Ralph Waldo Emerson", *Massachusetts Quarterly Review* 3 (March 1850): 236, 223.

Petigrew, R. C. "Emerson and Milton", *American Literature*, III (March, 1931): 45-59.

Pound, Louise. "Emerson as a Romanticist", *Mid-West Quarterly* 2 (January 1915): 184-95.

Robinson, David. "The Legacy of Channing: Culture as a Religious Category in New England Thought", *Harvard Theological Review* 74 (April, 1981): 221-39.

Reaver, J. Russell. "Emerson's Focus in 'The Conduct of Life'", *South Atlantic Bulletin*, Vol. 45, NO. 4 (Nov., 1980), pp. 78-89.

Santayana, George. "Emerson", *Interpretations of Poetry and Religion* (1900), Cambridge, MA: MIT Press, 1986.

Schlegel, Friedrich. "Ideen", *Philosophical Fragments*, trans. Peter Firchow. Minneapolis: University of Minnesota Press, 1991.

Sutcliffe, Emerson Grant. "Emerson's Theories of Literary Expression", *University of Illinois Studies in Language and Literature* 8 (February 1923): 9-143.

Tony, Tanner. "Notes for a Comparison between American and European Romanticism", *Journal of American Studies*, Vol. 2, No. 1 (Apr., 1969), pp. 83-103.

Thompson, Frank T. "Emerson's Indebtedness to Coleridge", *Studies in Philosophy*, Vol. 23, No. (Jan., 1926), pp. 55-76.

———. "Emerson and Carlyle", *Studies in Philosophy*, Vol. 24, No. 3 (Jul., 1927), pp. 438-453.

———. "Emerson's Theory and Practice of Poetry", *PMLA*, XLIII (December, 1928), 1170-84.

Underwood, Francis H. "Ralph Waldo Emerson", *The North American Review*, Vol. 130, No. 282 (May, 1880), pp. 479-498.

———. "The Moral Distinctiveness of Representative Democracy", *Ethics*, Vol. 91, No. 3,

Special Issue: Symposium on the Theory and Practice of Representation (Apr.,

1981), pp. 357–374.

Warfel, H. R. "Margaret Fuller and R. W. Emerson", *PMLA*, L, (June, 1935), 576–594.

Wolosky, Shira. "Emerson's Figural Religion: From Poetics to Politics", *Religion & Literature*, Vol. 41, No. 1 (Spring 2009), pp. 25–48.

胡继华:《神话逻各斯——解读〈德意志观念论体系的原始纲领〉以及浪漫"新神话"》,《哲学研究》2014年第3期。

黄宗英:《爱默生诗歌与诗学理论管窥》,《北京联合大学学报》(人文社会科学版) 2007年第2期。

李安斌:《清教主义对美国文学的影响》,《求索》2006年第6期。

龙云:《爱默生文学伦理思想对中国当代文学的启示》,《北京第二外国语学院学报》2011年第6期。

王柯平:《柏拉图如何为诗辩护?》,《外国文学评论》2005年第2期。

魏燕:《道德情操:爱默生思想创新的突破点》,《外国文学研究》2015年第5期。

谢志超:《爱默生、梭罗对〈四书〉的接受——比较文学视野中的超验主义研究》,博士学位论文,上海师范大学,2006年。

杨金才:《爱默生与东方主义》,《南京社会科学》2005年第10期。

杨靖:《爱默生与中国文化》,《南京师大学报》(社会科学版) 2012年第3期。

2. 硕博论文

Bay, Anthony F. "Emerson and Confucius", M. A. thesis, University of Tennessee, 1956.

Marrs, Suzanne. "Ralph Waldo Emerson and the Eighteenth-Century English Moralist", Ph. D. diss., University of Oklahoma, 1973.

O'Gara, Edward James. "The Influence of Coleridge on Emerson's Theory of Poetry", M. A. thesis, University of Vermont, 1941.

Rosenfeld, Hirsch. "Emerson and Whitman: Their Personal and Literary Relationships", Ph. D. diss., Brown University, 1967.

Schamberger, John Edward. "Emerson's Concept of the 'Moral Sense': A Study of its Sources and its Importance to His Intellectual Development", Ph. D. diss., University of Pennsylvania, 1969.

Tan, Hongbo. "Emerson, Thoreau, and the Four Books: Transcendentalism and the Neo-Confucian Classics in Historical Context", A dissertation for Washington State University, 1989.

Williams, Wallace Edward. "Emerson and the Moral Law", Ph. D. diss., University of California, Berkeley, 1963.

高青云:《爱默生思想的伦理审视》,博士学位论文,湖南师范大学,2014年。

宫铭:《经验和语言——实用主义文学理论转型研究》,博士学位论文,北京大学,2011年。

附录

拉尔夫·沃尔多·爱默生生平与时代大事年表[*]

时间	爱默生事迹	同时代文艺大事	同时代政治、科学大事
1768	露丝·哈斯金（Ruth Haskins，爱默生的母亲）在麻省波士顿出生	约翰·狄更生（Johon Dickson）发表《美洲人自由之歌》（Liberty Song）	英国官员扣押约翰·汉考克（John Hancock）的"自由"号商船。波士顿随即爆发抗议骚乱。 第一个卫理工派教会（Methodist Church）在纽约成立
1769	威廉·爱默生（William Emerson，爱默生的父亲）在麻省康科德出生	启蒙思想家菲利普·弗瑞诺（Philip Freneau）发起建立革命学生组织"美洲独立者协会"	托马斯·哈钦森（Thomas Hutchson）出任马萨诸塞殖民地总督
1774	玛丽·莫迪·爱默生（Mary Moody Emerson，爱默生的姑姑）在康科德出生	启蒙思想家本杰明·富兰克林（Benjamin Franklin）的《格言历书》改名《致富之路》重版发行	英国统治者加强对北美殖民地人民的迫害和镇压，颁布了五项统治法令。 第一届大陆会议在费城召开，同年10月成立"抵制英货协会"。 英国制定"魁北克法案"（Quebec Act）
1776	威廉·爱默生（爱默生的祖父）在弗尔芒特（Vermont）逝世，此前他是美国"爱国者"军队的牧师	托马斯·潘恩（Thomas Paine）的《美国危机》第一期出版	大陆会议批准各殖民地组建新政府，制定各州宪法；新泽西妇女获得选票权。 大陆会议代表签署《独立宣言》

---

[*] 此处材料参考 Burkholder, Robert E., and Joel Myerson. *Emerson: An Annotated Secondary Bibliography*, Pittsburgh: University of Pittsburgh Press, 1985;《美国文学大事年表》，李广熙编译。山东师范学院聊城分院中文系外国文学教研室，1979; Magill, Frank Northen, *Great Events from History: North American Series (Vol I, Vol II)*, Massachusetts: Salem Press, 1997.

续表

时间	爱默生事迹	同时代文艺大事	同时代政治、科学大事
1780	菲比·布利斯·爱默生（Phebe Bliss Emerson, 爱默生的祖母）再嫁给了艾泽拉·莱普利（Ezra Ripley）神父, 他继承了威廉·爱默生在康科德教堂的神父一职		
1796	威廉·爱默生迎娶露丝·哈斯金		华盛顿告别演讲。前一年约翰·亚当斯（John Adams）就任美国第二任总统
1798	菲比·莱普利·爱默生（Phebe Ripley Emerson, 爱默生的大姐）出生		《客籍法和惩治叛乱法》（Alien and Sedition Acts）通过
1799	约翰·克拉克·爱默生（John Clarke Emerson, 爱默生的大哥）出生。威廉·爱默生成为波士顿第一教堂的牧师	布朗森·奥尔科特（Bronson Alcott）出生	
1800	菲比·莱普利·爱默生早夭		
1801	威廉·爱默生（William Emerson, 爱默生的二哥）出生		托马斯·杰斐逊（Thomas Jefferson）当选美国总统, 美国两党制确立
1802	莉迪亚·杰克逊（Lydia Jackson, 爱默生的第二任妻子）出生	菲利普·弗瑞诺发表作品《致美国公民》。乔治·莱普利（George Ripley）出生	美国陆军军官学院成立
1803	拉尔夫·沃尔多·爱默生（Ralph Waldo Emerson）出生在马萨诸塞州波士顿, 是家中的第四个孩子		美国政府从法国购买路易斯安那
1805	爱德华·布利斯·爱默生（Edward Bliss Emerson, 爱默生的弟弟）出生		
1807	罗伯特·伯克利·爱默生（Robert Bulkeley Emerson, 爱默生的弟弟）出生。约翰·克拉克·爱默生7岁时早夭	诗人约翰·格林里夫·惠蒂埃（John Greenleaf Whittier）出生。诗人亨利·华兹华斯·朗费罗（Henry Wordsworth Longfellow）出生。作家理查德·希尔德列斯（Richard Hildreth）出生	美国产业革命开始。国会禁止非洲奴隶的输入。汽船"克莱蒙特"（Clermont）首航成功

续表

时间	爱默生事迹	同时代文艺大事	同时代政治、科学大事
1808	查尔斯·爱默生（Charles Chauncy Emerson，爱默生的弟弟）出生	诗人约翰·狄更生逝世	
1811	玛丽·卡洛琳娜·爱默生（Mary Carolina Emerson，爱默生的妹妹）出生。威廉·爱默生神父（爱默生的父亲）患胃肿瘤而逝世，死时42岁	作家哈里特·伊丽莎白·比沏·斯托（Harriet Elizabeth Beecher Stowe）出生	国家铁路建立。蒂珀卡努河（Tippecanoe）战争，威廉·亨利·哈里森（William Henry Harrison）因此出名
1812	爱默生在波士顿公立拉丁文学校上学，并开始作诗		美国第二次对英"独立战争"爆发。共产主义运动在新哈莫尼（New Harmony）兴起
1814	玛丽·卡洛琳娜·爱默生3岁时夭亡		《哈特福德公约》（Hartford Convention）制定
1817	爱默生进入哈佛学院学习	亨利·大卫·梭罗在麻省康科德出生。黑人小说家弗莱德里克·道格拉斯（Fredrick Douglass）出生。爱德华·埃弗瑞特（Edward Everett，爱默生早期的精神偶像）成为第一个拿到德国哥廷根大学博士学位的美国人。萨缪尔·泰勒·科勒律治发表《文学生涯》	塞米诺尔战争（Seminole Wars）
1818	在哈佛读书时开始记日记		美国占领西班牙殖民地东弗罗里达。免费公共学校运动（Free Public School Movement）兴起。社会改革运动（Social Reform Movement）兴起
1820	因演讲和写作有关苏格拉底及伦理哲学的文章而获奖	华盛顿·欧文的《见闻杂记》出版。詹姆斯·费尼莫尔·库柏的小说《谨慎提防》出版。前一年（1819）沃特·惠特曼、詹姆士·罗塞尔·洛威尔、赫尔曼·麦尔维尔三位作家出生	《密苏里协议》（Missouri Compromise）签订。《1820年土地法案》通过

续表

时间	爱默生事迹	同时代文艺大事	同时代政治、科学大事
1821	爱默生从哈佛学院毕业，在全班五十九人中名列第十三名。爱默生在其哥哥威廉开设的学校教课	桑普森·里德（Sampson Reed）在哈佛发表《关于天才的演讲》。詹姆斯·费尼莫尔·库柏的小说《间谍》出版。威廉·布莱恩特（William Bryant）《诗集》出版	墨西哥独立战争
1822	爱默生在《基督学徒》和《神学评论》上发表第一篇论文《论中世纪宗教》		
1825	爱默生进入哈佛神学院学习，但不久之后由于遭受眼病，他不得不暂时离开学校，重新开始教书。祖母菲比·布利斯·爱默生逝世。哥哥威廉从德国回来，并选择不进教会做神父	美国唯一神教协会成立。空想社会主义思想家罗伯特·欧文在印第安纳州创建"新和谐村"	伊利运河开通
1826	阅读桑普森·里德的著作《心灵成长的观察》。爱默生在沃特汉（Waltham）莱普利的神坛第一次布道《永不停息的祈祷》。11月，因感染肺病，爱默生旅行休养，到了南卡罗莱纳州（South Carolina）的查尔斯顿和佛罗里达州的圣奥古斯丁岛，在旅途中与拿破仑的外甥阿西尔·缪拉建立友谊	詹姆斯·费尼莫尔·库柏《最后的莫希干人》出版。斯蒂芬·柯林斯·福特（Stephen Collins Foster）出生	托马斯·杰斐逊逝世
1827	爱默生在康科德布道时认识了爱伦·路易莎·塔克（Ellen Louisa Tucker）	詹姆斯·费尼莫尔·库柏出版《草原》。埃德加·爱伦·坡出版《诗集》。查尔斯·达德莱·华纳（Charles Dudley Warner）出生	丹尼尔·韦伯斯特（Daniel Webst）被选为美国参议员

续表

时间	爱默生事迹	同时代文艺大事	同时代政治、科学大事
1828	弟弟爱德华患上精神疾病并被送往疗养院治疗。 爱默生被选为 Phi Beta Kappa 荣誉会员。 爱默生与爱伦订婚	诺瓦·韦伯斯特第一本《韦氏大辞典》出版，美国规范化民族语言基本形成。 华盛顿·欧文小说《攻克格拉拿大》问世。 纳撒尼尔·霍桑小说《法沙渥》问世	安德鲁·杰克逊（Andrew Jackson）当选为美国总统。 美国第一本原住民报刊《彻诺基凤凰》（Cherokee Phoenix）开始发行
1829	爱默生成为波士顿第二教堂的初级牧师，成为州立参议院的牧师，其父也曾担任过这一位置。 爱默生在第二教堂被授予圣职，7月正式成为第二教堂的牧师。 9月30日，爱默生与爱伦在康科德成婚	诗人亨利·蒂姆罗德（Henry Timrod）出生	
1831	爱默生的第一任妻子爱伦因感染肺炎死亡，死时年仅19岁	爱伦·坡出版第三部《诗集》	彻诺基案件。 托克维尔参观美国。 纳特·特纳起义（Nat Turner's Insurrection）
1832	爱默生去了爱伦的墓地，并打开了爱伦的棺木。 爱默生发表布道文《上帝的晚餐》（The Lord's Supper） 爱默生向波士顿第二教堂提交了辞职信。 爱默生开启了他的第一次欧洲之旅，并分别拜见了科勒律制、华兹华斯、卡莱尔	诗人菲利普·弗瑞诺逝世。 女作家路易莎·梅·奥尔科特（Louis May Alcott）出生	
1833	历时9个的欧洲之旅之后，爱默生回到波士顿。 爱默生离开教堂之后，在波士顿 Masonic Temple 第一次公开发表演讲《自然历史的功用》（The Uses of Natural History）	廉价报刊的兴起。 美国第一所男女同校的高校奥柏林学院（Oberlin College）成立。 废奴主义者约翰·格林里夫·惠蒂埃发表政论文章《正义与权宜论》	"美国反奴隶协会"成立

续表

时间	爱默生事迹	同时代文艺大事	同时代政治、科学大事
1834	爱默生与莉迪亚·杰克逊在普莱茅斯相识。 弟弟爱德华因肺炎在 Puerto Rico 逝世，死时年仅 29 岁	布朗森·奥尔科特（Bronson Alcott）建立了实验性质的 Temple School，伊丽莎白·帕尔默·皮波蒂（Elizabeth Palmer Peabody）是他的助手	辉格党成立
1835	爱默生与莉迪亚订婚。 爱默生开始了他在波士顿的第一个演讲系类《传记》（Biography）。 爱默生在纪念康科德 200 年历史的大会上发表《康科德历史讲稿》（Historical Discourse）演讲。 爱默生与莉迪亚结婚。搬进了爱默生 ¥3,500 购买的 Coolidge House（后来更名为 Bush）里。 爱默生在波士顿开始了他的冬季演讲系列《英国文学》（English Literature）	华盛顿·欧文发表《草原漫游记》。 库柏发表小说《莫尼金人》。 马克·吐温出生	德克萨斯革命
1836	弟弟查尔斯因肺炎在纽约逝世，年仅 27 岁。 爱默生的第一本著作《论自然》发表。 爱默生的第一个孩子沃尔多出生。 爱默生在波士顿发表他的冬季演讲系列《历史哲学》（Philosophy of History）	玛格丽特·富勒来康科德参观，并在爱默生家住了三个星期。 "超验主义俱乐部"第一次集会，超验主义运动兴起。 托马斯·卡莱尔（Thomas Carlyle）的著作《拼凑的裁缝》（Sartor Resartus）在美国出版，爱默生为其写了前言。 理查德·希尔德列斯出版《白奴》	
1837	爱默生的诗《康科德圣歌》（Concord Hymn）在康科德国庆节日朗诵，并于随后在报纸上发表。 爱默生又一次收到爱伦的部分遗产。 爱默生在哈佛 Phi Beta Kappa 的毕业典礼上发表《美国学者》（The American Scholar）演讲。 爱默生在波士顿发表他的冬季演讲系列《人类文化》（Human Culture）	梭罗从哈佛毕业。 废奴主义者莎拉（Sarah）和安杰丽娜·格林柯（Angelina Grimke）在康科德发表演讲并拜访爱默生一家。 卡莱尔的《法国大革命》出版。 作家威廉·迪恩·豪威尔斯（William Dean Howells）出生	

续表

时间	爱默生事迹	同时代文艺大事	同时代政治、科学大事
1838	爱默生在康科德集会上公开反对切诺基和其他本土美国部落的强迁。 爱默生给总统马丁·范·伯伦（Martin Van Buren）写公开信，反对对印第安人的强迁，此信随后被多家报纸转载发表。 爱默生在哈佛发表《神学院演讲》（Divinity School Address）。 爱默生在达特茅斯学院发表《文学伦理》（Literary Ethics）演讲	由爱默生编辑的卡莱尔的《评论及杂论》（Critical and Miscellaneous Essays）在美国出版。 朗费罗写作诗歌《生之礼赞》。 惠特曼写作诗歌《我们未来的生命》。 惠蒂埃出版诗集《在废奴问题进展过程中所写的诗》。 库柏发表政论文章《归家见闻》。 爱伦·坡发表小说《莉盖娅》	
1839	爱默生的第二个孩子，女儿爱伦出生。 爱默生在波士顿发表他的冬季演讲系列《当今时代》（The Present Age）	由爱默生编辑的琼斯·维利的《散文与诗歌》（Essays and Poems）出版。 朗费罗诗集《夜吟》问世	
1840	爱默生在罗德岛州的Providence发表演讲系列《人类生活》（Human Life）。 杂志《日晷》（The Dial）第一期出版，玛格丽特·富勒为主编。 爱默生参加"超验主义者俱乐部"的最后一次集会	库柏出版《探路者》。	移民从欧洲大量涌入美国
1841	爱默生的《随笔：第一期》出版。 爱默生在缅因州发表《自然的方式》（The Method of Nature）演讲。 爱默生的继父艾兹拉·莱普利神父逝世，爱默生发表悼念文。 爱默生的第三个孩子，女儿艾迪丝出生。 爱默生开始冬季演讲系列《时代》（The Times）	乔治·莱普利与索菲亚·莱普利建立布鲁克农场（Brook Farm Community）。 梭罗搬到爱默生家。 卡莱尔的《英雄与英雄崇拜》出版。 库柏出版《杀鹿者》。 詹姆斯·洛威尔出版诗集《一年的生活和其他》	《先买权法》（Preemption Act）制定

续表

时间	爱默生事迹	同时代文艺大事	同时代政治、科学大事
1842	爱默生的儿子沃尔多死于红猩热，死时年仅5岁。爱默生接管《日晷》的编辑工作	威廉·埃勒利·钱宁（William Ellery Channing）逝世。朗费罗出版诗集《关于奴隶制的诗》《歌谣集》	弗里蒙特探险（Fremont's Expeditions）。多尔叛乱（Dorr Rebellion）。《韦伯斯特-阿什波顿条约》（Webster-Ashburton Treaty）签订
1843	爱默生在巴尔迪摩发表演讲系列《新英格兰》（New England）	由爱默生编辑并撰写前言，卡莱尔的著作《过去与现在》在美国出版。诺瓦·韦伯斯特逝世。库柏小说《比翼》问世。亨利·詹姆士出生	布朗森·奥尔科特与查尔斯·雷（Charles Lane）建立果园农场（Fruitlands Utopian Community）
1844	《日晷》最后一期出版。爱默生的第四个孩子，也是他的最后一个孩子，儿子爱德华出生。爱默生在康科德发表《解放英属西印度的黑奴》（Emancipation of the Negroes in the British West Indies）演讲。爱默生的《随笔：第二集》出版	库柏小说《陆海沉浮记》问世。詹姆斯·洛威尔《诗集》出版	第一条电报信息发出
1845	爱默生在波士顿发辫冬季演讲系列《代表人物》（Representative Men）	梭罗搬进瓦尔登湖边的小木屋。玛格丽特·富勒的《十九世纪的妇女》出版。赫尔曼·麦尔维尔小说《泰丕》出版。弗莱德里克·道格拉斯发表小说《弗莱德里克·道格拉斯：一个美国黑人奴隶的自述》	高速帆船大量使用，促进了美国与澳大利亚、中国的贸易
1846	爱默生的第一本《诗集》出版。爱默生参加康科德反奴隶制度协会的集会	惠特曼担任《布鲁克林鹰报》编辑。华盛顿·欧文写作《哥尔德斯密传》。爱伦·坡发表文艺批评《写作哲学》。詹姆斯·洛威尔出版诗文集《比格罗文献》第一集	伊利亚斯·豪尔（Elias Howe）发明缝纫机。美国侵略墨西哥战争。美国迫使英国放弃北纬四十九度以左的俄勒冈地区。占加利福尼亚和西南部。美国独立财政系统确立。史密森学会（Smithsonian Institution）成立

时间	爱默生事迹	同时代文艺大事	同时代政治、科学大事
1847	爱默生第二次去欧洲进行演讲，拜访了卡莱尔、华兹华斯等人	梭罗离开瓦尔登湖，在爱默生旅欧期间，他与莉迪亚和孩子待在一起。布鲁克农场着火，农场也随之解散	陶斯叛乱（Taos Rebellion）。弗莱德里克·道格拉斯创办第一份支持废奴运动的报纸《北极星报》
1848	爱默生在伦敦开始其演讲系列《十九世纪的心灵和礼仪》（Mind and Manners in the Nineteenth Century）。爱默生从欧洲返回美国	爱伦·坡发表文艺批评《诗的原理》	加州黄金热。瓜达卢佩伊达戈条约（Treaty of Guadalupe-Hidalgo）签订。塞内加瀑布大会（Seneca Falls Convention）
1849	爱默生开始演讲系列《英国特色》（English Traits）。爱默生的《论自然、演讲及讲演》（Nature, Addresses, and Lectures）出版，里面收集了爱默生早年出版的《论自然》及1837—1844年发表的一些重要演讲	爱伦·坡逝世。梭罗《在梅里马克河上一周》和《论公民的不服从》完成。惠蒂埃诗集《自由之声》出版	中国移民涌向旧金山
1850	爱默生的《代表人物》出版。爱默生在美国中西部进行演讲之旅	玛格丽特·富勒死于沉船事件。惠蒂埃诗集《劳动之歌》出版。朗费罗诗集《海边与炉边》问世	美国国会通过《追捕逃亡奴隶法》，就奴隶制问题美国国会达成了《1850年协议》。血岛屠杀。《第二奴隶法案》通过
1851	爱默生在匹兹堡开始其演讲系列《生活的准则》（The Conduct of Life）。默生在康科德发表《逃亡奴隶法演讲》（Fugitive Slave Law Address）	库柏逝世。霍桑小说《七个尖角阁的房子》《海外奇谈》出版。哈里特·比彻·斯托的小说《汤姆叔叔的小屋》开始在杂志连载。麦尔维尔小说《白鲸》问世	阿卡隆妇女权利大会

续表

时间	爱默生事迹	同时代文艺大事	同时代政治、科学大事
1852	爱默生在加拿大蒙特利尔进行演讲。 爱默生在美国中西部演讲	由爱默生、钱宁、克拉克（James Freeman Clarke）一起编辑的《玛格丽特·富勒·奥索利回忆录》（Memoirs of Margaret Fuller Ossoli）出版。 霍桑小说《福谷传奇》问世。 《白奴》出版。 《汤姆叔叔的小屋》出版。 麦尔维尔的《皮埃尔》问世	"无产者同盟"成立
1853	爱默生的母亲露丝·哈斯金在康科德逝世，享年85岁	弗莱德里克·道格拉斯发表小说《英勇的奴隶》	全国黑人委员会成立。 加兹登购地（Gadsden Purchase）
1854	爱默生在美国中西部演讲。 爱默生在费城开始演讲系列《现代时代的主题》（Topics of Modern Times）。 爱默生在纽约第二次发表《逃亡奴隶法演讲》	爱默生在纽约与惠特曼见面。 梭罗《瓦尔登湖》问世	与日本开始通商。 堪萨斯—内布拉斯加法案。 美国共和党成立
1855	爱默生在妇女权利集会上发表演讲	惠特曼《草叶集》出版问世。 弗莱德里克·道格拉斯自传体小说《奴役和我的自由》出版。 麦尔维尔《伊斯莱尔·波特》问世	
1856	爱默生的《英国特色》出版	麦尔维尔短篇小说集《广场故事》出版	
1857	爱默生在美国中西部演讲	詹姆斯·洛威尔担任文学杂志《大西洋月刊》编辑。 华盛顿·欧文写作《华盛顿传》	美国出现经济危机。 第一所非裔美国人大学阿什姆研究所（Ashmun Institute）成立。 德克萨斯货车战争
1858	爱默生在波士顿开始演讲系列《心理哲学的自然方式》（The Natural Method of Mental Philosophy）	朗费罗长篇叙事诗《迈尔斯·斯坦迪斯的求婚》出版	"共产主义俱乐部"在纽约建成。 林肯—道格拉斯大辩论。 跨太平洋电缆开通

续表

时间	爱默生事迹	同时代文艺大事	同时代政治、科学大事
1859	弟弟罗伯特·爱默生52岁逝世	华盛顿·欧文逝世	最后一艘运奴船停靠莫贝尔湾。 约翰·布朗（John Brown）领导起义运动爆发
1860	爱默生在美国中西部演讲。 爱默生的《生活的准则》出版	西尔多·帕克（Theodore Packer）在欧洲逝世。 奥利弗·文德尔·霍尔姆斯（Oliver Wendle Holmes）出版《早餐桌上的教授》	林肯当选总统。 邦联各州脱离联盟
1861	爱默生在波士顿开始演讲系列《生活与文学》（Life and Literature）。 爱默生的儿子爱德华进入哈佛大学	马克·吐温淘金失败，成为《事业报》职员	美国内战开始。 林肯就职典礼。 南北双方第一次大型战争布尔溪战争。 跨州电报线路完成
1862	爱默生的悼文"梭罗"（Thoreau）发表在大西洋月刊（Atlantic Monthly）上。 爱默生的随笔《总统的宣言》（The President's Proclamation）发表在大西洋月刊上。 爱默生在华盛顿发表演讲《美国的文明》（American Civilization），并与总统林肯会面	梭罗死于肺结核，年仅44岁。 斯托的小说《我们岛上的珍珠》问世。 伊迪丝·沃顿出生。 欧·亨利出生	《宅地法》颁布。 《莫里尔土地赠与法案》颁布
1863	爱默生在波士顿开始其冬季演讲系列《美国生活》（American Life）。 爱默生在波士顿发表演讲《共和国的幸运》（Fortune of the Republic）	爱默生的姑姑玛丽·莫迪·爱默生在纽约逝世，享年88岁	林肯发表《解放宣言》。 《国家银行法案》颁布。 第一次《国家征兵法》颁布。 葛底斯堡战役、维克斯堡战役、查塔努加战役。 纳瓦霍人（Navajos）大迁移
1864	爱默生加入美国文艺与科学学院（American Academy of Arts and Science）	霍桑逝世。 福斯特逝世。 马克·吐温到《黄金时代》和《加利福尼亚》报社工作。 惠蒂尔出版诗集《战争年代和其他》	桑德河大屠杀

续表

时间	爱默生事迹	同时代文艺大事	同时代政治、科学大事
1865	爱默生在美国中西部演讲	斯托发表小说《德勒特》。詹姆斯·洛威尔长诗《纪念颂歌》问世。马克·吐温发表小说《坏孩子的故事》	美国内战结束，总统林肯遭到暗杀。爱默生在康科德发表演讲悼念林肯。"被解放黑人事物管理局"成立。第一所女子文科学校瓦萨学院成立。南方各州颁布《新黑人法典》。《宪法第十三条修正案》通过
1866	爱默生在美国中西部演讲。爱默生在波士顿开始演讲系列《大众的哲学》(Philosophy for the People)。两卷版的《爱默生全集》在英国出版。哈佛授予爱默生荣誉法学博士		三K党成立。《1866年民权法案》颁布。南方种族暴乱
1867	爱默生在美国中西部演讲。爱默生的第二本诗集《五月及其它》(May-Day and Other Pieces)出版。爱默生在美国中西部演讲	薇拉·卡特尔出生	第一国际美国支部成立。购买阿拉斯加
1869	爱默生的《社会与孤独》出版。爱默生在哈佛发表演讲系列《智力的自然历史》(Natural History of Intellect)	路易莎·梅·奥尔科特的小说《小妇人》问世。马克·吐温短篇小说《田纳西的新闻界》问世，长篇小说《傻子国外旅行记》出版	妇女选举权协会成立。跨州铁路完成。西部各州授予女性选举权
1871	爱默生旅行至加利福尼亚，与约翰·穆尔(John Muir)会面。爱默生在美国中西部演讲	惠特曼发表作品《民主展望》。路易莎·梅·奥尔科特作品《小丈夫》问世。作家斯蒂芬·克莱恩出生。作家西奥多·德莱赛出生	《印第安拨款法案》颁布，国会不再承认土著人属于国家的一部分。英美签署《华盛顿条约》

时间	爱默生事迹	同时代文艺大事	同时代政治、科学大事
1872	爱默生在华盛顿 Howard University 发表演讲《该读什么书》（*What Books to Read*）。 爱默生的家被烧毁，朋友们捐钱帮助爱默生重建新的家园。 爱默生最后一次欧洲之旅，最后一次与卡莱尔会面，同时也到了埃及	马克·吐温回忆录《艰苦生涯》出版	
1873	爱默生回到美国，康科德全镇居民都迎接他回家。 爱默生在康科德自由公共图书馆（Concord Free Public Library）的开幕式上发表演讲	惠特曼发表诗歌《不，今天别跟我谈报刊上披露的丑事》。 威廉·迪恩·豪威尔斯发表小说《邂逅相逢》	美国发生经济危机
1874	爱默生的诗歌选集《帕纳斯》（*Parnassus*）出版	马克·吐温《镀金时代》出版。 作家格特鲁德·斯坦因（Gertrude Stein）出生	红河印第安战争
1875	爱默生的《书信与社会目标》（*Letters and Social Aims*）出版	豪威尔斯发表作品《自食其果》。 诗人罗伯特·福罗斯特（Robert Frost）出生	《贝芝法案》颁布，禁止华人妇女进入美国
1876	爱默生去南方旅行，并在弗吉尼亚大学发表演讲。 爱默生在波士顿拉丁文学校百年校庆上发表演讲。 《诗歌选集》出版	马克·吐温小说《汤姆·索亚历险记》出版。 杰克·伦敦出生。 舍尔伍德·安德逊出生	美国工党成立。 贝尔发明电话。 《妇女权利宣言》发表
1881	汤姆斯·卡莱尔逝世。 爱默生在麻省历史协会上纪念卡莱尔，这也是爱默生最后一次公共演讲	惠特曼来康科德拜访爱默生。 马克·吐温出版小说《王子与贫儿》。 亨利·詹姆士发表小说《华盛顿广场》、《贵妇人画像》	美国劳动联盟成立
1882	拉尔夫·沃尔多·爱默生在康科德逝世，死于急性肺炎，死时 78 岁	朗费罗逝世	标准石油托拉斯成立。 《排华法案》颁布

索　引

B

柏拉图　5，6，9，12，17，47—51，63，68，70—74，76，78，85，90，91，99，104，119，120，126，127，129，136，142，144—147，165，176，178，180，182，225，231，232，234

C

《草叶集》　92，144

超灵　21，34，35，50，58，106，197，224—230，232，233，238，239，243，245

超验主义　1，5—11，19，20，22，27，31，32，36，57，58，68，85，126，139，156，158，159，161，165，171，178，198—200，208，209，211，213，217，230，241

D

《代表人物》　17，52，65，68—74，76，78，80，83—85，89，92，146，165，182

道德法则　3，14，20，25，26，28，32，34，36，39，40，44—46，50—52，55，86，100，118，151，156，181，193，195，197，210，215，217，219，220，224，226，228，237—239

道德情感　3，25—28，32，34，35，42—44，55，56，82，89，96，98，113，120，157，159，162，170，182，189，197，201，203—205，209，210，214，218—221，223，226，238

G

《关于现代文学的思考》　17，171，173，184，186，189

歌德　5，17，68，71，73，85—91，110，126，130，144，153，154，166，182，187，189—193，236

个人主义　1，4，5，19，39，43，

59, 64, 198, 211

古典主义　2, 34, 121, 190—192, 241

古希腊　5, 12, 13, 15, 47—49, 51, 62, 94, 99, 100, 112, 119, 124, 133, 135, 136, 139, 144, 148, 184, 190, 241, 246

H

华兹华斯　104, 110, 115, 128, 137, 138, 143, 166, 176, 179, 183, 187, 188, 190, 193, 215

惠特曼　23, 36, 39, 68, 92, 110, 144, 150, 166, 198

J

加尔文主义　6, 54, 55, 86, 200—202, 210

K

科学　6, 14—16, 18—20, 27, 33—35, 37, 38, 41, 48, 51, 55, 63, 65, 67, 73—76, 87, 88, 90, 91, 94, 101, 103—105, 116, 117, 124, 128, 133—140, 143, 148—157, 162, 166, 167, 171, 172, 174, 181, 194, 206, 213, 216, 220, 232, 234, 240—245

L

《论自立》　45, 211—213

浪漫主义　1—3, 5, 13, 20, 24, 34, 62, 79, 83, 86, 89, 99, 101, 102, 105, 106, 116, 118—121, 125, 126, 128, 131, 135, 137—139, 142—144, 149, 154, 155, 171, 174, 178, 184, 187—192, 198, 234, 241, 243

理性　2, 20, 25, 29, 32, 37, 38, 45, 48, 61, 65, 73, 76, 87, 90, 96, 106, 112, 114—117, 120—122, 126, 130, 132, 134, 135, 138, 142, 143, 148, 149, 153—155, 162, 166, 167, 171, 174, 190, 198, 200, 201, 204, 205, 208—210, 214, 215, 218—220, 224—226, 231, 234, 241—244

历史　2, 3, 5, 7, 9, 12, 13, 16—19, 21, 29—31, 38—40, 42, 44, 49, 52, 53, 57, 58, 63, 65—70, 72, 75, 78, 81, 84—87, 91, 94, 110, 119, 133, 135—137, 139, 143, 144, 146, 147, 149—151, 153, 155, 160, 163—165, 168, 170, 172, 174, 177, 178, 180—182, 185, 193, 197—199, 205—207, 209, 210, 212, 216, 217, 219, 230—234, 236, 238, 244

灵感　9, 17, 23, 52, 79, 82, 99,

105, 112, 119, 120, 126, 132, 134, 188, 190, 207, 209, 233, 239, 243, 245

M

《美国文明》 159, 160

《美国学者》 3, 4, 8, 17, 23, 39, 70, 73, 94, 95, 128, 164, 188, 211, 212, 215

蒙田 1, 68, 70, 76, 77, 81, 83, 84, 90, 91, 131, 133, 144, 176, 182, 183

N

拿破仑 17, 68—70, 83, 84, 87—91, 182

Q

启蒙运动 2, 3, 13, 20, 37, 38, 65, 102, 135, 139, 170, 233, 234

清教主义 1, 27, 32, 37—39, 53, 54, 86, 198

S

《神学院演讲》 58, 60, 207, 208, 212, 221, 230

《生活的准则》 9, 17, 66, 161, 162, 165

《诗歌与想象》 17, 100, 104, 109, 122, 141

《诗人》 17, 18, 62, 73, 100, 103, 105, 108, 109, 115, 121, 122, 126, 147, 165

莎士比亚 17, 18, 68—70, 73, 74, 78—84, 89, 91, 93, 102, 110, 123, 124, 139, 144, 154, 173, 176, 179, 180, 182, 183, 187, 188, 191, 192, 206

斯威登堡 17, 68, 70, 73—76, 82, 83, 87, 90, 91, 104, 125, 144, 182

T

托马斯·卡莱尔 5, 67, 138

W

唯一神教 6, 32, 38, 42, 54, 66, 198, 200—205, 208—211, 215, 224

文化 3, 4, 9, 12, 14, 15, 17—19, 21, 29—31, 33, 34, 38, 39, 49, 54, 63, 65, 70, 85, 86, 88, 89, 91, 117, 128, 135, 140, 150, 160, 162—165, 168—170, 172, 177, 182, 197—199, 203, 210, 212, 213, 216, 217, 219, 226, 230, 231, 233—238

文明 6, 30, 31, 36, 37, 52, 55, 61, 67, 92, 100, 104, 158—161, 164, 165, 192, 213, 233, 234, 236, 238, 241

X

想象 2, 11, 12, 25, 32, 33, 47,

54, 58, 63, 79, 80, 88, 93, 103, 105, 106, 110, 112, 114, 120—124, 126, 133—135, 137—141, 146, 153, 154, 162, 163, 167, 171, 172, 176, 178, 179, 182, 188, 193, 216, 218, 219, 233

象征　20, 24, 25, 27, 33, 63, 69, 73, 75, 76, 81, 83, 94, 99, 100, 102, 103, 105, 107, 112, 121—127, 133, 134, 147, 151, 170, 182, 185, 197, 206, 215, 218, 219, 235, 243

新古典主义　2, 3, 20, 135, 171, 192, 241, 244

Y

《英国特色》　17, 165, 176

有机　22—25, 33, 78, 112, 120, 129—134, 154, 177, 183, 190, 200, 203, 228, 231, 238, 243

Z

知性　76, 112, 114, 116, 117, 120, 125, 214, 218, 219, 224

直觉　1, 14, 19, 22, 23, 34, 42, 43, 45, 48, 52, 55, 74, 79, 102, 103, 112, 113, 117—120, 125, 132, 134, 137, 146, 153, 166, 200, 210, 212, 223, 224, 227, 228, 230, 243

中世纪　2, 49, 94, 121, 124, 136, 137, 139, 148, 170, 192, 241, 244

后　　记

　　文学的目的是什么？是娱乐修饰？道德教益？或者说文学根本就没有任何目的，文学的目的就是文学本身？我相信，只要文学继续存在，对这个问题的讨论和理解就不会停止。在西方思想史上，文学从一开始就与道德联系起来。在古希腊思想家柏拉图和亚里士多德的笔下，文学与城邦的构建与管理、社会的发展和进步、个人的教育和完善息息相关。中国亦有诗教的传统，诗对于君子人格的养成、社会伦理的维系、政治统治的稳定具有重要意义。从这个意义上来看，文学的目的之一是其社会教化作用。文学，作为人文教化的载体，应该担负起安邦定国、德被天下的重任。

　　考察文学对民族道德品质的塑造和对个体道德心灵的提升，美国，以其天然的欧洲背景和较短的建国历史，给我们提供了一个极佳的研究案例。19 世纪初期的美国刚刚在政治上获得独立，它迫切地希望在文化和精神上与欧洲划清界限，形成自己的民族特性。同时，由于工业革命在美国发展迅速，导致美国人重物质轻精神，重利益轻伦理。爱默生清醒地意识到了国家和时代的需求，他与同道们一起，共同发起了超验主义运动，试图通过文艺去更新美国文化的血液，去唤醒美国人的道德心灵。这篇论文的研究即从这里出发，探讨了爱默生对诗学（文艺）的看法，以及他的诗学中道德中心的伦理关怀。

　　对爱默生而言，真正值得思考的问题不多。从国家的层面而言，他思考的是"在一个新生的国度里，文学如何才能够唤醒民众的道德心灵"，从个人的层面而言，他思考的问题是"什么是最好的生活方式"？爱默生的作品在很大程度上可视为对这两个问题的回答。文学对时代道德的重塑有赖于美国的诗人与诗歌。爱默生呼吁诗人扛起美国道德改革的大旗，并且坚持"最高等级的书是那些传达道德观念的书"，他认为既实用又道德，且与良知密切相关的艺术才是成熟的艺术，但这并不意味着爱默生完全抛弃了文学的审美维度，他同样强调文学语言的象征特质，追求道德与审美的一致。道德的完善不仅仅在于对道德法则的遵守，智性的自由和自然情感的充盈也同样重要。

两百多年前，在康科德林中，在瓦尔登湖畔，爱默生这位智者且问且思，且述且行。他的思想之光穿透几个世纪，照亮了整个美国，又从美国传到了中国。伟大的思想家不分国界，爱默生诗学的伦理思想对于今天诗教传统失落的中国来说，既可作为"他山之石"，又可作为参照系，为中国目前的物质与精神之争、"本土化"与"全球化"之争提供另外一种思考模式。感谢爱默生，是他赋予了我论文写作最初的灵感。他那温善又深邃的文字荡涤了我的心灵，淬炼了我的人格，提升了我的精神境界。

论文最终完成之时，正值初夏，燕园的草木在季节的律动下生长勃发，绽放出最盛的光彩。从初入燕园到今天，转眼已四年。在这四年的旅途中，我很幸运，遇到了很多良师益友，他们在我的学习、生活和工作等各方面都给予了莫大的帮助。在此论文写就之际，谨以此篇后记向各位致以我最诚挚的谢意。

首先，我要衷心地感谢我敬爱的恩师张辉老师。张老师为人儒雅敦厚，温良正直，治学严谨笃实，精益求精，在中西学上皆造诣深厚，是我终身学习的楷模。在我攻读博士的四年间，张老师始终耐心地指导我，帮助我掌握良好的阅读和写作方法，启发我全面深刻地思考和研究问题。在前两年的基础学习阶段，张老师言传身教，以渊博的学问知识和宏阔的研究视野指导我论文如何选题、如何切入、如何构架、如何谋篇布局；在后两年的论文撰写阶段，张老师春风化雨，时时劝慰我要不骄不躁，遇到问题不要气馁，要沉下心来多阅读勤思考；适时鞭策、鼓励我多加勤奋努力，使劲跑好这场学习马拉松的最后冲刺，并始终对我充满信心。我深深知道，自己在学术上取得的每一点成长与进步，都离不开张老师的谆谆教导和辛勤付出。希望以后自己能在学术道路上走得更高更远，不辜负老师的期望，不愧对老师的栽培。

衷心感谢乐黛云老师、严绍璗老师、孟华老师、张沛老师、陈跃红老师、车槿山老师、康士林老师、蒋洪生老师、秦立彦老师、戴锦华老师等诸位老师，你们的课程和著作从不同的方面丰富了我的研究视野和方法，深化了我的研究思路和内容，不少老师还参与和见证了我的资格考、开题、预答辩甚至最终答辩的学习和成长过程，为我的学术研究和论文写作提供了宝贵的指导意见和方法；衷心地感谢金永兵老师、陈戎女老师、顾钧老师、胡继华老师、彭磊老师，感谢你们在百忙之中抽空参加我的论文答辩，你们对我的支持和付出，我将铭记于心。

衷心感谢北京大学与国家留学基金管理委员会，正是得到了你们的支持和资助，我才能有机会作为一名联合培养博士生赴英留学一年。借助大英图书馆、伦敦参议院图书馆和牛津博德利图书馆的丰富馆藏，我大量收集并阅读了西方学界关于爱默生的研究专著与论文，这为我的博士论文写作提供了巨大助力。衷心感谢英国伦敦大学玛丽皇后学院的 Galin Tihanov 教授，在国外的一年时间里，Tihanov 教授在论文上细致地指导我，在生活上热心地帮助我，使我在英国度过了充实又愉悦的一年。

衷心感谢这几年一起同行的各位同窗好友，感谢陈兰薰、高华鑫、成桂明、雷鸣、王晨晨、卢意芸、何诗航、许双双，尤其要感谢徐超师兄和李莹师妹为我论文写作和论文答辩提供帮助。这一路有你们陪我一起奋斗、一起向前，我不孤单。

衷心感谢我的先生韩非池博士，在我懒惰的时刻，是你严格的监督鞭策我继续前进；在我怀疑的时刻，是你温暖的鼓励让我重拾信心；在我迷茫的时刻，是你卓越的智慧帮助我看清方向；在我焦虑的时刻，是你无限的包容与爱给予我力量。这篇论文的顺利完成，有你一半的功劳。

衷心感谢我最亲爱的父母和哥哥姐姐们，你们对我无条件的爱和支持永远是我前进的动力。希望我的论文，能让你们感到骄傲和自豪。

最后，我要感谢我自己，感谢自己一直以来的努力与坚持。博士论文的写作不仅仅是一个学术锻炼和成长的过程，更是一个发现自我和坚持自我的过程。这篇论文的写作让我知道了自己的可能性，也让我明白了自己的不足之处。知足知不足，才能有为有不为，我享受做学术的纯粹乐趣，笃定将以学术为一生之志业，也愿意为此努力克服自己的懒散与任性，即便做不了涉猎广泛的狐狸，也希望能成为一只心无旁骛用心专一的刺猬。

学不可以已。愿未来的自己不断问学向善，不断扬弃自己，不断超越自己。

余静远

2016 年 5 月 20 日

于北京大学畅春园